De la part de Gerard
janvier 2012

LE LOUP DE MÉTENDAL

Gilles Laporte

LE LOUP DE MÉTENDAL

Roman

Romans Terres de France

PRESSES
DE LA CITÉ

Production Jeannine Balland

ISBN 978-2-258-08082-9

A Paulette Creusat-Lamesch,
ma grand-mère

Voilà le sacrifice immense, universel !
L'univers est le temple et la terre est l'autel.
[...]
Tout se tait : mon cœur seul parle dans ce silence
La voix de l'univers, c'est mon intelligence.
[...]
Celui qui peut créer dédaigne de détruire.

Alphonse de LAMARTINE,
Méditations poétiques (1820), « La prière »

1

23 décembre 1841

On n'en finissait pas d'attendre la fin des révolutions. Dans les Vosges comme ailleurs. Chez les Goutfeux comme dans les autres familles.

— On finira bien par vivre normalement, un de ces jours !

Quirin secoua son paletot constellé de cristaux de glace, le suspendit à la patère, poussa ses brodequins du bout du pied derrière la porte d'entrée. Ses chaussettes fumaient.

— On finira bien...

Il jeta sur une chaise sa casquette molle que la chatte avait déjà repérée. A chaque retour de la manufacture, c'était le même rituel avec le paletot, les chaussures, la casquette et la chatte. Sa moustache était givrée. Il en lécha quelques gouttelettes du bout de la langue.

— Il ne s'rait pas trop tôt, hein... Qu'est-ce que t'en penses ?

Il avait neigé toute la journée. Les vitres de son atelier, à la faïencerie, s'étaient lentement couvertes d'arabesques. La tiédeur du matin avait brusquement viré au froid sibérien en quelques heures, avec une bise soufflante et sifflante qui tantôt aspirait à grandes goulées le feu des fours, tantôt refoulait des fumées âcres à faire tousser des bataillons de tâcherons.

— Qu'est-ce que t'en penses ?

Quirin avait haussé le ton. Il dressa l'oreille, attendit la réponse. Tout le long du chemin de retour, jusqu'à la rue du Cheval-Blanc, dans la neige jusqu'aux genoux, il avait pensé aux récits de son père, ancien de Friedland dans le 1er corps du général Victor (que cette bataille avait fait maréchal de France), réchappé de la retraite de Russie : blizzard, froid qui gelait jusqu'au squelette, panse béante des chevaux éventrés pour seul abri, la faim comme une bête griffue qui dévorait les entrailles, et la neige, encore la neige, la neige à perte de vue, à perte d'espoir !

Inquiet, il suspendit ses mouvements. Silence. Seuls les crépitements du chêne dans la cuisinière. L'air embaumait la cire d'abeille et la fumée d'un feu de bois : la bonne ambiance de la maison, après le bruit, la poussière, la frénésie de l'atelier, et la bise qui l'avait coupé en deux dans l'interminable rue Nationale.

— Justine !

Silence.

— Justine ! Nicolas...

Sans même lever la tête, la chatte lui répondit d'un miaulement plaintif ; lovée sur la casquette humide, le museau dans les pattes, elle dormait déjà.

Quirin poussa la porte de la cuisine. Hier, en rentrant, il avait trouvé sa femme fatiguée par la journée de boutique, le visage congestionné et marqué par des taches brunâtres. Bien sûr, sa grossesse presque à terme y était pour quelque chose ! Voilà deux jours, Justine avait refusé la visite du médecin, lui avait préféré celle de la matrone, qui l'avait examinée, palpée, avait collé son oreille sur le ventre, longuement écouté les murmures de ses entrailles en faisant des « hum... hum... » de gorge, et n'avait rien remarqué d'anormal. En sortant de la chambre, elle avait dit à Quirin : « C'est pas pour maintenant, il n'y a pas de mouron à s'faire, on r'verra ça tantôt ! » Il avait beau faire des efforts de mémoire, il ne se souvenait pas que, cinq ans plus tôt, sa femme eût été à ce point épuisée et marquée par Nicolas. « Epuisée »... Il se répéta le mot, rien que pour lui seul, dans sa tête, en contournant la table où brûlait un heurchot[1] dont la flamme montait droit vers les solives du plafond, posa sa gamelle du dîner[2] sur la pierre à eau. « Oui, épuisée ! Pourvu que... » Il froissa un papier de journal, souleva une rondelle de la cuisinière, présenta le tortillon au feu, en enflamma une chandelle, se précipita vers l'escalier. La lumière dessinait sur les murs des ombres fuyantes.

— Justine !

A mesure qu'il montait l'inquiétude grandissait. Qu'allait-il trouver là-haut ? Tout, à sa place, paraissait normal. Tout ! Sauf ce silence inhabituel qui emplissait la maison. Les cris de joie de Nicolas à son retour, le tintement des casseroles, les cliquetis de vaisselle, les bouillots du potage sur le feu, tout ce quotidien lui avait manqué dès le premier pas dans la maison. Oui, inquiet, angoissé même ! Quirin leva sa chandelle, entra dans la chambre, aperçut dans la pénombre le profil de sa femme et le gros plumon rouge qui lui couvrait le corps, s'approcha, se pencha. Justine semblait dormir. Il se redressa, tira une chaise, s'assit au chevet de celle qui venait de le faire trembler, inspira plusieurs fois profondément pour apaiser les battements désordonnés de son

1. Lampe à huile.
2. Repas de midi.

cœur, face à la fenêtre. La neige s'était remise à tomber. Les flocons dansaient contre les vitres comme les phalènes d'été autour des réverbères, tournoyaient un moment devant la fenêtre, puis filaient dans la tourmente de bise qui jetait sur la maison des voiles de poudreuse.

— Tu es là !

Justine avait ouvert les yeux. Quirin sursauta. Il se tourna vers elle, prit la main qu'elle lui tendait.

— Alors ? Que se passe...

— Rien ! Rien ! Tu es déjà rentré ? Mon Dieu ! Je me suis...

Elle força un sourire, tenta de se mettre de côté, contint un gémissement.

— Et Nicolas ?

— Chez la Roseline. Si tu veux aller le chercher... Je me sentais tellement...

Quirin s'aperçut que la chandelle tremblait dans sa main. Il la posa sur la table de chevet, se tourna franchement vers sa femme qui avait repoussé plumon, draps et couvertures, faisait effort pour s'asseoir dans le lit face à lui, découvrant ses cuisses. Il saisit un châle de damas pendu au pied du lit, l'en enveloppa. Elle grelottait.

— Que se passe...

— Rien, tu sais. Seulement que, dans l'après-midi, je me suis soudain sentie mal. Alors j'ai fait chercher la Roseline, qu'elle emmène not' gamin, pour que je puisse me coucher un peu. C'est tout !

Elle le regardait intensément. Ses cheveux défaits formaient une couronne de lumière.

— Ça bougeait tellement, là-dedans, tu sais, tellement.

Elle lui avait pris la main, l'avait posée sur son ventre. Quirin sentait les mouvements de vie dans ce corps de femme.

— J'ai même cru... Ça bougeait tellement ! J'ai même cru que j'allais... Ça me tordait dans les reins, jusque-là...

Elle promena la main de son homme sur son bas-ventre, l'y maintint, comme pour se faire protéger.

— C'est bon, comme ça ! Ça me fait du bien, si tu savais... Je sens ta chaleur. Mon Dieu, que c'est bon...

Elle avait fermé les yeux. Les rouvrit, reprit en se secouant un peu :

— Mais c'est passé ! Tu vois, rien qu'une fausse alerte ! Et toi, pas trop dur ?

Quirin ne sut que répondre. Ses mains, là, sur ce ventre de femme, cette vie qu'il sentait impatiente d'éclore, ce mystère dont il se savait exclu... tout cela le troublait au point qu'il était devenu muet. Il se leva, saisit la chandelle.

— J'vais chercher not' Nicolas chez la Roseline. Attention en descendant. Je reviens tout de suite. Tu veux que je t'aide ?

Il avait offert son bras à Justine.

— Non, ça va aller. J'ai réussi à monter. J'peux encore bien descendre !

La tempête gifla Quirin sur le perron. Il glissa en descendant les trois marches gelées que l'amas de neige dissimulait complètement, faillit s'étaler de tout son long sur la place déserte. La bise avait redoublé de violence. Elle cinglait et jetait des déferlantes glacées qui aveuglaient et coupaient le souffle. Roseline habitait à dix minutes, si on y allait d'un bon pas, sur les Promenades.

Autant pour se réchauffer que pour ne pas traîner, Quirin s'activa. Il aurait tôt fait de retrouver Nicolas, de l'emmitoufler pour la traversée de la Sibérie, de le traîner dans la neige jusqu'à la maison. Moins d'un demi-tour de cadran et ils seraient rendus, au chaud, à se sécher près de la cuisinière et à croquer des noix en attendant la soupe.

La Roseline avait demandé où en était la mère, comment il l'avait trouvée, s'il y avait encore du feu dans la cuisinière – « J'l'avais bourrée jusqu'à la gueule ! » –, s'il voulait emporter « un pot de camp [1] de soupe toute prête et bien chaude » et « une bonne part de quiche qui sort tout juste du four ! ». Elle était rouge écarlate, ses cheveux flamboyaient, des gouttes de sueur perlaient à la naissance de la poitrine ; elle agitait un torchon pour se ventiler le visage. Il avait répondu « Oui, merci, ce n'est pas d'refus ! » en pensant à sa femme, seule là-bas, qu'il voulait rejoindre au plus tôt. Nicolas tournait autour de son père, le cramponnait aux jambes, le tirait par la vareuse, poussait des glapissements de jeune renard qu'on aurait pris au piège, posait des questions que personne n'entendait, « Dis, p'pa, pourquoi qu'elle vient pas avec nous, la Nine ? » – il n'avait jamais pu prononcer le prénom de sa gardienne. Quirin avait réussi à le ficeler dans une grande pèlerine, tandis que la Roseline vidait la soupe fumante dans le pot. Elle avait démoulé la quiche, en avait taillé une part de maquignon, large comme les deux mains, avait cherché puis trouvé son panier, avait emballé la quiche dans un torchon, le plus épais de son armoire, puis dans du

1. Récipient en fer-blanc.

papier journal, l'avait calée dans le panier, recouverte encore de papier, avait tendu le panier et le pot. « Mangez ça bien chaud en rentrant. Ça vous requinquera ! Elle aussi ! Surtout, qu'elle fasse pas de bêtises, à porter des caisses ou des outils dans sa boutique, hein ! Si elle a besoin d'un coup de main, je suis là ! » Quirin passait d'un pied sur l'autre. La Roseline avait mis à tiédir les petits brodequins du Nicolas contre la cheminée. Ils garderaient bien la chaleur jusqu'à la rue du Cheval-Blanc, « si vous ne vous amusez pas trop dans la neige ! » avait-elle hurlé au moment où ils disparaissaient. La bourrasque avait englouti ses mots.

Ils avaient marché aussi vite que le leur avaient permis neige, glace et verglas, et le panier que portait le père, et le pot de camp que balançait le fils, concentré sur les flocons qu'il tentait de gober. La Mortagne grondait sous le pont de l'Abattoir et charriait des nappes de neige onctueuses comme la crème d'un lait bien frais.

« Dis, p'pa, c'est vrai que les loups sortent quand il y a d'la neige ?

— Dans la forêt ! » avait répondu le père.

Ils s'étaient faufilés face aux tranchants de bise dans la rue Saint-Benoît, avaient retrouvé leur escalier sous une congère qui couvrait le trottoir jusqu'à l'entrée de la rue du Château.

Quirin ouvrit la porte. Aussitôt, le vent s'engouffra dans la maison, éclaboussa le vestibule d'une nuée de cristaux, souleva le tapis, le roula jusqu'au pied de l'escalier, éteignit le heurchot. La porte claqua. Quirin posa le panier, dit à Nicolas de ne pas bouger, marcha vers la cuisine. Il avançait à tâtons vers la faible lueur diffusée par le foyer entrouvert de la cuisinière, glissa sur une matière visqueuse, se rétablit, trouva le boutefeu, et le heurchot, qu'il ralluma. Alors, il entendit le cri de Nicolas, et le bruit du pot de camp qui rebondissait sur le carrelage, et les glouglous de la soupe. Il se précipita. Au pied de l'escalier, roulée dans son grand châle de damas, Justine gisait par terre au milieu d'une mare d'eau sanglante. Entre ses cuisses, une petite forme s'agitait, se mit à vagir...

— C'est une bacelle[1]. Comment qu'vous allez l'appeler ?

En deux temps, trois mouvements, la matrone avait coupé le cordon d'un coup de dents, enlevé l'enfant comme un paquet de chiffons, l'avait emporté à la cuisine, où elle l'avait frictionné vigoureusement avec des linges et des lotions tirés d'un vieux sac de cuir, avait entraîné la mère qui venait de reprendre ses esprits jusqu'à son lit avec l'aide d'un Quirin maladroit qu'elle houspillait comme un écolier : « La tenez pas comme ça, que j'vous dis ! Vous voyez bien que vous ne m'aidez pas et que vous allez lui faire plus de mal que d'bien, nom d'un chien ! », et fait sa toilette. Pâle comme un fond de soupière, blotti entre l'horloge et la cuisinière, Nicolas tremblait de tous ses membres. De grosses larmes roulaient sur ses joues. Puis la Roseline était arrivée, d'autres femmes encore, du quartier et d'ailleurs, emballées dans des couvertures qui ne laissaient voir que des yeux chafouins. Elles l'avaient fait déguerpir, envoyé voir à la cuisine si elles y étaient.

— Ça y est ! La mère va mieux... la bacelle va bien ! Alors, comment qu'vous allez l'appeler, don' ?

1. Fille.

La voix venait du haut, celle de la matrone. Derrière, on entendait les jacasseries des autres femmes, et des rires, et des mots comme « délivrance », « relever », « couches », « baptême » et « curé », des sorties contre les hommes. Quirin prit son fils à pleins bras.

— Pleure pas, mon gamin ! C'est fini. Ça y est, tu as une petite sœur ! Pleure pas ! Maman va mieux. On va bientôt aller les voir, là-haut, toutes les deux.

Il cassait des noix, les lui donnait. Nicolas croquait du bout des dents.

— Alors, bon rat de bon rat[1], vous allez répondre ? Ma parole, ils sont morts, ceux du bas ! Comment...

Quirin leva la tête, cria de sa forte voix de chef d'atelier des faïenceries Curé-Lacroix :

— Clémence !

— A la bonne heure ! Clémence !

On l'entendit répéter aux autres, qui répétèrent à leur tour : « Clémence... Clémence... Clémence... »

— Vu comme elle est venue, celle-là, elle aura pas froid aux yeux, pour sûr ! Pas vrai, Clémence ? hurla la matrone.

Un vagissement lui répondit. Quirin serra son fils très fort contre lui.

— Ça te plaît, Clémence, pour ta petite sœur ?

En reniflant, Nicolas lui murmura dans l'oreille :

— Oui... Clémence... j'aime bien, Clémence, mon papa !

---

1. Expression lorraine signifiant « bon sang de bon sang ».

2

15 juin 1849

Pourquoi était-il parti si vite ?

Nicolas avait jeté une poignée de terre sur le cercueil. Puis une autre. Devant la fosse ouverte, il prit la main de sa mère, serra sa sœur tout contre lui, repassant dans sa tête les bons moments partagés avec le père : les promenades à la faïencerie, le dimanche après la messe, pour la visite de sécurité – il aimait courir dans les immenses ateliers vides et silencieux (sauf un four, de temps en temps, qui continuait de ronronner, ou un oiseau prisonnier qui, cherchant la sortie, donnait du bec contre les vitres), parcourir du doigt les plumes de coq peintes sur les plats – ; sa communion solennelle quand il avait fait pouffer l'assistance en perdant son brassard de dentelle, au beau milieu du chœur, au moment de la profession de foi ; son entrée au collège, sa présentation au principal et aux régents. Il ne pouvait détacher son regard du cercueil, là, au fond de la fosse, se souvenait aussi de l'espoir fou de son père le jour où, tous réunis, Montagnards, Constitutionnels et membres du Parti de l'ordre, ils avaient planté un arbre de la Liberté avec l'habile bénédiction du curé Mathieu.

Ils avaient chanté ensemble des hymnes à la fraternité. Nicolas était avec eux, avait chanté avec eux. Il les avait même suivis au café du Pont, chez le Joseph Georgé, s'était enflammé avec eux pour l'ordre républicain nouveau. Puis il y avait eu les premiers signes de la maladie qui assombrissaient le regard de la mère, cette toux sifflante qui coupait en deux le père et lui tirait des larmes, une toux qui l'avait pris dès le lendemain du violent incendie du moulin à papier de Bas-de-Lieu, la « belle affaire » du Nicolas-François Retournard, un « patron qui ne méritait pas ce malheur » parce qu'il traitait bien sa centaine d'ouvriers. Le père était resté dehors toute cette nuit glaciale de décembre, avec les sauveteurs, à relayer les pompiers à la pompe à bras, tirer des tuyaux, passer dans la chaîne des seaux et des vaches à eau. Au petit matin, à bout de forces, trempé de sueur, il avait dû assister au désastre des murs s'effondrant dans des volées de flammes qui montaient en gerbes dans un ciel noir comme un cul de four, voir couler les larmes de désespoir du Nicolas-François. Nul n'avait jamais su si c'était cette maladie de poitrine contractée là, ou la détresse, qui le faisait trembler à chaque évocation de la nuit infernale.

Nicolas aida Clémence à jeter une poignée de terre sur le cercueil du père, se souvint à ce moment-là de sa naissance, en pleine tempête. Il gardait de ce soir d'hiver des impressions mêlées de jeux de neige, de promenade nocturne dans une ville blanche, et le fumet de la soupe chaude de la Nine avec le goût du sang dans la bouche. Il se pencha vers sa petite sœur. Elle pleurait en silence. Il l'étreignit très fort. Elle s'abandonna contre lui.

Plus tard, tandis qu'il marchait vers la rue du Cheval-Blanc, après le café et la brioche pour la famille et les amis dans la grande salle du café-barbier, Aux Enfants des

Vosges, Nicolas se disait que son père avait été servi, lui qui n'aimait pas la violence, détestait les affrontements et avait mal vécu les excès de la révolution. « On finira bien par vivre normalement, un de ces jours ! » répétait-il souvent. Servi, oui !

Deux jours auparavant, au moment de son dernier soupir, on s'était encore battus à Paris ; on avait envoyé des citoyens en prison ; on avait tiré sur des ouvriers ! Bonaparte… Toute sa vie, Quirin avait espéré un monde plus juste, une richesse mieux répartie entre les hommes, et un plus grand respect des gens du peuple, « ceux qui donnent la plus belle part de leur vie au travail ! » disait-il en levant le doigt comme s'il eût voulu toucher le ciel. Il évoquait Saint-Simon et prenait volontiers pour modèle le phalanstère, inspiré des théories de Fourier, qu'avait tenté de faire construire Victor Considérant. « On finira bien par vivre normalement, un de ces jours ! » murmurait-il, le regard tourné vers des horizons lointains. Il avait cru aux idées neuves affichées par Louis Napoléon dans *L'Extinction du paupérisme*, qu'il avait lu dès sa parution, en 1844. Une phrase l'avait frappé, qui dénonçait « un monde égoïste livré à la féodalité de l'argent ». Il y croyait tellement qu'il avait fêté en famille l'élection du prince impérial en décembre dernier, avec vin bouché et brioche du commerce. Plus de cinq millions de voix d'avance ! Loin, très loin devant un Alphonse de Lamartine qu'il aimait bien, dont il redisait volontiers les vers à haute voix :

Je voudrais maintenant vider jusqu'à la lie,
Ce calice mêlé de nectar et de fiel !
Au fond de cette coupe où je buvais la vie,
Peut-être restait-il une goutte de miel[1] *?*

1. « L'automne », *Méditations poétiques*.

Il l'aimait bien, ce poète aux idées de progrès, pas autant que George Sand, dont il avait dévoré *Le Compagnon du tour de France* et *La Mare au diable*, car il trouvait qu'il incarnait encore trop la vieille aristocratie. « On ne fait pas du neuf avec du vieux ! » avait-il dit en débouchant une bonne bouteille de vin du Montfort[1]. Les grands espaces du cœur, il y avait toujours cru. Il y croyait encore, le jour de sa mort !

Nicolas se souviendrait de ces rêves du père et de ses paroles qui lui étaient revenues quand il avait aperçu les socialistes du café du Pont, au fond de l'église, assez loin pour n'être pas de la communauté de « culs-bénits » cousine des « blancs[2] », assez près pour rendre hommage à ce mort qui avait partagé leurs idées. Il prit la main de sa petite sœur qui caracolait à son côté, la serra si fort qu'elle émit un miaulement plaintif. La mère marchait devant eux, digne dans ses grands voiles noirs comme des ailes d'oiseau géant. Le président du Comité de bienfaisance lui avait proposé son landau sur le seuil du café, mais elle avait préféré rentrer à pied : « Avec les gosses. Merci. La marche nous fera du bien. » Elle avait rabattu son voile de deuil, poussé Clémence dehors et rejoint Nicolas sur le trottoir.

La fin d'après-midi était d'une douceur de miel. L'air embaumait les derniers lilas et le crottin. Quelque part dans les ruelles derrière l'église piaillaient des enfants. Un cabriolet les dépassa, les saluant du chapeau levé...

— C'est qui, maman ? demanda Clémence.

Absorbée dans ses pensées, Justine ne répondit pas tout de suite. L'attelage avait déjà viré depuis longtemps

1. Petit vignoble de La Neuveville-sous-Montfort, très ancien, le seul à être encore exploité aujourd'hui dans les Vosges, à proximité de Vittel.
2. Monarchistes.

à l'angle de la rue du Puits quand elle se tourna enfin vers sa fille.

— Quoi ? Qu'est-ce que tu dis ?

Clémence avait oublié sa question. Elle marchait à coté de son frère, main dans la main, en sautillant parfois pour poser le pied au beau milieu du pavé, pas sur le joint, comme à la marelle : « Un, deux, trois, j'irai dans les bois... quatre, cinq, six, cueillir des cerises... sept, huit, neuf, dans mon panier neuf... dix, onze... » Justine fit un pas de côté, lui prit l'autre main. Ils allèrent ainsi côte à côte, comme au retour d'une aimable promenade du dimanche après-midi le long de la Mortagne. Mais l'absence du père, les ailes noires d'oiseau géant qu'agaçait un vent facétieux, et cette odeur d'encens mêlée au parfum entêtant des œillets...

Au moment d'entrer dans la maison, Clémence retint sa mère.

— Dis, maman, il aura pas froid, papa, ce soir, tout seul dehors ?

Justine poussa la porte. Sa gorge s'était nouée. Elle traversa le vestibule en courant, grimpa les marches quatre à quatre, se jeta dans sa chambre où elle se laissa aller à sa douleur.

Son chapeau et son voile de deuil étaient tombés au pied de l'escalier. La chatte Prunelle y cherchait déjà la bonne place pour dormir.

— Ah, dis don', vous avez filé comme un pet sur une toile cirée !

La Roseline venait d'entrer dans un tourbillon de mousselines noires, d'une main retenant sa coiffure, de l'autre empoignant le bras de Nicolas. Dans sa cuisine, attifée comme une paysanne, l'abondante chevelure rousse en bataille permanente enturbannée dans un torchon, on pouvait aisément la croire vieille femme. Elle en jouait, d'ailleurs, se plaignant tantôt du dos, tantôt des jambes, ajoutant souvent les grimaces aux plaintes, surtout au moment d'entrouvrir le porte-monnaie. Mais pour la messe, les processions sur les pétales de pivoines lancés à pleines poignées sous les pas du curé par la Sainte-Enfance, les balades sous l'ombrelle dans les allées du comice agricole, comme l'été dernier, ou le bal de la fête patronale, elle savait se mettre en toilette et souligner le vert de ses yeux d'un trait de khôl sorti de nulle part !

— Où qu'elle est, ta mère ?

— Là-haut, dans sa chambre.

Elle souleva jupe et jupons, découvrant des escarpins d'une finesse de bourgeoise et des bas de soie blanche, attaqua la première marche, puis disparut dans le tournant du palier. Sa voix aussitôt, coupée par les sanglots de la mère ; sa voix encore, suivie de silences ; sa voix enfin adoucie, comme pour la confidence. On entendit l'une d'elles se moucher, puis les bribes d'une conversation presque ordinaire. Assise au bas de l'escalier, Clémence amusait Prunelle d'un coin de voile noir en lui murmurant des mots doux. De l'épaule, Nicolas poussa la porte, s'assit sur la chaise près de la bonnetière, juste à côté des brodequins du père, comme deux taches plus claires dans la pénombre. Quelque part, des roues de gerbière caquetaient sur les pavés. Loin, du côté des Promenades, un chien gueulait.

— Tu peux rouvrir, Nico... j'ai peur !

— C'est l'chien de l'abattoir, p'tite sœur...

A l'étage, on chuchotait, maintenant.

— Je sais bien qu'c'est l'chien de l'abattoir, mais... j'ai peur.

Nicolas se leva, rouvrit la porte, donna l'entrée au soleil, qui tomba sur les brodequins. Clémence les aperçut, continua à jouer avec Prunelle comme si de rien n'était, mais des perles brillantes avaient roulé de ses yeux. Nicolas les avait vues. Sans mot dire, il se leva, emporta les chaussures du père à la cuisine, les jeta dans la caisse à bois. Le couvercle se rabattit avec un bruit sourd. Puis il revint s'asseoir à la même place. Au passage, il avait tamponné de son mouchoir les fils d'argent sur les joues de sa « p'tite sœur ».

— Voilà, les enfants ! Ça va un peu mieux !

Jupe et jupons toujours retenus à mi-mollet, la Roseline les avait rejoints. Elle poussa la chatte de la pointe de l'escarpin, ramassa le chapeau et le voile, les épousseta de plusieurs coups de gants.

— Mais il va falloir être très gentils avec votre maman !

Elle bourra voile et chapeau dans les bras de la fillette.

— Tiens, Clémence, monte donc la voir ! Elle a besoin de toi !

Puis, se tournant vers Nicolas :

— Et toi, viens-t'en par ici. J'ai à te causer.

Elle le prit par le bras, l'entraîna à la cuisine, se laissa choir sur une chaise en soupirant comme un vieux soufflet de forge, l'attira contre elle.

— Te voilà l'homme de la maison, maintenant !

Elle leva les yeux vers le gamin qui laissait courir son regard sur l'araignée[1] au-dessus de la pierre à eau, et sur les ustensiles suspendus : presse-purée, passottes à

1. Petit meuble, fait en lattes de bois, fixé au mur de la cuisine pour y suspendre les ustensiles usuels.

tisane, fourchette à gigot, économe, hachoir, la bassine à confitures et les casseroles à cul cuivré…

— Voilà bien que tu vas sur tes quatorze ans, not' Nico… hein ?

Il fit oui de la tête.

— T'es encore au collège, dis voir ! Mais c'est fini, maintenant. C'est que… va falloir aider ta mère, parce que… sans le salaire du père, va falloir faire plus d'affaires à la boutique. Et tu vas l'aider !

Il fit non de la tête. La Roseline fronça les sourcils, empoigna le gamin à la taille, le secoua juste assez pour jouer la fâcherie, se racla la gorge, reprit de sa voix la plus douce, celle des comptines d'autrefois qu'il redemandait sans fin : « Enco', Nine, s'te plaît, enco' ! »

— Hein ? Tu veux continuer l'école ? Pour apprendre quoi ? Tu sais lire, écrire, compter, tu sais où se trouvent les terres, les mers et les rivières ! Qu'est-ce que tu veux de plus, maintenant ?

Le regard posé sur le coupe-choucroute dont les lames traçaient des lignes sur le mur comme sur des pages de cahier, Nicolas sentait sa résistance s'évanouir. Cette voix, ce parfum de femme exhalé par l'abondante chevelure rousse où il aimait, hier encore, enfouir son visage d'enfant, cette pression autour de sa taille, ses cuisses prises dans l'étau des genoux couverts de satin noir… Avait-elle poudré ses cheveux ? Il posa les mains sur les épaules de la femme, inspira, les yeux mi-clos, comme le chat flaire des odeurs nouvelles, à petits coups, en frémissant malgré lui. Sucre, poivre, encens et œillet…

— Et ta mère, comment qu'elle ferait, donc ?

Il n'eut que la force de hausser les épaules.

— Va falloir aider à la boutique ! Tu n'as pas le choix ! Tu es l'homme maintenant ! Tu as deux femmes à t'occuper : ta mère et ta sœur. C'est elle, maintenant, qui va aller à l'école, ta petite sœur ! C'est son tour !

Elle baissa curieusement le ton. Sa voix tremblota tandis que la pression des genoux s'accentuait contre les cuisses du gamin.

— Trois, même ! T'es l'homme, mon Nico ! Moi aussi...

Elle s'interrompit brutalement. On entendait des pas, en haut sur le plancher. Et la mère qui parlait à Clémence.

— Ecoute-moi bien...

Il écoutait, mais n'entendait plus... rien que les pas, là-haut, et les battements de son cœur.

— Viens me voir, tantôt ! J'ai encore à te parler ! Promis ?

Il fit oui de la tête.

La Roseline se releva brutalement, prit le visage du Nicolas à deux mains, posa un baiser furtif sur ses lèvres. Déjà, Justine entrait dans la cuisine, suivie par Clémence, qui se précipita aussitôt vers son frère.

— A la bonne heure, je vois qu'ça va un peu mieux, vous autres !

Elle s'adressa à Nicolas :

— On a causé, tous les deux ! Mais on a encore des choses à se dire ! Pas vrai, mon Nico ? Faudra venir me voir, et sans traîner ! D'accord ?

Le gamin releva la tête, la regarda droit dans les yeux.

— D'accord, Nine ! Je viendrai !

— A la bonne heure ! Bon, maintenant, faut qu'je file...

Elle rechaussa chapeau et voile, embrassa longuement Justine en lui caressant le dos et en lui murmurant des mots à l'oreille, souleva Clémence sans ménagement, à la bûcheronne, l'étreignit longuement, la couvrit de baisers sonores, offrit deux bises à Nicolas, une sur chaque joue, traversa le vestibule en trois enjambées, disparut sur le perron dans les premières lueurs du crépuscule.

— Dis, maman...

Justine s'approcha de son fils.

— Oui...

Il baissa les yeux.

— Rien !

Sur la place, emmenés par le baron de Ravinel, des notables en chapeau et bottes de cuir descendaient de voitures crottées jusqu'aux essieux. Ils rentraient du bois du Padozel, où ils étaient allés repérer les emplacements du deuxième comice agricole prévu pour la mi-août. *Les Petites Affiches de Rambervillers* l'avaient déjà annoncé par toute la ville.

La fête !

3

Eté 1852

Depuis trois semaines, impossible de respirer ! On suffoquait. Personne ne s'aventurait plus dans une ville dont on avait l'impression qu'elle avait été construite dans le four même de la faïencerie. On n'osait sortir que très tôt, à l'heure de la charrette du laitier, ou bien très tard, quand l'horizon en flammes promettait pire encore pour le lendemain. Seule l'exécution capitale d'un criminel avait réussi à rassembler une foule immense sur la place de la Grand-Maison. Du petit matin jusqu'à midi sonnant, ils avaient été des milliers à suer sous un soleil de plomb, après s'être disputé la meilleure place, pour voir tomber le couperet sur la nuque rasée de l'homme.

Grillée jusqu'à la corde, la campagne avait pris une couleur ocre sale tachetée çà et là du blanc et noir de vaches que les paysans ravitaillaient en eau puisée dans les ultimes flaques du Monseigneur[1] et transportée dans des foudres à odeur de cave tirés par des ardennais à

1. Ruisseau, affluent de la Mortagne, rivière qui traverse la ville de Rambervillers.

bonnet et grelot. La nuit, on entendait jusqu'en ville meugler les pauvres bêtes qui n'avaient pas eu leur ration d'herbe. La Mortagne n'était plus qu'un filet de jus d'égouts qui courait entre des touffes de cheveux de sorcière et puait le carnage.

Nicolas sortait de chez la Roseline. Il y passait chaque jour maintenant. La nuit même, parfois. Dès le lendemain de l'enterrement du père, il avait pris l'habitude de venir causer avec elle, revoir avec elle dans des livres les terres, mers, fleuves et rivières de la planète, manger à sa table. Puis, l'hiver contre la cheminée, l'été dans le jardin, il s'était attardé. De plus en plus souvent.

Revenir là, dans les lieux de sa prime enfance, s'asseoir sur la caisse à bois dans laquelle, il n'y avait pas si longtemps encore, il se cachait quand, le soir venu, il entendait les coups de heurtoir de ses parents contre la porte, revoir dans le coin du dressoir la chaise haute qu'il occupait pour manger sa bouillie puis, après lui, sa sœur, le châlit, l'horloge à décor de fleurs, témoin prestigieux de l'aisance d'autrefois, celle du temps du défunt mari de la Nine, boire un sirop d'orgeat sous son pommier-refuge de gamin, tout cela lui avait procuré au début une sorte de trouble qu'il avait vite apprécié. Surtout quand, un jour, pomponnée et parfumée à l'essence de rose, vêtue d'une large jupe de drap, qui laissait passer des jupons de dentelle sur les bas de soie blanche, et d'un caraco de satin lâchement lacé, la Roseline l'avait pris par la main pour l'entraîner dans sa chambre. Elle avait le regard plus pénétrant, le souffle plus court, la voix pointue moins assurée, et les cheveux de feu défaits. Il vibrait de tout son corps comme les tremblants des champs Bataule qu'il allait cueillir à pleines brassées hier encore sous le vent parfumé du midi. Jamais il n'était entré dans sa chambre ! Même malade, enfant, ruisselant de fièvre ou torturé par des dents facétieuses, il n'y avait pas eu droit, avait dû rester couché sur le châlit en face de l'horloge dont, pour s'endormir, il suivait des yeux le balancier d'or à décor de feuillages en suçant un clou de girofle. Il tremblait, Nicolas, quand elle l'avait conduit jusqu'au pied de son lit. Puis, de dos, elle avait dénoué les flots de son caraco, relâché les linges qui enserraient sa poitrine, déboutonné la ceinture de sa jupe. Il avait été saisi d'une douce frayeur, envie de fuir en même temps que désir de s'approcher de la femme qui, s'étant retournée, lui avait présenté des seins lourds et blancs comme la crème du lait qu'il aimait longuement promener sur et sous la langue avant de l'avaler en fermant les yeux. La Roseline lui avait pris les mains, avait lentement guidé ses doigts vers les aréoles gonflées comme des mirabelles bien mûres, avait appliqué ses paumes en coupe sur la poitrine en observant les réactions du petit d'homme effrayé et fasciné à la fois, en murmurant :

« Viens, mon Nico, viens... »

Alors, il était venu.

Nicolas sortait de chez la Roseline. Le clocher sonna onze heures. Clémence à l'école, sa mère seule à la boutique depuis la veille au soir, il y aurait du travail en retard : comptes, livraisons, commandes aux fournisseurs. Il hâta le pas. En traversant la passerelle, il aperçut, échoués dans les hautes herbes, des truites, des brochets, des vilains [1] en train de pourrir le ventre en l'air. Même les hérons n'en voulaient plus. L'air était plus pestilent encore que du côté des tanneries.

1. Chevesnes.

— Si c'est pas une misère, ça, quand même ! On va tous y passer, si ça continue !

Il se pinça le nez, allongea le pas vers la rue du Cheval-Blanc. De rares voitures convergeaient vers la place du Marché. Une étrange torpeur écrasait la ville. Depuis deux jours, il enrageait contre Hugo, ce poète qui avait pris la fuite chez les Belges, en décembre dernier, et traînait dans la boue Louis Napoléon Bonaparte, plébiscité tout de même par sept millions de Français ! « Quoi ? Quand on veut donner des leçons de démocratie, on commence par la respecter soi-même, nom d'un chien ! » Il pensa à son père. Un paysan le dépassa, perché sur une jument de trait, suivi par le poulain qui gambadait au cul de sa mère. Trop absorbé par ses pensées, Nicolas ne vit pas le salut, ne répondit pas. « Il a bonne mine, ce type, d'insulter un Bonaparte fidèle à ses convictions, lui qui a mangé dans la gamelle des Bourbons et des Orléans ! Son torchon, là... » Il arrivait à la boutique. « Oui, un torchon, *Napoléon le Petit*... mensonges et insultes ! »

Bien sûr, il avait appris par *Le Journal des Vosges* la dissolution des organisations socialistes dans le pays, et l'exil pour les récalcitrants ! Bien sûr, il savait qu'à Rambervillers les pandores venaient d'arrêter trois hommes pour les déporter à Cayenne ! Mais le pays n'avait-il pas besoin d'un vrai coup de torchon après les souillures des emplumés monarchistes ?

— On ne fait pas d'omelette sans casser d'œufs ! grommela-t-il en attaquant le sol du talon.

A mesure qu'il avançait, la colère enflait.

— Comme si une calamité ne suffisait pas, lâcha-t-il tout haut en regardant le ciel... qu'il vienne donc le publier en France, au lieu de faire le fanfaron à Bruxelles !

Pour ne pas devoir affronter les remarques de sa mère, il choisit de passer par la place et d'entrer directement par la boutique.

« Te voilà enfin ! Elle t'a quand même laissé partir ! »

A chaque retour de chez la Roseline, il y avait droit, de plus en plus violemment.

« Quand est-ce qu'elle va te lâcher, donc, cette sale femme ? Elle n'a pas assez de vieux salauds autour d'elle pour les mettre dans son lit ? Elle ne te foutra donc plus jamais la paix ? »

Il connaissait par cœur la litanie. Pour sûr, elle avait raison, la mère, mais il avait beau se le répéter, rien ne pourrait l'empêcher de retourner dans les draps de son ancienne nounou, qui lui donnait tellement de plaisir et qui en prenait tellement de lui.

Dès le lendemain de la mort du père, Justine avait repéré le manège de son ancienne amie autour du fils, ses minauderies, les commandes plus nombreuses que jamais qu'elle lui demandait de livrer, ses visites à la maison, ses propositions de promenades vers le Padozel, le dimanche après-midi, sous prétexte de changer les idées à la famille. Elle voulait toujours pousser jusqu'au carrefour du pré Philippe, au cœur du bois Mathieu où, les soirs d'automne, résonnait le brame des cerfs. Elle se laissait distancer par mère et fille, s'arrangeait pour traîner loin derrière avec Nicolas en tournant son ombrelle. Justine ne laissait rien transparaître de la colère qui lui rongeait les sangs. Elle voulait ménager Clémence. Jusqu'au jour où, sa fille à l'école, Nicolas chez un fournisseur, elles s'étaient retrouvées en tête à tête dans la boutique. L'échange avait été très vif. Une vraie querelle de pochardes, qui s'était terminée par un mouvement violent de la Roseline.

« J'ai pas eu son père, mais je l'ai eu, lui ! Et je le garde ! T'es pas près de me l'enlever, je peux te l'dire ! Jamais ! »

Elles ne s'étaient pas revues, pas même à l'église, dont Roseline repassait les nappes d'autel et garnissait les vases pour les offices. Justine aimait aller s'y recueillir de temps en temps, devant la Piéta. Depuis ce jour-là, elle n'y avait pas remis les pieds !

Eviter une nouvelle crise, les sarcasmes, entrer par la boutique... la mère l'aurait déjà ouverte, à l'heure qu'il était ! Il allait en pousser la porte quand il entendit des voix dans le vestibule :

— ... pourrais être utile. Réfléchissez, chère Justine.

— Pour sûr, vous pourriez être utile... mais...

— Mais ?

— C'est tout réfléchi !

La voix de sa mère. L'autre, une voix d'homme, Nicolas ne la reconnaissait pas.

— Allons, chère Justine, n'allez pas si vite en refus. Prenez le temps de réfléchir. Ce que je vous propose est honnête. Les coups de tête ne donnent jamais rien de bon !

— Ce n'est pas un coup de tête, monsieur Charles. J'ai eu un homme, qui était bien bon et gentil avec moi et les enfants, qui a toujours travaillé et fait son devoir, aussi bien pour nous que pour les autres ! Je n'en aurai pas d'autre.

— Vous dites ça comme vous diriez... je ne sais pas, moi... que les hirondelles ne reviendront plus au printemps prochain ! Ne soyez pas si sûre de vous, chère

Justine... elles reviendront, croyez-moi, elles reviendront.

La main sur le bec de canne, Nicolas n'osait plus bouger. Pousser la porte, c'était faire tinter la clochette et interrompre la conversation. Il voulait savoir qui était ce « monsieur Charles ».

— Je sais bien qu'elles reviendront, les hirondelles, mais pas pour moi ! Je suis en hiver, monsieur Charles, pour toujours !

— Ça fait trois ans déjà que vous traînez votre solitude. Vous ne trouvez pas qu'il a assez duré, votre hiver ? Et si j'aidais le printemps à revenir...

Nicolas jeta un coup d'œil dans la rue. Déserte. Aucun client en vue. Une étrange impression l'avait saisi, comme un malaise qu'il mit au compte du soleil qui tapait dur.

— Ce sont vos enfants qui vous font peine ? Je m'en occuperai comme des miens, aussi bien Nicolas que Clémence.

— Non, vous ne pouvez pas...

La voix d'homme gonfla, tenta de se faire plus convaincante :

— Elle a une bonne patte, Clémence. J'ai vu sa reproduction du « Chinois à l'insecte volant » sur une assiette pour le bureau de bienfaisance. Quelle finesse, et quelle sûreté de pinceau ! Elle promet. Je pourrai la prendre à l'atelier décoration, à la faïencerie...

« Monsieur Charles » ! Charles Durosel, le directeur de la faïencerie ! Nicolas tressaillit. Il lui semblait bien avoir reconnu la voix de celui qui le recevait de temps en temps chez Curé-Lacroix pour les commandes, mais n'osait le croire. Toujours cramponné à la poignée de porte de la boutique, il suait à grosses gouttes sous le soleil d'enfer.

— Et son « Chinois à l'ombrelle », sur faïence stannifère... elle maîtrise déjà bien le décor, petit et grand feu [1] ! Vous pouvez me croire : elle promet ! Elle pourrait commencer dès la semaine prochaine. Ça ne dépend que de votre décision ! Quant à Nicolas, c'est un homme maintenant...

Et voilà qu'il parlait de lui. Il avait insisté sur « homme », comme pour y redoubler d'intention.

— Il a déjà de quoi plaire, n'est-ce pas ? Il plaît ! De plus, il sait négocier, je peux en témoigner. Quand il vient...

— Alors, quoi, j'peux-t'y entrer, nom de bleu ? Qu'est-ce te fiches là, à t'cuire la couenne sur c't escalier au lieu d'laisser entrer les clients ?

Nicolas sursauta.

— J'veux du goudron d'Norvège pour ma jument qu'a les sabots qui s'fendent. T'en as, au moins ?

Au pied de l'escalier, en blaude largement échancrée sur la toison du poitrail, tignasse constellée de fleurs de foin, le paysan ventru cracha un long jet de chique noirâtre dans le caniveau.

— V'là qu't'écoutes aux portes, à c't' heure ?

— Bah... euh... je regardais si on ne pourrait pas arranger l'entrée contre la pluie, une marquise ou une véranda, comme qui dirait...

Chaleur et surprise, Nicolas avait viré à l'écarlate. Le paysan empoigna la rampe en soufflant comme un bœuf, racla ses sabots sur le décrottoir, par habitude.

1. Petit feu : le décor est peint sur de l'émail déjà cuit, puis subit une deuxième cuisson à température moins élevée. Grand feu : le décor est peint sur l'émail cru, puis est cuit en une seule fois, à haute température.

— La pluie ! Si seulement on en avait un peu, nom de bleu ! La pluie ! T'm'en fais une belle, toi, d'marquise ! On n'est pas près d'la voir installée, celle-là, pour sûr !

Il se mit à rire d'un rire gras qui finit en quinte de toux et couvrit le bruit de la clochette d'entrée. Il cracha des glaires verdâtres dans le massif de cœurs de Marie, au pied de l'escalier...

— Alors, t'en as, du goudron d'Norvège ?

La clochette n'avait pas fini de tinter la sortie du paysan que Justine fit son entrée dans la boutique.

— Ah, te voilà quand même ! Tu étais encore chez..

— C'était qui ?

— Quoi, qui ?

Passée derrière le comptoir, elle s'était baissée, remuait des cartons, poussait des caissettes, faisait mine de chercher quelque chose. Nicolas s'approcha, répéta d'une voix plus forte...

— C'était qui ?

Justine se redressa. Elle avait subitement pâli. La colère lui faisait des cernes noirâtres. Sa lèvre inférieure frémissait. Le bleu de ses yeux avait pris des reflets d'acier. Ses cheveux de cendre tirés en arrière, rassemblés en un chignon bas, lui dégageaient un front immense et laiteux.

— Est-ce que j'te d'mande...

— Oui, tu me demandes : « Tu étais encore chez... quand est-ce qu'elle va te lâcher ? » Alors moi aussi j'ai le droit de te poser des questions ! Il a passé la nuit ici, celui-là ?

D'un bond, Justine contourna le comptoir. Sa vivacité surprit tellement Nicolas qu'il recula d'un pas. Elle avait levé la main, comme pour le frapper Il s'était ressaisi. Bien campé sur ses deux jambes, il faisait front.

— Vas-y ! Bats-moi ! Tu ne l'as jamais fait ! Mais ça peut bien commencer, à c't' heure... pourquoi pas ?

La main était retombée. Justine regarda son fils comme si elle le voyait pour la première fois, des pieds à la tête, lentement, un sourire inquiétant au coin des lèvres. Il n'aurait su dire s'il y reconnaissait du défi, du mépris, ou de la détresse.

— Qu'est-ce qu'il te voulait, le Charles Durosel, hein... qu'est-ce qu'il est venu faire ici ?

Justine cracha plus qu'elle ne répondit :

— M'épouser ! T'es content, comme ça ? Tu voulais savoir... alors tu sais ! M'épouser ! Voilà ce qu'il me voulait ! J'vaux encore bien autant que ta salope ! M'épouser !

Voulait-elle profiter de l'effet de sa réponse ? Elle resta un long moment immobile devant son fils qui la regardait maintenant d'un air hébété. On aurait pu les croire subitement transformés, elle en statue de sel, lui en chien battu. Elle empoigna sa jupe, la releva d'un geste sec, gagna la porte du vestibule en trois enjambées, se retourna, balaya d'un geste court comptoir, rayons, vitrine et le reste.

— Débrouille-toi avec tout ça ! Moi, j'ai à faire ailleurs !

La porte d'entrée claqua. Nicolas sursauta. Un silence pesant lui tomba sur les épaules.

4

Mai 1854

Les vieux étendards tirés des placards, pas même poussiéreux, il avait suffi de quelques mois seulement pour que le fronton du vénérable hôtel de ville passe du drapeau blanc à fleurs de lys au drapeau tricolore de la République, puis à l'aigle impériale. Souvent, en réunion de Conseil, les élus se prenaient les pieds dans le tapis protocolaire, parlant qui « au nom du roi », qui « au nom du prince-président », qui « au nom de l'empereur » ! On avait en toute hâte changé les symboles sur les papiers officiels, les formules, les titres, et relevé la tête en retrouvant, sur la langue, la saveur de liberté dont le premier Empire avait saupoudré la vie sociale. On espérait beaucoup du nouveau régime. Mais on en avait déjà reçu, des interdictions, censure et coups de matraque ! Lors de l'enterrement de Lamennais au cimetière du Père-Lachaise, notamment, où les tenants de la démocratie avaient manifesté en hurlant la citation fameuse du défunt : « Nul n'apporte avec lui en naissant le droit de commander[1] ! »

---

1. Hugues-Félicité Robert de Lamennais, *Le Livre du peuple*, 1838.

A Rambervillers, comme ailleurs, on avait brutalement déchanté en découvrant la disparition de nombreux journaux et feuilles d'opinion, puis en apprenant le départ de l'armée française, aux côtés de celle de la perfide Angleterre, pour… la Crimée ! Waterloo n'était pourtant pas si loin ! Cette nouvelle amitié avec l'ennemi juré troublait bien des consciences et réveillait des vieilles lunes, surtout chez les vétérans qui portaient encore dans leur chair la trace des trop bienveillants projectiles offerts à Austerlitz ou dans l'enfer des Quatre-Bras par sa Gracieuse Majesté ! Que la Russie eût des visées sur la Turquie laissait les Français dans une profonde indifférence, plus encore les Vosgiens, qui estimaient à juste titre avoir payé leur tribut aux coalisés monarchistes d'Europe. N'en avaient-ils pas été récompensés par le Premier consul qui avait rebaptisé « place des Vosges » la ci-devant place Royale, considérée comme la plus belle de Paris ? Dans les boutiques, sur le marché, Aux Enfants des Vosges entre deux chopes de bière, on se disait en baissant le ton qu'on n'avait rien à faire là-bas, dans ces pays de sauvages tout juste sortis du Moyen Age ! Le choléra, qui tuait chez nous des escouades de pauvres gens, était autrement plus préoccupant ! Et le mariage de l'empereur, à Notre-Dame de Paris, en grande pompe, avec une aristocrate espagnole amidonnée jusqu'au menton, n'avait en rien rassuré – encore moins amusé – le peuple ! Depuis qu'il avait empoché le pouvoir, l'auteur de *L'Extinction du paupérisme* semblait évoluer à des années-lumière de sa foi sociale de départ. Quelques mois à peine après l'avènement d'un nouveau régime que tous avaient tout de même cru prometteur, avec, en prime, les risques de disette dus à des récoltes successives désastreuses, on commençait déjà à en être sérieusement fatigué !

Au premier étage de la mairie, les officiers recruteurs et le préfet en tenue de cérémonie, qui avaient craint pour leur chapeau à plumes dans le colimaçon de l'étroit escalier médiéval, paradaient au milieu des maires du canton derrière les registres de conscription ouverts. L'air était lourd, empestait le fauve et les remugles de bière.

Tôt le matin, convoqués par le maire de leur village, les jeunes hommes s'étaient assemblés sur la place où ils chahutaient et parlaient fort pour mieux oublier le sort qui les attendait, croire et faire croire qu'ils étaient prêts à affronter les sept ans de service national. On entendait, ici et là, des « Bon pour l'armée, bon pour les filles ! » repris en chœur par des groupes à l'œil pétillant de verjus.

A la queue leu leu, vareuse, chemise et chausses sur le bras pour qu'on leur vît le torse et les jambes afin d'éliminer les tordus, les cagneux, les mal foutus, rachitiques ou poitrines trop creuses, ils défilaient dans l'ordre, conformément aux exigences de la loi Soult, se présentaient à l'appel de leur nom, tiraient un carton dans le coffre de fabrique transformé en urne de circonstance. Les veinards tombés sur le bon numéro contenaient de justesse leur joie de ne pas aller finir leur jeunesse dans des contrées dont ils ne connaissaient même pas le nom ; rhabillés à la camp-volant[1], ils dégringolaient l'escalier en criant à tue-tête et filaient

1. Camp-volant : ainsi désignait-on, de la Champagne aux Ardennes, les nomades, bohémiens et autres romanichels.

sans demander leur reste, comme des lapins qui auraient réussi à échapper au collet. Les autres, l'œil subitement charbonneux, rajustaient leurs frusques, signaient le grand cahier, prenaient la direction de la sortie en balançant le papier, puis disparaissaient en grommelant dans l'étroit escalier, salués par un tonitruant « A tantôt ! Départ sur la place de l'église, à quatre heures ! Tout retardataire sera considéré comme déserteur ! » lancé par l'officier recruteur.

— Nicolas Goutfeux !

C'était son tour. Nicolas s'avança.

— Nicolas Goutfeux, né le 8 septembre 1835 à... Rambervillers... de Quirin Goutfeux et de Justine...

Nicolas dévisagea l'officier aboyeur, le préfet puis les maires avachis sur deux rangs, vit en un instant tous leurs défauts de figure et de col, verrues, goitres, pelades, chicots, cravates nouées à la diable. Derrière lui, dans la file d'attente, on toussait à cracher sang et mou ; devant lui, on donnait les premiers signes d'impatience. Il s'attarda longuement sur le chapeau à plumes du militaire, y abîma son regard tandis que défilaient derrière ses yeux la boutique, la Roseline, sa mère, les commandes, les livraisons à faire en ville... Clémence, la Roseline encore... sa mère...

— Tire un numéro !

Nicolas fit un pas en avant, prit une grande inspiration, plongea la main dans le coffre, retira le carton qu'il tendit à l'officier sans l'avoir lu.

— Maintenu dans ses foyers ! Circulez !

La voix des revues et du champ de manœuvres avait tonné.

— Au suivant ! Léonce Grandgirard !

Nicolas venait de recevoir un violent coup de gourdin derrière les oreilles. Sonné. Il chancela. Une vague monta en lui, de dégoût, de colère, de révolte, qu'il n'avait jamais connue jusque-là. Déjà le suivant le poussait vers le registre pour la signature. Il s'écarta en maugréant, refusa la plume qu'on lui tendait. Il venait d'avoir l'insupportable impression que la vie lui refusait sa chance d'aller respirer ailleurs que dans ce trou où deux femmes se disputaient ses jeunes loques ! Il avait bien pensé à l'engagement volontaire, mais le courage lui avait manqué. S'en était remis aux bontés d'un sort qui venait de le trahir. Il jeta un coup d'œil circulaire...

— ... Grandgirard et de Léopoldine...

Sur un banc, en fond de salle, torse nu, recroquevillé comme un vieillard, secoué de spasmes violents, un garçon de son âge contenait dans des bras trop longs pour lui des hardes puantes roulées en boule. Enveloppés dans des chaussettes russes [1] craquantes de crasse, ses pieds semblaient chercher les sabots qui avaient glissé sous le siège. Nicolas marcha vers lui, s'assit à son côté, le secoua par l'épaule. L'autre sanglota plus fort encore. Nicolas se leva, lui fit face, l'empoigna à deux mains, le secoua sèchement.

— Qu'est-ce que t'as ? Dis, qu'est-ce que t'as ?

Le gamin leva les yeux vers lui. Les larmes avaient dessiné des grandes coulasses sur ses joues. Il suffoquait.

— Alors... quoi ?

— J'm'en vas...

— T'as pas eu l'bon numéro !

L'autre acquiesça d'un mouvement de tête.

— Et alors ?

— La mère... toute seule... avec mes petits frères et sœurs... père... du choléra...

— Viens !

1. Chiffons.

L'autre écrasa sa morve entre les doigts, leva la tête d'un air pitoyable.

— Pas de sous !

— Je ne te demande rien ! Viens !

L'autre ne décollait pas de son banc.

— Viens, que j'te dis !

Nicolas lui saisit le bras, tira si fort que le gamin gémit, le força à se lever, le traîna devant le préfet. La file s'écarta ; l'officier recruteur se gratta la pouillotte [1] sous le catogan ; le préfet étira son cou de volaille dans le col droit ourlé d'argent. Tenant toujours l'autre par le bras, Nicolas s'était planté devant le conseil. Il regarda fixement l'officier, dit d'une voix forte et claire :

— Nicolas Goutfeux ! J'avais tiré le bon numéro, mais... je le donne à celui-là ! Je pars à sa place ! Où faut-il que je signe ?

Il se tourna vers l'autre, interloqué, qui s'essuyait le nez dans ses hardes.

— Allez, file ! Va retrouver ta mère ! Elle a plus besoin de toi que la mienne de moi ! Va !

A son retour, Nicolas fit le tour de la boutique comme s'il eût voulu en faire l'inventaire : chapeaux de paille, enfumoirs et cueille-essaims, panoplies de sécateurs, serpes et serpettes, faux, fourches, scies, couteaux à greffer et accessoires pour la barbe – il prit un blaireau, se le passa sur le menton en souriant d'un air curieux –, piles de savons et alignements de fioles d'eau de Cologne. Il s'arrêta longuement devant les présentoirs d'assiettes et plats de faïence, choisit une aiguière qu'il porta à hauteur de ses yeux, en suivit le décor floral du

1. Nuque.

bout de l'index, reconnut le trait vif et souple à la fois de sa sœur Clémence, la reposa presque religieusement sur son rayon puis, d'un bond de fauve, franchit la porte du vestibule en bousculant sa mère. Justine avait suivi le manège sans broncher, les mains nouées dans la vaste poche ventrale de son tablier.

Nicolas pendit son trousseau de clefs au crochet près de l'horloge, comme il le faisait chaque soir après avoir fermé portes et volets, de la vitrine surtout, puis s'engouffra dans l'escalier.

Le soir même, son ballot pendu à l'épaule, il prenait la route de Calais.

L'atelier ayant à finir une importante commande de vaisselle pour l'Italie, Clémence avait dû travailler tard ce soir-là. Elle n'avait pas revu son frère. Pas plus que Roseline ! A son retour, dès le seuil, elle avait été saisie par le parfum de lavande qui flottait dans le vestibule, celui de son frère, le dimanche après-midi, quand il allait retrouver les amis pour danser ou jouer aux quilles, ou les soirs de semaine, quand il se préparait à rejoindre la Roseline. Elle l'avait d'abord cru là-bas, dans la maison des Promenades, avec elle, mais... arrivée dans la cuisine, elle vit sa mère, assise face à la porte en bout de table, droite comme un piquet de parc, les deux mains posées à plat sur le bois luisant, le regard fixe et noir, le teint cireux ; elle vit Prunelle qui attendait à côté de sa gamelle vide ; elle vit la cuisinière éteinte. Elle frissonna, posa son sac sur la table, s'approcha de sa mère.

— Maman ! Où est Nic...

Justine regardait fixement un point près de l'entrée : le chapeau du père, pendu là depuis sa mort, que personne n'avait jamais osé enlever. Clémence sentit son corps se glacer. Elle tendit la main, la posa sur l'épaule immobile. La mère recula violemment, comme si la main de sa fille l'eût brûlée. Elle émit un grognement de bête, à la fois hurlement de colère et cri de douleur. Clémence recula, terrifiée. Prunelle s'enfuit, ventre à terre. Un silence de plomb coula sur les deux femmes, martelé à l'insupportable par le balancier de l'horloge.

Clémence s'était ressaisie. Elle allait reposer sa question quand un vacarme épouvantable retentit : fracas de la porte contre le mur du vestibule, bruit de chute d'objets et bris de verre. Folle furieuse, la Roseline fit irruption, se précipita sur Justine, l'empoigna par les cheveux, la tira si violemment que la mère chuta lourdement sur le sol. Elle hurlait :

— C'est toi, hein… toi qui l'as fait partir ! C'est toi…

Elle donnait de méchants coups de bottine dans le ventre de Justine qui, recroquevillée en chien de fusil, tentait de se protéger des avant-bras. Clémence se précipita. Le regard de la Roseline était terrifiant.

— C'est toi… pour qu'il ne vienne plus à la maison ! C'est toi… vieille salope !

Elle avait saisi la chaise, s'apprêtait à l'abattre sur la mère.

— Ça t'arrangeait pourtant qu'il vienne chez moi pour pouvoir coucher avec le Durosel pendant qu'la gamine était à l'usine, hein… Ça t'arrangeait bien !

Clémence empoigna tisonnier et pincettes, en donna un méchant coup sur les reins de la Roseline, qui se cabra aussitôt contre elle.

— Toi aussi, tu t'y mets ! Toutes les deux, maintenant !

Clémence avait levé le tisonnier à hauteur de la chevelure folle de l'autre, les pincettes en avant pour l'empêcher d'approcher, prête à frapper de nouveau.

— Sors ! Tout de suite ! Sors !

La voix blanche de la fille surprit Roseline qui hésita un instant, puis se contracta, toutes griffes dehors, ramassée pour bondir. Clémence fit un pas en avant, à la toucher.

— Sors !

Alors, Roseline fit volte-face, marcha vers la sortie, se retourna sur le seuil, cracha :

— On se retrouvera, pour sûr ! Vous entendrez parler de moi !

Elle disparut.

Le sol du vestibule était jonché de débris. La porte avait été projetée contre le mur avec une telle violence qu'elle avait décroché le saint Nicolas en image d'Epinal. Jusque-là le patron de la Lorraine dans son cadre de bois avait réussi à protéger la maison. Clémence eut l'impression qu'il les avait abandonnées. Elle s'accroupit, écarta l'image, ramassa les morceaux de verre, veillant à n'en oublier aucun, jusqu'à l'éclat le plus aigu qu'elle recueillait dans le creux de sa main, lentement, machinalement, comme absente désormais à la scène qu'elle venait de vivre.

Justine s'était mise à gémir. Clémence se redressa, contempla un moment l'image déchirée du saint, rentra dans la cuisine, jeta les débris de verre dans le seau à charbon, se tourna vers sa mère qui, à quatre pattes, faisait des efforts pour se relever. Une ecchymose violacée lui fermait l'œil droit.

— Alors, tu m'aides ! Qu'est-ce que t'attends ?

Clémence se sentit soudain très forte.

— Que tu répondes à mes questions...

Justine s'agrippa à la table. Elle fit une grimace effroyable.

— C'est moi qui pose les questions, ici... pas toi !

— Alors tu te relèveras seule !

Le ton de sa réponse surprit Clémence elle-même, comme son hésitation à porter secours à sa mère. Le cœur déchiré, elle regarda longuement cette femme terrassée qui lui lançait des regards terribles, ne vit plus dans ses mouvements de douleur que des postures de comédie, dans ses plaintes rien d'autre que la volonté de l'impressionner. Elle se dit que si elle y cédait, là, à ce moment précis, c'était toute sa vie qui risquait de passer à la trappe. Elle se raidit. Tout de même... c'était sa mère, là, à ses pieds, qui lui tendait la main ! Elle eut l'impression de n'y voir qu'une étrange mauvaise tragédienne. Brutalement, tout venait de changer.

— Aide-moi !

— Pas tant que je n'aurai pas mes réponses !

La pupille agrandie par la fureur, Justine tenta de se redresser, retomba à genoux aux pieds de sa fille, cramponnée à la table.

— Alors, où est Nicolas ?

La mère soutint quelques secondes encore le regard de Clémence, puis baissa la tête.

— Parti... armée... t'a laissé un billet sur le vaisselier !

Elle avait soufflé entre les dents des mots qui renâclaient à quitter sa bouche.

— Et...

— Quoi encore ?

— C'est vrai... pour le Charles Durosel ?

— J'ai pas de comptes à te rendre !

— Moi j'en ai à te demander, parce qu'ils me concernent ! C'est parce que tu as couché avec lui qu'il m'a embauchée ? Dis... dis-moi...

Des sanglots lui encombrèrent la gorge qu'elle ravala aussitôt.

— Dis-moi... maman...

Alors, en un éclair, tout redevint comme avant. Elle tendit la main, toucha l'épaule de sa mère, vit son visage inondé de larmes, et la détresse, et la douleur, vraies cette fois.

— Viens.

Elles restèrent très longtemps enlacées, secouées par les sanglots, se respirant l'une l'autre, se baisant le cou, les larmes de l'une mouillant la chevelure de l'autre. Prunelle avait fait une tentative de retour ; hésitante, elle se glissa jusqu'à son panier que la mêlée avait propulsé contre l'horloge, y resta sur ses gardes le temps d'apercevoir sa gamelle de lait vide, s'y lova, s'endormit, le museau dans les pattes en rond.

Clémence se dégagea la première, fourragea dans la caisse à bois, froissa du papier d'emballage en reniflant, le jeta dans la cuisinière avec du petit bois, craqua une allumette de contrebande, regarda les flammes s'épanouir par la porte ouverte du foyer. Des boules de plomb roulaient dans sa tête. Bientôt, le feu ronfla. Elle jeta une bûche, puis une autre, marcha vers le vaisselier.

Justine avait redressé la chaise, s'était assise, immobile, les mains à plat sur les cuisses, comme hypnotisée par le jeu des flammes dans le foyer.

Clémence trouva le billet du Nicolas, le déplia, vint s'asseoir à côté de sa mère, commença la lecture à haute voix :

— « Ma petite sœur. J'espère que tu ne m'en voudras pas, mais c'était aujourd'hui la conscription et j'ai dû partir. Pas parce que j'avais tiré le mauvais numéro.

J'avais le bon. Mais je l'ai donné à un pauvre gars de Romont que le père est mort du choléra et que la mère est toute seule avec des petits. Pour sûr, c'est bien dur aussi chez nous depuis la mort du père, mais tu es grande maintenant. Tu n'as plus besoin de moi. Tu sais travailler et tu tiendras la boutique aussi bien que moi avec la mère. Moi, je ne pouvais plus rester. Fallait que je m'en aille. Alors je m'en vais. A la guerre en Crimée, qu'ils ont dit. Je ne sais pas où c'est, mais ils trouveront bien pour moi ! Et quand je reviendrai, je serai quelqu'un ! Je t'embrasse tout fort. Je t'écrirai, si je peux. Ton frère Nicolas. »

5

Juin 1856

Levée depuis plus de deux heures, Clémence avait déjà travaillé aux comptes de la boutique et esquissé quelques décors dans son carnet de croquis quand sa mère la rejoignit à la cuisine. Il faisait bon. La cafetière chantait doucement sa mélodie de source et mêlait les arômes du café-chicorée au parfum du lilas mauve entré à pleines brassées par la fenêtre ouverte. Des merles se chamaillaient sous les noisetiers de la cour. Certes, il avait beaucoup plu ces dernières semaines, mais la Lorraine semblait préservée des grandes catastrophes dont souffrait tout le sud du pays. La Loire, l'Allier, le Rhône, tous leurs affluents, de la plus prétentieuse rivière à la moindre rigole, avaient bondi hors de leur lit, jetant sur les routes des milliers de réfugiés. Au point que l'empereur avait voulu visiter Lyon, Valence, Avignon, Arles, insistant pour gagner Tarascon en barque, au prix de risques énormes qui avaient terrorisé son entourage. A Rambervillers, si la Mortagne avait donné quelques signes d'énervement contre le pont des Laboureurs et la passerelle des Promenades, elle s'était bien vite assagie, et le printemps coulait des jours calmes dans une campagne paisible.

Depuis qu'elle avait repris la boutique, Clémence n'avait pas eu le temps de regretter son départ de la faïencerie, encore moins de souffler. Elle avait laissé tomber papier, crayons et pinceaux pour se consacrer tout entière au commerce. Pas vraiment par plaisir, mais il l'avait bien fallu !

La mère avait sombré dans une sorte de mélancolie dont elle ne sortait que par à-coups, une colère qui semblait ne jamais devoir s'éteindre. Prunelle était morte. Clémence l'avait trouvée au matin, en rond dans son panier, raide et froide déjà.

Justine n'en avait rien manifesté. Indifférente à tout. Absente. Il lui arrivait même, parfois, de disparaître plusieurs heures durant. Elle rentrait à la nuit tombante en rasant les murs pour éviter les rencontres, filait directement dans sa chambre sans même un regard à la vitrine dont pourtant elle avait été si fière autrefois. Seule, Clémence avait repris la gestion de la boutique, l'approvisionnement, l'agencement des rayons, la présence au comptoir, assurait les livraisons le soir, après l'heure de fermeture, et l'entretien de la maison. Puis, les habitudes venant, elle avait réussi à glaner quelques heures de liberté, ici et là, qu'elle consacrait toujours à sa passion pour le dessin. Chaque jour passé sans ouvrir son carnet de croquis lui semblait avoir été vécu pour rien, perdu, même si le commerce avait été bon. Son rêve : se faire construire au fond du jardin une baraque en planches qui lui servirait d'atelier, qu'elle équiperait d'un four pour cuire ses propres créations. Elle en rêvait au point que, en novembre de l'année précédente, elle en avait parlé à sa mère qui, passé le premier moment de stupeur, était partie dans une cascade d'éclats de rire, à ne plus pouvoir reprendre souffle.

« Ah ! Ah ! Ah ! Elles ne sont donc pas assez belles pour toi, nos faïences ? Il t'en faut d'autres, des plus belles, des plus... précieuses ! »

Elle avait tordu la bouche et sifflé longuement le « précieuses » entre ses dents.

« Si, mais... j'ai des idées, envie d'en faire moi-même !

— En faire toi-même ! Tu ferais mieux d'essayer de vendre correctement celles qu'on a au magasin ! Mais peut-être qu'elles te plaisent pas, que tu les trouves moches, que j'ai pas su les choisir, que j'y connais rien ! C'est ça ? J'y connais rien !

— Mais non, maman, je ne pense pas... »

Justine s'était mise à marcher de long en large dans la cuisine ; elle tournait autour de la table comme une furie, froissait l'air de ses longs bras qu'elle tordait comme les branches des hêtres tortillards dans le Bois-Béni.

« Tu ne penses pas ! Tu ne penses pas ! Si, tu le penses ! Ça s'entend à des lieues que tu le penses ! Tu le penses tellement fort que la maison en est pleine, pleine, pleine, pleine, pleine, pleine, pleine... »

Ses mains battaient l'espace comme si elle avait voulu le prendre, le couvrir, l'enfermer tout entier dans ses paumes. Son chignon s'était défait ; les cheveux virevoltaient autour de son visage ; elle ressemblait aux images de sorcières que montraient autrefois les sœurs de l'école à leurs élèves.

« Alors, si t'es si maline, fais-les donc toi-même, les faïences ! Vas-y ! Fais-les, que je rigole un peu ! Vas-y donc ! J'ai besoin de rire ! Ah ! Ah ! Ah ! »

Elle s'était précipitée dans la boutique, avait fait le geste de balayer d'un mouvement de bras le rayon des plats, assiettes et vases, en grognant comme une louve, puis elle avait disparu dans la rue sous des trombes d'eau.

Charles Durosel l'avait ramenée dans sa voiture deux heures plus tard. Il l'avait déposée sur le trottoir, avait fait tinter la sonnette de la boutique, l'avait poussée à l'intérieur. Il tombait des cordes. Elle était trempée jusqu'aux os. Il n'était pas entré, avait seulement glissé à Clémence, sur le perron : « Je rentrais de Jeanménil... en passant devant la chapelle Saint-Antoine, je l'ai aperçue au cimetière : elle était assise sur la tombe de ton père ; alors... voilà ! » Il avait refermé la porte en murmurant : « Bon courage ! » La sonnette avait longuement retenti par toute la maison.

Le lendemain, tremblante de fièvre, Justine n'avait pas pu quitter la chambre. Elle toussait à s'en arracher la poitrine, trempait les draps à mesure que Clémence les changeait, délirait par moments. Arrivé en fin de matinée, le médecin avait grommelé des « Mumm... mumm... » en rangeant le stéthoscope dans son étui, jeté sur sa feuille d'ordonnance une liste de drogues et potions à administrer d'urgence à la malade. Au moment de sortir, il avait glissé à Clémence : « File acheter tout ça à l'hôtel-Dieu, fais-lui prendre et surveille-la. Si besoin, fais-moi chercher ! » Il avait dévalé l'escalier. Son fouet avait claqué sur la croupe du cheval. Il pleuvait toujours à verse.

Alors, Clémence avait bourré le poêle de bon bois bien sec, laissé ouvertes toutes les portes pour que la chaleur circule, jeté sur ses épaules une grande pèlerine de drap, pris dans le tiroir-caisse quelques pièces et billets. Puis, sous les trombes d'eau, elle s'était élancée vers l'hôtel-Dieu, là-bas, à l'autre bout de la ville, vers le faubourg d'Epinal.

Elle avait dû attendre longtemps dans la pharmacie. Assise sur un tabouret, elle avait passé le temps des préparations à suivre les mouvements lents de la sœur en cornette et tablier blanc au pan relevé sur la robe de drap noir qui, lorsqu'elle se hissait pour atteindre les pots les plus haut perchés, laissait apercevoir des chevilles fines d'un blanc de porcelaine. Les pots ! Elle les avait contemplés, ces pots sur leurs rayonnages ordonnancés par des travées de boiseries reliées entre elles par d'élégantes arches moulurées, nombre d'entre eux sortis des fours de la faïencerie Curé-Lacroix[1] ; elle les avait comptés et recomptés – cent cinquante-deux ! –, en avait admiré le décor : albarelles au col étroit pour une meilleure prise en main, chevrettes pansues à bec verseur pour les sirops, piluliers, pots à canon et pots couverts, surmontés d'une pomme de pin, tous décorés d'un élégant rinceau de feuillages formant cartouche, au centre duquel elle dégustait à voix basse les « sirop de pavot... poudre de réglisse... guimauve pulvérisée... balsame nerviam... ». Odeurs de camphre, eucalyptus, encaustique, encens et menthe mêlées, une douce torpeur l'avait saisie, dont la sœur pharmacienne la tira d'un péremptoire « Voilà, mademoiselle ! ».

A son retour, elle avait dû ranimer un feu moribond. Sa mère dormait profondément sous le plumon qui ne laissait paraître que quelques mèches de cheveux. Quelques jours plus tard, les drogues de l'hôtel-Dieu avaient fait leur effet. Justine s'en était sortie juste à temps pour mettre une orange et trois carrés de

1. Cette collection exceptionnelle est visible aujourd'hui au musée de la Terre de Rambervillers.

cotignac[1] dans la chaussure de sa fille, que le geste avait surprise, le matin de la Saint-Nicolas !

Les semaines, les mois avaient coulé sur l'incident. Clémence n'avait jamais plus abordé le sujet de sa passion pour la céramique. Mais, dès qu'elle le pouvait, elle mettait trois sous de côté, un pour les lendemains incertains de la mère, un pour le retour de Nicolas, et un pour elle, pour son atelier qu'elle serait fière de lui faire visiter quand il rentrerait de ces pays d'où il ne donnait aucune nouvelle.

Sa seule lettre, jetée à la poste de Calais juste au moment d'embarquer avec le corps expéditionnaire du général Baraguey d'Hilliers, un vieux de la vieille d'Orient sur place déjà depuis de nombreux mois pour tenter de régler le problème russo-turc par la diplomatie, décrivait un port plein comme un œuf d'hommes, de pièces d'artillerie avec leurs affûts, de caisses de munition et de barils de poudre, de sacs de farine et de tonneaux de vin, de chevaux, de monceaux de sacs à terre pour les fortifications, de balles de foin, d'empilements de couvertures et tentes-abris, et d'un fatras inimaginable de pelles, pioches, piquets de fascine, madriers et planches de sapin. Il y pointait tous les encombrements du port comme il l'avait fait des rayons de la boutique au moment de l'inventaire. Clémence avait cru y déceler une pointe de regret. Mais, connaissant bien son frère, elle en avait vite chassé l'impression pour n'y voir, peut-être, que de la nostalgie ! Il y disait avoir fait bon voyage, se bien porter, et espérer que tout allait pour le mieux « chez nous ».

1. Pâte de fruit à base de coing.

Deux ans déjà qu'il était parti ! Depuis, pas une lettre, pas un mot, pas un signe ! Les nouvelles de là-bas, rapportées par *Le Moniteur universel*, ne parlaient que de victoires, d'actes d'héroïsme des armées alliées contre les barbares russes. On y racontait les débarquements-rembarquements de Gallipoli, le courage du général Leroy de Saint-Arnaud présent sur tous les fronts malgré sa maladie de cœur, les atermoiements anglais de Varna présentés de façon diplomatique comme de la prudence, la terrible bataille du fleuve Alma, que les Russes de Menchikov croyaient infranchissable, où « les zouaves du général Bosquet firent merveille », bataille présentée avec force coups de trompettes comme « la revanche de Waterloo », mais... rien qui eût permis de situer Nicolas ou d'en deviner l'existence : on ne savait même pas dans quelle unité il combattait !

Elle avait acheté des matériaux, fait assembler une solide charpente, habiller les murs de madriers aussi épais que la main, et couvrir l'ensemble de laves [1] qui faisaient ressembler l'édifice à une ferme de la montagne vosgienne. Souvent, entre deux clients, elle y filait respirer la bonne odeur de bois. « Chêne debout, sapin couché ! » lui avaient répété les hommes de l'art à califourchon sur les pannes (il y en avait toujours un pour profiter de la pause et, après avoir corné dans le litre de vin en permanence à portée de main, conclure par un « Comme l'homme qu'a bien œuvré... n'em don' [2] ? »). Elle y remesurait l'emplacement du tour mécanique, comme si elle craignait de ne pouvoir le loger, celui de

1. Pierres plates de grès tirées de carrières de la Vôge, le Sud vosgien.
2. « N'est-ce pas ? »

son établi, recomptait les étagères qui seraient nécessaires pour le rangement des outils et le stockage des productions. Elle s'y voyait déjà, prenait une dernière grande inspiration, puis refilait vers le comptoir où sa mère l'attendait en ricanant.

Justine ne faisait plus grand-chose, ni à la cuisine, ni dans sa chambre, ni dans la réserve. Le matin, elle traînait un balai ici et là, tentait parfois d'arranger son lit, traversait la boutique pour aller sur l'escalier voir le temps qu'il faisait, se mettait de temps en temps au fourneau pour cuire une omelette ou une quiche que Clémence savourait en pensant à Nicolas. Sans un mot. Elles ne se parlaient pas. L'après-midi, Justine s'enfermait dans sa chambre. On n'entendait plus aucun bruit, sauf, parfois, celui de boîtes traînées sur le parquet, de couvercles qui claquaient. Clémence avait aperçu, sous son lit, dissimulées par les pans de draps et de couvertures, des caisses de bois blanc. Que pouvaient-elles contenir ? Elle n'avait jamais cherché à le savoir. De plus en plus souvent, fagotée à la diable, sa mère sortait en trombe, rentrait des heures plus tard, crottée jusqu'aux genoux. Jamais elle n'avait remis les pieds dans la cour.

Un après-midi, la sonnette de la boutique clinqua doucement, comme si on avait voulu la retenir. Clémence se précipita. Devant elle, Charles Durosel.

— Elle n'est pas là ?

Il s'était avancé, tendait la main.

Stupéfaite, Clémence ne put que balbutier :

— Si… là-haut !

— Je peux ?

— Peut-être… je crois qu'elle dort… mais, c'est pour…

Il posa gants et chapeau sur le comptoir, jeta un coup d'œil circulaire aux marchandises en rayon, s'approcha de Clémence, qui avait reculé d'un pas.

— Ne craignez rien, Clémence ! C'est pour vous que je suis venu, pas pour elle ! Enfin... pour elle aussi, si je peux l'aider... mais... pour vous surtout !

— Comment ? Pour moi ? Mais je n'ai rien demandé ! Je ne demande rien à personne, vous savez ! Je m'en sors très bien toute seule ! Voyez : tout est tenu, et notre commerce...

Un doigt sur les lèvres, le regard indiquant l'étage, il l'invita à parler moins fort. Sur la défensive, Clémence se méfiait de ce que pouvait bien lui vouloir cet homme.

— Je sais, mais... écoutez-moi, si vous le voulez bien.

Le ton bienveillant de Charles et ses gestes apaisants commençaient à faire leur effet. Pourtant, Clémence tenta encore de le dissuader de parler :

— Je ne comprends...

— Il n'y a rien à comprendre, Clémence, seulement à écouter. Ce que j'ai à vous dire est de première importance et devra rester entre nous !

Levant un doigt convaincant, il insista :

— Entre nous, entendez-moi bien... entre nous !

Il s'était mis à parler bas, d'une voix feutrée, sur un ton de confidence que Clémence ne lui avait jamais connu à l'usine. Il portait une fine moustache prolongée sous le menton par une barbiche à l'impériale qui, à chaque parole, effleurait une cravate de soie haut nouée, couleur gorge de pigeon. Un léger frémissement de la paupière gauche donnait à son regard d'un bleu transparent un brin de coquinerie que Clémence reçut comme une invitation à la complicité. Elle se rapprocha.

— Voilà...

Il sembla chercher ses mots, en trouva quelques-uns qu'il prononça lentement, en réfléchissant bien aux suivants :

— Vous savez sans doute que notre manufacture de faïences est une maison vieille de plus d'un siècle. Quatorze ans après l'annexion[1], elle avait racheté à la famille de Chambrette, fondatrice de Lunéville, celle de Moyen, qui maîtrisait parfaitement la technique du petit feu depuis quelque temps et produisait de fort belles choses. Nos ancêtres avaient pensé que le mariage des deux renforcerait la position commerciale de l'ensemble...

L'œil rivé sur le frémissement de la paupière gauche de son interlocuteur qui s'accentuait sur certains mots, Clémence se demandait de plus en plus ce que lui voulait cet homme qu'elle avait eu, elle, comme patron, et sa mère comme... Elle découvrit, piquée dans la cravate, une petite perle d'améthyste qui, apparaissant-disparaissant au rythme du monologue, lui permit d'évacuer l'image de sa mère.

— J'ai l'impression de vous ennuyer, avec cette histoire, mais...

— Non, non... je vous écoute !

— Bon, je vais essayer de faire court ! D'autant que...

Il jeta un regard interrogateur vers l'étage.

— Vous êtes certaine que...

— On l'entendrait, si elle se levait. On entend le moindre pas, d'ici. Le parquet grince. C'est comme ça que je la surveille.

— On entend tout, y compris les conversations ?

Il avait eu subitement l'air très inquiet.

---

1. Celle de la Lorraine par la France, en 1766, après la mort de Stanislas Leszczynski, beau-père de Louis XV.

— On entend seulement comme un bourdonnement, là-haut ; on ne peut pas comprendre ce qu'on dit. Je vous écoute.

Elle s'était mise à chuchoter, elle aussi.

— Bon, voilà ! Quelques années plus tard, les épidémies se sont abattues sur le pays, et la misère : les affaires ont commencé à mal tourner. Tellement qu'ils ont dû fermer Moyen juste avant la Révolution ! Alors nous avons repris ici, à Rambervillers, les fabrications de là-bas, toutes ces porcelaines avec les décors à l'oiseau, au Chinois, semés de papillons ou de hannetons que vous connaissez aussi bien que moi. D'ailleurs, j'en vois là !

Du regard, il désigna les piles de vaisselle et les assiettes et plats sur les présentoirs. D'un geste, elle lui avait fait signe d'aller s'asseoir sur un tabouret dans le coin de la boutique invisible de la rue. Puis elle l'avait contourné pour aller donner un tour de clé à la porte d'entrée. C'est qu'il commençait à l'intéresser, ce Charles Durosel ! Elle revint vers lui, déplaça en silence un autre tabouret, s'assit face à lui.

— Tout a bien marché pour nous…

Il se reprit vivement.

— Tout marche bien pour nous, mais…

— Mais ?

— Tout devient difficile. Nous travaillons encore bien pour les pays méditerranéens mais, malgré nos ventes à six mois de terme et notre escompte de six pour cent pour comptant, nos clients paient de plus en plus difficilement. En outre, depuis que les nouveaux politiques ont chamboulé le régime douanier, nous avons perdu toute notre clientèle suisse ! C'était, de loin, la plus importante !

Il s'affaissa, comme si un poids considérable s'était abattu sur ses épaules.

— Ah ! Elles sont loin, nos belles exportations d'autrefois ! Quand je me souviens : plus de trente mille pièces pour le marché intérieur, quarante mille pour l'exportation, Italie et Suisse ! Par an, chère Clémence, par an ! Aujourd'hui...

Il s'interrompit pour reprendre souffle. L'oreille dressée, l'œil en coin vers l'étage, il se redressa, rajusta le col de sa jaquette, lissa sa barbiche, avança le menton.

— Vous voyez ce que je veux dire ?

Clémence comprenait bien que l'entreprise allait connaître une période difficile, qu'elle la connaissait peut-être déjà, et qu'elle en subirait certainement des conséquences sévères dans son commerce, mais... quoi ? Qu'avait-elle à faire dans cette histoire ? Bien sûr, la faïencerie était un poids lourd de l'économie locale ! Mais il y avait bien d'autres industriels et artisans, des tanneries tout le long de la Mortagne, des potiers de terre, des papetiers, des tisserands, des charretiers, des négociants en vins, des façonneurs de métaux ! Quoi ? La vie n'allait pas s'arrêter parce que la faïencerie connaissait des difficultés passagères, tout de même ! On en avait vu d'autres, depuis des années de changements de drapeau au fronton de la mairie, chaque semaine ou presque ! Charles se tassa sur son tabouret. Elle comprit que le plus grave allait suivre.

— Vous vous demandez bien pourquoi je vous raconte tout ça, et je vous comprends. Alors, écoutez-moi bien, quelques minutes encore.

Clémence n'avait pas bougé. Elle se sentait prête à en savoir davantage, maintenant qu'elle avait appris l'essentiel.

— Ça va tellement mal... qu'il se pourrait bien... qu'on... ferme ! Demain, dans six mois, dans cinq ans ? Quand ? C'est la seule chose que je ne sache pas ! Mais que nous risquions de fermer, comme à Moyen en 1788, ça je le sais ! Voilà ce qui nous pend au nez, Clémence ! Voilà !

Il parut soudain soulagé de l'avoir dit. Mais le coup avait porté. Clémence le regardait maintenant d'un air abasourdi. Il ne lissait plus sa barbiche. La perle d'améthyste avait trouvé refuge dans l'épaisseur de la cravate. Sa paupière ne frémissait plus. Il observait Clémence fixement, une étrange lueur dans la prunelle. Quelque chose était encore à venir. Clémence porta son regard autour d'elle, comme pour vérifier que son monde tenait toujours debout. Tout y était à sa place : les enfumoirs, tonneaux de harengs, pelles, pioches et sécateurs de toutes tailles, chapeaux de paille, cueille-essaims, serpes et serpettes, faux, fourches, scies, couteaux à greffer et accessoires pour la barbe, piles de savons et alignements de fioles d'eau de Cologne. Pour combien de temps ? Charles avait suivi son regard. Il savait désormais qu'elle avait compris, et mesurait la profondeur de son désarroi.

— Je ne suis pas venu pour vous faire peur, chère Clémence, mais...

« Chère Clémence ! » Elle reprit brutalement contact avec ses mots à lui, les replaça dans sa situation à elle, à elles !

— ... mais pour vous faire une proposition...

— Non ! Non, pas ça !

Elle fit mine de se lever. Il la retint par la main.

— Ne vous méprenez pas, chère Clémence, surtout pas.

— Quoi alors ?

Elle s'était subitement remise sur ses gardes, prête à se défendre, à trouver les arguments à opposer à ceux de l'homme. Elle le savait veuf depuis des années. Combien ? Elle n'aurait su le dire. Sans enfants connus. Il en avait peut-être, mais nul n'en avait jamais entendu parler, sauf quelques vagues allusions de sa part. Et, s'ils existaient, ils n'étaient pas dans la région. Il sourit.

— Qu'allez-vous imaginer, chère Clémence ?

Elle se sentit rougir jusqu'aux racines des cheveux.

— Ma vie est désormais d'un calme monacal ! Je vais bien de temps en temps à Nancy, si vous voyez ce que je veux dire, je vous l'avoue, mais ça ne regarde que moi et, surtout, cela n'a aucune conséquence sur mes engagements ici !

Il avait appuyé sur le « si vous voyez ce que je veux dire »...

Elle vira à l'écarlate.

— Allons, chère Clémence, il n'y a là rien que de très naturel, croyez-moi. L'important, le voici !

Clémence s'était à nouveau assise sur son tabouret, face à lui, les mains sur les genoux, le buste bien droit. Son trouble s'était dissipé. Elle avait repris son assurance, regardait Charles droit dans les yeux.

— Je vous écoute.

Il lui adressa un sourire entendu.

— Vous retombez vite sur vos pieds ! C'est rare, pour une jeune femme de votre âge. J'aime ça, voyez-vous, j'aime ce tempérament ! C'est aussi pour cette raison que je suis venu vous parler.

Il leva la tête, promena son regard dans les poutres du plafond, comme pour y chercher le bon agencement de sa phrase.

— Les ventes vont mal. Si ça continue, je devrai arrêter un four, le plus ancien, qui nous donne bien des soucis techniques.

Il regarda Clémence avec insistance.

— Evidemment, ce que je vous dis là doit rester strictement entre nous. Mais je sais que je peux vous faire confiance !

Il lissa sa barbiche à l'impériale, sourit.

— J'ai bien prévu de le restaurer. J'attends même une livraison de nouvelles briques réfractaires, des Wolf, de Rollhofen en Bavière, les meilleures. Mais si les ventes continuent à dégringoler, je devrai bien me résoudre à y renoncer. Pourtant, ce n'est pas mon genre ! Supposons que nous le démontions : il y aura des quantités de bons matériaux à récupérer, de quoi construire un autre four, plus petit, certes, beaucoup plus petit, adapté à un petit atelier, pour une production plus confidentielle, si vous voyez ce que je veux dire... une production artisanale ! Et puis, il y aura ces briques toutes neuves, de première qualité. Elles seront disponibles.

Clémence n'avait pas bougé d'un cheveu. Elle entendait la voix de Charles, les mots de Charles, les phrases de Charles, n'osait croire que ce qu'elle entrevoyait dans son discours pouvait être ce qu'il allait proposer, rejetait déjà les images qui se bousculaient dans sa tête pour n'avoir pas à être déçue, au cas où... Charles se pencha vers elle, lui souffla à l'oreille :

— Ils seront pour vous, ces matériaux, ces briques, ce four dont je parle, si les choses tournent mal pour nous ! Je m'en suis ouvert à monsieur de Ménonville[1], qui a bien reçu ma proposition. Pour vous !

Elle eut un mouvement de recul.

— Mais ça coûte une fortune ! Ce ne sont pas mes économies qui...

— Qui vous parle d'argent ?

— Mais...

— Je vais même faire davantage encore, si vous en êtes d'accord !

1. Directeur général de la faïencerie, apparenté aux propriétaires Curé-Lacroix.

Clémence se demanda si elle était bien là, dans sa boutique, assise sur son tabouret, en face de cet homme qui lui parlait posément d'un four à céramique pour son atelier. Charles s'était redressé pour le « si vous en êtes d'accord », prononcé sur un ton proche de celui des affaires, celui du chef d'entreprise qu'elle avait côtoyé dans les ateliers de la manufacture, un ton qui lui fit prendre la mesure concrète de l'offre de Charles.

— Je vais même vous le faire construire par deux de mes ouvriers spécialisés. Ainsi, nous aurons la garantie d'un montage dans les règles de l'art. Qu'en dites-vous ?

— Pourquoi faites-vous ça ?

— Toujours et encore votre méfiance, chère Clémence ! Mais comme je vous comprends ! Pourquoi je fais ça ?

Charles lissa sa barbiche à l'impériale, rajusta le col de sa jaquette sur la cravate, libérant la perle d'améthyste. Il sourit.

— Parce que je crois en vous, simplement ! Je crois en vous, chère Clémence !

— Vous croyez en moi ?

— Oui, en votre talent, en votre courage, en votre détermination.

Il reprit son ton de patron :

— Si les choses tournent mal à la manufacture, la céramique de qualité telle que nous la fabriquons ici, à Rambervillers, dans la belle tradition de Lorraine, cette céramique... disparaîtra ! Et ça, voyez-vous, je ne pourrais pas le supporter !

Il se rapprocha une nouvelle fois de Clémence.

— Je ne le veux pas ! Il faudra quelqu'un de passionné et de vrai talent pour sauver nos Chinois, nos oiseaux branchés, quelqu'un d'assez fou, envers et contre tous, pour faire voler encore dans cette boutique et ailleurs nos hannetons et nos papillons comme ils y volent aujourd'hui !

Il ouvrit les mains comme le prêtre en fin d'oraison.

— Voilà, chère Clémence ! J'ai dit, et j'en ai fini !

Elle était comme hypnotisée par la perle d'améthyste de la cravate qui se découvrait, se cachait, puis réapparaissait au rythme des annonces de Charles. Il s'en aperçut, glissa :

— Vous la trouvez belle, n'est-ce pas ? Je la porte pour ses vertus ! On la dit symbole de sagesse. Par sa présence à mon cou, j'espère en gagner un peu. On la dit aussi capable d'éloigner…

Il prit un temps, arbora un sourire malicieux qui lui allait bien.

— … capable d'éloigner les vipères, et… les mauvaises femmes !

Son œil pétilla soudain.

— Alors, chère Clémence, réfléchissez ! Nous ne sommes pas dans une urgence folle, mais j'ai hâte de connaître votre décision. Il se peut que les travaux de démontage commencent plus tôt que…

Il n'eut pas le temps de finir sa phrase. Le plancher de l'étage s'était mis à craquer, des pas, des bruits de savate qu'on traînait, une quinte de toux suivie de raclements gras de gorge.

— Clémeeence !

La voix de Justine perça le plafond. Charles bondit en même temps que Clémence. Un instant, ils se trouvèrent face à face, nez à nez, souffle dans souffle.

— Répondez-moi vite ! Faites-moi passer un billet à la faïencerie ! Je file !

Charles avait déjà saisi son chapeau, fait signe à Clémence de lui ouvrir la porte, basculé dans l'escalier, disparu derrière un fiacre dont le cheval surpris coucha les oreilles et fit un écart en roulant des yeux ronds comme des boules de billard. Le cocher jura. Le fouet claqua. La sonnette de la boutique bredouillait un son aigrelet.

— Clémeeeeence !

Insupportables, cette façon de hurler, et ces exigences de vieille aristocrate ! « Clémence… ici ! Là ! Fais ceci ! Cherche cela ! », comme à un chien savant. La première fois, Justine avait explosé d'une colère noire en milieu d'après-midi parce que, occupée en boutique par trois clients, sa fille n'avait pas réagi tout de suite à son appel. De sa chambre, elle s'était mise à pousser des cris si violents qu'ils avaient fait se retourner les passants dans la rue. Les clients avaient rentré la tête dans les épaules. Passé l'étonnement et la crainte, ils avaient adressé à Clémence des signes discrets de compassion. Le bruit s'était alors répandu dans la ville du dérangement de la Justine Goutfeux, suite au départ de son fils pour les armées de Crimée. Sous prétexte d'acheter un savon de Marseille ou des plaquettes de soufre pour la futaille, quelques femmes s'étaient précipitées – lentement – dans l'espoir de la voir, de parler avec elle, et de juger par elles-mêmes. Elles l'avaient vue, n'en avaient rien tiré, en étaient restées pour leurs frais ; ce qui ne les avait pas empêchées d'ajouter à la rumeur de folie. En bas, quand elle apparaissait, Justine jouait une comédie parfaite de commerçante attentive aux besoins de la clientèle, et de bonne mère. Mais elle n'apparaissait plus que très rarement.

Depuis ce jour, tous les après-midi, elle piquait sa crise de hurlements. Si Clémence ne montait pas assez vite, elle dévalait l'escalier, traversait le vestibule en poussant des cris de bête qu'on égorge, faisait irruption dans la boutique en renouant son chignon puis, subitement calmée s'il y avait du monde, forçait un sourire en arrangeant les plis de sa jupe, s'installait au comptoir, prête à servir. La sonnette n'avait pas fini de tinter derrière le dernier client que les cris reprenaient, et les ordres, et les invectives.

— Alors ?

Sur le pas de la porte, Justine tentait de contenir sa chevelure filasse. Elle soufflait comme un animal forcé, prête à bondir.

— Alors, te voilà quand même ! Depuis quand je dois atten...

Sur le comptoir, en même temps que sa fille qui n'eut pas le temps de réagir, elle venait d'apercevoir les gants de Charles Durosel, se précipita, les saisit, les palpa longuement, détaillant chaque doigt, retournant la peau pour en examiner la doublure.

— Maman...

Justine ne réagit pas.

— Maman !

Alors, elle porta les gants à son nez, les renifla comme un fauve sa proie avant de la dévorer, se redressa, les jeta violemment au visage de Clémence en rugissant. Ils claquèrent comme une gifle.

Derrière la vitre, deux gamins riaient à perdre haleine !

6

24 décembre 1857

Les « choses » avaient mal tourné pour la faïencerie.

Des colonnes de briques réfractaires s'élevaient dans la cour, côté rue du Cheval-Blanc, avec les pierres, les tuyaux de terre cuite pour la cheminée, et les sacs de mortier entassés sous des bâches. Un manouvrier de l'usine avait commencé les livraisons de matériaux quelques semaines à peine après la visite de Charles. Ne voulant pas brusquer les choses, ni donner l'impression de forcer le destin, il avait attendu, puis envoyé une première charrette qui n'avait pas provoqué de réactions brutales. Justine y était allée de ses sarcasmes et de violents coups de gueule contre ce gaillard qu'elle accusait de ne rien respecter, même pas ses carrelages du vestibule. Pourtant, malgré le beau temps, l'homme avait soigneusement raclé ses brodequins sur le décrottoir à chaque passage, frotté ses semelles cloutées sur le paillasson, ramassé les brindilles de paille d'emballage et menus débris de brique, balayé tout le passage jusqu'à la cour.

Quelques mois plus tard, conduite par le même ouvrier, la deuxième charrette était arrivée. Elle n'avait rien produit, ni mouvements d'humeur, ni cris. Surprise par l'indifférence de sa mère, Clémence s'était prise à espérer une amélioration de leurs relations, même si les colères d'après-midi étaient toujours aussi violentes. Puis une troisième charrette, en l'absence de Justine, cette fois. Il gelait à pierre fendre. Un froid vif et sec décorait la vitrine de grandes arabesques de glace.

— Y aura de quoi faire une belle sole [1] et un beau cul-de-four, avec tout ça ! dit l'homme emmitouflé dans un vieux paletot en rejetant sa casquette en arrière pour se gratter le front. Oui, on va pouvoir faire de la belle ouvrage !

— Vous prendrez bien une petite gnôle, monsieur... c'est comment votre prénom ?

— Mon petit nom ? Aimé !

— Monsieur Aimé !

— Non, pas « monsieur Aimé » ! Aimé tout court ! C'est monsieur Charles qu'on appelle « monsieur », ou le curé, ou le maire, personne d'autre !

Il avait rajusté sa casquette, se mit à rire doucement, comme gêné de faire une confidence à la jeune femme.

— Aimé... j'aime encore bien mon petit nom ! Il est doux, pas vrai ? Les femmes aussi l'aiment bien !

Un peu plus tôt, la mère avait annoncé sa décision d'aller jusqu'à Epinal trouver le préfet, exiger de lui des nouvelles de son gamin. Depuis la signature du traité de Paris, le 31 mars de l'autre année, la guerre de Crimée était finie ! On en avait vu revenir, des soldats, parfois dans un triste état, estropiés et tordus, mais toujours pas de Nicolas ! Elle avait dit « mon gamin » en défiant sa

1. Partie basse du four.

fille du regard, comme si elle avait voulu lui faire comprendre que la meilleure place dans son cœur était pour lui. « Toujours ainsi avec les absents ! » s'était dit Clémence en l'aidant à préparer ses affaires de voyage. Justine avait prévu trois jours là-bas, quatre peut-être, cinq au pire. Elle était partie le 21 décembre, sûre ainsi d'être loin de sa fille le jour de son anniversaire et, peut-être aussi, celui de Noël ! Malgré un petit pincement au cœur, Clémence ne s'en était pas attristée. Au contraire, elle en avait ressenti un vrai soulagement. Des jours de solitude lui feraient le plus grand bien !

— Alors, une petite gnôle, Aimé ?

— C'est pas d'refus, voyez-vous, pas d'refus ! Surtout qu'avec ce froid, on a le bout du nez qui gèle ! Et puis, il fait bon chez vous, alors...

Clémence l'avait invité à s'asseoir à la grande table, près de la cuisinière qui ronflait comme un sonneur. Il posa sa casquette sur un dossier de chaise, ouvrit son paletot, dénoua son cache-nez. Une odeur de chien mouillé et de vieille sueur se répandit aussitôt dans la pièce.

— C'est peut-être moi qui vais installer votre four, mademoiselle Clémence. C'est une bonne idée ! Monsieur...

Le bouchon avait produit son petit grincement sympathique ; Clémence faisait couler l'eau-de-vie de mirabelle. Elle suspendit son geste.

— Vous en savez, des choses, Aimé. Que vous a donc dit monsieur ?

Inquiet, l'Aimé fixa le goulot de la bouteille, et son verre encore à moitié vide. Il en espérait davantage. Elle fit couler la mirabelle. Soulagé, il répondit :

— M'a dit que vous achetez tout ça pour faire un four pour cuire de la terre comme nous autres là-bas, mais mieux encore. Ar-ti-sa-nal, qu'il m'a dit, avec des dessins comme nous, mais mieux encore, au petit et au grand feu ! C'est vrai, ça ?

Clémence lui tendit le verre. Il le prit, la regarda.

— Mais je bois pas tout seul !

— Je prends un canard, attendez !

Elle sortit le pain de sucre du buffet, en cassa un morceau, s'y versa quelques gouttes de mirabelle.

— Allez, Aimé, à la terre et au feu ! Et bon Noël !

— Bon Noël !

Il lampa son verre cul sec, s'essuya les lèvres d'un coup de manche, parut soudain s'épanouir. Clémence laissait fondre le sucre sur sa langue et se libérer les saveurs subtiles de la mirabelle.

— Vous savez ce qu'on dit en ville ?

Clémence haussa les épaules, en signe d'ignorance et d'envie d'en savoir davantage.

— On dit...

Il jeta un coup d'œil vers la porte d'entrée.

— On dit qu'après votre mère, c'est avec vous qu'il est... en petites affaires, maintenant... monsieur.

Il se redressa, le menton haut perché.

— Mais j'en crois rien, moi, rien du tout ! Et pis, ça me regarde pas, c'que j'en dis et rien : c'est pareil ! J'ai dit ça comme ça, parce qu'on l'dit en ville et qu'il vaut mieux qu'vous l'sachiez !

Clémence n'avait pas bronché. Elle avait bien remarqué des mimiques, des allusions à peine masquées chez les commerçants, des saluts entre femmes plus appuyés à son passage, mais ne l'avait jamais entendu aussi directement. Elle empoigna la bouteille, en tendit le goulot vers le verre vide.

— Qui le dit, à votre avis ? Vous le savez, Aimé ?

La mirabelle chanta dans le verre.

— Oui, je l'sais !

Il prit un air mystérieux, releva un sourcil, l'autre œil à demi fermé, but une gorgée, clappa de la langue, hocha la tête comme s'il renonçait à parler.

— Mais c'est que j'ai pas envie d'avoir des histoires, moi !

— Vous n'aurez pas d'histoires, Aimé, je sais me taire, moi !

Elle avait appuyé sur le « moi » en scrutant l'homme qui avalait la dernière goutte, la tête rejetée en arrière. Il fit tourner le verre vide dans sa main.

— Pis, après tout, je m'en fous. Je vous aime bien, moi, mademoiselle Clémence, alors j'vas vous l'dire !

Il lança des regards désespérés dans le fond du verre.

— C'est... c'est la Roseline qui raconte ça partout ! La Roseline !

Clémence reprit la bouteille d'une main fébrile.

La mirabelle chanta.

Trois jours plus tard, Justine était rentrée. Livide, grelottante, trempée jusqu'aux os par une neige grasse et collante tombée toute la nuit et une bonne partie de la journée. Le lendemain de Noël ! Bredouille ! Elle n'avait pu rencontrer ni préfet, ni employé de préfecture, ni chef ou sous-chef de quelque bureau que ce fût qui eût pu la renseigner. Bredouille, furieuse et coupée en deux par une toux qui lui tirait de la poitrine des humeurs qu'elle crachait dans son mouchoir.

Elle y avait tout de même appris qu'un officier du régiment d'artillerie stationné dans sa ville, le lieutenant

Crivisier, venait de rentrer de Crimée, où il avait été fait chevalier de la Légion d'honneur.

Elle courut à la tuilerie des Croix-Ferry, dont ce lieutenant venait d'épouser la fille Catherine, le rencontra, n'en tira que des regrets de ne rien savoir : il n'avait jamais croisé de Nicolas Goutfeux, pas même lu son nom sur un quelconque rôle ! Elle rentra, épuisée et brûlante. Son cœur battait à se rompre.

Clémence la coucha, l'entoura de bouillottes, lui fit boire un grand bol de décoction de feuilles d'oranger agrémenté de poudre de digitale et d'extrait de valériane. Elle la veilla un long moment, la vit s'endormir, attendit encore un peu, descendit. Tout ce qu'elle avait pu tirer de sa mère, c'était que Nicolas avait peut-être été envoyé en « Ka...by...lie ». Elle avait buté sur le mot, hoqueté :

« C'est où, ça, la Ka...by...lie ?

— En Algérie, maman, en Algérie ! »

Le soir même, tandis que, dans la chapelle latérale de l'église Sainte-Libaire, agenouillée avec d'autres femmes au manchon de peau de chat devant la crèche qu'elle avait aidé à construire, la Roseline marmonnait des *Ave* et des *Pater* en rêvant aux marrons qu'elle ferait griller à son retour à la maison, Clémence tirait un atlas d'Afrique du coffre où elle avait remisé ses affaires d'école, le descendait à la cuisine, l'ouvrait sur la table où brûlait le heurchot. Algérie... Algérie... Elle promena ses doigts sur la Provence, traversa la Méditerranée, aborda la côte algérienne dans le golfe d'Arzew, hésita sur Mostaganem, glissa vers Laghouat, Touggourt et le grand désert. Elle avait lu, pas trois mois de cela, dans *Le Moniteur universel*, que, malgré la reddition des tribus de grande Kabylie et la capture de Lalla Fatma

N'Soumer, le peuple kabyle se révoltait encore contre la France ; que, malgré les promesses de l'empereur de faire de leur pays un royaume arabe dont il aurait été le souverain garant du respect d'une culture millénaire, et d'un prochain voyage qu'il effectuerait pour rencontrer lui-même ces peuples dont il admirait l'engagement et le courage, la colère ne quittait pas les Kabyles.

Clémence posa la main sur l'immensité d'or du Sahara, secoua sa mémoire pour en tirer l'image de son frère, le revit, le matin même de son départ, en habits du dimanche, qui chaussait ses brodequins dans l'entrée pour s'aller présenter devant le conseil de conscription à la mairie. Son sourire l'avait rassurée. Il y allait confiant. « En cas de mauvais numéro, avec mes petites économies, j'aurai de quoi acheter mon remplaçant ! » lui avait-il dit en ajustant sa casquette molle à la Gavroche. Alors, sereine, elle avait pris le chemin de la faïencerie.

Clémence poursuivit du bout du doigt sa recherche sur la carte. Tizi Ouzou, le Djurdjura... Serait-il là-bas, son frère, perdu dans quelque trou, à affronter le choléra et ces gens qui n'aspiraient qu'à vivre libres sur leurs terres ? Etait-il encore sous les armes, à continuer la lutte coloniale qu'il avait commencée en Crimée ?

Les yeux sur la carte, elle se remémorait les paroles de son père, autrefois, qui condamnait la conquête de l'Algérie par les troupes royales. Ce roi qu'il ne supportait pas ! Ces injustices contre lesquelles il s'emportait chaque jour ou presque ! Cette cour d'emplumés qui avait déjà tellement coûté et qui coûtait bien davantage encore au moment où il en dénonçait les extravagances. Son père... Il lui arrivait même, parfois, de parodier Molière en parlant du rêve algérien : « Que diable allons-nous faire dans cette galère ? » Il aimait Molière, comme il aimait toutes celles et tous ceux qui, infatigables orpailleurs, fouillaient en l'homme pour tenter d'y découvrir des pépites d'harmonie. Il mettait en garde : « Ce rêve africain des Orléans, un cauchemar, peut-être un jour un terrible cauchemar. Je ne le souhaite pas, mais, vois-tu… » La parole du père.

Elle jeta un coup d'œil par la fenêtre sur la cour. Dans la nuit laiteuse, elle pouvait apercevoir le toit givré de son atelier, les matériaux amoncelés, briques et sacs de mortier couverts d'une bâche, et les étoiles par-dessus, dans un ciel outremer. « Il faudra quelqu'un de passionné et de vrai talent pour sauver nos Chinois, nos oiseaux branchés, quelqu'un d'assez fou… »

Clémence se troubla. Pourquoi, subitement, la voix de Charles avait-elle remplacé dans sa tête celle de son père ? Elle n'aurait su l'expliquer. Mais là, devant la carte d'une Algérie dont on disait qu'elle serait notre grenier à blé en même temps qu'on en égorgeait les enfants, l'image de Charles Durosel venait curieusement de se superposer à celle de Quirin Goutfeux ! Elle en fut bouleversée, au point qu'elle ne voyait plus ni la Méditerranée, ni le ruban bleu de l'oued Chéliff, ni les convulsions terreuses de l'Atlas !

Elle referma le livre de ses évasions d'enfant, s'assura que les portes étaient bien fermées, monta se coucher, relut la dernière lettre de Nicolas, celle qui l'attendait sur le vaisselier ce fameux soir de mai. « Moi, je ne pouvais plus rester. Fallait que je m'en aille. Alors je m'en vais. A la guerre en Crimée, qu'ils ont dit. Je ne sais pas où c'est, mais ils trouveront bien pour moi ! Et quand je reviendrai, je serai quelqu'un ! Je t'embrasse tout fort. Je t'écrirai, si je peux. Ton frère Nicolas. »

Plus de trois ans déjà !

Cette nuit-là fut blanche, peuplée de flots écumeux, de femmes et d'hommes en burnous blanc, d'oiseaux exotiques au bleu de cobalt, et d'espaces immenses où le vent chantant jouait à saute-montagne avec un sable d'or.

« ... quelqu'un de passionné... pour sauver nos oiseaux branchés... d'assez fou... »

« Et quand je reviendrai, je serai quelqu'un ! »

7

Mai 1860

Roseline revint la première, un matin de printemps. Pas en personne. C'est un vicaire en visite qui l'infiltra dans la maison !

Dans la cour de l'atelier, l'Aimé et un acolyte avaient donné les premiers coups de pioche pour le four. Ils avaient décaissé sur une bonne coudée de profondeur une terre noire comme du marc de café, dans les deux mètres cinquante de longueur et un peu moins en largeur. Clémence avait eu la mauvaise impression qu'ils ouvraient une tombe. Aimé avait expliqué que le four devrait être enterré en partie, puis élevé en briques, puis « recouvert de bonne terre bien tassée pour faire monter aisément la chaleur sans trop manger de bois, et la garder le temps de la cuisson », ajoutant : « Pour ça, il faut le faire à côté de l'atelier et puis on le couvrira après. » Elle n'avait pas demandé davantage d'explications. Ils avaient rajusté la casquette d'un même geste, avalé un canon de rouge, repris la pelle et la pioche, attaqué un banc de roche tendre en poussant des « Han ! Han ! » impressionnants.

En ville, comme partout, même si on savait les informations tronquées dans une presse d'une maigreur de vieux cadavre, on faisait comme si on croyait à des temps heureux, à un avenir de paix et de justice sociale. Dans les cafés, on se réjouissait encore des prodigieuses victoires de Magenta et Solferino qui, d'un trait de sabre, avaient lavé le terrible affront de Waterloo, on descendait la bière à larges goulées à la santé des soldats de cette nouvelle Grande Armée invincible qui ne manquerait pas de remettre de l'ordre dans une Europe convulsive.

Sur la place du Marché, on venait de démonter le cadran solaire de l'hôtel de ville. Depuis des générations, il donnait l'heure aux chalands et teneurs d'échoppes du marché. Peut-être parce qu'il rappelait trop aux hommes la précarité des choses et des êtres en affirmant « *Dies et umbra proetereunt*[1] » ! Clémence avait suivi l'opération de son perron. Chaque coup de pic des ouvriers résonnait sur la place, ricochait contre les façades, ébranlait son cœur. Elle avait l'impression qu'on brisait là une partie de son enfance. C'est sur ce cadran solaire que son père lui avait appris le défilement des heures et la marche du soleil !

Par un matin de printemps débordant de fleurs nouvelles, la clochette de la boutique se mit à sonner comme un carillon. L'air embaumait les parfums de

1. « Le jour et l'ombre s'enfuient. »

prairie et de forêt glanés par un vent tiède sur le bois du Marquis. A plusieurs reprises, pour changer d'air, Clémence avait ouvert la porte que sa mère, à chaque fois, avait refermée, de plus en plus violemment.

Excités par les promesses du temps, les clients avaient défilé au comptoir pour les outils de jardin, les voiles moustiquaires, le sucre à confitures, les pierres à aiguiser dans leur coffin, les chapeaux de paille, en se répétant dans l'escalier : « Les premiers soleils sont les plus traîtres ! » Se préparer ainsi à la récolte, c'était expulser de sa mémoire le souvenir terrible de la canicule passée et de ses conséquences désastreuses.

L'année précédente, après un printemps prometteur, juillet avait tout grillé, brûlé, consumé ! Chaque jour de ce mois maudit, il avait fait plus chaud en Lorraine que durant tous les étés depuis plus d'un siècle ! Dans les jardins, les haricots de la Saint-Jean qui jouaient à la couleuvre sur leurs rames s'étaient effondrés en tas de rouille, les bois de pommes de terre avaient séché debout sans avoir eu le temps de pousser leurs petites fleurs bleues, les carrés de fraisiers avaient pris des allures de vieux tapis. Plus grave : dès la Sainte-Praxède, les prairies avaient laissé voir la terre nue craquelée, crevassée jusque dans les profondeurs de son ventre, incapable de nourrir les pauvres bêtes qu'elle portait. Août et ses colères d'orages avaient fini de ruiner l'espoir ; les brumes d'automne avaient dégouliné sur des ronces cuites et des mûres charbonneuses ; quant à l'hiver, il s'était abattu sur des ruches, des celliers et des buffets vides ! Oublier !

Dès la terre ressuyée après la fonte des neiges, les bêches l'avaient fendue et retournée avec une vigueur nouvelle faite de rage et d'espoir ; on avait épandu le fumier sur les planches à choux, bourré les couches de crottin ; on avait semé les radis, mangé la première pouillotte[1] avec la dernière doucette[2], préparé les lignes de carottes avec du sable de la Mortagne. Et, chaque matin, on scrutait un ciel qui, jusque-là, s'était montré un peu plus respectueux de sa création.

Midi n'était pas loin. Ils étaient tous maintenant aux Enfants des Vosges en train de siroter l'absinthe, d'aspirer le col de mousse de leur bière, ou de descendre le deuxième ou le troisième canon de rouge du Montfort. Les autres, anciens taulards de 1849, condamnés par les assises pour avoir crié dans les rues « Vive Blanqui ! Vive Barbès ! Vive la guillotine ! A bas le préfet d'Epercy ! », étaient encore à refaire le monde au café du Pont, dont le propriétaire, Joseph Georgé, tenait toujours tribune socialiste.

Clémence s'était mise dès le matin, sur la table de la cuisine, à sa déclaration d'activité réclamée depuis plusieurs semaines par le préfet à toutes les entreprises du département. La mairie avait été ferme sur les délais. Ses registres en ordre, « Comptes recettes et dépenses », « Origine des fournitures », « Nature de la clientèle », le tout indiqué avec précision, il ne lui avait pas fallu longtemps pour liquider l'obligation administrative tout en se précipitant derrière le comptoir à chaque coup de sonnette. Elle venait d'inscrire la date, *23 mai 1860*, et de signer d'un *Clémence Goutfeux* qui ne manquait d'énergiques arabesques ni dans le *C* de Clémence, ni dans le *G* de Goutfeux, quand la sonnette retentit, pour la énième fois. Elle courut à la boutique, s'arrêta, interdite, sur le pas de la porte. Devant elle, dans le rectangle

1. Jeune salade arrachée pour éclaircir les semis. Le mot « pouillotte », on l'a vu plus haut, peut aussi signifier « nuque ».
2. Mâche.

de soleil tombé sur le parquet, silhouette en ombre chinoise sur la vitrine où, dans le courant d'air, dansaient des halettes [1] suspendues : un jeune prêtre, un vicaire sans doute. Elle ne l'avait jamais vu.

— J'ai dû actionner plusieurs fois votre sonnette de Consécration !

Imposant, le prêtre, par la taille, les envolées de soutane et de cravate qui lui agaçaient le menton, une voix de basse profonde qui devait produire son effet sous les voûtes de Sainte-Libaire. Dans le contre-jour, Clémence ne voyait pas son visage, seulement quelques mèches rebelles de cheveux d'un blond presque blanc qui lui faisaient une curieuse auréole d'argent. Il avait levé sa barrette d'un geste rapide. D'emblée, elle s'était sentie agressée par son « J'ai dû actionner... ». Sur ses gardes.

— J'étais à mes comptes, monsieur l'abbé.

Elle regretta presque aussitôt de s'être justifiée de la sorte. Il s'avança, lui tendit une main longue et fine, livide comme de la *paste de marbre* [2].

— Sont-ils bons, au moins ? Comment vont les affaires ? On dit, ici et là, que le commerce va bien en ce moment, n'est-ce pas. Partagez-vous cette opinion, chère... Clémence ?

Il la fixa intensément.

— Je suis votre nouveau vicaire, chargé plus particulièrement du temporel, n'est-ce pas, de la relation avec les fidèles, du conseil pour la bonne orientation de leurs

1. Coiffes en toile ou en batiste, à larges bords, portées par les femmes pour les travaux en extérieur.

2. Cherchant le secret de la porcelaine de Chine, le sculpteur lunévillois Cyfflé avait mis au point cette pâte très blanche faite d'argile de Cologne et d'os de mouton broyés, que l'on appelait aussi « pâte de Lorraine ».

actions dans le monde profane pour, n'est-ce pas, favoriser leur salut !

Le contact de la main glacée la fit frissonner. Pourtant, il ne faisait pas froid. « La fraîcheur des pierres de Sainte-Libaire... » pensa-t-elle en observant l'homme qui lui avait donné du « chère Clémence » comme s'il la connaissait depuis toujours. Le vicaire s'était mis à parler comme une mécanique remontée à fond, ponctuait ses phrases de hoquets de « n'est-ce pas », faisait les questions et les réponses sur le ton de l'homélie, traînait des « e » derrière chaque mot, donnant l'impression de savourer son propre miel. Il parlait sans la regarder, l'œil en vadrouille dans tous les recoins de la boutique, sur tous les rayons, au fond de tous les casiers. Il n'avait pas fini de poser une question que déjà la suivante la bousculait sur des lèvres épaisses, sangsues collées sur la sévérité d'un visage taillé à coups de serpe. Il s'était légèrement tourné, de sorte qu'elle le voyait maintenant de trois quarts. Elle ne trouva rien à répondre, n'avait même pas cherché.

— On m'a dit que vous avez l'intention de vous mettre à fabriquer vous-même, ici, n'est-ce pas, dans un atelier que vous avez fait construire.

Comment ? Il était venu pour ça ? Le côté inquisitorial de la visite continua d'agacer Clémence, qui se cabra. Que pouvait bien importer à ce jeune vicaire ses intentions professionnelles ?

— Pourrais-je savoir qui est ce « on », monsieur l'abbé ?

Elle avait parlé avec fermeté, juste ce qu'il fallait pour se montrer respectueuse sans paraître soumise. Le vicaire fit mine de n'avoir pas entendu. Il s'approcha des plats et assiettes sur leur présentoir, en caressa de l'index les coqs branchés et chinois à chapeau pointu, s'arrêta sur une assiette à huit lobes marquée d'un « Vive la Nation ! » inscrit dans un cartouche soutenu par les symboles des trois ordres. Clémence remarqua son rictus, se prépara à la charge.

— C'est de votre production, n'est-ce pas, ce... cette... représentation patriotique ?

— Elle n'est pas à vendre ! Elle date de 1795 ! Je l'expose seulement. Mon père y tenait beaucoup !

Il fit une moue de dégoût.

— Rassurez-vous ! Je ne voudrais pas vous acheter... ça ! Mais... hum... exposée à la place d'honneur, je vois ! Par conviction, ou par respect de la mémoire paternelle ? Parce que, pour ce qui est de l'esthétique, n'est-ce pas...

— Par respect de la mémoire paternelle ! Mon père était homme de cœur, monsieur l'abbé, très différent de certains qui ne parlent d'amour que pour mieux distiller la haine. Et...

Elle le fixa avec un aplomb qui le surprit.

— ... par conviction personnelle ! J'ai lu les écrits de Lamennais, et sa juste condamnation du droit divin, Hugo, Sand et quelques autres aussi. Je vous invite à...

A l'évocation du nom de George Sand, elle vit les mâchoires du visiteur se contracter comme sous l'effet d'une rage de dents. Le vicaire se tourna vivement vers Clémence, le doigt pointé sur elle. Usée sur le ventre, sa soutane luisait, jouait dans le soleil de reflets bleutés genre plumes de corbeau. L'homme prenait un tel plaisir à ses effets de manche qu'il laissa retomber son bras très lentement, à la manière de l'acteur sûr de profiter jusqu'au bout de sa posture. Son regard devint dur et perçant.

— Avez-vous commencé les travaux pour le four à cuire dont on dit qu'il serait la réplique, en plus petit, certes, de ceux de la Manufacture ? Il paraîtrait même qu'il en vient. On dit qu'il est terminé, qu'il ne reste qu'à lui donner son premier feu. J'aimerais le voir, si vous le permettez. Depuis mon arrivée à la tête de cette paroisse, je me suis pris de passion pour la céramique, moi aussi ! Mais, grâce à Dieu, elle ne me vient qu'en second, après les charges très prenantes du ministère.

Il en avait plein la bouche, de ce « ministère ». Une main sur la poitrine, il parlait, jouissait visiblement de ses propres mots, les étirant comme il l'aurait fait d'une guimauve. Par instants, pour ajouter à l'effet produit, il se composait un mauvais sourire.

— Vous avez vraiment décidé de...

— Je vous ai demandé qui vous a raconté toutes ces choses ! Elles ne concernent que moi ! Pourrais-je savoir ?

— Allons, allons, chère Clémence, gardons notre calme ! Certes, ces « choses », comme vous dites, vous concernent. Mais elles ont des répercussions sur votre âme dont je suis aussi le gardien, comme de toutes les âmes de notre paroisse. J'en suis le pasteur, ne l'oubliez pas, le berger.

« Chère Clémence... » Encore ! « Berger... » N'eût été l'agacement qui commençait à tourner en colère, elle aurait pouffé de rire. Lui « berger », et elle « brebis » ? Portés par le rectangle bleu du ciel entamé par les halettes, les douze coups de midi frappèrent contre la vitrine, repris en écho par l'horloge de la cuisine. L'abbé marqua un temps, baissa la tête, joignit ses mains de terre blanche, retroussa les sangsues de son visage, poursuivit sur le ton du client, comme pour se tirer honorablement d'affaire :

— D'ailleurs, j'étais venu pour vous acheter des burettes. L'un de nos servants, très maladroit, vient d'en casser une ! Il nous faut donc changer les deux. Qu'auriez-vous à me proposer ?

Clémence suivit un instant du regard ses deux terrassiers qui sortaient en rajustant leur ceinture de flanelle, ouvrit le tiroir du bas, sous le présentoir « Vive la Nation ! », en tira un carton qu'elle déposa sur le comptoir, l'ouvrit. Il était plein d'objets emballés dans du papier de soie. Le prêtre s'approcha. Il paraissait surpris.

— Le carton aux trésors ! Auriez-vous donc aussi des burettes ? J'étais venu à tout hasard, n'est-ce pas, hésitant entre du baccarat et... la Providence fait toujours bien les choses, n'est-ce pas ?

Elle avait déjà déballé quelques petites aiguières à décors camaïeu bleu de feuillages qu'elle alignait devant lui. Il en prit une, la tourna, la retourna, l'examina longuement puis, plantant son regard dans celui de Clémence :

— Vous avez vraiment décidé de fabriquer vous-même ? Le travail de la femme est pourtant la cause de sa perdition. Toutes les études le prouvent. Ne vous l'a-t-on pas enseigné chez nos sœurs bénédictines ?

— C'est Roseline qui vous a dit...

— Allons, allons, peu importe qui. Avez-vous réfléchi aux conséquences d'une telle décision ? Il vaudrait mieux que vous fassiez un mariage sérieux, n'est-ce pas, que vous donniez à votre mari de beaux enfants dont vous serez l'éducatrice, des enfants qui seront votre joie, l'honneur de votre famille et de notre sainte Eglise. Vous aurez à leur transmettre tout ce que vous-même avez reçu de foi, de respect des préceptes de notre sainte Mère, et de conscience du rôle de la femme dans notre société. Vous avez des devoirs, chère Clémence, des devoirs en tant que future mère...

— Dites à Roseline qu'elle veille bien sur les vases de notre église, sacrés ou pas, qu'elle récure ses pavés, qu'elle encaustique bien les meubles de sacristie et les stalles de notre chœur, qu'elle prenne bien soin de votre personne si elle le désire, monsieur l'abbé, et qu'elle veuille aussi oublier mon existence !

Elle prit l'aiguière des mains du prêtre, la roula dans le papier de soie, en emballa une deuxième, les lui tendit.

— Voilà, monsieur l'abbé.

— Mais, comment… et… le prix…

— Pas de prix. Je vous les offre. En échange d'une prière pour le salut des âmes de quelques brebis qui s'égarent chez nous, dans nos manufactures et les chambres de bonnes visitées par vos bourgeois, et… nos boutiques. Je compte sur vous !

Elle contourna le comptoir, marcha vers la porte ouverte sur le soleil en crue qui ruisselait sur les pavés de la place.

— C'est par là, monsieur l'abbé. Si vous voulez bien vous donner la peine…

Au pied de l'escalier, le prêtre se retourna, lança un regard noir vers la boutique dont Clémence avait déjà bouclé la porte, jeta un coup d'œil aux petits paquets dans du papier de soie, comme s'il se demandait ce qu'il allait bien pouvoir en faire, haussa les épaules, partit à grandes enjambées vers son église aux cinq clochers, quatre sans cloches. Le vent jouait dans le bas claquant de sa soutane.

Clémence resta un long moment derrière sa vitrine, à contempler la rue, ses pavés de granit gris lustrés par la ferraille des roues de charrette, le filet d'eaux grasses et ses reflets irisés dans le caniveau, le porche de l'église vers lequel décroissait la silhouette ensoutanée, les façades à main droite, leurs fenêtres ouvertes comme des yeux de géants dans la muraille, et le rectangle de ciel bleu posé sur les toits, rongé par les chicots noirs des cheminées. Elle se demandait ce qui avait bien pu pousser ce vicaire à venir ainsi lui tirer les vers du nez. Il n'était pas venu sur ordre de son vieux curé... impossible ! Alors, pourquoi ?

— Clémeeence !

Elle vérifia le tour de clé à la porte, jeta un dernier coup d'œil à la rue, puis monta à l'étage où elle savait qu'elle aurait à répondre à d'autres questions. Au passage, elle retira les rondelles de la cuisinière, attisa les braises, jeta deux morceaux de bois dans le foyer, mit à réchauffer des pommes de terre de la veille dans une casserole d'émail bleu à cul noir, posa au milieu de la table le fromage de Munster sous sa cloche de verre, puis elle attaqua l'escalier.

— Clémence !

Son dossier sous le bras, Clémence prit le chemin de la mairie sous un ciel qui avait brusquement viré au bleu de Prusse. La température avait fraîchi. Un vrai temps de Toussaint. La visite matinale du vicaire la préoccupait. Pourquoi était-il venu la voir, la questionner aussi directement, la sermonner presque ? Elle n'avait que faire des préceptes de cette religion qui prônait l'humanité après avoir exterminé les peuples d'Amérique du Sud pour leur voler leur or, qui parlait d'amour en brandissant sans cesse l'excommunication, qui ne parlait que d'un Dieu juge suprême des fautes des hommes ! Elle avait lu tout cela, et le vivait dans les remous de l'affaire des frères Baillard [1], qui secouait tout le pays. Pour avoir voulu relever le sanctuaire de Sion et redonner à ce lieu sacro-saint de Lorraine son rayonnement d'antan, les trois prêtres avaient été rejetés par l'Eglise, et condamnés par les politiques comme des criminels ! C'était en tout cas ce que lui en avait raconté son père, et qui se disait encore dans la région. Ils avaient dû fuir Dieu seul savait où, et encore ! On était loin des visions généreuses de Lamennais, mais proche de ses exhortations à la révolte : « Nul, en venant au monde, n'apporte avec soi le droit de commander ! »

De ses années d'école chez les sœurs bénédictines, elle n'avait retenu que le cristal des voix élancées par un *Salve Regina* qui l'émouvait toujours aux larmes, les injonctions des « chères sœurs » aux filles qui devraient encore se soumettre à la volonté de l'homme, et la préparation à la confession, qui lui soulevait le cœur. Oui, que pouvait lui vouloir le vicaire ? Il lui arrivait bien, de temps en temps, d'entrer à l'église pour y respirer les restes d'encens d'après messe, et le parfum des cierges qui embaumaient la cire d'abeille. Elle s'y glissait en douce, s'assurait que personne ne s'y trouvait, allait s'asseoir dans les premiers bancs, puis se laissait porter par le silence des siècles que la rumeur de la ville rendait parfois nerveux. Elle y priait même, pour que sa mère retrouvât toute sa tête, et pour le retour de Nicolas... avec ferveur, pour le retour de Nicolas ! Elle y murmurait des confidences à son père, lui parlait des replis de leur vie, lui confiait ses espoirs, racontait le

1. Voir, du même auteur, le film de télévision *Les Chardons de la colline*, réalisé par Edouard Logereau, avec Bernadette Le Saché, Louis Arbessier, Jean-Claude Arnaud, Claude Brosset.

quotidien, les douleurs de la mère, et l'espoir de revoir bientôt Nicolas, le suppliait de le faire rentrer bien vite.

Elle en était là de ses réflexions quand tombèrent les premières gouttes de pluie, larges comme des pièces de cent sous. Le vent s'était levé. Clémence courut jusqu'aux arcades de la mairie où s'abritaient des femmes à ombrelle, des hommes en jaquette, des paysans en blaude et sabots. Une marchande des quatre-saisons y avait poussé sa charrette couverte de bottes de jeunes radis et de vieilles pommes.

Clémence s'engouffra dans le couloir, prit à main droite vers le bureau. Un homme s'y trouvait déjà, en grande conversation avec le secrétaire à bonnet de satin noir et manches de lustrine qui s'agitait dans sa cage de grillage au milieu d'étagères bourrées jusqu'au plafond de dossiers obèses. Côté public, sur une table au plateau taché d'encre, *Le Courrier des Vosges* et une chaise lorraine au dossier fendu. Elle s'y installa, ouvrit le journal à la page des charades et énigmes, la seule qui vaille selon elle, dans cette feuille officielle du préfet d'Epercy, « le terrible » qui, dès le rétablissement de l'empire, avait eu la peau du *Journal des Vosges*, jugé trop républicain.

Où demeure le prêtre on trouve mon premier.
L'homme, dans ses repas, recourt à mon dernier.
Puis quand il sort de table, en gastronome sage,
Il a de mon entier bien soin de faire usage.

On parlait fort au guichet. « ... envoyé sur l'oued Isly... troupes du maréchal Bugeaud... » Toujours de dos, vêtu d'une sorte de vareuse en cuir souple couleur miel, l'homme portait des cheveux longs rassemblés sur la nuque en un catogan qui dansait entre ses épaules.

Malgré elle, Clémence tendit l'oreille. *Où demeure le prêtre on trouve mon premier...* Elle tentait de réfléchir à sa charade : presbytère... cure ? L'accent bizarre de l'homme contrastait fort avec les « ô » et les « â » vosgiens traînés par l'employé dans des questions à l'emporte-pièce.

— Fonction dans l'armée ?

— Maître bottier ! Mon père m'avait fait faire l'apprenti chez un vieux de Nontron, un sale râleur, tellement que dès que j'en ai su assez, je me suis...

— Où ça ?

— Où ça quoi ?

— Votre maître !

— Non-tron, près d'Angoulême, dans le Périgord ! Un beau pays, vous pouvez me croire ! On raconte chez nous que, quand le bon Dieu distribua les châteaux dans le monde, il en sema ici et là, et que, fatigué par ce travail, il vida tout le reste de son grand sac sur ce pays, d'un seul coup. Tout le reste, là-bas, c'est dire !

L'homme, dans ses repas, recourt à mon dernier... La charade lui résistait : cure-cuillère... cure-couteau ? Rien ne collait ! Et puis... cette voix chantante, douce avec des pointes de rocaille, que le secrétaire parvenait difficilement à interrompre. Clémence n'arrivait pas à se concentrer. N'en avait plus envie. Pourtant...

— Là que vous êtes né ?

— Non, monsieur. Je suis né à Saint-Pardoux-la-Rivière, un petit village sur la Dronne. J'allais y pêcher quand j'étais gamin. Mon père était fermier pour un gros propriétaire, travaillait beaucoup pour pas grand-chose. Il n'a pas voulu que je continue comme lui parce que c'était trop dur ! Alors il m'a mis...

... quand il sort de table... bien soin de faire usage. Cure-dents, bien sûr ! Clémence replia le journal, prêta toute son attention à la conversation.

— Quitté l'Algérie quand ?

— L'année dernière. Je suis rentré dans mon village à l'automne dernier, mais n'y suis pas resté longtemps. Père mort, mère aussi, plus de famille là-bas, de la terre seulement pour les gros, et puis... l'idée de voyager encore ne me déplaisait pas, mais plus à l'armée. Alors...

— Pourquoi ce rejet de l'armée ?

— Les affaires de Kabylie m'avaient levé le cœur ! Comprenez, je ne...

Kabylie ! En entendant ce mot, Clémence sursauta. En un instant, elle revit la carte de son atlas, le voyage du bout du doigt vers Tizi-Ouzou, son exploration du Djurdjura. Elle s'était redressée, prête à bondir.

— Dernier poste là-bas ?

— Mostaganem. J'y étais maître bottier au 1er régiment de tirailleurs algériens...

— Pourquoi avoir voulu arrêter de servir le pays ?

— Trop de... sang... massacres... Kabylie... femmes... enfants... Mascara...

Pour la première fois, l'homme bafouillait ; sa voix s'était altérée. Clémence le regarda passer d'un pied sur l'autre. Elle remarqua qu'il portait des bottes de cavalerie d'un rouge amarante profond et d'une ligne parfaite.

Le secrétaire baissa la tête. Tandis que sa plume grattait nerveusement le papier, il lançait des regards acérés au visiteur par-dessus ses bésicles. Des remugles de parchemin moisi, de brou de noix et de sueur circulaient comme des cheveux d'ange déchu. On avait récemment traité les planchers.

— Pourquoi voulez-vous vous installer à Rambervillers ?

Le ton était sec. Gare à qui n'aurait pas répondu sans entourloupe. Après tout, l'autre n'était qu'un étranger venu de nulle part, un traîne-savates comme il s'en promenait tellement sur les routes de l'empire, un chamagnon [1] clandestin propagateur d'idées subversives ! Le gratte-papier releva la tête, fixa l'homme à la vareuse de cuir couleur de miel.

— Parce que je désire y faire le métier voulu par mon père, appris chez mon vieux maître de Nontron et perfectionné à l'armée. Je souhaite m'installer ici comme cordonnier.

Le calme de sa réponse tranchait avec la nervosité de la question. Sa voix chantait une langue que Clémence ne connaissait pas, la même que la sienne, mais tellement différente ! Elle se sentait transportée ailleurs, loin de ce bureau noir de mairie qui puait l'urine, la moisissure et la sueur, là-bas où était sans doute Nicolas. L'autre s'était remis à gratter le papier. On ne voyait plus que sa calotte de satin noir derrière le grillage.

— Pourquoi ici, et pas ailleurs ?

L'homme avait repris son assurance.

— Parce que je sais que les tanneurs d'ici font de belles peaux, parce que les eaux d'ici qu'ils utilisent sont parfaites pour leur art, c'est sûr, mais aussi parce qu'ils savent les travailler. J'ai eu l'occasion, parfois, d'en avoir sous la main, de ces peaux de chez vous. Je peux vous dire que c'est une vraie caresse, et résistantes avec ça. Toutes les qualités !

---

1. Nom donné aux colporteurs issus de Chamagne (Vosges), très actifs sur tout le territoire français aux XVIIIe et XIXe siècles. Lire le roman d'Elise Fischer *Confession d'Adrien le colporteur* (Presses de la Cité « Terres de France », 2008).

Le secrétaire rajusta sa calotte et ses bésicles, vérifia le bec de sa plume, replongea derrière le grillage, se remit à gratter le papier. Clémence n'osait pas bouger. Il avait probablement oublié que quelqu'un attendait derrière lui, l'homme à la vareuse de cuir miel. De peur de perdre le fil qui la reliait peut-être à Nicolas, de faire rater son entretien à l'inconnu, de rompre le charme, elle se sentait prête à intervenir, à lui poser à son tour toutes les questions qui lui taraudaient la tête, en même temps que clouée là, sur sa chaise, le coude sur *Le Courrier des Vosges* du terrible d'Epercy.

— Bon ! Vous voulez donc que j'enregistre votre déclaration de domicile chez nous...

Il avait insisté sur le « chez nous », comme pour rappeler que, quoi qu'il fît, il ne serait jamais chez lui, cet étranger du Sud !

— Votre adresse ?

— Vieux chemin de Romont, chez monsieur Simonet, charpentier.

Simonet ! Clémence le connaissait. Il venait souvent s'approvisionner en clous, pointes et tire-fond chez elle !

Le secrétaire se mit à marmonner plutôt qu'à lire :

— « L'an 1860, le 27 du mois de mai, par-devant nous, maire de la ville de Rambervillers, est comparu Vital Bonnavoine, né le 13 août 1835 à Saint-Pardoux-la-Rivière (Dordogne)... »

Clémence retenait son souffle ; elle ne voulait pas perdre une syllabe de la déclaration de domicile. Vital Bonnavoine. Pas besoin de le répéter pour retenir ce nom. Il était déjà gravé là, dans sa tête, et... Une impression curieuse l'avait saisie, qui la faisait trembler comme une feuille... comment se pouvait-il ? et... dans son cœur ! Elle joignit les mains. Elles étaient moites.

— « … nous a déclaré être dans l'intention de fixer son domicile à Rambervillers. En conséquence, nous lui avons délivré acte de cette déclaration, faite en exécution de l'article 104 du Code civil. Et ledit sieur… »

Il passa le lourd registre par le guichet, tendit sa plume à l'homme, qui signa sans hésiter.

Vital Bonnavoine ! Chez Simonet, charpentier, vieux chemin de Romont ! Quand il fit demi-tour, elle croisa son regard, se leva pour faire un pas vers lui, mais resta clouée sur place, incapable du moindre mouvement. Il la vit, lui sourit, la salua, sortit en marquant son sillage d'un parfum de cuir qui ne la quitterait plus.

— A nous, maintenant, mademoiselle Goutfeux ! Que puis-je pour…

Clémence sursauta. Elle avait oublié le motif de sa visite à la mairie.

Lorsqu'elle en sortit, elle aperçut la Roseline, sur le parvis de l'église, qui entrait dans le sanctuaire, les bras chargés de verdure et de fleurs.

Dans la cour de l'atelier, la fosse avait creusé son grand trou noir.

8

Novembre 1863

On avait passé les soirées d'août sur la prairie de Métendal, en lisière du Bois-Béni, à compter les « larmes de saint Laurent ». On y allait à pied, à la fraîche, par l'ancienne voie romaine ; on faisait étape à la Goulotte ; on riait, on chantait, on marchait, main dans la main. Tous les journaux, du *Petit Journal*, qui venait de naître, au *Courrier des Vosges*, disaient qu'on en pouvait voir jusqu'à deux cents par heure, de ces larmes de saint Laurent ! Et d'expliquer la nature du phénomène, d'en donner les raisons scientifiques, de revenir sur le caractère, exceptionnel cette année-là, de ces pluies de météorites qui faisaient du ciel vosgien – et d'ailleurs ! – un ciel de fête enchantée illuminé d'un interminable et mystérieux feu d'artifice !

Puis le vent avait jeté sur la terre ses couvertures d'hiver, brutalement, sans prévenir. Un matin, on s'était réveillés dans des nuages si bas qu'ils accrochaient des fils d'argent aux barbelés des parcs. On ne voyait pas à un jet de pierre d'arthritique, ne respirait que des miasmes de charbon, se sentait pris dans un étau. On ne revit le soleil que des journées plus tard, un soleil pâle, mou, occupé sans cesse à glisser derrière des nuées de suie qui n'auguraient rien de bon. Et le pire arriva. Un soir, à l'heure où, le front collé à la panse de la bête, les paysans tiraient le lait des vaches, des cataractes s'abattirent sur le pays. On était à la Sainte-Thérèse. En quelques heures, la Mortagne se mit à rugir sous les ponts, le Monseigneur prit des aises d'archevêque dans la prairie sous Malplantouse, fit déborder les cuves des tanneurs, jetant dans les flots du canal leurs tan, teintures et autres détritus qui firent crever quantité de gardons, brèmes, vilains, carpes, perches et brochets, et le Padozel coupa d'un fleuve de boue le chemin de Romont. Trois jours et trois nuits durant, les cieux se vidèrent comme personne ne l'avait vu de toute sa vie, ni entendu raconter par les anciens.

Jamais Clémence n'aurait pensé qu'il fût si difficile de construire un four à bois ! D'abord, l'Aimé et son aide avaient encore creusé d'un bon mètre dans la roche tendre de la cour, nivelé le sol, assemblé les briques réfractaires et monté les murs latéraux du foyer et de la chambre. Puis le chantier était resté en plan de longs mois, l'un et l'autre passant de temps en temps pour la rassurer, prendre une ou deux mesures, lui promettre de se remettre très vite à l'ouvrage. Un matin, ils étaient arrivés avec des planches et des scies, des marteaux dans la sacoche, des poches à clous pendues à la ceinture. Le soir même, le coffrage du premier arc de voûte du foyer était en place, prêt à recevoir son assemblage de briques. Le deuxième avait dû attendre plusieurs semaines. Un an après, le mur du fond, les quatre arcs qui affleuraient le niveau du sol, et le mur de façade, percé de sa gueule basse, étaient achevés, prêts pour la finition de la sole de chambre[1]. « De la belle ouvrage ! » Le chantier s'étant arrêté une nouvelle fois, Clémence eut tout le loisir de la contempler. Du haut, on croyait voir une cathédrale en miniature ! Le curé aurait pu s'en réjouir, mais... il n'était jamais revenu ! Quant à Justine, elle n'allait plus dans la cour. Mais sa fille l'avait surprise plusieurs fois à observer les travaux depuis la fenêtre de l'étage.

« Mariage pluvieux, mariage heureux ! » lança une vieille, cassée en deux, au pied du grand escalier de l'église Sainte-Libaire. Elle s'abritait d'une sorte de capuche faite d'un vieux sac de pommes de terre coupé en deux. De loin, elle aurait pu passer pour un moine égaré. De violentes bourrasques emportèrent ses mots avec les feuilles mortes des tilleuls voisins.

Deux semaines après avoir croisé l'homme à la vareuse de cuir couleur de miel dans les bureaux de la mairie, Clémence avait vu entrer dans sa boutique le charpentier du vieux chemin de Romont, casquette sur l'oreille, braies renforcées aux genoux et blaude serrée par une large ceinture de cuir où pendaient marteau, tenailles, pinces et pincettes. Son cœur avait cessé brusquement de battre. On était alors en pleine éclosion d'un beau printemps. Trois ans, déjà ! Le sieur Simonet était venu refaire sa provision de clous, vis et tire-fond. Il lui fallait aussi une « neuve herminette ».

« La vieille, j'y tenais plus qu'à la prunelle de mes yeux, aussi douce en main que précise dans le bois, que j'avais fait mon chef-d'œuvre avec, ma bonne

1. Partie du four où seront disposées les pièces à cuire, appelée aussi « laboratoire ».

demoiselle, dans les temps que j'étais arpette, moi, que j'ai été compagnon, moi, avec l'outil, là ! »

Dans une poutre, sa vieille herminette avait rencontré une broche oubliée qui avait fait sauter un éclat du tranchant.

« Fichue ! Saloperie de ferraille, va ! Saloperie... avait-il marmonné dans sa moustache en s'essuyant les yeux d'un revers de manche. La sciure qui me fait pleurer, maintenant ! Je peux plus ajuster un tenon-mortaise ou un chevêtre, ou tailler un arbalétrier sans me mettre à chialer comme un gamin ! Comme si j'avais du sable à poignée là-dedans ! Faut pas d'venir vieux, allez, non pas ! Bon, alors, montrez-moi donc... »

Elle lui avait fait voir. Il avait pris en main, soupesé l'outil, cherché son point d'équilibre, simulé le geste d'équarrir une poutre, fait jouer l'acier dans la lumière, l'avait caressé, en avait éprouvé le fil sur l'ongle comme il l'aurait fait d'une faux. Puis il avait grogné en s'essuyant encore les yeux. Clémence l'avait regardé faire en retenant son souffle. Il aurait pu soupeser, tâter, jouer les gestes du métier des heures durant que ça ne l'aurait pas gênée. Il était là. Et, avec lui, c'était un peu de son locataire qui était venu en visite. Il était pressé, l'artisan, devait rejoindre un chantier de l'autre côté de Brû, dans les dernières maisons du village, qui regardent le coup de cul de la Chipotte. Alors Clémence lui avait demandé s'il en avait besoin sur l'heure.

— L'herminette oui ! La ferraillerie non !

Elle lui avait proposé de livrer en fin d'après-midi les clous, vis et tire-fond directement à son atelier. C'était une rare journée calme de Justine, qui pourrait tenir la boutique pendant son aller-retour sur le vieux chemin de Romont.

Le soleil roulait déjà sa boule à l'aplomb du bois Mathieu quand elle s'était mise en route. Ici et là, des hommes s'affairaient dans les jardins, sarclaient, binaient, s'épongeaient le front d'un coup de mouchoir à carreaux large comme un drap de lit, rajustaient la casquette, s'interpellaient d'un côté à l'autre du chemin ; des chiens se poursuivaient en jappant ; un panier au bras, quelques femmes en longue jupe de coutil, le voile de halette au vent, allaient à petits pas de souris si rapides entre les parcelles qu'elles donnaient l'impression de courir sur place.

Au chêne des Grands Pâquis, Clémence avait pris à main gauche, franchi le pont sur le canal puant des tanneries, l'autre sur la Mortagne où des gamins taquinaient le goujon et l'ablette, marché droit sur les toits du sieur Simonet que le soleil écaillait d'acier derrière un rideau de saules argentés. Son cœur se mit à battre plus fort. Un bouchon d'étoupe lui encombrait la poitrine. Arrivée dans la cour, sous un immense marronnier croulant de grappes d'un blanc rosé, elle jeta un regard circulaire sans tourner la tête, vit en un éclair toutes les fenêtres de la bâtisse, fermées sauf une, à l'étage, fila vers l'atelier dont elle secoua la porte. Fermée, elle aussi ! Personne. Ni patron, ni ouvriers. Le sieur Simonet n'était pas rentré. Loin, du côté des Grandes Carrières, un chien gueulait comme un forcené. Si près de la rivière, l'air était d'une agréable douceur. Des mésanges en ribambelle voletaient du marronnier aux mirabelliers du verger dont on apercevait les houppiers tordus par-dessus le mur d'enclos, puis des mirabelliers au marronnier, en un va-et-vient incessant. Elle observa leur manège, oublia un moment le bouchon d'étoupe de sa poitrine, remarqua un banc contre le mur de la remise d'en face, adossé à un rosier grimpant couvert de fleurs d'un rouge vif jusqu'au toit. Elle traversa la cour sur la pointe des pieds pour ne pas faire grelotter les graviers sous ses semelles, posa son sac dont la bretelle commençait à lui meurtrir l'épaule, s'assit du bout des fesses. Elle ne quittait pas des yeux la fenêtre ouverte.

Au loin, le chien gueulait. Et les mésanges sciaient toujours de leurs ailes l'air du soir, des mirabelliers au marronnier, en zinzinulant d'ardeur. Attendait-elle le retour de son client, ou bien là, sur ce banc, observant le vol des effrontées mésanges bleues et de leurs cousines placides à tête de charbon, espérait-elle apercevoir l'homme à la vareuse couleur de miel ? Elle aurait pu suspendre le sac à la porte de l'atelier. Le client avait payé ! Il l'aurait trouvé à son retour. Elle s'était demandé un instant ce qu'elle faisait là, dans cette cour aux mésanges, sous ce rosier couvert de fleurs d'un rouge vif jusqu'au toit, dont le parfum sucré commençait à lui tourner la tête. Un instant seulement !

Soudain, un chant monta, une voix d'homme, une mélodie aux curieux accents orientaux, une mélopée qui la prit comme la prenaient autrefois, jusqu'aux larmes parfois, les échos grégoriens sous les voûtes bénédictines. Le chien s'était tu, et les mésanges, et le vent dans les branches du marronnier. On n'entendait plus les appels d'hommes dans les jardins des alentours, ni les chamailleries des enfants à la pêche au goujon dans la Mortagne, à un lancer de ligne de là… rien que ce chant, cette voix, cette voix d'homme aux accents orientaux. Clémence s'était adossée au mur, la tête dans les roses. Elle ferma les yeux.

— Ah ! Vous êtes là.

Le chant s'était interrompu net.

— Vous auriez dû tirer la cloche, là sur le mur de l'atelier.

Il était à la fenêtre de l'étage, en chemise à col ouvert, manches retroussées, un tablier à bavette en cuir souple couleur de miel pendu au cou.

— Je peux vous être utile ?

— Je ne savais pas... la cloche... venue livrer...

— Attendez, je descends.

Alors la boule d'étoupe avait chassé tout l'air de sa poitrine et son cœur s'était mis à battre une sarabande folle. Tout avait disparu en un instant : le marronnier, les roses, les houppiers de mirabelliers et les mésanges, et le sac de clous, vis et tire-fond. Elle s'était levée, tremblante, avait marché vers cette porte où il allait apparaître l'instant d'après. Il apparut. Elle sut alors que c'était lui ! Lui seul.

Il n'y aurait pas d'autre homme dans sa vie !

A son retour, Justine avait poussé le menton jusque dans la boutique, remué des choses dans les casiers à clous, comme pour y combattre un désordre imaginaire. L'air avait fraîchi. Elle s'était enveloppée dans un châle noir qui accentuait sa pâleur. La tour de l'église renvoyait sur la vitrine une lumière laiteuse de fin de jour. Dans la rue, des couples allaient et venaient, elle un bras noué au bras de l'homme, l'autre balançant une ombrelle repliée, lui soulevant légèrement son chapeau à chaque rencontre. Neuf heures tombèrent du clocher. Justine cessa de remuer les boîtes dans le tiroir, se tourna, affronta sa fille :

— C'est à cette heure-ci que tu rentres !

Le ton était si ferme que Clémence se crut revenue des années en arrière, quand elle s'attardait sur les Promenades au retour de l'école, à observer dans l'eau de la rivière les virgules sombres qui bougeaient dans le frai de grenouilles.

— Tu m'entends ? C'est à cette heure...

Clémence préféra ne pas répondre. Elle quitta la boutique, ranima le feu de la cuisinière sous le chaudron de soupe, mit la table pour deux sans un mot. Les volets claquèrent, puis la clé dans la serrure du magasin. Du reste de la soirée, elle n'entendit, comme les tourbillons de la Mortagne à la vanne des tanneries, que les lapements de soupe de sa mère qui, les deux coudes sur la table, la scrutait de son œil noir à lui écorcher le visage.

Au moment de quitter la cuisine pour monter, Justine se retourna.

— Roulure, va !

Les jours, les semaines qui avaient suivi n'avaient été que de silence ou d'insultes. De plus en plus souvent, Justine disparaissait de longues journées. A plusieurs reprises, Charles Durosel était passé en coup de vent prendre des nouvelles de l'installation, qui n'avançait pas beaucoup par manque de temps et d'argent. Que le four ne fût pas encore prêt pour l'allumage ne l'inquiétait pas du tout. Il le savait en bonne voie, avait la certitude qu'il fonctionnerait un jour et saurait prendre la relève de la faïencerie qui allait mal, très mal. Il avait glissé à Clémence :

« Rentrant de Saint-Dié, je l'ai aperçue depuis la route, tout à l'heure. Elle était assise sur la tombe de Quirin, à faire de grands gestes. »

Il avait levé les bras en signe d'impuissance, rajusté le chapeau, grimpé dans sa calèche, et fait siffler le fouet sur la croupe du cheval.

Chaque heure avait apporté son insupportable lot d'attaques de plus en plus violentes, et les reproches les plus terribles.

« Ah, t'es là, toi ! Pourquoi c'est pas ton frère qui est là ? Pourquoi c'est toi ? »

Clémence encaissait en silence. Mais tout en elle se nouait quand Justine se mettait à hurler de sa voix de térette[1] en battant l'air de ses bras décharnés. Un jour, la mère avait lancé depuis l'escalier :

« J'aimerais mieux que tu sois morte, toi, et lui vivant ! »

Effondrée sur une chaise contre la cuisinière, Clémence s'était mise à pleurer.

Les nuits suivantes, elle l'avait entendue : « Nicolas... Nicolas ! » Les appels s'essoufflaient, s'achevaient en plainte rauque capable de faire frémir une statue de granit. Elle ne s'était pas levée pour aller l'apaiser. Puis les crises s'étaient espacées. La vie avait repris un tour presque normal.

Clémence jugea que le moment était venu de lui annoncer sa décision : elle avait accepté d'épouser l'homme à la vareuse couleur de miel. Il le lui avait proposé sur le chemin des Croix-Ferry ; elle avait cru défaillir, n'avait pas répondu tout de suite ; il avait renouvelé sa demande un peu plus loin en la prenant dans ses bras. C'était un soir de concert de merles dans le bois du Padozel, derrière la tuilerie. L'automne brûlait les dernières feuilles de chênes. Le taillis sentait la trompette de la mort. L'humus exhalait des parfums envoûtants de vie. Des nuages de moucherons dansaient entre

1. Crécelle.

les branches immobiles. Quelque part, un geai poussa son cri de cuivre enroué pour avertir la forêt de leur présence. Alors, ses lèvres effleurant celles de l'homme, elle avait murmuré « oui ».

Comme elle l'aurait fait avec son père, elle avait couru dès le lendemain matin porter la bonne nouvelle à Charles Durosel, qui l'avait reçue dans son bureau de la faïencerie.

Dès son arrivée à l'usine, les odeurs de terre et d'eau mêlées, d'émaux, de colophane chauffée par les courroies, de fumée de chêne, l'avaient transportée de bonheur. Elle s'était sentie d'une légèreté de plume en même temps que d'une détermination de loup affamé. L'air de Charles était grave. En trois mots, il lui confia que la faïencerie n'en avait plus que pour quelques jours, quelques semaines tout au plus ! Vieux de plusieurs mois, l'accord commercial France-Zollverein [1] n'avait rien modifié au tragique de la situation. Au contraire, il y avait ajouté des espoirs déçus.

« Il sera bientôt temps d'allumer votre four, chère Clémence, pour que nous ne perdions pas tout cela... »

D'un geste ample, il avait embrassé les chinois, coqs branchés et paysages au bleu exposés dans ses vitrines. Sa voix vibrait d'émotion. Elle y avait perçu des sanglots contenus. Il avait marqué une pause, le temps que sur son geste d'invitation elle se fût installée dans le fauteuil qui lui faisait face, puis :

« Nous, les hommes, dirigeons les usines, les ateliers, cette société qui fonctionne trop souvent si mal ! Mais ce sont les femmes qui la sauveront ! Pouvez m'en croire,

1. Le Zollverein est une union douanière créée par la Prusse en 1834, formée de dix-huit Etats de la Confédération allemande et destinée à favoriser l'essor de l'industrie germanique.

chère Clémence ! Les femmes ! Voyez cette fille de chez nous, cette Vosgienne, Julie-Victoire Daubié [1], qui vient de décrocher son baccalauréat, envers et contre les mandarins d'université... quel courage ! Elle a déjà fait bouger des frontières sociales, et ce n'est pas fini. »

Il avait parlé comme s'il avait été seul dans ce bureau plein de bonnes odeurs de terre, de vernis, de bois et d'encaustique. Elle l'avait écouté sans même oser respirer, au plaisir de la surprise à venir. Mais cet effondrement annoncé lui faisait mal tant pour elle que pour les autres qui donnaient chaque jour de leur existence à la fabrique de Rambervillers, leur temps de vie, leurs espoirs de mieux-être familial, leur savoir-faire, leur talent ! De son fauteuil, retenant son envie folle de lui faire son annonce, elle avait admiré les plats, assiettes, tasses, pots et vases à décors végétaux, la tradition de Saint-Clément reprise depuis près d'un siècle, menacée de disparaître dans les fondrières de l'histoire. Son regard s'était posé sur le service de fiançailles et ses deux pigeons roucoulant dressés sur une corne d'abondance, couronnés de laurier sous le mot « Union ». Elle avait ravalé son sourire.

« Oui, chère Clémence ! On entend bien parler de l'arrivée à Jeanménil d'une usine de céramique – c'est que notre terre est bonne, n'est-ce pas ! – mais dans combien de temps ? En attendant, que vont devenir nos ouvriers ? Chez les tanneurs ? A la papeterie ? Pourquoi pas ? Au tissage ? Peut-être ! Mais que de talents perdus ! »

---

1. Cette Vosgienne de Bains-les-Bains fut la première femme admise à se présenter aux épreuves du baccalauréat, en août 1861 à Lyon, au terme d'un affrontement historique avec les maîtres de la Sorbonne, qui refusaient d'ouvrir leurs portes à une femme. Lire, du même auteur, *Julie-Victoire, première bachelière de France* (ESKA, Paris, 2007).

Subitement silencieux, il s'était levé, avait marché vers la fenêtre, les mains dans les poches.

Dans une autre vitrine, la soupière Bouillon en faïence stannifère à décor camaïeu bleu, et quelques pièces du superbe service de mariage dessiné et peint par le bel artiste Jacques-Régule Barbier en 1827, offert à sa bien-aimée. Clémence connaissait par cœur les phrases peintes sur le plat, au cœur d'une guirlande de feuillages ponctuée de quatre roses pourpres, dans ses assiettes parlantes, mais en avait relu quelques-unes, pour le plaisir, et pour se donner l'élan de la confidence : « Aimable, tendre et sincère, c'est le portrait de ma bergère », puis « J'ai résolu de vous aimer et de ne jamais vous quitter », enfin « En vous aimant je suis content ». Cette fois, elle ne chercha plus à contenir sa joie. Elle sourit. Abîmé dans ses pensées, les mains dans les poches, Charles lui tournait le dos. Elle jugea le moment venu :

« Je suis là pour vous annoncer… mon mariage ! »

Suivit un interminable silence. Charles fit un brusque demi-tour. Sa silhouette se découpait en ombre chinoise dans le rectangle de lumière. Il n'avait pas sorti les mains de ses poches.

« Votre mariage ? »

D'un bond il fut devant elle, si près qu'elle aurait pu entendre battre son cœur. Il lui prit les mains, les serra très fort. Ses yeux s'étaient ourlés d'un filet d'argent.

« Comme je suis heureux, ma chère Clémence ! Félicitations ! Heureux, oui, très heureux. »

Il s'était penché vers elle, lui souffla à l'oreille :

« Si vous avez besoin d'un témoin… »

Il ne lui avait même pas demandé qui était l'homme, son futur époux, ce qu'il faisait, d'où il venait. Pas une question, rien !

Avec Justine, l'affaire avait pris un tour violent. D'abord, elle avait examiné sa fille de bas en haut, puis de haut en bas, comme elle l'aurait fait d'une étrangère. Le temps de trouver la riposte. Puis elle s'était dressée devant elle, les poings aux hanches, s'était mise à jargonner, trompetant des sons incompréhensibles pour finalement laisser tomber :

« Tu n'auras jamais mon autorisation ! Moi vivante... jamais ! Tu m'entends ? Tu n'épouseras jamais ce moricaud ! Jamais !

— Je me passerai de ton autorisation ! J'en ai l'âge !

— Je t'en empêcherai par tous les moyens, tu m'entends ! Je t'en empêcherai ! »

Elle avait répété, en martelant les syllabes comme pour s'en persuader elle-même :

« Rien ni personne ne pourra m'en empêcher. Pas même toi ! »

Les deux femmes étaient restées un long moment face à face dans la cuisine martelée par le balancier de la pendule.

Les semaines suivantes avaient été infernales. Clémence avait tenu bon sous le déferlement d'injures. Elle n'avait rien changé à ses habitudes, s'occupait de la boutique avec le même enthousiasme, veillait sur sa mère avec la même attention, ne s'était même pas demandé où et comment Justine avait pu se renseigner sur Vital. Elle ne s'était d'ailleurs jamais cachée pour retrouver son amoureux vers Métendal ou sous les frondaisons de la tranchée de Troëménil. Un soir, sa mère s'était plantée en face d'elle.

« Toujours décidée à épouser ce camp-volant ?

— Plus que jamais !

— Alors, il en sera ainsi, ma fille, puisque tu l'as décidé ! Il en sera ainsi, et... je te ferai un très beau cadeau de mariage ! »

Clémence avait été foudroyée par le ton subitement très doux de sa mère, complice presque, chaleureux.

« Mariage pluvieux, mariage heureux ! »

Cassée en deux, la vieille chevrotait au pied du grand escalier de Sainte-Libaire. La pluie avait redoublé de violence. Elle crépitait contre le porche, ruisselait sur les marches, formait des rigoles dans les joints creux des pavés. Le maigre cortège avait emboîté le pas du curé entre les bancs, Clémence devant, dans sa robe de soie noire à rayures, à col de mousseline brodée et semée de fleurs multicolores, couverte d'un cachemire bleu nuit à dessins fleuris, les cheveux pris dans un bonnet brodé orné de dentelles de fil, au bras de Charles Durosel qui l'avait abritée sous un immense parapluie de ministre. Suivaient de vagues cousins paternels, des sagards[1] du Val-d'Ajol, venus des derniers contreforts des Vosges, aux confins de Franche-Comté dont ils avaient un peu l'accent traînant ; ils riaient fort et se poussaient du coude en secouant de belle ardeur leur chapeau à large bord. D'autres, plus discrets, que Clémence ne connaissait même pas, venus du pays de Meuse où, trois quarts de siècle plus tôt, on avait arrêté le roi serrurier en fuite avec sa famille. En redingote courte, le chapeau claque à la main, Vital fermait la marche, emmené au pied de l'autel par une Justine superbe qui, pour marier sa fille,

1. Scieurs de bois.

avait tenu à sortir de l'armoire sa toilette de fêtes : jupe de satin couleur gorge de pigeon aux reflets flammés, corsage de faille noire à plastron rose couvert d'un châle de cachemire « quatre-double » bleu ciel, bonnet à double tuyauté noué sous le menton entouré d'un ruban de soie noire, « pour ton père ! » lui avait-elle dit au moment de quitter la maison. « Pour ton père ! » Elle lui avait demandé de l'aider à passer à son cou une chaîne à barillet oblong portant une grande croix en or qu'elle ne lui avait jamais vue.

— *Ego conjungo vos in matrimonium. In nomine Patris...*

Les yeux dans les yeux, le couple s'était passé les alliances doubles inséparables, puis avait échangé un baiser du bout des lèvres qui avait fait pouffer les sagards. D'un geste nerveux, le curé avait envoyé les servants vers la sacristie, chercher les registres.

— *Confirma hoc, Deus...*

A la sortie, la pluie s'était assagie. La vieille avait disparu. Une lumière crue découpait des ombres au burin sur les façades. Du haut du parvis, ils en avaient tous ressenti la blessure. La place était vide.

Seule, plantée devant la boutique, les bras croisés comme dans une attitude de défi, la Roseline !

La salle des Enfants des Vosges embaumait le pâté lorrain et le coq au vin. Ils y avaient tenu table jusqu'à la nuit tombante. Alors que le café brûlant coulait dans les tasses, Justine s'était levée en souriant à sa fille pour s'excuser de s'absenter quelques instants, effleurant du regard son gendre. Heureuse de la voir ainsi, Clémence lui avait répondu d'un même sourire. Elle l'avait trouvée belle, renaissante. La mirabelle chauffait déjà dans les tasses à café qu'elle n'était pas encore revenue. Ni au premier chant des cousins sagards du Val-d'Ajol !

Ils l'avaient cherchée toute la nuit, dans la maison et la boutique, à l'atelier, dans les rues, au café des bavardes [1] du Void-Régnier, jusqu'à la tuilerie où parfois s'entendaient les loups, vers le Petit Breuil où bouillonnait le Padozel en rongeant ses rives, criant son nom jusqu'à la Croix-Bertrand que le Monseigneur couvrait de ses grondements, engloutissant tous les appels dans des flatulences indécentes.

C'est un homme de faction qui la retrouva au petit matin, contre une pile du pont de la Gendarmerie, la jupe de satin couleur gorge de pigeon aux reflets flammés retroussée jusqu'aux épaules par les flots terreux de la Mortagne, bleue de froid, d'asphyxie, de mort.

Sur le boulevard des Promenades, à deux pas de la maison de la Roseline, on trouva, sur son châle de cachemire « quatre-double » bleu ciel soigneusement plié, la chaîne en or à barillet oblong, et une lettre que les gendarmes donnèrent à Clémence le soir même. Elle ne contenait qu'une phrase : *Sois heureuse, ma fille !*

Nul ne retrouva jamais la grande croix d'or !

1. Le lavoir.

9

Janvier 1866

On se souviendrait longtemps de l'ouragan qui avait balayé tout le pays ! De la Manche aux dentelles roses de Strasbourg, et du beffroi de Lille à Marseille, il avait semé terreur et désolation. En Normandie, en Bretagne comme dans la belle Aquitaine, on ne comptait plus les chalutiers, cotres et pinasses jetés contre les falaises ou sur les terres par des vagues hautes comme des immeubles de deux étages. Dans l'intérieur, il avait arraché les toitures, couché des forêts entières, ruiné des élevages, emprisonnant parfois le bétail dans des enchevêtrements de poutres, pannes et chevrons aussi acérés que des pointes de javelot. A Rambervillers, on l'avait vu fondre sur le bois du Marquis, précédé de nuées ténébreuses rendues ardentes par des trouées où s'engouffraient des bouffées de soleil rouge. Puis on l'avait entendu entrer en ville comme l'armée cosaque de l'hetman Platov, cinquante ans plus tôt, vociférant, tourbillonnant, emportant tout sur son passage dans un déluge de pluie battante mêlée de neige, de grêle et de fragments de tuiles tranchants comme des lames de sabre. Jamais, de mémoire de Vosgien, on n'avait eu à subir une telle attaque du ciel !

Cramponnée à son comptoir, Clémence avait vu sa vitrine faire un ventre de baudruche, reprendre forme, se gonfler à nouveau, sur le point d'exploser sous les assauts de la bourrasque. Il avait fait nuit en plein jour, une nuit de crasse, de tumulte, de crépitements contre les murs, de hurlements d'un vent rendu fou par les obstacles urbains, de claquements de volets et de craquements de charpente. Même une cloche, dans la tour d'en face, s'était mise à sonner, Dieu seul savait pourquoi ! Dès les premiers coups de vent, Vital avait quitté son établi et bondi dans la maison pour rejoindre sa femme, et la serrer dans ses bras.

Quelques semaines après le mariage, suivi de l'enterrement de Justine, il avait fait transporter ses rares meubles et ses malles du vieux chemin de Romont à la rue du Cheval-Blanc, où il s'était installé. Il avait emmené avec lui Pompon, un matou noir à bavette et chaussettes blanches, un traînard trouvé un jour devant sa porte et qui ne l'avait plus quitté d'une semelle. La douleur, ainsi qu'un malaise profond et permanent, avait fait retarder cette installation par Clémence. Elle s'était sentie coupable de la mort de sa mère, se répétait chaque jour qu'elle aurait peut-être pu non pas renoncer à son amour pour Vital et à ce mariage, mais attendre que les tensions s'apaisent et que le cœur de Justine s'ouvre. Elle avait eu le sentiment de trahir sa mémoire, en avait perdu le sommeil et l'appétit, s'était surprise à redouter la solitude dans cette vaste maison où elle croyait encore entendre ses appels stridents. Elle avait même arrêté la pendule de la cuisine, dont elle ne supportait plus le tic-tac obsédant et les sonneries lugubres. Il avait fallu les remontrances répétées et la fermeté de Charles pour qu'elle retrouvât son allant et le désir de se remettre à vivre comme avant, mieux qu'avant ! Elle n'était jamais retournée au cimetière, ni dans la chambre de sa mère, dont le miroir au-dessus de la cheminée était resté longtemps recouvert d'un linge blanc.

— Ça va ? Ça tient ?

Elle avait tourné la tête vers lui. Il fut frappé par l'angoisse découverte dans son regard. Elle se précipita dans ses bras, y attendit en pleurant la fin de la tourmente. Oui, on se souviendrait longtemps de cet ouragan !

D'autant qu'une autre catastrophe venait de frapper le pays. L'arrêt de fabrication, puis la fermeture de la faïencerie ! Avec son patron, Ménonville, Charles avait tout essayé pour sauver l'entreprise. Mais la loi du marché avait été la plus forte. Les clients italiens et suisses ne reviendraient pas, pas plus que les autres. Fermer ! Pas d'autre solution ! Bien sûr, les femmes pourraient travailler à la maison, devenir brodeuses, tireuses de fils, ajoureuses sur taies et draps, ou confectionneuses de bourses en métal précieux pour Tisserand-Mallet, qui les vendait dans la France entière, même à l'étranger ; elles pourraient aussi se mettre à fabriquer des sacs en papier pour la Maison Souchon, ces sacs qu'on utilisait sur les marchés pour emballer les fruits et légumes ; ou bien couper dans du drap noir des dessus de chaussons, les garnir d'une ganse noire et d'une talonnette de cuir souple à l'arrière, les assembler sur le coup de pied, puis les porter chez Laquelle pour y faire coudre la semelle de feutre gris par les piqueuses.

Elle en vendait, Clémence, de ces chaussons qui garnissaient confortablement les sabots. Mais, pour les hommes, pas si simple ! Devenir ouvrier de papeterie ? Entrer chez les tanneurs ou à la tuilerie ? Ils préféraient, ces gens-là, embaucher des gamins, qu'ils payaient à coups de pied au cul ! Oui, on sentait passer le vent de la misère chez les anciens faïenciers. On parlait bien, ici ou là, d'une nouvelle usine de céramique, pour faire autre chose que de la vaisselle, mais quand ? D'ici là, il fallait vivre ! Et vivre avec une épée de Damoclès pendue au-dessus de la tête : Bismarck armait son pays jusqu'aux dents et commençait à regarder de travers une Autriche rebelle à ses projets de grande Allemagne. Que réservaient les jours à venir ?

Vital s'était installé à la maison. Pour lui faire de la place, Clémence avait mis de l'ordre dans l'atelier, évacué briques réfractaires et fonds de sacs de mortier, vidé des cartons de fournitures sur les étagères, rassemblé les outils, godets, pinceaux, cartons à dessin sur un établi qu'il avait construit dans la lumière de la fenêtre sur la rue du Cheval-Blanc, calé dans un angle la machine à perforer les poncifs et le tour mécanique, derniers cadeaux de Charles, sauvés de la déconfiture de la faïencerie. Du coup, l'atelier avait paru immense, capable d'accueillir une escouade d'ouvrières. Il y avait donc ajouté, pour lui-même, un établi équipé de son enclume de bottier, une araignée au mur où pendaient ses pinces, tenailles, pincettes, alènes par taille et grosseur, bobines de fil poissé, gabarits de semelles par pointure, liasses de lacets, et dans l'angle opposé, sous la fenêtre côté jardin, sa machine à lui, à coudre le cuir. Il avait soigneusement étalé ses peaux sur des claies dans la remise voisine du four, endroit ni trop humide pour que la moisissure ne les attaque pas, ni trop chaud pour que l'air sec ne les rende pas dures, cassantes, impossibles à travailler. Et pour Pompon, le nouvel adopté, on avait ressorti les vieux paniers de Prunelle, qu'il avait acceptés sur-le-champ.

Vital avait pris langue avec les professionnels de la ville, les visitait régulièrement, choisissant chez le mégissier les parchemins, peaux de chèvre et de mouton qu'il avait appris à travailler en Algérie, chez le tanneur les veaux pleine fleur, cuir de vachette, dossets, bandes et collets, tannage végétal dont il aurait besoin pour la fabrication des chaussures, longes, licols et autres éléments de sellerie. Il en rentrait empuanti par les effluves de chair en putréfaction que les uns et les autres évacuaient dans le canal, en même temps que les cheveux gorgés de la bonne odeur des tanins de chêne et de châtaignier que Clémence humait avec délices. Elle en tirait de vrais éclairs de bonheur. A ce point qu'il lui arrivait souvent d'aller dans la remise se gorger de ces parfums qu'elle retrouvait ensuite dans sa boutique, où Vital exposait ses fabrications. Un rayon entier de ses brodequins, bottes de chasse à laçage croisé sur le cou-de-pied, escarpins et bottines de femme, lui avait été aménagé. Une bonne moitié de la vitrine lui avait été réservée. Et la clientèle, enthousiaste, avait suivi.

Clémence commençait à se sentir bien dans sa maison avec son homme, heureuse presque, d'autant que l'Aimé et son aide avaient enfin fini de construire le four. Après la pose de la sole, ils avaient monté les murs de la chambre, mis en place les cintres, assemblé les briques de la voûte au mortier réfractaire.

On pouvait y entrer par le foyer, en se courbant, et s'y tenir accroupi sans se sentir trop à l'étroit. « De bonne contenance, pour c'que vous voulez y faire ! On peut déjà en cuire, là-dedans ! » avait clamé l'Aimé en retirant la dernière pièce de cintre une fois l'ensemble achevé, et reluquant vers la maison où il savait que les attendaient café et goutte. « Pour sûr, on va pouvoir y en cuire ! »

Il avait fallu attendre plusieurs mois de séchage avant de recouvrir le four de sa carapace de terre. L'Aimé passait souvent, humait, touchait, se glissait dans la chambre, en caressait les briques du plat de la main, en ressortait... « Encore attendre un peu ! » Puis le père Simonet était venu le couvrir d'un toit assez haut pour aménager une sorte de grenier équipé de planches où sécheraient les pièces après façonnage dans l'attente de la cuisson. Une éternité de travaux que Clémence avait mise à profit pour, à l'invitation de Charles, aller le plus souvent possible à la faïencerie, apprendre à malaxer la terre « à la tête de bélier » ou « à l'escargot », suivant qu'on la travaillait à pleines mains ou de l'extérieur de la paume. C'était hier, juste avant la fermeture des ateliers. Elle y avait découvert le plaisir de modeler cette terre souple et douce, de balancer le corps d'avant en arrière pour accompagner le mouvement des bras et des poignets, de concentrer toute son énergie dans ces mains qu'elle sentait animées d'une vie nouvelle, toute de sensualité et de passion. Impression de danser à sa table de travail une sorte de parade initiatique qui la remplissait d'une joie trop longtemps ignorée.

A présent, tout était terminé et prêt. Mais on n'avait pas encore allumé le four !

Après l'ouragan, la température avait chuté brutalement. Puis des rideaux épais d'une neige lourde avaient fermé la place du Marché. Au vacarme avait succédé un silence oppressant.

Vital était allé faire un tour dehors pour vérifier les attaches de volets et, de loin, l'allure du toit, s'assurer que les tuiles n'avaient pas bougé, ni les mitres de cheminées. L'atelier aussi était intact ! Pas une vitre brisée ! Pas la moindre infiltration d'eau ! Trempé jusqu'aux os et grelottant, il s'était précipité vers la cuisinière, l'avait rechargée de quelques bonnes bûches. Il dégouttait de partout. On aurait pu le suivre à la trace. Derrière sa vitrine, Clémence n'avait pas bougé. Les bras ballants, elle regardait fixement son reflet dans la glace, ou les jeux de la neige dans les plis du vent qui se réveillait, une neige fine maintenant, légère, qui virevoltait, remontait par vagues vers un ciel noir comme un cul de four, avant de se poser et de poudrer les pavés de la place d'une poussière d'étoiles scintillantes. La nuit tombait. Clémence n'avait toujours pas bougé. Vital retira ses vêtements, qu'il étala sur un dossier de chaise contre la cuisinière, ses chaussures, qu'il déposa dans le vestibule, revint vers la boutique, s'approcha de sa femme à pas de loup, l'enserra par la taille. Clémence sursauta. Elle tremblait. Il enfouit son visage dans la chevelure dénouée, chercha la nuque du bout des lèvres, en respira le parfum, y déposa des baisers aussi légers que la neige poudreuse balayée par un vent facétieux sur la place. Les tilleuls, en quelques instants, s'étaient décorés de pampilles de glace.

— Ça va ?

Elle tremblait toujours. Ne répondit pas.

— Dis-moi, petit cœur, que se passe-t-il ?

Il resserra son étreinte. Elle se laissa aller contre lui. Il eut l'impression qu'elle se détendait. Il lui murmura à l'oreille :

— Je t'aime... je t'aime... je t'aime...

Elle était toujours silencieuse.

Elle tourna légèrement la tête, comme pour lui dire un mot. Il lui offrit un baiser à la naissance des lèvres, doux, très doux.

Son souffle dans le sien, Vital murmura encore :

— Je t'aime.

Il lui couvrait le visage de baisers, laissait monter en lui la vague de désir qui l'avait saisi dès leur première rencontre, six ans plus tôt. Six ans déjà ! Jamais il n'avait vécu un tel bouleversement ! Bien sûr il avait connu d'autres femmes, en métropole et là-bas, en Algérie, désirables, qu'il aurait pu aimer, qu'il avait cru aimer, des Kabyles d'une élégance de princesses et douces comme des loukoums, mais... Clémence !

— J'ai...

Elle s'était retournée. Il la voyait maintenant, dans la pénombre, une étrange lueur lunaire allumée par la neige jouant dans ses yeux noisette, la pressa contre lui à l'étouffer.

— J'ai... eu peur !

Il avait l'impression qu'elle aurait voulu parler, lui confier quelque chose qui lui encombrait la poitrine, mais que retenait sa gorge, et qui la faisait trembler. Il glissa les doigts dans ses cheveux, lui caressa le front, mordit ses lèvres à pleine bouche. Elle s'abandonna.

— Viens.

Il lui prit la main, l'entraîna vers l'étage. Dans la cuisine, ses vêtements fumaient devant le feu comme les toits de la ville après la pluie d'été. Pompon demanda la porte en miaulant. Personne ne l'entendit.

Le lendemain matin, avant même de rallumer le feu dans la cuisinière, juché sur un tabouret, Vital avait jeté un coup d'œil en direction de Clémence. D'un signe de tête, et d'un sourire, elle lui avait fait comprendre qu'elle était d'accord. Il avait alors ouvert le coffre de l'horloge, empoigné la clé suspendue dans son ventre, remonté la mécanique arrêtée depuis la mort de la mère, relancé le balancier. Le tic-tac avait aussitôt repris, le même qu'autrefois, en plus léger et entraînant. Puis Vital avait dévoré le pain et le lard dont il avait donné quelques tranchettes à Pompon qui en raffolait, bu un bon verre de rouge du Montfort, chaussé ses bottes fourrées et, couvert d'une peau de mouton, s'était attaqué énergiquement à la frayée [1], tandis que Clémence avait sorti ses cartons de dessins, pinceaux et couleurs. Avec cette neige, les clients ne se précipiteraient pas au magasin. Elle aurait tout le temps de se remettre à l'étude de ses futurs décors de faïence !

Vers onze heures, Charles se présenta, emmitouflé de laine jusqu'au chapeau mou, soufflant la vapeur comme un taureau, la moustache constellée de cristaux de glace.

— J'avais des documents à déposer à la mairie, alors, comme je passais par là...

Elle léchait sur carton un bouquet floral pour plat d'assiette, soignant le travail du pinceau, travaillant les couleurs, prenant sans cesse du recul pour mieux apprécier le résultat. La cuisson au grand feu ne permettait pas le moindre repentir. Il fallait réussir le décor du premier coup ! A contrecœur, elle s'était installée à la cuisine pour entendre la sonnette de la boutique. Elle

1. Passage fait à la pelle dans la neige.

aurait préféré être à côté de Vital, comme elle s'y installait le dimanche et les jours de fête. Mais, de la cuisine, elle entendait ses coups de marteau sur l'enclume, justes, réguliers comme un métronome, sourds sur le cuir, comme amortis par un coussin de velours. De temps en temps, un coup sonnait, cristallin, métal contre métal, léger et puissant à la fois. Elle savait qu'il était pour elle. Sa manière à lui de dire : « Je suis là, tout va bien ! » Parfois, quand des travaux de couture ou de découpe posaient entre eux un trop long silence, il saisissait un marteau, frappait son enclume une fois, deux fois, trois fois. Elle suspendait son geste, entendait : « Je suis là ! Tout va bien ! Je t'aime », reprenait son travail avec une ardeur toute neuve.

Au tintement aigrelet de la sonnette, elle s'était essuyé les mains sur le tablier constellé de traces de peinture, s'était replacé sur l'oreille une mèche folle de cheveux, s'était précipitée vers la boutique.

— Je ne pouvais pas passer devant chez vous sans venir vous saluer, chère Clémence.

Charles posa délicatement son chapeau sur le porte-parapluie, dénoua son cache-col de laine qu'il jeta sur un ensachoir à grains. La poussière de neige miroitait sur ses épaules dans la lumière laiteuse de la place.

— J'espère que je ne vous dérange pas, au moins !

Il vit le tablier, la peinture, recula d'un pas, comme pour s'excuser de tomber si mal, fit le geste de reprendre chapeau et cache-col.

— Ah, vous étiez au travail !

— Je dessinais !

— Donc au travail ! J'avais bien dit ! Mille excuses. Je reviendrai un autre jour…

— Non, venez, que je vous montre ce dessin !

La mine défaite de Charles et son ton las frappèrent Clémence. Elle ne l'avait pas vu depuis plusieurs semaines. Dieu, qu'il avait changé en si peu de temps ! Lui qui, hier encore, en bottines, col cassé, habit sombre et gants de beurre frais, allait dans les rues d'un pas assuré, saluant l'un du chapeau levé, l'autre d'un élégant mouvement de canne, et n'hésitant pas à baiser la main de belles en robe à caraco noir à franges de soie et jupe à vertugadin, avait pris des allures de vieillard. Retenue par une cravate nouée à la diable, sa tête semblait s'être enfoncée comme un coin dans les épaules, sa redingote flottait, sa voix était devenue caverneuse. Il toussait en raclant sa gorge à s'en arracher les poumons. Il ne portait plus son épingle à perle d'améthyste. Charles remarqua le trouble de la jeune femme.

— Je n'ai pas trop bonne mine, n'est-ce pas. C'est que je relève d'une affection de bronches qui m'a vraiment mis à plat. Ces dernières semaines ont été difficiles, mais...

Il se redressa, inspira un grand coup, plaqua sèchement sa main sur sa poitrine.

— Mais, là, ça va mieux. Aujourd'hui est ma première sortie ! Elle est pour vous ! Alors, que dessiniez-vous, chère Clémence ?

Clémence était heureuse de le revoir. Trois semaines plus tôt, elle était allée prendre de ses nouvelles. Mais sa porte ne s'était pas ouverte. Sans doute ne souhaitait-il voir personne ce jour-là. Ou bien... il était en voyage, à Nancy ! Elle était rentrée, désappointée et inquiète.

— Je suis passée vous voir, juste avant Noël. Nous aurions voulu, Vital et moi...

Elle le vit se tourner, regarder la neige qui s'était remise à tomber sur la place, chercher son mouchoir au fond de sa poche, s'en tamponner la moustache.

— Ah bon ! Mais je ne vous ai pas entendue. C'est que je devais dormir ! Le laudanum, contre la douleur… assommé, oui… le bon mot… assommé !

Il ne réussissait pas à être convaincant. Il donnait même l'impression d'être agacé par l'évocation de cette visite. Clémence regretta de lui en avoir parlé. Elle savait que depuis la fermeture de la faïencerie Charles vivait une vie de reclus. On ne le voyait plus en ville, ni au marché du jeudi, ni par les beaux jours sur les Promenades où il aimait flâner autrefois le long de la Mortagne. Depuis la mort de sa mère, elle-même n'y avait remis les pieds que par de rares obligations. Elle préférait désormais, pour ses promenades avec Vital, le vieux chemin de Romont par les Grands Pâquis et, de là, la butte des champs Bataule, d'où l'on peut contempler toute la vallée jusqu'au camp des Suédois. Visiblement, Charles préférait changer de sujet.

— Venez, suivez-moi, venez voir mon dessin, puis nous irons faire la surprise dans son atelier à mon cordonnier préféré. Après, je vous montrerai le four.

Elle vit s'allumer l'œil de son visiteur.

— Dans votre atelier !

Il avait insisté : « VOTRE atelier ! »

— Dans notre atelier !

Elle s'était mise à rire, et son rire avait projeté mille feux dans la maison.

Il avait longuement regardé le dessin.

— Alors, vous l'allumez quand, ce four ?

Surprise par sa propre audace, elle lui avait pris la main, l'avait entraîné à travers la cour où virevoltaient des flocons indécis, l'avait poussé dans l'atelier. A leur entrée brutale, Vital sursauta, poussa un cri de douleur. Concentré l'instant d'avant sur une couture de licol, il venait de se piquer le doigt.

— Aïe, tu devr…

Il aperçut Charles, bondit, lui prit le bras.

— Que je suis heureux de vous voir, Charles, vraiment très heureux !

Ils avaient parlé du Mexique et de son évacuation, programmée dans les pires conditions, de la volonté de Bismarck d'agenouiller les vieilles nations d'Europe, des rumeurs de guerre prochaine entre la Prusse et sa grande rivale l'Autriche, et de la hâte de l'empereur de faire équiper ses armées du miraculeux fusil mis au point par un certain Chassepot, un Alsacien devenu l'un des techniciens les plus efficaces de la Manufacture nationale d'armes de Saint-Etienne. Charles ne voyait rien de bon dans cette agitation guerrière. Trop bouleversé par les terribles images d'Algérie que cette discussion rallumait dans ses yeux, Vital avait fini par se taire. Alors Clémence avait tiré les mots vers le cuir et la céramique. Ils l'avaient suivie. Elle en avait profité pour s'éclipser, filer à la cuisine, où elle avait préparé en un tournemain une quiche grosse comme une roue de gerbière et épaisse comme un portefeuille d'archevêque. Ils s'en souviendraient !

En fin de repas, quand elle vit ses hommes s'alourdir sur leur chaise, elle proposa à Charles d'aller faire sa visite au four qu'il connaissait pour avoir suivi une à une les étapes de sa construction, mais, là, prêt à recevoir la flamme ! Il la suivit, tandis que Vital se pinçait les cuisses à chaque tour de manivelle du moulin à café.

— Quelle merveille ! s'était exclamé Charles en revenant à la cuisine. Exactement ce que j'avais imaginé. Ah ! Ils en ont fait, du bon travail, ces deux-là, n'est-ce pas !

Radieux, il s'était lissé la barbiche à l'impériale pour la première fois de la journée, comme il le faisait autrefois, mais d'un geste plus hésitant. Il avait toujours la même élégance dans la manière de prendre cette barbiche entre pouce et index, de l'étirer très lentement vers sa pointe en relevant légèrement le menton puis, d'un même mouvement, de réajuster au col cassé la cravate de soie.

— Oui, une merveille qui va vous permettre de fabriquer des merveilles, ma chère Clémence ! N'est-ce pas, cher ami ?

Vital servait le café comme il l'avait vu faire avec le thé en Algérie, en le versant de très haut dans la tasse. Le liquide ambré chantait, fumait, embaumait la maison tout entière. Il acquiesça d'un mouvement de tête, posa la cafetière, rechargea d'une bonne bûche la cuisinière qui se mit à crépiter. La pendule sonna une heure que personne ne compta. Ils étaient bien, ensemble, dans cette chaleur parfumée d'exotisme et de voiles dorés de mirabelle.

Oui, ils s'en souviendraient !

L'œil brillant et le geste un peu lent, Charles avait quitté la maison sur les coups de six heures du soir. Enroulé dans son cache-col, chaussé de son chapeau et armé de sa canne, il avait disparu dans une nuit lourde et argentée comme une tenture de deuil. Clémence en ressentit une curieuse impression. Vital avait proposé de le raccompagner, mais il avait refusé en haussant presque le ton. Alors qu'il atteignait le milieu de la place du Marché, il avait fait demi-tour.

— Bon, alors, je fais comme nous avons dit : je préviens l'Aimé de venir dès qu'il le pourra, vous aider à allumer le four ! C'est décidé ?

— C'est décidé !

La neige avait fondu. Ils n'en avaient rien vu ! La quiche, le vin du Montfort, le munster, le gâteau aux raisins de caisse, le café, et la mirabelle chauffée dans la tasse les en avaient empêchés.

Clémence s'était remise au dessin de son bouquet. Calé contre la cuisinière – il supportait difficilement le froid, sans doute à cause de ses longs séjours dans les pays chauds –, Vital s'était plongé dans la lecture du *Courrier des Vosges*, le journal officiel du préfet d'Epercy, dont il commentait les nouvelles, tantôt s'emportant, tantôt partant d'un rire en cascade qui gagnait sa femme. On y parlait de la future réunion du ministère dont l'empereur venait de décider la fin, et des projets de réformes constitutionnelles, du coût des denrées alimentaires, des misères de l'hiver, de la gratuité de l'instruction primaire votée par le conseil municipal de Rambervillers au grand bonheur de monsieur François-Maximilien Bois, l'instituteur. Une première en France ! Dans la lueur dansante du heurchot, Clémence allumait de couleurs d'été une guirlande de feuillages autour de son bouquet sous le regard somnolent d'un Pompon étalé de tout son long dans les papiers vierges d'un futur poncif. Depuis la mort de la mère, jamais la maison n'avait été aussi paisible, pleine de bonnes odeurs et de bonne lumière. Sans le tic-tac de la pendule, ils auraient pu croire que le temps venait de s'arrêter pour eux, pour eux seuls. Pompon bâilla, s'étira, repéra sa gamelle de lait, hésita, se recoucha, se rendormit.

Ils soupèrent d'un bouillon de légumes en parlant de tout et de rien, pour le seul plaisir d'entendre chacun la voix de l'autre. Vital dévora une tranche de lard cuite de la veille en évoquant ses souvenirs de là-bas, du djebel, de la Mitidja. Il n'en parlait pas souvent. Fallait-il qu'il se sentît bien pour se livrer ainsi, ce soir ! Au moment de raconter sa traversée de retour, d'Alger à Marseille, il se tailla un bon morceau de fromage qu'il proposa à Clémence avant de le déguster à la pointe de son couteau. Puis il arrosa le tout d'un verre de vin rouge, sortit chercher des pommes au cellier, en posa une devant Clémence, qui la fit briller d'un vigoureux frottement de manche avant de la croquer. Il débarquait sur les quais de la Joliette en plein chantier lorsque craquèrent les premières noix dans la puissante pince de ses doigts.

Soudain, des coups sourds retentirent contre la porte, violents, répétés. Le vestibule en résonna comme une nef de cathédrale, et la montée d'escalier, et la cuisine. Pompon bondit sur la table, se réfugia sous la crédence. Vital repoussa lentement le panier de noix. Un doigt sur les lèvres, Clémence posa sa pomme, dévisagea son mari, prise de terreur.

— Qu'est-ce...

Vital marcha vers l'entrée. Clémence le suivit, un pas derrière. Les coups violents explosèrent de nouveau contre la porte, accompagnés de grognements. Vital saisit la canne-épée dissimulée derrière le porte-parapluie, la tira de son fourreau, lança un regard à Clémence comme pour lui demander s'il devait... Elle était livide, voulut le retenir... Il avait déjà tourné la clé, tiré le loquet. La porte s'entrouvrit. De l'extérieur, on la poussa violemment. Vital reçut un coup à l'épaule, recula, se ressaisit, pointa l'épée sur la poitrine d'un colosse en guenilles dont les cheveux longs mêlés à une barbe en friche lui mangeaient le visage. On n'en voyait que les yeux, deux trous noirs percés d'une flamme terrible. Une main crasseuse de charbonnier repoussa Vital, se tendit vers Clémence. Elle recula d'un pas. L'homme grogna, rejeta ses cheveux en arrière d'un violent coup de tête, dégagea son front bosselé, déchiré de vilaines cicatrices, et la joue fendue d'un épais bourrelet de chairs, du lobe de l'oreille à la bouche, terrifiant.

Une voix caverneuse, rocailleuse, d'outre-tombe...

Foudroyée, Clémence n'eut que le temps de toucher la main tendue, de murmurer :

— Nicolas.

Elle s'effondra.

10

Juin 1869

— Comment te sens-tu, ce matin ?

Etait-ce déjà la chaleur de cet été à venir qui depuis plusieurs jours fatiguait à ce point Clémence ? Elle se traînait, soufflait, ne tenait nulle part en place. Du matin au soir, elle allait, venait, s'affairait à la cuisine, se retirait dans son atelier où elle malaxait un peu de terre, passait à la boutique où elle déplaçait quelques objets, retournait à l'atelier, malaxait encore comme on lui avait appris à la faïencerie, « à la tête de bélier » pour éliminer toutes les bulles, s'installait à son tour mécanique, commençait à monter une soupière Bouillon, s'arrêtait, le mouvement des jambes lui tirant trop les entrailles, reprenait une boule de terre, la malaxait longuement. Le contact avec cette matière douce et vivante lui faisait du bien. Vital avait tenté de la soulager. Il l'avait écartée de la boutique dont il avait décidé de s'occuper en même temps que de son travail des cuirs : la gestion, les approvisionnements, l'accueil des clients, les livraisons. Rien n'y avait fait ! Il se sortait bien de ces tâches nouvelles pour lui, avec une bonhomie et une serviabilité qui lui avaient valu un regain surprenant de clientèle, de femmes surtout, que Clémence surveillait du coin de l'œil. Elle le taquinait, parfois. Il en jouait, souvent ! C'est vrai qu'il était « bel homme », que le civil après des années d'armée lui avait bien réussi, et qu'il avait de quoi nourrir bien des fantasmes. Ses mains, qui caressaient si élégamment les plus beaux cuirs de sacs ou de bottines, devaient être bien douces sur la peau ! Ses clientes y pensaient, souvent, en rêvaient, parfois, faisaient toujours tout pour revenir se faire servir à la boutique !

A sa dernière visite, la sage-femme avait paru satisfaite.

« Tout va bien, ma fille ! avait-elle dit en se lavant les mains sur la pierre à eau. On en reparlera tantôt ! »

— Pas trop fatiguée ?

Clémence prit la main de son mari, la posa sur son ventre. Il sentait de curieuses vagues sous les vêtements de percale, des coups si doux qu'il y posa l'autre main ; il aurait voulu prendre dans la coupe de ses paumes toute cette vie dont il percevait les premiers mouvements ; il ferma les yeux. Clémence s'approcha, le baisa au front, longuement, le flairant comme un animal. Elle aimait humer la bonne odeur de cuir et de graisse à assouplir qui imprégnait ses cheveux. Et le parfum brut de son savon à barbe. Il tressaillit.

Le soleil se levait derrière la tour massive de Sainte-Libaire, projetant sur les pavés des ombres en dents de scie que foulaient passants et premiers clients. Des carrioles couinaient, des poules caquetaient, toutes plumes dehors, à travers le grillage des cages, des chevaux cavalcadaient autour de la place, dans les bras de lourdes charrettes débordantes de meubles, sacs de grains, montagnes de cartons, familles de chèvres et leurs cabris, lapins en clapier, rouleaux de cordages, empilements de sabots, galoches et brodequins. C'était le petit matin d'un long jeudi de marché. Partout des chiens couraient derrière d'autres chiens qui virevoltaient autour de maîtres qui cherchaient le placier municipal.

— Où est-il ?

Vital s'écarta.

— Tu l'as vu, ce matin ?

La rumeur du marché l'avait forcée à hausser le ton. Il la prit par la main, la fit asseoir sur le tabouret, à côté d'une pile de baugeottes [1].

— Non, pas encore ! Mais pas d'inquiétude ! Il finira bien par revenir, comme toujours, tu sais !

Elle hocha la tête, parut soudain accablée.

— Un jour ne ressemblera pas aux autres, tu verras ! Je le crains, ce jour-là... oui, je le crains !

— Mais ne te mets donc pas d'idées comme ça en tête ! Après tout ce qu'il a connu, ce n'est pas ici qu'il risque le plus, va, loin s'en faut ! Il va rentrer, je te dis !

— Mais dans quel état ?

— Ah... ça !

Clémence relisait souvent la lettre que Nicolas lui avait écrite juste avant son départ. Elle la gardait dans sa table de nuit. Tellement usée qu'elle se déchirait aux plis. « Et quand je reviendrai, je serai quelqu'un ! Je

1. Grands paniers à deux anses, en saule tressé, utilisés dans les Vosges pour le transport du bois de chauffage ou le ramassage des fruits.

t'embrasse tout fort. Je t'écrirai, si je peux. Ton frère Nicolas. » Elle n'avait rien reçu de plus.

Il était revenu onze ans et sept mois après, cassé de partout, derrière un visage de monstre, couvert de vermine, incapable de parler autrement que par gestes souvent très violents et bribes de phrases ponctuées de grognements inquiétants, et ivrogne !

Dès le premier soir, il avait fallu le rassasier de vin, qu'il avait bu à grandes lampées bruyantes, comme un bœuf à l'abreuvoir. Il s'était effondré à leurs pieds, devant la cuisinière, complètement soûl. Impossible de le défaire de ses hardes trempées qui puaient le carnage. En larmes, partagée entre désespoir et joie de l'avoir retrouvé, Clémence l'avait veillé une bonne partie de la nuit. Plusieurs fois, Vital avait voulu la faire monter pour se reposer. Aux premières lueurs de l'aube, il avait réussi. Ils étaient restés allongés côte à côte, main dans la main, sans trouver le sommeil. Pompon ne les avait pas quittés d'une semelle. Il était monté avec eux, s'était lové entre leurs jambes en ronronnant. Quand ils étaient descendus, ils avaient trouvé Nicolas dans la même position, baignant dans une mare de dégueulis, souillé d'excréments. La pestilence était insupportable. Clémence avait filé dans la cour, les mains sur la bouche pour contenir les flux de bile qui explosaient dans sa gorge. Il avait fallu force et courage à Vital pour s'attaquer au nettoyage des lieux et de l'homme !

En quelques mois, au prix d'une ténacité de forcenés, ils avaient réussi à réapprendre à vivre à leur sauvage. Dès le lendemain de son retour, malgré un froid de canard qui glaçait même les plus résistants, ils avaient ouvert au large la fenêtre de sa chambre, refait son lit garni des mêmes draps et couvertures qu'autrefois, vérifié la bonne place de chaque meuble et objet. « Il faut que tout soit exactement comme c'était quand il est parti, avait expliqué Vital, exactement pareil, si on veut qu'il retrouve toute sa mémoire ! » Le soir même, Nicolas y avait dormi après avoir mangé un peu et bu beaucoup. Ils l'avaient entendu aller et venir toute la nuit, descendre à la cuisine. Ils avaient reconnu le bruit de bouteilles choquées, de chaises bousculées sur les dalles. Pompon avait gratté à leur porte ; ils lui avaient ouvert ; il s'était lové dans le creux de leurs jambes en ronronnant. Clémence sanglotait. Vital regardait au plafond un trait de lune filtré par les persiennes.

Il avait fallu l'allumage du four pour que Clémence oubliât quelques heures durant la terrible présence de son frère.

Charles s'était occupé de tout : prévenir Aimé – il l'avait promis, il le fit ! –, lui faire livrer tout le bois à brûler, du bois bien sec qui provenait de la réserve désormais inutile de la faïencerie, plusieurs pleines charrettes qui s'étaient faufilées par la rue du Cheval-Blanc jusqu'à la remise construite par Simonet le charpentier, s'assurer qu'Aimé et son aide resteraient bien sur place tout le temps de la montée en température. « C'est qu'il va en manger, du bois, ce bougre ! avait-il rappelé à son ancien ouvrier. Vous l'alimenterez heure par heure, pendant au moins deux jours, n'est-ce pas, Aimé... » L'autre l'avait regardé avec un sourire malicieux... « Je sais, je sais ! Vous n'allez pas m'apprendre mon travail maintenant, quand même, m'sieur Charles ! » Ils s'étaient mis à rire de bon cœur.

Ils avaient monté trois cazettes dans le laboratoire, placé quelques pendules [1] sur la plus haute, juste en face de l'orifice de contrôle, comme pour une vraie cuisson, puis empilé dans le foyer du papier – des pages froissées du *Courrier des Vosges* du préfet d'Epercy –, des cartons, brindilles et bûchettes. Au moment de présenter la flamme, Charles avait tendu l'allumette à Clémence. A elle l'honneur d'allumer ce four dont elle avait si souvent rêvé, ce four qui lui permettrait de continuer à faire vivre la tradition de la belle faïence à Rambervillers ! La flamme monta, emplit le foyer ; le bois crépita sa chanson de promesses ; un filet de fumée blanche s'échappa de la cheminée. Alors, tandis que Charles se retournait pour écraser une larme, tous applaudirent, Clémence dont les joues ruisselaient, Vital rayonnant comme un gamin prêt à griller du lard sur un feu de bûcherons, l'Aimé, son aide... et Nicolas, trois pas derrière, qui se mit à rire d'un rire gras et bestial. Il continua à taper des mains longtemps après les autres, sur un rythme inconnu de tous, mais qui le transportait sans doute là-bas, dans un ailleurs auquel ils n'avaient pas accès.

Deux jours durant, les hommes enfournèrent le bois dans le foyer. Ils se relayaient, l'un rentrant se reposer chez lui, tandis que l'autre veillait près de la gueule ardente et ronflante. De temps en temps, on entendait des chuintements plaintifs de bûches, des crépitements

---

1. Les cazettes sont des supports en terre réfractaire destinés à recevoir les pièces à cuire. Le laboratoire est l'autre nom, on l'a vu, de la partie du four où sont disposées les pièces à cuire. On appelle « pendules » les petites pyramides de la même terre que les objets à cuire : se déformant dès la température finale de cuisson atteinte, elles servent de témoins.

de braises, des craquements de joints qui agrandissaient la pupille de Clémence assise sur une caisse derrière l'homme. « Normal ! expliquait l'Aimé ou son aide, tout se met en place ! Mais faut pas de coups de surchauffe ! Il y aurait des risques qu'il se fende. C'est pour ça qu'il faut le surveiller comme une soupe au lait ! » Et Aimé de pousser une tôle devant la gueule pour réduire le tirage, puis de l'écarter, un canon de rouge et une bouchée de munster plus tard, pour redonner de l'air aux flammes, à petites aspirations. « Ah, le feu, c'est tout un art, ma p'tite dame ! C'est ça le plus important dans notre affaire, pouvez m'en croire ! » Elle l'en croyait ! « La terre, elle, supporte pas qu'on la maltraite ! En douceur, toujours ! On la chauffe en douceur, comme une femme ! » Un silence gêné avait roulé sur le ronflement du feu. Surpris par sa propre audace, l'Aimé s'était retourné en rajustant sa casquette. « Oh, pardon, ma p'tite dame, c'était sans vouloir vous faire offense ! » Elle avait souri. « Il n'y a pas d'offense, Aimé, du tout ! » Rassuré, il avait jeté une nouvelle bûche dans le brasier. Une gerbe d'étoiles avait jailli jusque sur ses brodequins.

Vital ne les avait pas quittés une heure, sauf pour aller au ravitaillement à la cuisine, Nicolas cramponné à ses basques qui, dès l'allumage, avait donné des signes inquiétants d'excitation. On l'avait vu fixer les flammes d'un œil exorbité, tendre les mains paumes en avant comme pour s'en protéger, on l'avait entendu grommeler des sons incompréhensibles. Il avait reculé jusqu'au fond de la cour, observé la manœuvre, le dos collé au mur, en serrant les poings sur sa poitrine. Il grimaçait. Son visage fendu et boursouflé trahissait une terrible impression de souffrance. Puis il s'était rapproché, lentement, pas à pas, avait rejoint sa sœur, s'était blotti contre son dos, la tête sur son épaule, le regard planté dans les flammes crépitantes. Vital le surveillait du coin de l'œil, prêt à réagir au moindre mouvement suspect. Ils avaient appris à se méfier de ses réactions parfois dangereuses.

Très longtemps, il avait répondu à leurs questions par la fuite. Il prenait la porte comme une furie, traversait la place en gesticulant comme un possédé, s'enfilait dans la ruelle de l'église en poussant des cris qui faisaient sursauter les riverains, ne réapparaissait que tard, le soir, une fois la nuit tombée, crotté jusqu'à la ceinture et soûl à ne plus pouvoir tenir debout. Impossible alors, plusieurs jours durant, de l'aborder sans provoquer de nouvelles crises ! Puis il s'était un peu apaisé, supportait qu'on le regarde en face et s'intéresse à lui. De question prudente en question prudente – quand il n'arrivait pas à se faire comprendre, il piquait des coups de colère violents qui décuplaient ses forces et le rendaient dangereux –, ils avaient réussi à reconstruire pierre à pierre le pan ruiné de sa vie.

Trois semaines après son embarquement à Calais, le soldat Nicolas Goutfeux avait posé le pied sur le sol de Roumélie, à Gallipoli. Il avait aussitôt rembarqué pour Varna avec quelques centaines de jeunes recrues comme lui, puis pour Eupatoria, où ils étaient arrivés pour foncer vers le sud à marche forcée avec le 20e léger du lieutenant Cullet.

A partir des mots grognés par Nicolas, de ce qu'il savait des phases de la guerre d'Orient et des comptes-rendus de batailles qu'il avait lus dans *Le Moniteur* officiel de l'empire, Vital avait réussi à reconstituer le périple du soldat.

D'Eupatoria, la troupe avait poursuivi sa marche vers Sébastopol jusqu'au filet d'eau du Boulganak franchi sans encombre et, de là, jusqu'à une ligne de collines d'où elle apercevait nettement les hautes rives gauches de l'Alma couvertes de Russes. Ils étaient attendus !

A ce moment de son récit, Nicolas avait été agité de spasmes violents. Ils avaient dû reporter de plusieurs jours le rappel des images qui avaient entaillé sa raison. Ils voyaient bien que sa mémoire se réactivait à mesure qu'ils l'aidaient à progresser dans les méandres de sa nuit intérieure, mais au prix d'efforts terribles qui provoquaient de véritables transes. Quand ils insistaient trop, Nicolas se mettait à suer à grosses gouttes. Il toussait, crachait, contenait des nausées qui l'obligeaient à filer vers la cour en poussant des grognements sourds. Il finissait ces séances épuisé, incapable du moindre geste, sauf pour lever le coude et descendre des verres et des verres de vin qu'il allait ensuite cuver toute la nuit.

Un matin de dimanche clair, parcouru par les premiers vols d'hirondelles, il avait évoqué « sa » bataille.

C'était le vingtième jour de septembre. La nuit avait été glaciale et pluvieuse. Le régiment faisait partie de la 3e division commandée par le prince Napoléon en personne. A cause de la négligence anglaise, il n'avait pu atteindre les rives de l'Alma à travers les vignes que vers dix heures, sous un déluge de feu russe. Les zouaves avaient vaillamment ouvert la voie Ils avaient traversé le fleuve les premiers, avec l'aide de l'artillerie de Barral, repoussé l'ennemi loin derrière les crêtes, l'avaient poursuivi en direction de la Katcha. Haut sur l'horizon, le soleil dorait encore les vignes que la bataille était déjà gagnée !

Il l'avait racontée d'un trait, habité par une frénésie qu'ils ne lui avaient jamais connue, marchant à grandes enjambées autour de la table, tombant sur un genou pour mimer les salves, bondissant comme pour un assaut de ligne. Il avait fini en nage, larmes et sueur ruisselant sur ses joues, une bave mousseuse au coin des lèvres.

La route de Sébastopol ouverte, les Français, toujours accompagnés trois lieues derrière par l'armée anglaise, étaient allés former leurs faisceaux d'armes sous les murs de la ville. Un an de typhus et de choléra sous ces murs, de coups de main, d'avancées meurtrières, de reculades et d'assauts, comme celui de ce 14 juillet contre le Mamelon vert qui avait laissé des centaines d'hommes sur le carreau ! Un siège qui avait coûté plus de deux cents Français par jour, mené tambour battant jusqu'au pied de la fameuse tour de Malakoff, le 8 septembre 1855. Nicolas venait d'être muté chez les grenadiers du général de Pontevès. Le jour de ses vingt ans.

La bataille avait été terrible, un vrai carnage ! Les corps s'amoncelaient sur cinq à six rangs, amis et ennemis ensemble, sangs mêlés. Dès le premier engagement, Pontevès avait été tué, puis le général de Marolles, les généraux Bourbaki, Bisson et Mellinet sévèrement blessés. On avait réussi à reprendre l'avantage sous les ordres du général de La Motte-Rouge quand la Poterne explosa, projetant au ciel pierres, ferrailles, armes, pièces d'artillerie, membres humains, tripes et boyaux. La tête ouverte par un éclat, inconscient, disloqué de partout, Nicolas avait été laissé pour mort sur le terrain.

Des bribes de mémoire lui étaient revenues dans un pays de hautes montagnes dont il ne reconnaissait rien, ni la langue, ni les costumes, ni les lieux. Depuis combien de temps était-il là ? Comment y était-il arrivé ? Mystère !

Puis il avait divagué, de bouges en mines, de travaux des champs en manufactures, de cours des miracles en églises à croix d'or qu'il avait reconnues pour celle de... Lorraine ! Petit à petit, de souvenirs ravivés par des situations vécues en étranges éclairs d'après soûleries, il avait retrouvé le chemin de la maison.

Et il était là, corps et âme déchiquetés, certes, mais là, à la maison !

— Comment te sens-tu, ce matin ?

— Moi, ça va ! Mais c'est à lui que je pense !

— Il va revenir ! Pas de soucis ! Comme toujours !

— Tout de même, ce matin, je ne sais pas pourquoi... je suis plus inquiète que d'habitude.

— Ton état, peut-être ! Tu es fatiguée.

Elle l'examina d'un air soupçonneux. Le calme, l'allure sereine de Vital, son ton presque enjoué l'avaient surprise. Lui cachait-il quelque chose ? Savait-il où disparaissait Nicolas plusieurs fois par semaine maintenant ? Elle lui prit la main.

— Je crains pour lui ! Comment dire ? Je...

Elle baissa les yeux.

— Je ne voudrais pas qu'il lui arrive quelque chose, tu sais. Je ne le voudrais pas !

— Il ne lui arrivera rien !

Vital poussa la porte de la boutique, ouvrit son livre de commandes, se souvint qu'il devait passer chez le tanneur dans la journée. Il regarda longuement la rosace de Sainte-Libaire, juste en face, gros œil noir ouvert sur les premiers mouvements de la place.

Comment dire à sa femme qu'il avait vu Nicolas, la semaine passée, sortir en titubant de chez... la Roseline ?

Comment ?

11

Octobre 1870

Théophile était né un an plus tôt, presque jour pour jour, le huitième de septembre, fête de saint Grégoire. Un superbe garçon de plus de huit livres qui s'était présenté par le siège. Sept heures de travail, de massages d'un abdomen tendu comme une peau de tambour, de poussées qui arrachaient des cris de douleur à une Clémence en nage, lançant les voisines dans une intrépide course d'escalier, chargées de linges, ou des bassines clapotantes d'eau tiède à pleins bras contre la poitrine. Sept œufs cuits durs dans un litre et demi d'eau pure[1] que la parturiente avait dû boire pour faciliter le passage, sept heures d'attente pour Vital, de la cuisine à la boutique, et de la boutique à la cuisine, avec, de temps en temps, une sortie sur le perron pour une pipe qu'il n'avait pas bourrée depuis son retour d'Algérie. Théophile. Né coiffé. « Rien que du bonheur pour lui ! » avait affirmé la sage-femme en piquant l'épingle de sûreté dans le maillot de la larve fripée qu'elle allait poser sur le ventre de Clémence. « Et s'il y en aura pour lui, y en

1. Vieux remède lorrain pour renouveler les eaux lors de l'accouchement.

aura pour vous aussi… n'em don' ! » Ils y avaient cru dur comme fer.

Le soir même de la naissance, Clémence avait demandé à Vital de retirer les étoffes blanches qui couvraient les miroirs et les cadres dans la chambre de la mère, d'en ouvrir la fenêtre au large, d'en chasser la poussière et d'en refaire le lit. Elle avait décidé qu'ils s'y installeraient, la vie nouvelle devant repousser les dernières présences de mort. Ce qu'il avait fait avec l'énergie d'un jeune animal lâché pour la première fois. Il avait battu les tapis dans la cour de l'atelier, retourné les coussins et le matelas qui avait gardé la mémoire en creux de la suicidée, passé un chiffon humide sur les meubles puis la cire d'abeille, puis un bouchon de vieille laine pour leur redonner du vivant. La maison s'était mise à sentir le propre et le frais, et le lait que le bébé tétait goulûment au sein de sa mère. Leur chambre, son ancienne de jeune fille, deviendrait celle de leur fils Théophile, plus tard, une fois hors de portée des démons nocturnes acharnés à étouffer les nouveau-nés.

Après les chaleurs insupportables de l'été, et les pluies torrentielles d'août, l'air était d'une douceur et d'une légèreté inhabituelles, la forêt d'automne aussi dorée que la couronne sulpicienne de sainte Libaire, le ciel sans fond d'un bleu pervenche habité par des martinets gouailleurs en vol serré autour du clocher. Sur la place, des voitures à bras chargées de bois mort croisaient de rares landaus parfumés au patchouli tirés par des chevaux au cul damassé, et des groupes d'hommes armés de fusils de chasse, pétoires, tromblons d'un autre siècle, et chassepots abandonnés par l'armée en déroute. Çà et là, des gamins aux cuisses griffées au sang, marmosés [1] jusqu'aux yeux, balançaient à bout de bras des paniers de mûres juteuses qu'ils étaient allés cueillir sur les pentes de Bayonvillers. On avait du plomb dans les veines depuis la reddition de l'empereur dans une cuvette de Sedan devenue cimetière. Depuis, surtout, le passage d'un escadron d'impressionnants cuirassiers qui avaient entendu une messe en plein air et reçu la communion, sur la place, devant une foule médusée. Oui, la guerre était là !

Une nouvelle fois, Nicolas avait disparu. Dès les premiers signes de l'entrée en couches de Clémence ! Il n'était revenu que huit jours plus tard, sale, puant la merde et la vinasse. Comme un fauve en cage, il avait longtemps tourné dans la cuisine en grognant avant d'accepter de se nettoyer. Il s'était approché à plusieurs reprises du pied de l'escalier, empoignant la rampe, prêt à monter. Vital l'en avait empêché, l'avait traîné fermement vers le tub préparé devant la cuisinière, lui avait montré l'eau dans le broc et le savon sur la table. Le fugueur avait fini par se laver. Alors, seulement, Vital l'avait laissé monter auprès de sa sœur. Nicolas avait reniflé le bébé, caressé son front d'un index tremblant, l'avait longtemps examiné, étrangement silencieux. Puis il s'était assis au pied du berceau, adossé au mur, s'était endormi. Il n'avait pas eu un regard pour sa sœur.

Ses absences s'étaient multipliées. Un soir, Clémence avait trouvé, sous son lit, un... sac de tabac de contrebande !

1. Barbouillés.

Depuis le 19 juillet, une heure de l'après-midi, l'affaire était engagée contre la Prusse. En remettant la déclaration de guerre au gouvernement de Berlin, quelques semaines plus tôt, le chargé d'affaires français Le Sourd savait bien qu'on prenait des risques considérables. L'armée impériale n'était pas prête. Tous ceux qui avaient pris le parti de la guerre en hurlant au loup étaient les mêmes qui, quelques mois plus tôt, avaient refusé à l'empereur les moyens militaires de contrer un Bismarck conquérant. Même l'impératrice avait voulu cette guerre que Napoléon ne voulait pas ! Pas plus que le roi de Prusse ! Mais, sur la rive droite du Rhin, le rêve de grande Allemagne avait été le plus fort et la perversité de Bismarck la plus efficace.

Dans les campagnes de France comme dans les villes, du Nord au Midi et de Brest à Reims, chacun s'était persuadé qu'elle serait courte, cette guerre, et que la Prusse y prendrait la même raclée que les Russes à Sébastopol, ou que les Autrichiens à Magenta et Solferino. Tous avaient la certitude que les descendants des vainqueurs d'Austerlitz sauraient damer son pion à la brute allemande. Ils n'avaient pas entendu, ou avaient déjà oublié les leçons de Sadowa ! Plus à l'est, les abysses de la mémoire recélaient encore les séquelles du génocide lorrain pendant la guerre de Trente Ans [1] et, tout proches, les déferlements cosaque et wurtembergeois du début de siècle, avec leur chapelet de batailles, viols, meurtres, destructions et pillages, et on se disait qu'une mauvaise paix vaut parfois mieux qu'une bonne guerre ! Mais, pour les nostalgiques du champ de bataille, le prestige des chefs de guerre avait fait le reste.

1. Lire, du même auteur, *Les Dernières Violettes de La Mothe* (ESKA, Paris, 1997).

On savait Mac-Mahon avec son 1er corps à Strasbourg, Bourbaki à la tête de la garde impériale, Canrobert au commandement du 6e corps, Bazaine d'or et de pourpre caracolant devant ses troupes, et tous les généraux prestigieux des campagnes récentes à leur poste avec hommes, armes et bagages : Félix Douay, Failly, Ducrot, Lartigue... sans compter la cavalerie, aux ordres du général Duhesme !

Le premier choc frontal entre les turcos du bataillon de Lammerz et les Bavarois dans les vignes de Schweigen, le 4 août, avait donné le ton : fulgurant, sévère et meurtrier. Mais personne n'en avait tenu compte ! Et le réveil avait été brutal : quatre jours après le début des hostilités, après s'être étripés comme des sauvages à Frœschwiller, avoir chargé comme des cuirassiers forcenés à Reichshoffen, bataillé comme des diables à Niederbronn, l'ordre de repli avait été donné. On avait franchi les Vosges sous des pluies diluviennes, campé dans la boue à Lunéville, bivouaqué trempés sous les murs du château de Haroué, reformé les rangs à Vicherey, embarqué au pas de charge dans des trains de marchandises à Neufchâteau, trouvé au camp de Châlons le temps de racler la boue des uniformes et de respirer enfin loin de la mitraille enragée des Prussiens, pendant que d'autres se faisaient encore percer le flanc et tailler en pièces à Mars-la-Tour et à Gravelotte.

Ce matin d'octobre, fête de saint Léger le mal nommé, alors que dans la houblonnière de la Ringole des femmes et des enfants achevaient en retard la récolte des cônes [1] à un sou la baugeotte, on venait d'apprendre

1. Fleurs de houblon destinées à la fabrication de la bière

que le 14e corps d'armée prussien, sous les ordres du général Degenfeld, venait de s'ébranler pour une mission de première importance : interdire tout regroupement de lambeaux de l'armée française dans le département des Vosges. La nouvelle avait fait le tour des quartiers à la vitesse d'un cheval au galop. Sept mille casques à pointe, neuf cents chevaux, douze pièces d'artillerie s'apprêtaient à déferler sur la ville !

Le chef de bataillon Petit-Jean sonna aussitôt le rappel de la garde nationale de Rambervillers qu'il avait organisée dès la proclamation de la République. Commandée par des sous-officiers et officiers élus, constituée de la compagnie de sapeurs-pompiers et d'ouvriers, bourgeois, artisans, elle ne comptait dans ses rangs que des hommes résolus à défendre leur ville coûte que coûte.

N'écoutant que son courage et les pulsions de son sang d'ancien soldat, Vital les avait rejoints sans réfléchir, bientôt suivi par Nicolas, armé d'un fusil à baïonnette sorti de nulle part. Clémence n'avait pas tenté de les dissuader. Elle les aurait même accompagnés si la jeune vie de Théophile ne l'avait pas retenue à la maison. Ils étaient rentrés le soir, éreintés, après avoir poussé des reconnaissances de terrain vers La Bourgonce, où des arrière-gardes françaises avaient déjà rencontré des détachements prussiens. Nicolas avait suivi Vital toute la journée, faisant ce qu'il faisait, marchant où il avait marché, se reposant où il s'était reposé, excité comme un chien de chasse qui sent le gibier.

Clémence les avait attendus à l'atelier, Théophile babillant dans son parc sur une couverture. Pour tuer le temps, elle s'était mise à malaxer une terre qu'elle travaillerait tantôt. Elle s'était surprise à prier au rythme de ses mouvements de paume qui la prenaient toute comme des ondulations de couleuvre, « *Pater Noster, qui es in caelis...* ». Au retour, ils avaient dévoré un copieux ragoût qu'ils avaient saucé à la mie de pain jusqu'au cul luisant de la casserole.

Le lendemain, le ciel avait plongé dans les rues et sur la Mortagne, englouti le bois du Marquis. Dès le petit matin, on avait entendu tonner le canon loin, très loin derrière les Montaux, au-delà de la Belvitte. Clémence avait vu ses deux hommes repartir sous une bruine glacée qui lustrait la place d'un vernis huileux. Le soir, ils n'étaient pas rentrés. Elle ne les avait revus que le lendemain, en coup de vent, le temps d'emballer dans du papier de la boutique un morceau de pain, un fromage et une bande de lard frais qu'ils grilleraient « sur un feu de bûcheron ! » comme le lui avait lancé Vital, ajoutant : « A la guerre comme à la guerre ! » avant d'élever à bout de bras vers le ciel leur fils qui riait à s'en égosiller, puis de l'embrasser avec passion. Pour la première fois, Nicolas s'était approché d'elle, plus près que jamais, avait déposé sur sa joue un baiser léger comme une aile de papillon. Puis il avait bondi dans le sillage de Vital, sur une place poisseuse écrasée par la tour à gueule noire de l'église.

Elle s'était remise à malaxer la terre, en priant : « *Sed libera nos a malo*[1]... »

En fin de matinée, des claquements de sabots sur les pavés, des cris gutturaux, des cliquetis de sabres... Clémence s'était précipitée à la boutique. Derrière la vitrine, là, à portée de main presque, sur la place,

1. « Mais délivrez-nous du mal. »

paradait une troupe d'une cinquantaine de hussards prussiens, bardés de cuir et d'acier, terrifiants. Elle se précipita dans le vestibule, mit la barre de force à la porte, courut à l'atelier, empoigna Théophile, monta se barricader dans sa chambre. Elle y resta terrée dans la ruelle du lit, son fils dans les bras, bien longtemps après que la cavalcade se fut éloignée, puis éteinte du côté de l'hôtel-Dieu.

Ses hommes étaient rentrés à la nuit tombée. Elle avait passé toute la journée à malaxer la même boule de terre, sans l'idée seulement de la poser sur le tour pour la monter. Elle en avait donné une minuscule à Théophile, qui l'avait modelée de ses petits doigts potelés, puis portée à la bouche. Elle la lui avait aussitôt reprise. Il s'était mis à pleurer. De tout le jour, elle n'avait pas vécu !

— Ça se gâte !

Vital l'avait prise dans ses bras. Il sentait le feu de bois, et la poudre, et portait toujours dans ses cheveux ce bon parfum de cuir qu'elle lui aimait tant. Elle laissa couler ses larmes de soulagement. Assis sur la caisse à bois, le fusil entre les jambes, Nicolas les observait du coin de l'œil.

— Théo... phile... Où ?

Il se leva, posa le fusil contre la table, s'avança vers Clémence. Il promenait son regard dans la cuisine...

— Où ?

— Il dort, Nico, il dort. Tu le verras demain !

Il reprit son fusil, se réinstalla sur la caisse à bois, le cala entre ses cuisses, attendit.

Vital voulut voir son fils. Il retira ses bottes, monta en chaussettes dans leur chambre, y resta un long moment.

Le silence tombait en morceaux sous les coups répétés du balancier d'horloge. De temps en temps, Nicolas jetait un regard vers le plafond, puis épiait le visage de Clémence en grognant. Elle devinait sa colère rentrée.

— Tu le verras demain, mon Nico !

— De… main !

Son rire de dépit roula sur les dalles.

Puis Vital avait raconté leurs patrouilles en campagne autour de la ville. Du haut de la Voitenotte, ils avaient aperçu le détachement de hussards, ce matin, mais les officiers avaient préféré esquiver en attendant le moment et l'endroit propices à une action. Vital parlait sans passion, comme s'il se fût agi de choses ordinaires. Nicolas l'écoutait, bouche bée, un filet de bave coulant sur son menton du côté de la cicatrice. Ils avaient soupé d'un bon plat de fèves avec une saucisse. Tout de même… l'empereur… prisonnier en Allemagne ! Après un morceau de munster large comme un coin de bûcheron arrosé au rouge du Montfort, ils étaient montés se coucher. Les ronflements de Nicolas n'avaient pas tardé à ébranler l'étage. Dans son petit lit, Théophile souriait aux anges. Ils s'étaient aimés, puis endormis, souffle dans souffle, enlacés.

Les premières lueurs de l'aube n'avaient pas encore filtré entre les persiennes que des coups codés avaient ébranlé la porte d'entrée. Vital avait aussitôt compris. Il avait bondi dans ses vêtements, dégringolé l'escalier, ouvert sur l'un des sous-officiers de la garde nationale, en uniforme dépareillé, souillé de boue jusqu'à la taille, qui suait à grosses gouttes. Dressée sur ses coudes, Clémence tendit l'oreille.

— Une escouade de casques à pointe, sur le chemin de Fraispertuis. Une cinquantaine. La troupe suit. Un mille, à ce qu'on dit ! Seront à Jeanménil dans la matinée, chez nous vers midi ! Faut qu'on les accueille comme y faut. Embuscade au cimetière ! Il ne faut pas qu'ils passent ! On va faire une barricade sur le pont des Laboureurs. Tous là-bas, tout de suite ! Ils ne passeront pas !

Le sous-officier se cramponnait au chambranle de la porte, souleva son képi, passa les doigts dans ses cheveux collés, se recoiffa.

— Entre donc ! Tiens, prends un verre !

— Pas le temps ! Faut que je prévienne les autres, qu'ils en amènent beaucoup d'autres ! Va falloir du monde, tu sais, beaucoup d'monde !

— J'arrive !

— Prends toutes tes munitions, emmène le Nicolas, aussi ! Emporte tout ce que t'as qui pourra nous servir !

— J'emporte !

Du perron, Clémence avait regardé ses hommes partir, épaule contre épaule, le fusil en bandoulière et les poches pleines de munitions, louvoyer entre les attractions de la fête patronale, contourner le manège de chevaux de bois, se glisser entre les baraques de chamboule-tout, les balançoires blanches à l'étrave rouge pendues à leur portique et la confiserie marquée en grosses lettres *AUX NOUGATS DE MONTÉLIMAR*, s'enfiler dans la ruelle de l'église. Au moment de disparaître dans le goulot derrière l'abside, Vital s'était retourné, avait levé la main, lui avait envoyé un baiser. Les toits d'en face s'ourlaient déjà d'un feston pervenche ; le ciel coulait, fluide et transparent comme une eau de montagne. Il ferait beau aujourd'hui.

Clémence resta un long moment immobile, les poings serrés, les yeux perdus dans les promesses de fête patronale. Sa gorge se noua ; des larmes lui vinrent, qu'elle essuya d'un revers de main. Elle prit une grande inspiration, remonta dans sa chambre au moment où, les bras tendus, Théophile réclamait sa mère. Il avait faim.

Les premiers coups de feu claquèrent en début d'après-midi, isolés, perdus dans l'ambiance de fête à parfum de gaufres et saveur de sucre candi. Le manège de chevaux de bois suspendit aussitôt sa cavalerie. L'orgue mécanique se tut ; la confiserie de Montélimar rabattit son auvent ; les chamboule-tout remballèrent leurs boîtes de fer-blanc ; les balançoires blanches à étrave rouge retombèrent. Les rares badauds filèrent à toutes jambes, les hommes tenant leur chapeau, les femmes relevant leur jupe pour libérer le mouvement et poussant devant elles une marmaille couinante. En un instant, la place fut déserte. Inondée du soleil doré d'automne, mais déserte !

Dix, puis cinquante, puis cent coups de feu répondirent aux premiers. Bientôt, la mitraille crépita de partout, comme si la ville entière était devenue champ de bataille ; les détonations ébranlèrent les murailles les plus robustes, des hurlements de combattants tourbillonnèrent dans les airs avec des volutes de fumée noire et l'odeur âcre de la poudre. Le ciel se couvrit de suie et de cuivre. On entendait sonner des clairons, galoper des chevaux, rouler des charrois, exploser des charges, siffler des projectiles qui fracassaient les tuiles. Des éclats volèrent jusque dans la vitrine de la boutique.

Réfugiée dans son atelier, Théophile serré sur son cœur, Clémence sursautait à chaque explosion. Elle s'était d'abord abritée derrière la réserve de bois, puis avait ouvert la porte du four, s'était glissée par le foyer jusque dans la chambre. Assise sur une cazette, recroquevillée, elle enveloppait son fils de tout son corps et le réchauffait. Des bribes de prières apprises autrefois chez les sœurs du Saint-Sacrement remontèrent jusqu'à ses lèvres. Elle les lui murmurait sans fin à l'oreille, les chantonnait. « *Salve Regina, mater misericordiae*[1]... » Il avait fini par s'endormir. « *O clemens, o pia, o dulcis Virgo Maria*[2]... » Dans son temple de terre, là même où, bientôt, le feu rendrait indestructible la plus humble matière de la création, elle se sentait devenue elle-même indestructible. Pour lui, son fils ! Pour Théophile !

Sur le soir, la rumeur de la bataille s'atténua. Clémence quitta son refuge. Levant les yeux dans la cour, elle vit le ciel rouge de nuées que le vent déchirait, du sang peut-être des hommes qui s'étaient affrontés là-bas, à l'entrée de la ville, sur les rives étroites du Monseigneur. Vital ! Nicolas ! Elle courut à la maison, traversa la boutique, ouvrit la porte. Une écœurante odeur de fumier consumé, de chairs cuites, de crins calcinés, de poussière et de poudre brûlée, s'engouffra dans la maison. De la main elle protégea le visage de Théophile, qui s'était mis à pleurer. Par-dessus les chevaux de bois immobiles du manège, la tour de l'église semblait une flèche sanglante dressée vers le ciel.

1. « Salut, ô Reine, mère de miséricorde... »
2. « O clémente, ô miséricordieuse, ô douce Vierge Marie... »

Alors, firent irruption sur la place des cavaliers casqués et caparaçonnés d'acier, montés sur des chevaux couverts de cuir et d'écume, la lance flammée pointée vers les baraques aveugles de la fête.

Clémence rentra précipitamment, se mit à tourner dans la cuisine. Vital ! Nicolas ! N'y tenant plus, elle se couvrit d'un châle dont elle enveloppa Théophile, sortit par l'arrière, longea les murs de la rue du Cheval-Blanc, profita de l'écran des baraques foraines pour contourner la mairie sans se faire remarquer du groupe de Prussiens qui avaient démonté, formé les faisceaux, buvaient le vin de leurs bidons et fumaient de longues pipes, assis sur les escaliers de l'église. Plus elle approchait des faubourgs orientaux de la ville, plus l'odeur âcre de poudre, de fumée et de couenne brûlée devenait insupportable. Elle allait déboucher dans la rue des Fontaines quand, de la ruelle des Laboureurs, surgit un groupe de cavaliers, dolman ouvert et sabre au clair, qui chargeaient un ennemi invisible en hurlant et riant comme des monstres. Elle n'eut que le temps de se terrer dans le repli d'une porte cochère, s'affaissa dans l'obscurité, une main sur la bouche de Théophile pour étouffer ses cris, terrassée par le triomphe des hussards de la mort. Quand le calme fut revenu, elle osa un pied dans la rue. Alors, de loin, elle aperçut les façades éventrées des maisons, les ruines fumantes et, sur le pont, les restes d'une barricade. Des silhouettes s'y activaient sur des corps, les soulevaient, les transportaient... Vital ! Elle s'avança. Alors, on l'empoigna violemment par le bras.

— Restez pas là ! Voulez vous faire étriper ! ?

Un homme couvert de crasse et de sang, débraillé, le pantalon déchiré du haut en bas, le bras tenu en écharpe par sa ceinture de flanelle, la poussait en répétant.

— Filez ! Filez vite ! Les voilà qui reviennent ! Filez, bon Dieu !

Elle fila. Pour Théophile ! Pour lui seul !

La nuit était d'un noir d'encre veiné de lueurs ocre. Çà et là, du côté du cimetière, claquaient encore des coups de feu.

Elle rentra par la cour de l'atelier. Pompon l'accueillit avec des miaulements de détresse, lui colla aux talons jusqu'à la cuisine, hésita un moment, puis grimpa sur ses genoux, lécha les lèvres sucrées de Théophile, qui s'en amusa longtemps.

Elle attendit.

Aimé revint le premier, seul.

— Et Vital ? Et Nicolas ?

Clémence avait remis Théophile dans son parc, avec Pompon. Elle saisit au col l'homme qui marchait à cloche-pied en grimaçant à chaque pas. Il respirait difficilement.

— Vital ?

L'Aimé s'assit en geignant sur la caisse à bois, demanda un verre de mirabelle qu'il allait porter à ses lèvres juste avant de parler quand arrivèrent le sous-officier du matin et Nicolas. Leur abattement pétrifia Clémence.

— Et Vit...

Le sous-officier retira son képi, soupira, lui prit une main glacée.

— Il est vivant !

Il répéta.

— Vivant et indemne.

Clémence sentit une vague de chaleur inonder sa poitrine.

— Où ? Il rentre ?

Le sous-officier regarda les autres, l'Aimé qui baissait la tête sur sa caisse à bois, Nicolas accroupi près du parc où Théophile tentait d'attraper la queue de Pompon.

— Demain, peut-être…

— Pourquoi demain ? Pourquoi pas ce soir, tout de suite ?

Il y eut un silence. L'horloge égrena une heure que personne ne compta.

— Pourquoi ?

Subitement accablé par une fatigue trop lourde à porter, le sous-officier lâcha la main de Clémence, laissa retomber ses bras le long du corps.

— Prisonnier !

L'Aimé parla le premier La mirabelle lui avait ravigoté la mémoire.

Dès le début d'après-midi, ils s'étaient retrouvés face à une compagnie du 30e régiment prussien d'infanterie qu'ils avaient accueillie à mitraille tirée du cimetière, des fenêtres des maisons voisines, et de la barricade du pont. Puis une deuxième vague de casques à pointe avait surgi.

Les patriotes s'étaient bien rendu compte qu'ils ne feraient pas le poids en face d'une telle troupe organisée et bien décidée à anéantir rapidement une populace en blaude et pantalon de velours, armée de fusils de chasse et de fourches. Mais, parce qu'ils défendaient leur pays, leur maison, leur famille, ils avaient l'impression d'être devenus invincibles. Il en arrivait de partout, armés de tromblons, de sabres d'Austerlitz et de pétoires d'un autre temps, de faux et de mousquets.

Une troisième vague d'ennemis déboucha de la route de Saint-Dié. Leur sentiment de supériorité sur l'adversaire avait décuplé leurs forces et leur rage de vaincre. Persuadés qu'ils allaient nettoyer l'entrée de la ville en deux coups de fusil et trois coups de baïonnette, les Prussiens chargeaient sans relâche ! Ils avançaient pas à pas, tombe par tombe, mètre par mètre, culbutant dans la rue sous les balles des insurgés comme des lapins dans la luzerne. Chaque maison prise était nettoyée, sa population massacrée. De la barricade, on entendait dans les maisons les cris atroces des femmes et des enfants éventrés par les baïonnettes prussiennes. Ces hurlements enrageaient les insurgés. Les Prussiens n'avaient pas compté avec la résistance des paysans et bourgeois de Rambervillers que cet affrontement du 9 octobre allait transformer en...

L'Aimé avala sa mirabelle à petites lampées, comme s'il redécouvrait le plaisir après avoir craint de le perdre. Il chercha le bon mot, lui qui ne connaissait que ceux, ordinaires, des ouvriers faïenciers d'autrefois. Mais le sous-officier l'interrompit :

— ... en héros ! Oui, héros, tous ceux qui sont tombés au cimetière et sur la barricade !

L'Aimé en profita pour laisser couler l'eau-de-vie dans son gosier. La bouteille était sur la table. Il remplissait son verre à intervalles réguliers. Nicolas se leva, tendit le sien. Il avait, dans le regard, quelque chose de terrible.

Les deux autres hommes parlaient, comme si de raconter leur combat libérait la douleur. Le sous-officier prit un verre à son tour. L'Aimé le remplit. Ils burent en même temps, cul sec. Les verres, sur la table, firent un bruit sinistre.

— Vital ?

Clémence avait empoigné le sous-officier par l'épaule.

— Pendant qu'on se battait sur la barricade, on a entendu des cris, juste à côté, au premier étage de chez

Lesprit. Avec deux hommes et l'Nicolas, il s'est précipité dans le restaurant. Les pointus avaient remis ça de plus belle. Un long moment après, on a aperçu des fantassins qui sortaient en rasant les murs. On n'a pas pu tirer, pour cause : Vital était au milieu ! Ils l'ont emmené dans leurs lignes. Quand les autres ont pu revenir, il y avait un blessé, un coup de baïonnette dans l'épaule, le Nicolas qui pleurait de rage, et l'autre qui nous a dit que Vital s'était fait prendre.

Nicolas bondit. Il avait l'œil injecté de sang. Une horrible grimace gonflait sa cicatrice. Il empoigna son fusil, se précipita vers la porte.

— Vais… chercher… vais…

Les deux hommes le ceinturèrent, le firent asseoir, lui tendirent un verre de mirabelle qu'il avala d'un coup, puis un autre verre, puis un autre encore. Fatigue et alcool, il s'effondra bientôt contre le parc du gamin et se mit à ronfler. Théophile dormait, la tête entre les pattes de Pompon qui veillait.

Clémence ne ferma pas l'œil de la nuit. Le lendemain matin, confiant Théophile à Nicolas qui avait repris ses esprits, elle courut à la mairie. Aucune nouvelle des prisonniers ! On lui dit seulement qu'on était en train d'enterrer les morts prussiens derrière le cimetière. Que les autres étaient en cours d'identification. Jusque-là, pas de Vital Bonnavoine !

Dans l'après-midi, une salve retentit. Son écho tourna longuement sur la ville, comme un grondement d'orage dans le ciel d'un bleu limpide. Une seule salve…

Sur la place, des hussards s'agitaient autour du manège de chevaux de bois. D'autres, assis dans les balançoires blanches à étrave rouge sang, poussés par d'autres, tête nue, qui gueulaient comme des sauvages, allaient et venaient en brandissant des gourdes qu'ils embouchaient goulûment. L'un d'eux avait réussi à mettre en route l'orgue mécanique.

J'ai du bon tabac dans ma tabatière...

Une seule salve !

Une heure plus tard, blanc comme un linge, le maire poussa la porte de la boutique. Un gendarme en tenue l'accompagnait. Il parla de « représailles ».

Avec sept autres patriotes, Vital Bonnavoine venait d'être fusillé par les Prussiens. Pour... l'exemple !

J'ai du bon tabac... tu n'en auras pas !

12

Juin 1876

Au son des pétards et de la fanfare, la farandole serpentait dans les rues noires de monde. En tête, taillée dans du carton fort et peinte à coups de brosse, la locomotive de l'Ecrevisse, ce train le plus lent de France, inauguré en grande pompe quelques années plus tôt. Des chevaux piaffaient, des hommes prenaient le sillage de femmes parfumées au jasmin qui suivaient leur mari en favoris et chapeau claque, des enfants dansaient autour de la machine, tandis que le joueur de grosse caisse cognait sur la peau de son ventre en soufflant comme une forge.

Autrefois, on allait de Rambervillers à Epinal en une demi-journée, par Padoux, en voiture à cheval. Désormais, il fallait un jour complet. Et encore, quand la correspondance pouvait se faire à Charmes, et que le train de Nancy circulait normalement dans la laborieuse remontée de la vallée de la Moselle ! L'Ecrevisse... si lent que, dans ses wagons brinquebalants, on avait parfois l'impression de reculer !

Jamais les gamins ne s'étaient autant amusés ! Il faisait beau. Le soleil dégoulinait des toitures. On entendait de la musique d'un bout à l'autre de la ville. Des cuivres répondaient aux cuivres. Des tambours rappelaient des tambours. Des pétards claquaient. Théophile battait des mains, tentait d'attraper des serpentins qui lui filaient entre les doigts. Il riait aux éclats, tirait le bras de sa mère, aurait voulu rejoindre les autres, là-bas, de l'autre côté de la rue, qui couraient derrière un cerceau en riant à perdre haleine. Il riait, avec eux, loin d'eux. Clémence se réjouissait de le voir si heureux. Elle s'était mise à l'ombre des arcades, au frais, sous la mairie, un peu à l'abri de la bousculade. A l'abri des regards.

Le char de l'Ecrevisse tressautait sur les pavés. Les femmes gloussaient et trémoussaient du vertugadin en se ventilant la gorge avec grâce. Les hommes se libéraient les sangs d'un doigt dans le col de celluloïd en tirant des volutes âcres de cigarettes de contrebande. Et les gamins chamaillaient les filles qui se cramponnaient au faux-cul de leur mère en poussant des cris perçants. Partout, aux terrasses, coulaient à flots la bière de la ville et le vin du Montfort. Partout on glosait sur ce maire imposé par une République fière de son nouvel ordre moral, ce monsieur Crivisier, patron de la tuilerie, si autoritaire qu'il en « ferait presque regretter l'ancien régime » ! Quelque part, des trompes de chasse sonnèrent un hallali qui déclencha d'interminables gueulées de chiens.

Clémence se recula dans l'ombre plus profonde des arcades, comme si elle avait voulu prendre des distances avec cette fête. Assis à côté d'elle sur des sièges pliants, des paysans en dimanche croquaient dans des saucisses luisantes, engloutissaient d'impressionnantes tranches de pain blanc et buvaient de bons coups en parlant haut et fort. Ils lui proposèrent un morceau qu'elle refusa d'un sourire, tendirent à Théophile un œuf dur qui faillit l'étouffer. De son coin d'ombre, elle apercevait sa vitrine, comme un trou noir dans l'enfilade des façades éclairé çà et là par les taches blanches des faïences. Des couples marquaient le pas devant, y jetaient un coup d'œil furtif, passaient à celles de la Grand-Rue, où ils s'attardaient davantage, ou traversaient la rue du Cheval-Blanc, dont les brasseries exhalaient d'agréables vapeurs de bière.

On ne fréquentait plus guère sa boutique depuis la mort de Vital. Une veuve, encore jeune, jolie de surcroît, a toujours terrifié les femmes mariées par intérêt à des hommes qui, malgré leur statut, se comportent comme d'éternels chasseurs de cotillon. Il n'était pas si loin le temps où, après son baccalauréat retentissant à Lyon, la Vosgienne Julie-Victoire Daubié avait publié son livre *La Femme pauvre au XIXe siècle*[1], dans lequel elle dénonçait les mariages de convenance comme autant de bons coups financiers : « On se marie par cupidité d'argent, par économie ou par convenance de position, et ces unions où des êtres n'ont ni idées, ni sentiments communs, s'attachent le pied au même boulet, ne sont qu'une forme légale de la débauche [...] une bonne affaire commerciale ! » Depuis la nuit des temps, à Rambervillers comme ailleurs, les bourgeois et paysans s'alliaient pour asseoir une fortune, s'assurer une dot confortable, ajouter une parcelle convoitée depuis longtemps aux terres ancestrales. L'amour tenait peu de place dans ces affaires qui laissaient souvent les hommes sur une faim de bas-ventre qu'ils allaient assouvir dans la chambre de la domestique, et les femmes résignées à trouver chez le curé un réconfort parfois organique. Ne

1. Réédité chez Côté-Femmes (1992).

parlait-on pas, sous le manteau et la mantille, des frasques de quelques-uns de ces saints hommes, qui confondaient parfois confession et libertinage ?

Jeune et belle, Clémence ! Regard de noisette nouvelle dans un visage opalin, cheveux châtains amplement contenus par un chignon à la va-vite, une poitrine que la maternité avait faite généreuse, et une chute de reins qui se passait naturellement de vertugadin, elle avait de quoi affoler les hommes en quête d'aventure, et terrifier les femmes que le confort bourgeois ne comblait pas autant que davantage de bonnes caresses. Jeune, belle, et libre ! Du jour au lendemain, quand elle avait rouvert la boutique après la mort de Vital, elle avait vu sa clientèle s'effondrer. Paysans pour leurs outils ou le soufre à tonneau, ouvriers de la tuilerie et de la fabrique de papier, pharmaciens, notaire, même les tanneurs qui travaillaient bien avec Vital, tous avaient déserté. De temps en temps, l'un ou l'autre passait pour un achat indispensable, en coup de vent, sans même prendre le temps de saluer avant et après. C'est que, du parvis de l'église, ils se savaient observés. Sous prétexte d'y aller passer les stalles du chœur à l'encaustique, frotter les vases sacrés, épousseter les voiles de sainte Libaire, ou fleurir le maître-autel pour les offices, enroulée dans un tablier de jardinier, la Roseline s'y campait en permanence, les mains sur les hanches, les flammes de ses cheveux attisées par le vent, un chiffon sur l'épaule. De là-bas, elle avait vue directe sur la boutique, les entrées des uns, les sorties des autres ; elle pouvait mesurer le temps que chacun y avait passé et s'il était sorti avec un paquet, un outil, ou les mains vides. Des rumeurs circulaient... Des femmes venaient parfois en tournant leur ombrelle, l'œil en coin, un sourire surfait aux lèvres, tripotaient les soupières, achetaient deux aiguilles, une bobine de fil ou un flacon d'eau de senteur, pour le seul plaisir de lui faire voir qu'elles étaient là, qu'il fallait compter et vivre avec elles !

Clémence n'avait que faire de ces simagrées. Seuls la préoccupaient la santé et le bien-être de Théophile, qui grandissait à vue d'œil, venait d'entrer à l'école communale, commençait à discuter comme un grand. Et les soûleries de Nicolas, ses crises, ses disparitions. La Roseline le faisait boire. Il avait pris ses quartiers des quatre saisons chez elle, ne revenait à la maison que pour s'intéresser à Théophile qu'il protégeait toujours, même parfois contre sa mère. Puis il prenait le large pendant deux ou trois jours, revenait sale, plein comme une outre, lâchait quelques sous sur la table, que Clémence repoussait d'un revers de main, mais qu'il l'obligeait à prendre. Les yeux exorbités, la cicatrice annelée dévorant sa joue, il grognait, s'agitait, aurait pu devenir redoutable. Alors, elle empochait cet argent qu'elle savait venir de la contrebande de tabac.

De temps en temps, il restait là pour la nuit. Ces soirs-là, des larmes de bonheur affluaient, qu'elle ravalait aussitôt ; elle plaçait le tub au milieu de la cuisine, remplissait le broc, tendait le savon, le rasoir et le blaireau qu'il prenait en la regardant avec de bons yeux, subitement dégrisé. Elle déposait sur une chaise des vêtements propres, puis emmenait Théophile dans sa chambre, lui lisait des histoires dont il suivait les mots sur le papier, du bout de l'index, en accompagnant sa mère d'essais de lecture. Seul à ses ablutions, Nicolas parlait d'une voix rauque. Du haut, on l'entendait qui se racontait des épisodes de sa vie, peut-être, ses guerres, sa détresse. Parfois montaient des sons bizarres, comme des sanglots. Plus rarement, on l'entendait chanter des chansons de corps de garde qui gonflaient, gonflaient, gonflaient. Alors, Clémence serrait contre sa poitrine son fils que la grosse voix impressionnait, et laissait couler des larmes qu'elle pensait être de bonheur. Quand il appelait, ils descendaient. Il était métamorphosé. Beau, presque. Presque comme avant, comme autrefois ! Dans ces moments-là, Théophile ne le lâchait plus. Il grimpait sur ses genoux, déposait des baisers sonores sur ses joues bien fraîches. La soirée était belle et bonne, animée, et la cuisine sentait bon la quiche, ou la potée, ou la soupe de légumes que Clémence avait fait mijoter tandis que ses deux hommes partageaient des secrets. C'est dans ces moments-là qu'elle avait appris, par bribes, ce qu'il avait vécu pendant son errance de retour : son arrestation sur la rive du lac Balaton, et les semaines passées dans un cul-de-basse-fosse sans qu'il eût jamais su pourquoi, l'agression en Forêt-Noire, près de Freudenstadt, par deux énergumènes qui, une nouvelle fois, l'avaient laissé pour mort au fond d'un bois.

Dans son coin d'ombre des arcades, tandis que défilaient chars et musiques sur une place surchauffée, un œil sur sa vitrine, l'autre sur Théophile qui guignait la grosse tarte à la rhubarbe entamée par les paysans voisins, elle pensait à Vital, elle voyait son regard, elle sentait son bon parfum de cuir qu'elle avait tant aimé ! S'il la voyait maintenant, étranglée par le besoin, fatiguée de se battre chaque jour contre des fantômes hargneux, obligée de compter chaque sou restant de leurs économies. S'il la voyait ! Elle avait épuisé leurs réserves. Heureusement, des réfugiés étaient arrivés, d'Alsace, des confins de la Sarre, de Metz, autrefois suzeraine de la ville, des protestants et des Juifs qui avaient l'esprit plus ouvert que les autres. Ils avaient refusé l'annexion de leur pays par les Prussiens, réussi à sauver une partie de leur fortune qu'ils mettaient aujourd'hui dans de nouvelles affaires comme le commerce de vêtements, les assurances et le textile. Leur clientèle avait donné un peu d'air à la boutique, mais pas assez pour compenser la désertion des autres. Ils appréciaient ses faïences, lui en achetaient souvent. C'est que, dans la précipitation de leur départ, s'ils avaient pu emporter argent et bijoux, ils n'avaient pas pu se charger de meubles et d'outils, encore moins de vaisselle !

Mais ses fournisseurs de terre avaient disparu, eux aussi ! Même l'Aimé qui lui avait construit le four, et son aide ! Même le sieur Simonet, charpentier, ne venait plus lui-même acheter ses clous, lames de scie et tire-fond ! Sèche, si grande qu'elle paraissait montée sur échasses, sa femme s'en chargeait elle-même, bavarde partout où elle passait, mais muette dans la boutique où à chaque fois, d'un seul regard, elle enregistrait le stock, l'état de la patronne, et l'allure du gamin toujours dans ses jupons ou à feûgner[1] dans les caisses et cartons. Lui, quand il passait en charrette sur la place, se contentait désormais d'un court salut de la main, comme s'il avait voulu rajuster sa casquette. Clémence savait qu'il avait bien aimé Vital, cet homme, qu'il avait apprécié ses qualités autant de cœur que professionnelles. D'ailleurs, il était venu assister à leur mariage, dans les bancs sombres du fond de l'église, près de la Piéta perchée sur les cendres de dame Elisabeth de Brens[2], et les avait félicités après la cérémonie. Pas sa grande bringue de

1. Fouiller, farfouiller…
2. En religion sœur Benoîte de la Passion, toujours vénérée aujourd'hui.

femme, qui partageait avec la Roseline la serpillière sur les dalles de l'allée centrale ! Clémence savait que ce signe lui était destiné.

Elle n'avait pas fabriqué depuis plusieurs semaines, faute de terre. Personne ne voulait plus lui en fournir. Alors elle irait l'extraire elle-même, ce soir, dans la carrière de Romont. Théophile marchait bien, maintenant ; il l'accompagnerait, pourrait l'aider. Nicolas aussi, s'il était rentré. Il savait trouver son chemin dans la nuit ; l'armée lui avait appris à déjouer tous les pièges des hommes et du terrain. Malgré son presque abandon depuis la fermeture de la faïencerie, dix ans plus tôt, on la disait gardée, cette carrière de Romont, fréquentée la nuit par de drôles de créatures, habitée par des meutes de loups. On verrait. Et puis, un dimanche soir de cavalcade, après les ventrées de pâté lorrain et de tête de veau, le vin, la bière, la musique, les chansons à ripaille et le bruit, hommes et bêtes seraient fatigués, assoupis, endormis. On verrait !

Le dernier char venait de passer : une de ces têtes de veau gigantesques, emblème de la ville depuis le vol de son troupeau dans les temps anciens par les bourgeois d'Epinal condamnés par la justice d'alors à rendre aux Rambuvetais toutes les têtes de bétail prises – ce qu'ils avaient fait, prenant les juges... au mot –, la dernière fanfare à bout de souffle, et l'interminable cortège des fêtards que la journée trop courte mettait en transe. Théophile se léchait les doigts de la tarte à la rhubarbe. Ils traversèrent la place, rentrèrent par la rue du Cheval-Blanc. La boutique était fraîche. Elle sentait le miel et l'encaustique. Clémence inspira un grand coup, fit tinter la sonnette de la porte d'entrée, comme si elle avait voulu amorcer une pompe imaginaire.

— Pourquoi, maman ? demanda Théophile.

— Comme ça, mon gamin, comme ça !

Il l'avait suivie dans la cuisine sans poser d'autres questions. Il sentait pourtant que quelque chose d'inhabituel se préparait. Pompon semblait épuisé ; il réclamait des caresses. Théo les lui donna en chantonnant une comptine...

Do, ré, mi la perdrix,
Mi, fa, sol, elle s'envole...

Ce soir !

Avait-il senti que sa sœur avait besoin de lui ? Nicolas rentra à peu près propre et plus frais que d'habitude. La nuit n'était pas encore noire qu'il avait déjà mangé sa soupe, entendu Clémence, fourragé dans la remise pour y trouver des sacs de toile épaisse, et les petites pelles plates en bois à manche amovible faciles pour le transport, rassemblé tout ce fourniment dans un baluchon qu'il tenait à l'épaule, prêt à partir.

Le chemin de Romont s'enfonçait à découvert dans les fonds des Grands Pâquis : trop de risques de se faire repérer ! Nicolas choisit donc de pousser à main gauche vers la tuilerie, puis de couper par le Padozel vers le pré Philippe qui leur permettrait d'atteindre de l'autre côté de la forêt le pré Bresson tout proche de l'écorcherie, où ils trouveraient la carrière. Chemin pas facile, mais le plus sûr. Chaussée de brodequins, Clémence avait enfilé un pantalon en velours de Vital ligoté à sa taille par trois tours de ficelle. Par-dessus, une vieille blaude la protégerait des griffures de ronces et dès branches basses. Elle avait emmitouflé Théophile dans de vieux oripeaux qui puaient le fond de placard. Il avait l'air d'un épouvantail, s'en amusait, faisait le fou le long du chemin.

A minuit, ils pataugeaient dans les fondrières du ruisseau des Roses. Une demi-heure plus tard, guidés par une lune grosse comme un napoléon d'or qui cascadait entre les arbres, ils descendaient la pente vers le pré Bresson. A une heure du matin, ils étaient à pied d'œuvre. Leur arrivée n'avait provoqué ni branle-bas d'hommes, ni hurlements de loups. Elle ne dérangea qu'une famille de chevreuils en train de brouter dans la clairière. Silhouettes un instant auréolées d'argent, les animaux dressèrent subitement la tête, semblèrent hésiter le temps que Théophile lâche un soupir de surprise. L'un d'eux râpa la nuit de son cri rauque. Alors, tous détalèrent par bonds prodigieux. Bientôt on n'aperçut plus que leurs petits culs blancs dans la brume.

A trois heures, ils avaient rempli leurs sacs ; à quatre, ils louvoyaient entre les bauges de sangliers dans les fonds des Roses ; le ciel virait déjà au pervenche vers le Marquis. A cinq heures, ils déposaient leur trésor près du tour en poussant des soupirs de soulagement et de bonheur. La récolte était bonne. Clémence avait désormais quelques semaines de travail de belle et bonne terre devant elle ! Ils trempaient le pain beurré dans le café au lait quand tombèrent du clocher les premières notes de l'angélus. La journée promettait d'être chaude. A grands claquements de fouet sur la croupe des chevaux qui caracolaient sur la place, la ville s'éveillait.

Lendemain de fête. Journée sans école. Théophile dormit tout le jour. Lorsqu'il ouvrit les yeux, le soleil peignait déjà en mauve la tour de l'église. Il s'étira, dressa l'oreille, n'entendit sur l'arrière que les crépitements d'un feu qu'on venait d'allumer. Il sauta dans ses vêtements, descendit l'escalier quatre à quatre, courut vers l'atelier. Mèche folle, visage luisant de sueur, manches retroussées jusqu'aux coudes, Clémence alimentait le four. Elle avait décidé de cuire les pièces tournées et sèches depuis des mois, qu'elle n'avait pas eu le courage d'enfourner. Voir ses planches vides lui aurait été insupportable. Maintenant qu'elle était sûre de pouvoir se remettre à tourner, cuire des biscuits, créer des décors, puis présenter au petit feu de nouvelles pièces, elle rallumait le four. Déjà elle avait malaxé plusieurs boules de bonne terre de Romont, vérifié que le tour allait bien, replacé les formes de bois en ordre d'usage. Théophile s'accroupit devant la gueule du four, se laissa fasciner par le jeu dansant des flammes, prit un morceau de bois qu'il lança dans le brasier.

— Attention, pas trop, mon Théo ! Il faut laisser la température monter lentement, ne pas forcer !

— Pourquoi ?

Il la regardait avec des yeux ronds embrumés d'un sommeil à peine dissipé.

— Les briques du four sont froides. Et depuis le temps qu'il n'a pas chauffé, l'humidité s'est installée. Alors tout doit sécher et se réchauffer petit à petit. Si on allait trop vite, les briques et les joints pourraient souffrir, se fendre, éclater.

Le cul par terre, le visage illuminé par le feu, les yeux encore dans la forêt à chercher l'ombre fugitive des chevreuils, il l'écoutait comme, quelques années plus tôt, quand elle lui racontait, après l'avoir couché, les facéties du Sotré – « qui ne cesse de danser, dans les bois, dans nos forêts, avec nos fées » – ou, quand il n'avait pas été sage, les visites du Rouge-Vêtu, le nabot aux pieds fourchus tellement redouté des gamins turbulents[1] Il y pensait, justement.

— Dis, maman, pourquoi on l'a pas vu, le Sotre, dans les fonds des Roses ? C'est là qu'il est, la nuit, non ?

Clémence éclata de rire.

— P't-être qu'il jouait avec les chevreuils quand on est arrivés, non ?

Elle riait de bon cœur, comme elle n'avait pas ri depuis des mois, des années peut-être. Et ça lui faisait du bien. Elle sentait monter en elle des vagues d'énergie nouvelle, comme une sève dans les vieux troncs sous les premiers soleils de printemps.

— J'en sais rien, mon Théo ! Rien du tout !

— Mais tu l'as déjà vu, toi le Sotré, quand t'étais p'tite ?

Elle empoigna le tisonnier, étala les braises du foyer, lui fit signe de jeter une bûche dans le feu. Une volée d'étincelles jaillit par la gueule du four. En un clin d'œil, il fut plongé au cœur de la voie lactée.

— Attention, recule-toi un peu.

Il se frotta les yeux, comme s'il sortait d'un rêve merveilleux.

— Dis, tu l'as vu ?

— J'm'en souviens plus, tu sais, c'est loin, tout ça ! Quand j'étais p'tite…

Elle s'interrompit brusquement. L'image de la mère venait de resurgir. Clémence se tassa ; son regard

---

1. Pour ces légendes de Lorraine, lire *Sotrés et autres lutins de Lorraine*, de Roger Wadier (Une page à l'autre, 2002). En Lorraine, on nomme « Sotrés » les nains, les diablotins et les lutins.

s'assombrit. Théophile s'en aperçut, regretta aussitôt d'avoir posé la question. Le feu s'affaissait.

— Je peux ?

Elle dit oui de la tête. Il jeta une bûchette dans le foyer, pour le plaisir de la gerbe d'étincelles. Le bois crépita. Le gamin fit une belle moue de satisfaction. Elle lui répondit d'un sourire. Alors, leur ciel s'illumina de nouveau.

— J'ai envie de faire de la terre !

« Faire de la terre ! » Depuis qu'il tenait debout, il avait voulu malaxer lui aussi cette terre qui semblait donner tant de plaisir à sa mère. Clémence l'enveloppait dans un immense tablier bleu de jardinier avec une grande poche sur le ventre dans laquelle elle fourrait la ceinture dix fois trop longue après l'avoir ligoté, lui donnait la boule de terre que ses petites mains pouvaient contenir, l'installait à côté d'elle à son établi, perché sur une caisse. Il malaxait, malaxait, comme elle, avec elle, pour elle, en imitant tous ses mouvements, toutes ses postures, tous ses soupirs. « Faire de la terre ! » Elle le guidait, lui expliquait, corrigeait la position des mains, le mouvement.

— Va !

Il se précipita sur son tablier pendu au clou dans l'atelier, ouvrit un sac de la nuit, en tira une boule de terre, commença à pétrir, « à la tête de bélier », comme elle le lui avait appris. Elle avait un œil sur le four, l'autre sur son ouvrier, jetant ici une bûche dans le brasier, corrigeant là la position de ses mains, expliquant une nouvelle fois à Théo que le corps devait accompagner le mouvement des avant-bras, tout le corps, afin de permettre à la terre de libérer toute sa souplesse et de chasser les bulles qui la feraient éclater à la cuisson. Il ondulait devant son établi, posait des questions, s'appliquait à faire comme elle qui avait pris une boule et s'était remise à malaxer à son côté, au même rythme que lui, d'une même ardeur de vivre. Un merle chantait sa romance du soir. Un autre lui répondit. Le temps était au beau fixe. Clémence se sentait revivre.

Elle eut envie de marcher, s'assura que le feu ronflait calmement, proposa à Théo d'aller faire un tour du côté de Métendal. Le vicomte Maurice du Coëtlosquet venait d'y créer un hippodrome sur le modèle de celui d'Epsom, élégantes tribunes blanches, trois pistes dont l'une de steeple-chase, carrière de présentation et enceinte privée.

Ils prirent la piste montante du Soldat-Laboureur jusqu'au grand loup de bronze perché sur son dolmen. Sa posture, cou ployé, gueule ouverte découvrant des crocs impressionnants, et les premières brumes du crépuscule rendaient l'animal terrifiant. Théo le voyait pour la première fois. Il tira très fort la main de sa mère.

— Viens, maman, on rentre ! J'ai froid !

La nuit noire se referma sur eux dans la descente de la Goulotte.

Au retour, ils trouvèrent Pompon couché derrière la porte. Tiède encore. Mort. Théo le prit dans ses bras, voulut l'emporter dans sa chambre, qu'il dorme sur son lit, une dernière fois. Il monta lentement, en serrant les dents sur une douleur qu'il avait décidé de contenir. Clémence attendit qu'il eût refermé sa porte pour libérer ses larmes. Puis elle retourna alimenter son feu.

Avec le vieux Pompon, Vital venait de mourir une deuxième fois.

Nicolas n'était pas rentré. On ne le revit que le lendemain soir. Clémence l'aperçut, de loin, qui sortait de la rue de l'Eglise. Les derniers camelots démontaient leur étal sur la place du Marché. Il allait de l'un à l'autre, titubant, gesticulant et vociférant. De la boutique, elle entendait ses hurlements. Il tenait à peine debout, prenait à partie tous ceux qu'il croisait. Quelques passants s'écartèrent pour lui laisser le passage, lancèrent un regard vers la boutique en haussant les épaules comme pour dire : « Pauvre femme ! Pauvre famille ! » Une marchande des quatre-saisons s'avança pour l'aider. Il la repoussa violemment. La vieille s'affala sur sa carriole qui bascula, déversant son contenu sur les pavés. La dernière marche d'escalier fut fatale au pochetron. Il s'effondra dans la boutique, tête la première, contre le comptoir. Clémence n'avait rien pu faire pour le retenir. Il se mit à ronfler comme un soufflet de forge, puis à vomir tripes et vinasse. L'instant d'après, il baignait dans sa merde. Théo avait voulu le relever. Elle l'envoya lire dans sa chambre. Vers minuit, Nicolas bougea, se redressa, marcha vers la cuisine en s'appuyant aux murs. Alors, contenant ses haut-le-cœur et ravalant ses larmes, elle put s'attaquer au nettoyage du sol et du bonhomme. Nicolas !

De toute la journée, malgré la foule du marché au pied de son escalier, elle n'avait pas vu un seul client !

Le lendemain matin, elle ouvrit tôt, pour ventiler la boutique. Malgré le papier d'Arménie brûlé en bas, dans la cage d'escalier et à l'étage, la maison puait. Elle redonna un coup de balai pour chasser les moindres traces et souvenirs de la catastrophe de la veille, passa un coup de térébenthine et de cire d'abeille sur le comptoir, épousseta les rayonnages, déplaça des objets dans la vitrine, y ajouta un ou deux plats, quelques assiettes de sa plus récente production. Son visage portait les stigmates d'une nuit de veille passée la serpillière à la main et à recharger le feu. Le four était maintenant bien chaud. Encore deux ou trois heures et il atteindrait les neuf cent quatre-vingts degrés qui cuiraient à biscuit les pièces soigneusement disposées sur les cazettes. Alors, elle obstruerait la porte, en colmaterait les briques au mortier, puis attendrait patiemment que la magie du feu agisse sur la terre. Dans quelques jours, elle ouvrirait, défournerait. Surprise. Les pièces auraient-elles supporté la température, ou bien seraient-elles monstrueuses ? L'ouverture du four était toujours un moment riche en surprises !

Théo était parti tout pensif à l'école après avoir, d'une voix blanche, donné des consignes à sa mère pour la mise en terre de Pompon. Ils le feraient dans la soirée, à l'endroit qu'il avait choisi, au fond de la cour, entre le four et l'atelier. Il ferait le trou lui-même.

Clémence l'avait regardé traverser la place en balançant le cartable que, dès la naissance de son fils, Vital avait dessiné, taillé dans les meilleures peaux, assemblé puis cousu du meilleur fil. Souple et solide à la fois, avec de multiples poches pour les livres, les cahiers, l'ardoise et sa torchette, et le plumier qu'il avait sculpté lui-même dans un bouleau bien blanc.

Le soleil coulait déjà sur la ville. A tous les coins de rue, on se demandait comment on allait sortir de cette nouvelle canicule. Il n'était pas tombé une goutte de pluie depuis des jours et des jours, au point que la Mortagne, pour la troisième fois en cinq ans, courait sur les cailloux en exhalant une haleine d'égout. Le brave curé Mathieu avait même ressorti ses prières pour faire venir la pluie. Tout le monde ne s'en plaignait pas ! Les paysans surtout, qui s'étaient habitués à des moissons mirifiques et de somptueuses récoltes de houblon. L'argent circulait en ville comme à la campagne, dans les boutiques, les bistrots, chez les artisans, mais n'arrivait pas jusqu'à la caisse de la place du Marché !

Clémence passa dans la cour pour alimenter son feu. Elle y trouva Nicolas, assis sur un billot, qui jetait dans le brasier des brindilles, des ételles [1], des écorces, d'une main, puis de l'autre, comme s'il jouait. Il avait un teint terreux et le regard fixe. Il tremblait. Clémence savait qu'il ne savait plus jouer, son frère, qu'il ne saurait plus jamais, à quelque jeu que ce fût. Il avait perdu son enfance sous les murs de Sébastopol, sur les chemins d'une Europe pourrie par les guerres, dans les explosions des bombes et la puanteur des cadavres. Le peu qu'il lui en restait, il le perdait maintenant chaque jour ou presque dans les bordels de la ville, et chez la Roseline ! De temps en temps, il levait la tête, regardait les voiles de fumée blanche onduler dans le ciel, guettait le passage bruyant des martinets en formation serrée, s'abîmait de nouveau dans les flammes qu'il réveillait avec ses brindilles.

Clémence s'assit à côté de lui. Il ne bougea pas d'un pouce. Peut-être n'avait-il pas remarqué son arrivée. Elle posa la main sur son bras. Alors, il tourna lentement la tête. Ces dernières semaines, il avait laissé pousser des favoris pour cacher le haut de sa blessure. Une ficelle

---

1. Petits éclats de bois.

rassemblait en catogan ses cheveux filasse. Il avait une allure de conquérant des terres nouvelles d'Amérique dont elle avait vu des images dans le *Mémorial des Vosges*, le journal républicain qui avait pris la relève du *Courrier* officiel d'Epercy après l'effondrement de l'empire.

Les bruits de la ville jouaient à saute-mouton par-dessus les murs, ricochaient sur la vieille tour, tombaient dans la cour, se mêlaient aux cris des martinets. Quelque part, un chien engueulait un autre chien. Il faisait chaud déjà, plus la chaleur du four ! Nicolas portait sur le front comme une myriade de diamants. Il resta longtemps immobile, tourné vers Clémence, à la dévisager, tendu vers elle comme s'il voulait lui dire quelque chose qui ne voulait pas sortir. Sa ressemblance avec le père la frappa. Jamais elle n'en avait pris conscience ! Pas à ce point ! Elle accentua la pression de la main sur son bras. Il avait maigri. Sa peau dessinait des taches qu'elle n'avait pas remarquées jusque-là. Ses sourcils autrefois denses et rebelles n'étaient plus qu'un fin trait sombre sur l'arcade trop aiguë. Sa barbe paraissait mitée. Le père, dans ses dernières semaines de vie. Un terrible pressentiment lui vrilla la poitrine.

— P'tite sœur...

— Quoi ?

Son regard était si douloureux que Clémence en fut bouleversée. Elle lui prit la main, qu'il lui abandonna, comme un enfant.

— Hier... par...don...

Il était allé chercher les syllabes au fond de sa poitrine, dans sa gorge, les avait poussées sur le bord de ses lèvres d'où elles ne voulaient pas s'envoler. Il jeta un morceau de bois dans la gueule du four, rajusta la porte métallique. Son visage sembla s'éteindre.

— P'tite sœur !

Il tendit le cou, déposa un baiser sur la joue de Clémence.

Les martinets traversèrent le rectangle de ciel en poussant leurs cris stridents. De grosses voix dans la rue donnaient des ordres à des chevaux qui renâclaient. Neuf heures tombèrent du clocher sur les gueulées du chien qui hurlait maintenant à la mort.

— Pas besoin de te faire pardonner, mon Nico ! C'est comme ça ! C'est tout !

— P'tite sœur...

Il se leva. Son pas clouté sonna sur les pavés du vestibule. La sonnette de la boutique bredouilla un son aigrelet. Il était parti.

Elle regagna la boutique, craqua une allumette, brûla une nouvelle bande de papier d'Arménie. Elle savait où il allait !

Au milieu de la place, on érigeait le piédestal du monument commémoratif de la défense de Rambervillers. Il porterait bientôt une sculpture du jeune pays François Roger, un bel artiste déjà, qui avait étudié aux Beaux-Arts de Paris. On disait que, taillée dans du marbre offert par le ministre Jules Simon, elle représenterait la ville sous les traits d'une femme qui tire le glaive et maintient énergiquement le drapeau. On disait aussi qu'elle serait inaugurée le 9 octobre par l'autre Jules, le député Ferry, voisin de Saint-Dié. Il y aurait du beau monde, pour sûr, autour de cette pierre ! Des notables d'état-major ou de bureau qui n'ont jamais respiré la poudre brûlée y feraient des discours passionnés ! On y ferait rouler les tambours, sonner trompettes et clairons qui amolliraient des dames en satin et organdi poudrées de frais sous leur ombrelle. On y lirait la litanie des martyrs : « Antoine Ohling, mort pour la France ! Nicolas-Alfred Drouël, mort pour la France ! Charles Barthélemy, mort pour la France ! Vital Bonnavoine, mort... », avant d'aller se pousser du coude dans le grand salon de la mairie, boire de bons coups au salut de leur âme, puis engloutir la tête de veau dans les meilleurs restaurants ! Vital... On l'inviterait, avec les autres veuves. Si elle irait ? Elle n'en savait rien. Au cimetière, plutôt. Au cimetière, pour sûr !

Sur le soir, un homme se présenta. Théo construisait des créneaux de boîtes de clous sur le comptoir en chantonnant...

Do, ré, mi la perdrix,
Mi, fa, sol, elle s'envole...

Sa mère était allée derrière, jeter un coup d'œil à la cuisson de ses biscuits. Elle ne pouvait plus rien faire désormais, le feu agissant seul sur la terre qu'elle avait façonnée. Mais elle ne pouvait s'empêcher d'y aller voir, de rôder devant son four, d'espionner par l'œilleton la mystérieuse transmutation de la matière. D'apercevoir ses pièces chauffées à blanc la rassurait, même si elle savait que le pire était toujours possible, comme la formation de pustules de vérole si la terre insuffisamment malaxée renfermait encore des bulles d'air, ou la déformation la plus monstrueuse par les esprits facétieux du feu, ou la réduction en morceaux de dizaines d'heures de travail. Attendant le meilleur de la transformation secrète qui s'opérait au cœur même de son temple, elle redoutait toujours le pire.

Théo courut vers sa mère qui arriva échevelée, visage luisant de sueur, manches retroussées jusqu'aux coudes, tablier relevé d'un pan pris dans la ceinture. Elle traînait des galoches qui, sur les carreaux du vestibule, firent un étrange bruit de tonneau vide. Quand elle aperçut le client par la porte entrouverte, elle eut un mouvement de recul, reprit dans son chignon défait quelques mèches folles, rabattit le tablier, s'en épongea le front, rajusta son chemisier sous le caraco, inspira un grand coup. Il était bien mis, cet homme, sobre mais bien mis : manteau de drap, col de celluloïd et cravate de soie, une main sur le pommeau d'ivoire d'une canne de jonc, l'autre sur la poitrine tenant un chapeau de feutre noir. Pour la première fois, Clémence hésita à entrer dans sa boutique.

— Viens !

Théo la tira par le bras.

— Viens ! Qu'est-ce que t'as ? Il t'attend, le monsieur !

Elle n'avait jamais vu ce visiteur. Un homme de belle allure. Il portait le cheveu mi-long d'un noir de jais, des favoris taillés à la perfection au ras du lobe de l'oreille qui soulignaient la finesse d'un visage de porcelaine où roulaient deux agates d'ébène. La chaleur semblait n'avoir pas de prise sur lui. Il tourna la tête vers elle, l'aperçut dans l'entrebâillement de la porte, s'inclina légèrement comme pour l'inviter à le rejoindre. Elle s'avança. Une délicieuse coulée de lave parcourut ses veines. Il joignit les talons, s'inclina devant elle, se présenta.

— Palmyre Lazare. Mes hommages, chère madame. Pourrais-je voir vos services de table ? C'est monsieur Charles Durosel qui m'envoie…

Charles ! Elle le savait malade, dans un état qui lui faisait fuir la société. Impossible de le voir depuis des semaines, malgré son insistance. Prétextant qu'il n'était pas assez présentable, il lui avait refusé sa porte, gentiment mais avec fermeté. Il avait promis de passer bientôt à la boutique. « Surtout, qu'elle ne se fasse pas de souci pour moi ! » avait-il confié à sa vieille domestique, qui s'était excusée mille fois de ne pouvoir la faire entrer. Charles ! La seule sonorité de son prénom l'avait tirée de l'étrange apesanteur où l'avait projetée l'apparition de cet homme.

— Ah, monsieur Durosel... Comment va-t-il ? L'avez-vous rencontré récemment ?

Théo s'était remis à ses créneaux de boîtes de clous. Embusqué derrière sa muraille de carton, il épiait le moindre geste du client, enregistrait tous ses mots, surtout ceux qu'il ne comprenait pas, mourait d'envie de lui poser lui-même des questions. C'est vrai qu'il paraissait d'un autre monde, ce beau monsieur à chapeau et canne de jonc à pommeau d'ivoire, mais vrai aussi qu'il donnait envie de s'approcher, de le toucher, de se mettre à bavarder avec lui.

En quelques phrases, l'homme avait expliqué qu'il était de cette ville depuis plusieurs années, qu'il était venu d'Alsace où, autrefois, il avait développé une affaire de céramique traditionnelle, mais que deux catastrophes avaient bouleversé sa vie : la mort des suites de couches de sa femme puis, six mois plus tard, la défaite de 1870, qui avait jeté par terre tous ses projets. Seul, il avait perdu le goût à tout ! Devenu malgré lui citoyen prussien en Alsace annexée, il n'avait plus aucun espoir de relancer son affaire pour un pays vainqueur dont il exécrait la culture. Il était français, fier de l'être depuis des générations, et tenait à le rester ! Il parlait avec une passion qui n'altérait en rien ses traits, bougeait à peine, une main toujours sur le pommeau de sa canne, l'autre sur la poitrine à tenir le chapeau. N'eût été son regard vif et étonnamment rayonnant, on aurait pu le croire statue d'albâtre. Mais il parlait, et ses mots contenaient toute la chaleur que son corps peinait à exprimer. Clémence se laissait porter par la voix douce et enjouée, souple, savoureusement dorée de cet homme qui lui dit avoir choisi Rambervillers comme ville refuge parce qu'il connaissait Charles Durosel.

— Le monde de la céramique est minuscule, vous devez le savoir, chère madame, mais il sait faire de grandes choses ! Charles est un ami, je crois pouvoir le dire. Que de fois avons-nous échangé sur nos techniques réciproques ! Celle du grès au sel, surtout, l'intéressait. Il y avait même vu la possibilité de sauver son entreprise..

Charles et lui, amis ! Mais qu'il parlât de lui au passé fit une impression bizarre à Clémence. Palmyre Lazare poursuivait déjà :

— Nous autres, Juifs d'Alsace, avons...

Il s'interrompit, le temps d'une respiration, comme pour mesurer l'effet de son aveu sur la commerçante, reprit :

— ... Juifs d'Alsace, avons choisi de quitter notre pays pour les Vosges françaises ! Là est notre avenir, à deux pas de chez nous, mais pas pour eux ! Nulle part ailleurs qu'en France française !

Il avait dit cela lentement, le regard fixe posé sur les coqs au bleu de cobalt perchés sur les étagères. Sa lèvre inférieure frémissait imperceptiblement. Accoudé derrière ses boîtes, Théo les observait, lui, sa mère... sa mère, lui... ne comprenait pas tout, mais sentait bien que quelque chose d'important se passait, là, sous ses yeux. Clémence ne pensait plus à Charles, avait oublié ses mèches folles, son tablier à demi dénoué, le feu de son four et la cuisson des biscuits, et le soir qui tirait ses rideaux sur la place, et l'absence de Nicolas.

— Vos services de table, madame, s'il vous plaît…

Elle ne lui vendit rien ce soir-là ! Il reviendrait.

Ensemble, en silence, entre l'atelier dont les grands yeux vides scintillaient dans le soleil mourant et le four brûlant, Théo et sa mère mirent Pompon en terre.

Monsieur Lazare revint, le lendemain, au plein milieu de la matinée. Nicolas n'était pas rentré de la nuit. Avant de partir à l'école, Théo avait rangé les boîtes de clous.

Il avait abattu son rempart.

13

Septembre 1882

Ce soir-là, sous son immense plumon rouge, Clémence ne dormait pas. Théo l'inquiétait. Depuis plusieurs jours, il toussait rauque et râpeux, partait dans des quintes dont il sortait cramoisi, à bout de souffle, se prenant la gorge à deux mains pour en arracher la bête qui l'étouffait. Il ruisselait d'une sueur collante qui tachait l'oreiller d'auréoles jaunâtres, laissait parfois tourner la bille d'agate de son œil comme s'il allait passer. Une dizaine de jours plus tôt, il était rentré de l'école en se plaignant de maux de tête et de gorge. Elle lui avait d'abord fait prendre du sirop de blanc-bouillon [1], puis l'avait obligé à boire des infusions de ronce sucrées avec du miel de sapin, remèdes qui n'avaient eu aucun effet. Le médecin appelé lui avait sèchement tordu le cou pour en vérifier la souplesse, avait examiné sa gorge, prélevé du mucus avec une cuillère, l'avait observé en pleine lumière devant la fenêtre, avait prescrit du laudanum pour calmer la douleur de poitrine, détendre le malade, et une médication

1. Plante des terrains incultes, à fleurs jaunes aux vertus antitussives.

composée de guimauve, d'eau de fleur d'oranger et de sirop diacode à base d'opium et de copahu. « Le croup ? La diphtérie ? » L'angoisse que ces terribles maladies pussent toucher son fils rendait Clémence folle d'inquiétude.

« Non, madame, pas encore ! Pas d'affolement ! »

Mais il avait dit « pas encore... ». Au lieu de l'apaiser, la réponse du médecin n'avait fait qu'aiguiser sa peur.

« Vous voulez dire que ça peut... »

Il l'avait interrompue en bouclant brutalement sa sacoche à charnières. Le claquement métallique du fermoir avait mis un point final à la consultation.

« Je ne veux rien dire d'autre, madame, que ce que j'ai dit ! N'allons pas mettre la ville en émoi. L'épidémie du Nord n'est pas encore chez nous ! Du moins, pas encore ! »

Il avait enfilé ses gants, repris sa canne à pommeau d'argent, calé sur son crâne un chapeau en poil de phoque.

« Tenez-moi au courant ! Nous verrons dans quelques jours. Dormez à côté de lui, surveillez-le. S'il étouffe vraiment, rappelez-moi. Je verrai s'il faut lui ouvrir la gorge ! Au revoir, madame ! »

Il avait empoché ses sous et filé dans sa belle voiture aux allures de sauterelle à travers la place crépitante de pluie.

Clémence avait suivi les prescriptions à la lettre, couchait depuis trois nuits sur le plancher à côté du lit de son fils, à l'écoute de ses sifflements de poitrine. Il dormait profondément maintenant, donnait l'impression de respirer mieux. Peut-être n'aurait-on pas besoin de lui « ouvrir la gorge ». La seule pensée de ce trou à faire dans son corps pour livrer passage à l'air la fit frémir. Elle se mit à pleurer en silence. Seule. Elle pensa à Palmyre qu'elle reverrait ce matin, comme tous les jeudis matin depuis sa première visite. Six ans, déjà ! Quatre ans qu'il attendait sa réponse, depuis qu'il lui avait proposé le mariage ! Quatre longues années d'accords refoulés au dernier moment, d'improbables refus qui ne trompaient ni l'un, ni l'autre, de patience, d'espoir que les choses finiraient par s'arranger. Il était juif. Elle était chrétienne. Les *mitzvot*[1] de la Torah les séparaient. Jamais ils ne pourraient vivre leur amour au grand soleil de la foi. Elle s'en accommoderait... mais lui ? Palmyre savait, depuis toujours, qu'il allait devoir tourner le dos à sa famille, renoncer à sa culture, oublier tout ce qui avait fait sa vie d'avant ce matin de printemps 1876 où il avait mis les pieds dans la boutique de Clémence. Malgré tout, il espérait encore pouvoir épouser la femme qu'il aimait sans ce renoncement. Il était allé voir le ministre officiant Isaac Gross, en résidence à Bruyères, qui lui avait conseillé de se rapprocher du rabbin.

Alors, Palmyre avait profité de la fête de Pessa'h[2] et de la célébration de la liberté recouvrée par le peuple d'Israël enfin sauvé du joug pharaonique pour faire le déplacement d'Epinal et tenter d'y rencontrer le rabbin Moïse Durkheim après l'office. « Ah ! Qui es-tu, toi ? Ne serais-tu pas des Lazare de... » D'emblée, une vraie complicité était née entre les deux hommes, faite de respect et d'affection réciproques. Le rabbin avait reçu Palmyre dans sa belle synagogue à colonnes, l'avait

---

1. Commandements (*mitzvah* au singulier). La Torah compte six cent treize *mitzvot*.

2. Pâque juive.

entraîné dans un petit oratoire débordant de livres. « C'est notre *Schule*[1] ! Nous travaillons avec les moyens du bord. » Au centre, un pupitre couvert d'un velours grenat orné de l'étoile de David. Au fond, un meuble riche d'apparence mais que l'examen révélait fait de bric et de broc : colonnes en tubes de carton, chapiteaux en vieux plateaux à tarte, décors de coquilles Saint-Jacques et de moules à madeleine, le tout peint de couleurs vives rehaussées d'or. Deux portes de bois sculpté étaient entrouvertes sur les rouleaux de la Torah. La pauvreté de cet homme de grande renommée l'avait frappé. Il ne vivait que des maigres secours annuels de l'Administration des cultes. Sa gentillesse aussi, la qualité de son écoute, la bonté de son regard, qui éclairait un visage rond encadré de poils folâtres blancs.

Le rabbin l'avait longuement entretenu de sa volonté de vivre selon des préceptes généreux, de ce principe de « la Torah avec l'ouverture au monde » qu'il avait développé durant ses études théologiques en Allemagne avec le rabbin Samson Raphaël Hirsch, principe auquel il était très attaché.

Il lui avait parlé aussi de son fils Emile[2], engagé dans de brillantes études qui lui permettraient peut-être, un jour, de traduire en termes profanes cette aspiration à une meilleure compréhension des êtres en société, tout en scrutant l'effet de ses paroles sur son visiteur, vérifiant à chaque mot que l'autre ne s'offusquait pas de sa trop grande fierté d'avoir un enfant si prometteur.

---

1. Ecole.

2. Emile Durkheim (Epinal 1858 - Paris 1917), fondateur français de la sociologie.

Palmyre s'était senti bien avec cet homme, même quand il lui avait dit, en réponse à sa question du mariage avec la femme chrétienne, qu'il allait y réfléchir.

« Qu'est-ce donc qui te prend d'aller chercher une femme goy ? N'y en a-t-il pas assez, ou d'assez belles, chez nous ? »

Il l'avait fait asseoir à l'une des petites tables de la Schule, l'avait questionné, avait voulu tout savoir : qui elle était, ce qu'elle faisait, qui étaient ses parents, comment il l'avait rencontrée, ce qu'était sa situation...

Palmyre avait répondu à toutes les questions : qu'elle était veuve d'un martyr de la guerre, qu'elle avait un fils, qu'elle avait la passion de la céramique, comme lui ! La terre les avait rapprochés. C'est par elle qu'ils s'étaient découvert le besoin de tout partager. Il l'aimait. Elle l'aimait. Et ils avaient décidé de se marier.

« Nous y sommes ! avait conclu le rabbin en ouvrant puis refermant un livre à couverture de toile noire. Voilà bien un problème que tu nous poses ! Mais... »

Le regard perdu dans les rayonnages de livres étiquetés qui couvraient les murs, il marqua une pause. Puis :

« Mais, tout au long de l'histoire d'Israël, nous n'avons pas cessé de tenter de résoudre des problèmes, n'est-ce pas, d'enfreindre la loi, puis de chercher à se mettre en conformité avec nos *mitzvot* ! Sans cette réflexion permanente, il n'y aurait pas de Talmud, n'est-ce pas, notre Livre de la question...

Le rabbin avait réfléchi à haute voix :

« Je vais étudier ton cas, Palmyre. Tu auras ma réponse. Mais il te va falloir être patient. Très patient ! »

Sous son grand plumon rouge, Clémence surveillait la respiration de Théo en se remémorant le récit que Palmyre lui avait fait de ses visites. Elle se répétait les mots du rabbin Durkheim : « Je ne peux rien d'autre, à l'heure actuelle, qu'étudier ton problème ! » Elle se leva, marcha jusqu'à la fenêtre, regarda un long moment la place vide qui déborderait tout à l'heure de sa foule du marché. En face, la rosace de Sainte-Libaire la fixait de son gros œil noir.

— Et si nous y pouvions quelque chose, nous !

Elle avait parlé à haute voix, en donnant du poing contre la vitre.

— Maman...

Elle se retourna. Théo était assis dans son lit. Elle le prit dans ses bras. Il respirait mieux. Elle le couvrit de baisers. La fièvre était tombée. Elle se coucha à côté de lui, puis s'endormit.

A la première heure d'ouverture de la boutique, Palmyre se présenta. Malgré la fatigue qui faisait danser les colonnes de chiffres sous ses yeux, Clémence était déjà à ses comptes. Théo dormait encore paisiblement. « Pas besoin de lui ouvrir la gorge ! » se répétait-elle en alignant ses résultats mensuels de vente qui tenaient sur deux pages, alors qu'autrefois elle en remplissait de cinq à sept. Elle se précipita vers lui.

Palmyre semblait préoccupé en même temps que très déterminé. Il retira ses gants, posa son chapeau sur un broyeur de pommes en exposition, lui prit la main.

— J'avais écrit au rabbin de Lunéville. Oh, je sais bien que notre mariage religieux est impossible. Mais je me disais, Lunéville, première synagogue ouverte en France sur décision du roi Louis XVI, symbole d'ouverture et de tolérance, on y aurait droit à…

Il chercha longuement le bon mot.

— … de la compassion, et puis nous pourrions, sinon nous y marier, du moins y être reconnus, sans que je sois obligé d'être…

Il s'appuya sur le comptoir, la regarda intensément. Elle vit la douleur dans ses yeux.

— … parjure !

Il avait prononcé le mot en baissant le ton, comme si de le laisser vivre dans sa bouche était déjà une faute.

— Mais voici sa réponse, chère Clémence…

Il lui tendit la lettre. Elle l'entraîna vers la cuisine qui embaumait la mûre.

— J'ai fait des confitures, hier. Vous en emporterez une verrine, ou deux.

Il la prit dans ses bras.

— Vous me semblez bien malheureuse, ce matin. Pas d'ennuis, j'espère ?

Elle abandonna sa tête sur l'épaule de Palmyre qui la serrait très fort, à l'étouffer.

— Dites-moi, mon amie, pas d'ennuis ?

— C'est Théo qui…

La fatigue l'emporta. Elle fondit en larmes. Se reprit. Lui décrivit la toux du gamin, sa fièvre, les crises d'étouffement, et la visite du médecin, l'éventualité d'une trachéotomie, la diphtérie, le croup… Elle parlait par saccades, par bouffées de douleur, secouée par des sanglots qui le blessaient, lui aussi. Elle s'apaisa enfin.

— Pardon, mon cher, pardon de m'être… pardon ! Mais ça m'a fait du bien ! Vous seul…

Il tira un mouchoir de sa poche, lui en caressa le visage, épongea ses larmes.

— Vous seul pouvez partager mon angoisse, à défaut de pouvoir partager ma vie... pour l'instant. Pour l'instant seulement, n'est-ce pas... n'est-ce pas ?

Sa voix était devenue suppliante. Elle n'attendit pas la réponse.

— Mais ce matin, j'ai l'impression qu'il va mieux. La fièvre est tombée. Il respire plus librement. Il dort, à présent.

Elle se redressa, renvoya ses cheveux vers sa nuque d'un mouvement de tête.

— Alors, ce rabbin de Lunéville ?

La lettre était toujours dans sa main, chiffonnée. Elle la déplia en inspirant profondément, lut.

— Alors, qu'avez-vous décidé ?

Le ton était redevenu ferme. Palmyre resserra son étreinte. Il prit ses lèvres, y but le sel des larmes.

— Le Talmud est un enseignement pareil à la mer. Chacun doit s'y plonger pour apprendre à nager ! Je m'y suis plongé, autrefois. Si je sais nager ? C'est une autre affaire ! Mais il m'en reste le sens de l'analyse, et cette Parole de Dieu : « Ecoute la voix de ta femme Sarah ! » Je vous écoute donc, chère Clémence, et je passe outre ! Quitte à rompre avec ma famille, avec ma communauté, avec tout ce qui, jusque-là, a fait ma vie telle que je l'ai vécue. Rien ne pourra altérer ma foi, c'est certain. Je la tiens de mes aïeux, des femmes de ma lignée, de ma chère mère. Je ne porterai pas le *talith*[1], nous ne passerons pas sous la *houppa*[2], nul ne prononcera les formules rituelles, mais je vous épouse, Clémence. Personne ne pourra m'en empêcher, personne ! Si vous

1. Châle de prière porté par l'homme, qui doit en couvrir l'épaule de sa femme.

2. Voile tendu au-dessus du couple, qui a donné naissance à la tradition du pallium chez les chrétiens.

voulez toujours bien de moi ! Si vous voulez bien d'un… d'un Juif !

L'instant d'avant, Clémence avait décidé secrètement de ne plus jamais pleurer. Etre forte, forte… forte ! Pourtant, il vit des perles de cristal rouler en silence sur ses joues.

— Allons, ma chérie, assez de temps perdu ! Nous devons arrêter la date de la cérémonie civile. Où est votre calendrier ?

Deux mois après, le temps de publier les bans, ils étaient mariés. Malgré sa détresse physique, Charles avait tout de suite accepté d'être le témoin de son ami. Ses jambes se dérobant sous lui, on avait dû le monter dans le salon de la mairie sur une chaise portée par deux hommes. Il avait souffert davantage des efforts imposés aux autres par son état que des douleurs qui lui cisaillaient le dos, et de son impotence.

Nicolas avait témoigné pour sa sœur. Maigre, le teint verdâtre, secoué par de violentes quintes de toux, il avait joué son rôle à la perfection. Digne. La maréchaussée l'ayant inquiété à plusieurs reprises pour soupçons de trafic de tabac entre la zone annexée et Lunéville, menacé de déportation, il avait renoncé depuis plusieurs semaines à ses expéditions nocturnes. Son état aussi l'y avait obligé. Il gagnait maintenant trois sous six sols en se louant dans les houblonnières, en faisant le terrassier sur le chantier des casernes en cours de construction, ou en foulant la terre dans les marches[1] de la tuilerie du Padozel.

1. Fosses où la terre est malaxée aux pieds avant d'être moulée puis cuite.

Clémence avait bien tenté de le garder à la maison, lui avait fait donner la main au transport de sacs de grains, au rangement d'outils, et au transport de bois pour le four, mais il avait aussitôt réagi en profitant d'une relâche d'attention pour fuir comme un animal sauvage. Il ne revenait de chez la Roseline ou du quartier de la gare, où les chantiers en cours et la perspective de l'arrivée prochaine du 17e régiment de chasseurs avaient attiré des dizaines de filles, que pour se remettre de cuites de plus en plus sévères, se nettoyer d'une crasse puante, poser sur la table en grognant quelques pièces que Clémence ne pouvait pas refuser, et voir Théo !

Trois semaines après le mariage, un courrier d'Epinal était arrivé. Le rabbin Durkheim y expliquait à Palmyre que ses recherches n'avaient rien produit de plus, donc que le mariage avec une goy ne pouvait recevoir la consécration religieuse. Et d'argumenter longuement pour tenter de faire comprendre une telle conclusion. La forme de son exposé prouvait, à l'évidence, qu'il était d'abord destiné à lui-même, rabbin, et que la question posée depuis un moment déjà par Palmyre avait ouvert chez lui de nouvelles portes derrière lesquelles il trouverait probablement de quoi enrichir son propre Talmud. Il précisait que, en l'état actuel des réflexions, lui seul pourrait, le moment venu, recevoir sépulture en cimetière juif. Pas elle, ni leurs enfants à venir. Mais, en conclusion, il ajoutait que sa réflexion n'était pas close pour autant, que « le parce que n'a aucun intérêt, seul le pourquoi est essentiel ! », concluant : « Je vais donc encore étudier. »

Charles Durosel mourut le lendemain de Saint-Nicolas. Sa femme de service l'avait trouvé au petit matin, le bol de bouillon qu'elle lui avait apporté la veille au soir avec un paneton de pain renversé sur le lit. Le liquide avait marqué le drap d'une tache couleur lilas. L'air de la chambre était irrespirable, remugles d'humeurs et d'embrocation mêlés. Le malheureux s'était vidé en mourant. Palmyre en fut très affecté. C'est lui qui avait constaté le décès en compagnie du docteur Pernet , lui encore qui avait fait toutes les démarches administratives et vers la famille. Personne ne fit le déplacement de Rambervillers pour les funérailles.

Une bise venue de Sibérie soufflait sur la ville quand le cortège quitta le domicile mortuaire pour l'église. Ouvrières emmitouflées qui reniflaient dans de gros cache-nez, ouvriers en pardessus, voisines et voisins, connus et inconnus, tous avaient tenu à saluer celui qui avait travaillé avec eux et s'était échiné à leurs côtés pour que survive la manufacture. Bleus de froid, les enfants de chœur marchaient en tête derrière la croix de procession enrubannée de crêpe. Malgré son grand âge, le curé Mathieu avait voulu officier lui-même. Il allait devant le corps, ses ornements noir et argent couverts d'une immense pèlerine de berger. D'une main il disputait sa barrette à la bise, de l'autre il serrait son livre de prières sur sa poitrine. Arc-boutés contre le vent du nord, tous marchaient dans la grand-rue derrière le corbillard tiré par deux chevaux à pompons de plumes noires.

Quand Palmyre et Clémence étaient arrivés, on avait entendu siffler des voix, « Tiens, v'là l'Juif ! », et, alors qu'ils remontaient l'allée centrale de Sainte-Libaire, des femmes les avaient bousculés en marmonnant, l'une

« Qu'est-ce que tu fais ici, toi ? », l'autre « Dehors, les Juifs ! ». Ils s'étaient assis au troisième rang, juste derrière ceux réservés à la famille, vides. Théophile entre eux, petit homme d'albâtre dans la lueur des cierges.

Dans son homélie, le curé Mathieu y était allé de la « générosité du défunt », de son « humanité de chrétien exemplaire », rappelant l'« homme fidèle aux promesses de son baptême dans ce monde de mécréants que les nouveaux dogmes et rites païens écartent de la Sainte Table ». L'allusion au 14 juillet décrété fête nationale depuis peu était claire. Chacun pensa aux affrontements Eglise-République, nombre de curés refusant de sonner les cloches, en ce jour de prise de la Bastille, pour célébrer la Nation.

Que l'on pût à ce point manipuler la mémoire d'un mort, Charles de surcroît, fit lever le cœur de Clémence. Palmyre s'en était aperçu. Il l'accompagna d'une discrète pression de la main.

Au moment de la bénédiction du corps, Clémence s'était fait violence pour rejoindre la colonne de fidèles et aller secouer le goupillon. Elle l'avait fait pour Charles, pour lui seul ! Et, au fond, pour défier cette communauté dont elle se sentait de jour en jour plus incapable de partager les redoutables incohérences. Un homme en avait profité pour lui glisser en passant : « Salope ! Pauv' gosse, va ! » Elle avait rejoint son banc sans répondre.

« *A porta inferi...* »

Ils avaient accompagné Charles jusqu'au cimetière, au pied de sa fosse creusée à quelques pas de la tombe de Vital.

Les servants avaient replié le drap noir de cérémonie.

« *Kyrie, eleison. Pater noster.* »

Le curé avait aspergé une dernière fois le cercueil constellé de cristaux de glace.

« *Requiescat in pace.* »

Puis il avait tourné les talons, sans un regard pour Clémence et Palmyre. Alors, main dans la main, ils étaient allés se recueillir et prier sur les tombes familiales.

« Pourquoi il n'y a pas de croix sur mémère Justine ? » avait questionné Théo.

Clémence avait répondu sans hésiter :

« Il y en a une sur pépère Quirin, tu vois bien ! C'est pour les deux, puisqu'ils sont ensemble ! »

Visiblement très absorbé, il s'était mis ensuite à observer les fleurs et à compter les perles des couronnes pendues au présentoir de fer forgé.

« Pourquoi il est mort, mon papa ? »

Clémence fouilla sa tête et son cœur.

« Parce qu'il était courageux ! »

Il l'avait reprise par la main.

« Pourquoi on meurt quand on est courageux ? »

La question était restée en suspens. Elle n'avait rien su répondre.

Il s'était mis à tomber un grésil piquant. Ses éclats de verre perçaient les pommettes. Bientôt, le sol en avait été couvert, saupoudré de sucre glace qui soulignait le trait brutal des carrés mortuaires. En un instant, le paysage s'était affublé d'ornements de deuil. Noir et argent.

La foule avait déplié les parapluies, contourné le chantier du monument aux héros d'Octobre en cours d'érection sur l'esplanade du cimetière, descendu les rampes d'accès à petits pas, pour éviter la glissade. Embusqués sous les parapluies comme une légion romaine derrière ses boucliers, marchant de côté, à reculons même pour mieux les voir, surtout quand ils étaient passés sous le joug de la porte basse qui, du cimetière chrétien, donne accès au minuscule enclos des sépultures juives, les gens les avaient longuement épiés depuis la chapelle Saint-Antoine. Puis tous s'étaient rués vers le café Aux Enfants des Vosges et le café de l'Est, pour le Viandox brûlant, et le café suivi d'une bonne rasade de mirabelle. « T'as vu... le Juif, à l'église ? »

Clémence et Palmyre étaient rentrés directement à la maison, traînant Théo, qui reniflait en comptant dans ses paumes les perles multicolores de couronnes ramassées dans les allées du cimetière.

« Dis, maman, je pourrai faire un collier ? »

Avec ses quelques meubles, Palmyre avait apporté ses livres de coutumes, rue du Cheval-Blanc, les *sifrei minhagim* propres à la tradition ashkénaze, qui se transmettaient dans sa famille depuis des générations si nombreuses que leur origine se perdait dans la nuit des temps, la *menora*, chandelier à neuf branches, une *yad*, main de lecture qui avait servi à ses ancêtres à pointer le texte de la Torah, et une boîte à épices avec une coupe à vin utilisées autrefois pour marquer la fin du shabbat. Il les avait remisés dans un bahut de la chambre après les avoir présentés à Clémence et à son fils, leur avoir expliqué ce qu'avait été leur fonction, et avoué que si ses anciens pratiquaient rigoureusement leur foi, lui, trop occupé par les affaires et la vie du siècle, avait pris des distances.

Ses parents, déjà, bien que toujours soumis aux préceptes essentiels, ne fréquentaient plus régulièrement la synagogue. Ils respectaient toutefois les coutumes et rites familiaux. Palmyre en parlait paisiblement, comme si les choses étaient ainsi figées. Mais parfois, à l'inflexion de sa voix ou au détour d'un mot, Clémence percevait chez lui une vraie détresse. Son mariage avec une goy avait été le premier dans la famille. La première rupture avec la tradition. Une déchirure dont elle avait conscience, mais à laquelle elle ne pouvait rien. Une sorte de trahison que, sans jamais se l'avouer, il vivait mal.

Il lui arrivait, de temps en temps, seul dans l'atelier tandis qu'elle était à la boutique, de laisser courir son regard sur l'enclume de Vital, sa machine à coudre le cuir, les peaux entières ou déjà entamées, les ribambelles d'outils pendus au mur sur la planche marquée au trait noir de leur silhouette. La poussière avait couvert le tout d'un voile grisâtre, les cendres du four aussi s'étaient déposées sur l'établi, mais rien n'avait pu faire disparaître les traces de vie d'autrefois. Alors, il murmurait, pour lui seul, les paroles du rabbin Durkheim faites siennes : « Pourquoi t'es-tu mis dans un tel pétrin ? N'y avait-il pas assez de femmes jeunes et belles chez nous, pour que tu sois allé chercher une goy ? »

L'infidélité à ses racines et à l'esprit de ses aïeux lui pesait, certes ; mais ce qui le tourmentait le plus était la tragédie promise, par sa seule décision, à ceux dont il venait de faire sa famille. Comment allaient-ils vivre, désormais, Clémence, Théo, Nico, qu'il projetait ainsi de plain-pied dans le drame juif ? Clémence, devenue madame Lazare, femme de Juif... Théo, qui resterait toujours Théophile Bonnavoine, le fils de Vital, mais qui serait malgré tout une sorte de fils spirituel de Juif... et Nicolas, dont il voyait les yeux s'illuminer quand il lui donnait du « Nico », que les blessures de Crimée avaient rendu si fragile ? Comment allaient-ils supporter les attitudes, les gestes, les regards, les propos d'un environnement dont il avait pu, déjà, mesurer toute l'hostilité ? En

Alsace, la réussite dans les affaires et la forme communautaire de vie en bulle très solidaire avaient permis de surmonter la défiance ambiante. Mais là, dans ce pays de l'intérieur ouvert et convulsif, comment allaient-ils s'en sortir, tous les trois ?

Un jour, Clémence l'avait surpris dans cet atelier, assis à sa table où somnolaient quelques pièces à décorer, qui contemplait l'univers d'un mort dont elle n'avait jamais su se débarrasser. Dès le lendemain, elle avait récupéré des cartons dans la remise, s'était enfermée dans l'atelier en ordonnant que nul ne vînt l'y déranger. Elle y avait passé la journée, sans même un arrêt pour le dîner. Le soir, elle avait appelé à l'aide pour descendre à la cave les sept lourds cartons ligotés par des cordelettes dont il aurait fallu une éternité pour défaire les nœuds. Ils les avaient empilés dans l'endroit le plus sec, dans l'angle de la réserve de pommes de terre.

A l'atelier, les outils avaient disparu, les peaux, brodequins sans semelles, ni œillets, ni lacets, boîtes de clous et de semences… tout ! Seules restaient, trop lourdes et volumineuses pour être déplacées par une femme seule, l'enclume et la machine à coudre. Mais elle les avait dissimulées sous des bâches couvertes de dessins épinglés de Chinois à la pêche sur un bord d'étang, de coqs branchés et de guirlandes de feuillages fleuris pour services de mariage.

Demeuraient aussi, sur une étagère, dans le coin le plus sombre, ses brodequins, ceux qu'il portait le jour de son exécution par les Prussiens, et les bottes de cavalerie d'un rouge amarante profond et d'une ligne parfaite. Uniques reliques dont elle n'avait pu se défaire. Ils se couchèrent tôt, ce soir-là. Elle contre lui, silencieuse, leurs mains nouées. Il ne dit rien.

Il savait qu'elle pleurait.

Depuis une semaine, ni l'un ni l'autre n'avaient revu Nicolas.

14

Septembre 1884

Année chaude ! Après un printemps secoué par des grèves très dures qui avaient mis les ouvriers sur la paille, les patrons sur des charbons ardents et quelques ministres sur la touche, l'été avait battu tous les records de chaleur. Pendant un mois, on avait dépassé journellement les trente-sept degrés à l'ombre. Frôlé souvent les quarante. Et la nuit, le thermomètre n'était jamais descendu en dessous des vingt à vingt-trois degrés. On respirait mal, on n'avait plus le goût à rien, on survivait.

Enfin libérés par une loi vieille de deux ans déjà, les journaux disaient que Paris suffoquait sur ses bords de Seine, qu'Orléans n'osait plus se mirer dans sa Loire devenue poisseuse, que Lyon voyait les vases des fonds de Saône et Rhône comme jamais. Toutes informations fluviales destinées à délayer les exploits coloniaux de Jules Ferry partout dans le monde, de Madagascar à une Afrique équatoriale saignée par la traite des Noirs et achetée cent dix mille francs au roi Makoko par Savorgnan de Brazza, en passant par la honteuse affaire du Tonkin.

Parler du temps trop sec et du rayonnement de la France sur des pays habités par des « peuplades primitives [1] » et des « races inférieures [2] » avait eu le don de faire oublier les risques d'orages politiques et la valse des titulaires de portefeuille sous les ors des palais républicains. Seuls les bistrotiers, leurs salles et terrasses pleines du matin au soir et du soir au matin, avaient tiré leurs deniers du feu céleste. Avec les producteurs de houblon qui se frottaient les mains en constatant l'explosion des volumes de consommation de bière, rêvant de lendemains encore plus mousseux grâce à l'installation dans ses murs tout neufs du prestigieux 17e régiment de chasseurs arrivé de Courbevoie.

Ils avaient déjà traversé plusieurs fois la ville, ces héros de Crimée et d'ailleurs, serrés dans des uniformes de théâtre, montés sur des chevaux fougueux claquant de tous leurs fers sur les pavés, au rythme martial de la marche du vitrier :

Encore un carreau d'cassé...
V'là l'vitrier qui passe !
Encore un carreau d'cassé...
V'là l'vitrier passé !

Les femmes en avaient eu des vapeurs inconnues jusque-là et des frémissements intimes à l'origine de sursauts conjugaux sous le plumon qui avaient agréablement surpris bien des maris. Les hommes en avaient tiré des désirs de conquête qui les faisaient aller, dans la rue,

1. Alexandre Merignhac, *Précis de législation et d'économie coloniales* (1882).

2. Jules Ferry, discours du 28 juillet 1885 devant la Chambre des députés : « Il faut dire ouvertement que les races supérieures ont un droit sur les races inférieures... »

le menton provocateur, d'un pas ferme et décidé, sur le rythme fredonné d'« Encore un carreau d'cassé ». Par dizaines, sentant leur réputation et leur règne absolu sur les femmes du canton leur couler entre les doigts comme sable de la Mortagne, ils s'étaient mis au tir au fusil sur le stand de la tuilerie, histoire de se mesurer à ces hommes si puissants du 17e, voire de les surpasser. Et, pour marquer leur territoire, ils allaient aux courses à Métendal.

Clémence et Palmyre, eux aussi, avaient pris l'habitude de cette promenade du dimanche après-midi sur le chemin de l'hippodrome, et de la dégustation d'un bon sirop d'orgeat à la buvette des tribunes. Ils y suivaient les compétitions commencées dès huit heures du matin, dont le départ était donné par le propriétaire des lieux en personne. C'est lui qui tirait la corde de la cloche frappée des lettres *C-G* enlacées, C pour lui, Coëtlosquet, G pour sa femme, née de Guerre.

On entrait librement sur le champ de courses. On pouvait observer la préparation des chevaux et leur présentation dans le rond avant les épreuves, suivre les courses à la jumelle depuis le balcon des tribunes, assister à la remise des récompenses, flâner dans les allées du Bois-Béni jusqu'à la pièce d'eau de Monplaisir. Le vicomte Maurice avait voulu que chacun pût venir se divertir sur son domaine, en même temps que s'y instruire.

Originaire de Metz, il n'oubliait pas qu'il faudrait combattre durement pour reprendre la ville aux Prussiens, et que le succès dépendrait de la puissance d'une cavalerie au mieux de sa forme. Produire des chevaux de qualité et préparer des cavaliers efficaces étaient son obsession permanente, tout en offrant à la population des divertissements sains. Il incitait à y participer les paysans du pays rebaptisés « cultivateurs » par les ingénieurs frais émoulus des grandes écoles, y allait de ses conseils en matière d'élevage, de sélection des reproducteurs, et de ses moyens pour récompenser les vainqueurs, n'admettant pas de voir repartir quelque concurrent que ce fût les mains dans les poches. Tous recevaient qui une coupe et deux cent vingt-cinq francs pour le Prix de Métendal, qui une glace ornée et deux cents francs pour le Prix du Centaure, qui une demi-pièce de Médoc, cru du marquis des Granges 1874 pour le Prix de la Mortagne. Même les derniers de chaque épreuve recevaient un prix de consolation financé par un droit d'inscription de trois francs pour chaque cheval engagé !

Là, comme en ville, les maris en habit de drap, gants de peau beurre frais et chapeau claque défiaient l'aplomb et la superbe des beaux officiers du 17e harnachés d'or et d'argent jusqu'à la moustache, qui chaviraient des épouses soudain plus molles à leur bras, tandis que sonnaient les cors et roulaient les tambours dans la « Marche russe » des chasseurs contestée, quelques pas de trot plus loin, par la polka « Paula » de la musique municipale emmenée par le chef Kretz.

Parfois, on apercevait la mignonne Caroline, unique enfant des Coëtlosquet, accompagnée de sa mère et d'une dame de compagnie, à la fois infirmière et préceptrice. On disait la fillette aux longs cheveux blonds et aux yeux d'ange atteinte d'une maladie de poitrine. On disait aussi qu'elle avait une âme d'artiste, qu'elle dessinait avec une extrême délicatesse et, surtout, qu'elle écrivait des pages très inspirées. Parce qu'elle ne pouvait pas se déplacer, à cause d'un permanent état de grande faiblesse, son père avait fait construire une chapelle à côté de la demeure afin qu'elle pût vivre activement la foi qui la brûlait. De la tribune du champ de courses, on en apercevait la façade, percée d'une fenêtre en arc brisé. L'apparition de Caroline suscitait toujours curiosité et émotion. Ils étaient venus d'ailleurs, ces gens-là, appartenaient à un autre monde que celui des ouvriers, artisans, commerçants et petits notables de la ville, mais tous les aimaient !

Tandis que ses parents sirotaient l'orgeat en observant le ballet des casaques roses, jaunes, bleues, noir-bleu, rouge-jaune, des toques vertes, grises, rouge-noir ou violettes, Théophile allait en bordure de la piste du Soldat-Laboureur saluer le grand loup de bronze sur son piédestal. Passé les peurs de l'enfance, il en avait fait son compagnon de jeux. Il lui était même arrivé, il n'y avait pas si longtemps encore, de grimper sur son tertre pour le caresser, à la grande inquiétude du vicomte, qui craignait pour la queue fragile de la bête.

Le soir, de la lumière plein les yeux, des parfums plein la poitrine et des flonflons plein la tête, on rentrait à la maison, descendant la pente de la Goulotte coincés entre « Encore un carreau d'cassé » du 17e chasseurs et « La châtelaine [1] » de la musique municipale.

Pour un temps, on avait oublié la chute annoncée du cabinet Ferry, la désertion de la boutique par les clients qui rechignaient toujours davantage à venir « chez le Juif », les retours de plus en plus douloureux d'un Nicolas rongé par l'alcool, manipulé par une Roseline qui le remontait sans cesse contre eux, et miné par une maladie qui lui reprenait chaque jour le peu de raison recouvré si péniblement après son retour de… là-bas !

---

1. Fantaisie de Maillocheau.

Un dimanche matin, à son réveil, Théo retint sa mère dans la chambre. Il lui demanda de bien s'assurer que Palmyre ne pouvait pas les entendre, de fermer la porte. Assis dans son lit, il lui parla à voix basse :

— Maman... quand je serai grand, je veux être médecin !

— Médecin ? Pourquoi, médecin ?

Il la regarda d'un air à la fois triste et déterminé. Il cherchait des mots qu'il connaissait par cœur, mais qu'il n'osait pas lâcher, là, dans sa chambre.

— C'est que ça coûte cher, tu sais, d'aller apprendre la médecine, très cher !

Il s'attendait à la réplique.

— Je sais, maman, je sais.

Clémence regretta aussitôt ses paroles. Comment avait-elle pu lui répondre aussi brutalement une telle bêtise ? Bien sûr, les études de médecine coûtaient cher, mais, quoi ? On pouvait y réfléchir !

— Pourquoi la médecine, mon Théo ?

Il se redressa, la regarda droit dans les yeux, répondit d'un trait :

— Parce que je veux soigner not' Nico ! Je veux le guérir ! Je ne veux pas qu'il meure !

Des larmes ourlaient ses paupières d'un fil d'argent. L'émotion la gagna à son tour. Elle le prit dans ses bras.

— On verra, mon Théo.

L'après-midi de ce jour mémorable, Palmyre proposa à sa femme d'aller visiter la synagogue de la rue Francolin. Depuis leur mariage, Clémence lui posait des questions sur sa famille, tant biologique que spirituelle, voulait savoir comment se vivait la tradition juive, comprendre pourquoi elle subissait de telles agressions dans ce monde dit de liberté, d'égalité et, surtout, de prétendue fraternité.

Elle y vit des décors simples qui contrastaient avec les riches ornements de l'église, des lieux de travail et d'étude des textes ; elle y vit, dans l'Arche sainte, les rouleaux de la Torah. Il les lui avait décrits. Elle les avait imaginés. Mais pas aussi grands, pas aussi volumineux, pas aussi impressionnants !

Silencieux, Palmyre la laissa les contempler sans les toucher, puis lui expliqua que la Torah est la source du judaïsme, la Parole reçue par Moïse sur le mont Sinaï, que d'Elle découlent toute la tradition et les lois qui régissent la vie des peuples juifs, « car il y a plusieurs cultures juives, mais une seule Torah ! ». Elle sortit bouleversée par ce qu'elle venait de voir et d'apprendre. Mais peut-être bien plus encore par la preuve de confiance absolue que venait de lui donner son mari en lui présentant ainsi ses textes sacrés dans le saint des saints de la synagogue.

Le soir même, intrigué par cette expédition à laquelle il n'avait pas été convié, Théo voulut savoir.

Alors, Palmyre l'emmena près du four que Clémence était en train d'allumer pour une prochaine cuisson, se mit à lui raconter des histoires de son pays, de sa famille, ce qu'il avait lui-même reçu quand il avait son âge.

Le gamin écoutait, assis par terre, jambes repliées dans la position du fœtus, menton sur les genoux, le regard rivé à celui de son beau-père. Palmyre lui raconta des histoires de l'Histoire, des légendes et des paraboles, des moments d'échange entre sages que lui avait racontés son père, tel celui à propos des trois passoires.

« Quelqu'un est venu, un jour, confier à Socrate les propos qu'il avait entendus sur un de ses amis. Socrate l'interrompit, lui demanda de filtrer ce qu'il allait dire à l'aide d'une première passoire, celle de la vérité. Surpris, l'homme réfléchit, se gratta la tête, avoua qu'il ne pouvait affirmer que ce qu'il allait dire était vrai... il en avait seulement entendu la rumeur ! Socrate lui demanda alors de filtrer ses propos au moyen d'une seconde passoire, celle de la bonté. Gêné, le visiteur reconnut que ce qu'il avait entendu et qu'il allait rapporter n'était pas très aimable pour l'ami. Il s'apprêtait tout de même à parler lorsque Socrate lui proposa enfin de soumettre son information au filtre d'une troisième passoire, celle de l'utilité : « Est-il utile que tu m'apprennes ce que mon ami aurait fait ? » Un peu agacé, l'autre finit par répondre que l'on pouvait aisément s'en passer. Alors, Socrate conclut : « Si ce que tu as à me raconter n'est ni vrai, ni bon, ni utile, pourquoi vouloir me le dire ? »

Le nez sur l'ouvreau de son four, Clémence regardait monter les flammes. De temps en temps, elle jetait un coup d'œil en direction des deux hommes, vit la perplexité de Théo. Toujours assis par terre, le menton bien calé sur les genoux, il fixait intensément les mêmes flammes qu'elle. Réfléchissait-il à ce que venait de lui raconter Palmyre, ou bien pensait-il, à ce moment précis, à sa confidence du matin même à sa mère, son désir de devenir médecin ? Elle jeta un morceau de bois au feu. Une volée d'étincelles crépita.

Quelque part, en ville, une voix gueulait que « Fanchon, quoique bonne chrétienne, fut baptisée avec du vin [1] ». On avait sans doute bien bu dans les bistrots et les brasseries ce dimanche. Théo se déplia, regarda sa mère, puis Palmyre, puis sa mère...

---

1. « Chant des Marie-Louise », chanson à boire, écrite par Antoine de Lasalle le soir de la bataille de Marengo.

— Nico ?

Il avait cru reconnaître la voix.

— Nico ?

La question resta suspendue dans la nouvelle gerbe d'étincelles soulevée par une autre bûche que Clémence venait de jeter dans le foyer. « Elle aime à rire, elle aime à boire, elle aime à chanter comme nous... » D'autres voix éraillées gueulaient le refrain. Leur écho s'atténuait. Le groupe allait probablement vers le quartier chaud de la gare, vers les casernes, le café de l'Est, les filles ! Fanchon « mit un soufflet sur le museau du camarade » qui lui avait mis « la main dans l'corset... » La chanson s'évanouit dans les quartiers sud... elle n'avait pas ramené Nicolas à la maison. Théo se replia. On n'entendait plus les pochetrons. Seulement le ronron du feu dans le foyer, et le crépitement de quelques morceaux de chêne, pour faire de la bonne braise.

Palmyre s'était rarement senti aussi bien que ce soir-là. D'avoir ravivé sa mémoire, parlé de ses origines et de la spiritualité juive l'avait mis en verve. Il observait Clémence, son visage illuminé par les flammes, sa silhouette souple, ses gestes calmes et précis. Il voyait la lumière jouer dans ses cheveux, les éclairer comme si cette lumière venait d'elle. Il la trouva très belle. Il la savait capable de bien davantage que ce qu'elle avait produit jusque-là. Eut envie de le lui dire.

— Nos textes nous disent que « rien de nouveau ne se passe jamais sous le soleil »...

Surprise, Clémence tourna la tête vers lui. Elle lui sourit.

— Que veux-tu dire ?

Théo les regardait l'un, l'autre.

— Je veux dire que nous passons notre vie à tourner en rond, dans le même espace, avec les mêmes idées, à répéter sans cesse les mêmes choses, comme des perroquets.

— Je ne vois pas où tu veux en venir.

Théo s'était levé. Il marcha vers le four, s'assit contre sa mère, écarta la porte de fer, jeta des ételles dans le brasier.

— Ce que tu fais, ma chérie, est très beau : tes assiettes, tes plats, tes vases, tes pots, tes aiguières, tout ce que tu fais ! Mais, même si le décor change, ces objets sont toujours les mêmes, ou presque.

Elle s'était tournée de trois quarts, le fixait d'un air surpris.

— Rien de nouveau sous le soleil ! Le nouveau est au-dessus du soleil, ma chérie, au-delà du soleil, de l'autre côté du soleil !

Il souriait, sûr de son effet, impatient en même temps d'en dire davantage. Théo ne jetait plus de bois dans le feu. Il avait replacé la porte de fer devant l'ouvreau, posé sa tête sur l'épaule de Clémence, écoutait.

— Le nouveau est au-delà de ce que nous voyons depuis toujours à la lumière du soleil, de ce que nous connaissons déjà, au-delà de ce que nous croyons être nos limites, derrière nos... nos habitudes !

Ils étaient tous les trois dans l'obscurité de la cour, seulement éclairés par une étrange clarté lunaire sous la *houppa* étoilée.

— Vois, ma chérie, tu fabriques admirablement tes pièces au grand et au petit feu, des faïences presque parfaites qui plaisent beaucoup et qui permettent de vivre par leur commerce. Tu pourrais ainsi continuer des années durant mais, outre celui d'inventer toujours de nouveaux décors, y prendrais-tu toujours autant de plaisir ?

La brutalité de la question laissa Clémence sans voix. Elle jeta un coup d'œil à son four, tendit l'oreille. Le feu ronflait doucement. Théo semblait de plus en plus curieux, inquiet presque. Il se demandait quel tour était en train de prendre la conversation.

— Et si tu changeais de terre ? Et si tu modifiais ta pratique ? Et si tu allais vers d'autres fabrications, cherchant d'autres alliances entre l'eau, la terre, l'air et...

Il s'approcha du foyer, l'ouvrit, y jeta une bûche, s'assit tout contre elle, les enlaça tous les deux, ensemble.

— ... le feu ?

Un silence de cristal se posa sur eux, fragile et lourd à la fois, intense. Tout autour, la ville dormait.

— Dans mon pays, en Alsace, on utilise une terre tout à fait comparable à celle d'ici, riche en silice. Mais on la travaille de manière un peu différente, puis on la cuit à très haute température. Quand le moment est venu, on jette dans le four des poignées de sel gemme. Alors un miracle se produit : les vapeurs de sodium se combinent avec la silice et forment une mince pellicule de verre sur toute la surface de l'objet. On produit ainsi du grès. Pourquoi ne pas aller dans cette direction qui permettrait d'inventer encore et toujours, ma chérie, tout en continuant à produire des pièces dans le respect de la tradition locale qui était si chère à notre pauvre ami Charles ?

Il avait parlé sur le ton de la confidence en même temps que celui du conteur. Ils l'avaient écouté, comme fascinés par ses mots, sous un charme à lui seul déjà promesse de renouveau.

— Voilà de quoi faire qu'il se passe autre chose sous notre soleil, de quoi mettre un peu de... sel... dans ta création, et dans notre vie ! N'est-ce pas ?

Fatigue d'une longue journée ? Emotion suscitée par les confidences et visites ? Surprise d'une telle proposition, ce soir, sous les étoiles ? Théo et Clémence étaient abasourdis. Ils ne bougèrent pas d'un pouce, pas même quand Palmyre conclut :

— Si nous allions nous coucher, maintenant ? La nuit porte conseil. Elle nous donnera la réponse à nos questions et nous dira, j'en suis sûr, comment Théo fera ses études de médecine. Dès demain, j'irai voir monsieur Masson, le directeur du cours complémentaire.

Il se releva.

— Car il sera médecin, Théo !

15

Novembre 1892

— Tu as entendu ?

Clémence se dressa dans le lit. Palmyre grogna, se tourna vers le mur, se remit à ronfler. Elle attendit un peu, les sens en éveil.

— Tu as entendu ? Ce tintamarre, en bas !

Palmyre ne réagit pas. Tout de même, elle n'avait pas rêvé ! Il y avait bien eu ce vacarme, à l'instant, en bas, comme si une étagère se fût effondrée, avec son chargement de vaisselle et de verres. Un silence oppressant lui tomba sur les épaules. Elle glissa doucement les jambes hors du lit, alluma la chandelle, enfila ses chaussons, se couvrit d'un châle, passa sur la pointe des pieds devant la porte de Théo. Les marches craquaient de façon sinistre sous ses pas. Son ombre dansait sur les murs, les animait de silhouettes bizarres, rencontra le regard débonnaire de saint Nicolas dans son cadre ébréché. A la cuisine, elle jeta un coup d'œil à la pendule : deux heures ! Une impression curieuse la saisit, une sorte d'angoisse qui lui fit le souffle court. Plus qu'à l'étage encore, le silence en bas était poisseux, dense, impénétrable. Elle dut faire un effort pour pousser la porte de la boutique. Un violent courant d'air lui fouetta le visage, entortilla son châle, voulut lui arracher les cheveux comme un vol fou de chauves-souris. Elle suffoqua. Alors, elle vit le sol jonché de débris de verre, de fragments de faïence, d'objets épars et d'outils pêle-mêle, et le trou béant de la vitrine par lequel s'engouffrait la bise sifflante et soufflante. Suspendues au linteau, de longues stalactites de verre pendaient, luisantes comme de l'acier dans la lueur bleue des becs de gaz. Partout, des éclats de vases, de plats, d'assiettes ! Tout ce qui était exposé dans la vitrine avait été fracassé. Des pavés jonchaient le sol. Et, sur le mur intérieur, côté rue du Cheval-Blanc, à la peinture blanche, en grosses lettres dégoulinantes : *YOUPIN*.

Clémence vacilla. Elle allait se réveiller, sortir de ce cauchemar, prendre la main de Palmyre endormi, là, à son côté. Mais la bise folle la cingla de plus belle, lui planta ses échardes de cristal dans le visage, la glaça sur place. Elle ferma les yeux. Tout s'était brutalement noué en elle. Colère, dégoût, terreur. Elle s'entendit vouloir appeler à l'aide, mais les sons ne franchirent pas le seuil de ses lèvres.

Palmyre la trouva étendue sur les débris et les pierres. Dans son sommeil, il avait vaguement perçu un bruit de verre, entendu un appel de sa femme. La cherchant à tâtons, il n'avait trouvé dans son lit que la chaleur de son corps. Fou d'inquiétude, il était descendu, l'avait découverte ainsi, en même temps qu'il avait découvert l'infamie... YOUPIN ! Sans surprise.

Depuis plusieurs mois, des propos antisémites circulaient, dans les Vosges comme ailleurs, de plus en plus violents. De véritables appels à la lutte ouverte contre les

« déicides, suppôts du capitalisme, ennemis du peuple aryen ». L'affaire de l'Union générale créée par Eugène Bontoux, un transfuge de la banque Rothschild, coulée selon les activistes d'extrême droite d'Edouard Drumont [1] par le complot juif – alors qu'elle était morte de malversations, de spéculation effrénée et de manipulations illicites –, avait mis le feu aux poudres. Les vagues de misère dans le sillage de nombreuses entreprises ruinées par son effondrement avaient provoqué conflits sociaux et révoltes mémorables, comme à Anzin et Decazeville.

Et durant l'Exposition universelle, relatée par une presse enthousiaste, la joyeuse ascension de la tour Eiffel par des centaines de milliers de visiteurs en quelques semaines n'avait pas réussi à apaiser une tension sociale soigneusement entretenue par un patronat qui voyait d'un mauvais œil s'organiser les communautés ouvrières.

L'Eglise combattait désormais ouvertement tout ce qui n'était pas elle, tant dans le civil, par ses contestations permanentes des décisions de l'Etat qui, pourtant, payait ses prêtres et évêques, que dans le domaine religieux, où elle avait clairement désigné l'ennemi du genre humain : le Juif !

Palmyre suivait régulièrement, dans les journaux et dans les livres, l'évolution de cette haine millénaire dangereusement réactivée. Il avait lu le pamphlet *La France juive* publié chez Flammarion à compte d'auteur par le fameux Drumont. Il savait que l'incendie couvait et que ses flammes n'épargneraient rien ni personne, pas même la province la plus calme. Chaque paroisse avait

1. Ce journaliste antisémite est l'auteur de *La France juive* (Flammarion, 1886), ouvrage dans lequel il dénonce un vaste complot judéo-maçonnique. Il a aussi fondé le journal antidreyfusard *La Libre Parole*.

son curé, qui avait ses réseaux, lesquels avaient leurs feuilles et journaux. Chaque village avait encore ses monarchistes convaincus gagnés aux idées d'une droite haineuse par l'absolutisme du Marseillais Thiers et sa répression brutale de la Commune. Palmyre savait aussi que l'Etat serait bien impuissant à contrôler ce raz-de-marée de haine. D'ailleurs, le voulait-il seulement ? N'était-il pas plutôt disposé à l'accompagner, avec, pour seul objectif, le confort électoral ? Rares étaient les voix qui osaient s'élever contre les rudesses économiques, sociales et verbales du moment.

Seule la violence sortait renforcée de cette situation, celle des républicains pur jus, dont les hussards noirs menaient les écoles publiques à la baguette de mercenaire ; celle des anarchistes, convaincus que le mieux social ne naîtrait que de la disparition de toutes les oppressions, même obtenue par l'attentat à la bombe ; celle des patrons, terrorisés par la montée des colères ouvrières ; celle des ouvriers, assommés par des contraintes patronales insupportables ; celle des citoyens, écœurés par l'affaire désastreuse de Panamá ; celle des nationalistes, des universalistes, des nostalgiques de l'ancien régime que le temps écoulé, par usure de mémoire, faisait trouver meilleur que le régime nouveau ; celle des catholiques intégristes ; celle des antisémites...

Bien sûr, on avait doté les gendarmes d'uniformes améliorés, pour courir plus aisément, et d'armes modernes, pour tuer plus proprement, des « forces de l'ordre » que l'on envoyait régulièrement dans la rue pour mater les plus agités, mais nul ne tentait d'assainir les têtes ! Tous semblaient ne pas vouloir ouvrir le bon œil sur l'état réel de la société. Pourtant, quelques-uns lisaient encore Victor Hugo, dévoraient Emile Zola, ouvraient des journaux ou avaient lu les écrits de Julie-Victoire Daubié, que la république des Jules venait de censurer : « Déchaînez ou enchaînez la presse dans une société où chacun peut vivre dans des unions sans droits pour les faibles et sans devoirs pour les forts, et vous verrez également partout l'anarchie des mœurs régner dans les idées ; l'ordre pourra être rétabli dans la rue et maintenu à l'aide du gendarme ; le désordre restera dans les esprits [1] ! »

Il avait beau le savoir, Palmyre, avoir éprouvé déjà les violences antisémites au travers des récits anciens de sa famille, jamais il n'aurait pu imaginer que pareille folie pût venir jusqu'à eux !

Clémence était restée prostrée un long moment dans la cuisine. Seuls, des pas à l'étage avaient réussi à la faire bouger, ceux de Nicolas, qui n'avait pas quitté la chambre depuis plusieurs semaines.

Il était rentré un soir, épuisé, délirant, tout juste capable de monter l'escalier pour gagner son refuge. Avec Palmyre, elle avait dû le déshabiller, le laver à grande eau, le coucher. Il n'avait plus que la peau sur les os, une peau parcheminée couverte d'ecchymoses, constellée de taches brunâtres. Ses membres étaient déformés et noueux comme ceux d'un vieillard. Toute la nuit, il avait combattu des ennemis invisibles, hurlant et se jetant contre les murs avec une force inouïe. Le médecin avait prescrit un traitement à base de mercure et d'iodure de potassium, parlé de syphilis, et laissé entendre que, compte tenu de « l'état très avancé de la maladie », il ne voyait pas « comment le malheureux

1. Julie-Victoire Daubié, *La Femme pauvre au XIXe siècle.*

pourrait s'en sortir ». Il avait recommandé la plus grande prudence, le minimum de contacts avec lui, la contagion étant redoutable.

Prudence ou pas, ils avaient décidé de le soigner, coûte que coûte !

Au bruit de ses pas, Clémence était montée, l'avait trouvé assis par terre en caleçon, torse nu, occupé à rouler en boule sa literie, comme pour en faire un baluchon. Elle se pencha vers lui. Il lança des regards de terreur dans toute la pièce, hurla des sons incompréhensibles, voulut se relever, chuta, face contre terre, inerte. Elle s'assit à côté de lui, lui prit la main, se mit à pleurer en silence.

La bise sifflait, soufflait dans le couloir, sous les portes, poussait des gémissements sinistres par toute la maison. Une bise qui n'avait jamais rien apporté de bon. A l'aide de cartons et de planches, Palmyre avait tenté de colmater les brèches, surtout pour éviter une nouvelle intrusion, et arrêter ce courant d'air mortel. Dès l'ouverture de la mairie, il était allé rendre compte des événements à monsieur Bédel, le maire, qui avait aussitôt envoyé les gendarmes pour le constat. Le correspondant du journal républicain *Le Mémorial des Vosges* les accompagnait, carnet en main, le crayon sur l'oreille. On s'était déjà attroupé sur la place, devant la vitrine ; des hommes, des femmes, des enfants même, qui jouaient à ramasser des petits triangles de verre pour s'en faire des bésicles. Chacun y allait de son commentaire. L'apparition des uniformes éloigna les plus timides, fit reculer les autres jusqu'à l'escalier de l'église où quelques-uns, la casquette accrochée sur l'oreille, posèrent leurs fesses en crachant des jets noirs de chique sur les pavés.

Clémence dut descendre. Nicolas s'était à peu près remis de sa chute. Elle l'avait recouché. Malgré une épaisse couverture et son plumon, il claquait des dents. Il l'avait regardée de ses yeux d'enfant terrorisé. Palmyre attendait dans la cuisine, avec les gendarmes. L'un après l'autre, ils avaient dû répondre à des dizaines de questions sur leurs origines et activités, sur les membres de la famille, les emplois de Nicolas et sa disparition depuis un long moment. Elle avait expliqué son état au retour de Crimée, sa maladie, l'avis du médecin, les avait invités à monter le voir. Ils avaient refusé en chœur, donnant subitement l'impression d'être pressés d'en finir.

Palmyre avait subi davantage encore l'épreuve de leur crible. Ils l'avaient obligé à évoquer ce dont, jusque-là, il n'avait pas jugé utile d'encombrer Clémence : sa première épouse, les raisons de sa venue à Rambervillers, son métier de là-bas, ses occupations ici, sa religion : pratiquant ou pas ? Puis ils en étaient revenus à Clémence, Théophile, s'étaient bien gardés d'évoquer la mémoire de Vital ! Elle avait répondu que son fils faisait sa médecine à l'Ecole de santé militaire de Lyon. Ils avaient alors changé d'attitude ; après les avoir traités comme des presque accusés, ils avaient molli et fait preuve d'un peu de compassion.

Le maire, enfin, s'était présenté, en jaquette et souliers vernis, flanqué de deux élus gênés aux entournures. Il avait tenu à voir. Il avait vu !

Le temps de les rassembler à la cuisine pour une mirabelle jetée sans préalable derrière la cravate, ils avaient vidé les lieux, les avaient laissés avec leurs gravats, leurs dégâts, et leur dégoût. En haut, Nicolas s'était remis à ronfler.

Quelques jours plus tard, on vit les gendarmes aller frapper à la porte de la vieille Roseline, puis l'emmener à la gendarmerie, sur la rive de la Mortagne. Des gamins suivaient, en dansant d'un pied sur l'autre et chantant à tue-tête :

L'as-tu vue, la casquette, la casquette,
L'as-tu vue, la casquette du père Bugeaud...

Elle en était sortie dans la soirée, seule, claudiquant dans des chaussures trop larges, et chevrotant sous sa tignasse filasse comme une sorcière de Troëménil, suivie par les mêmes garnements.

... la casquette, la casquette,
Elle est faite avec du poil de chameau !

Il se murmura dans les allées du marché, dans les travées de l'église, jusqu'au pied de la tombe de la vénérable Elisabeth de Brens, qu'elle aurait suggéré à quelques agités du bénitier l'expédition punitive contre les Lazare pour se venger d'eux. Elle avait prétendu qu'ils auraient interdit à Nicolas de retourner chez elle. On la crut folle. Nul ne l'inquiéta. L'enquête tourna court. On ne vit plus la sorcière nulle part.

— Tu sais, la Céramique de Jeanménil, qui vient de s'installer près de la gare... son responsable est parti, un certain Edouard Jacquot. On en avait entendu parler, souviens-toi !

Perchée sur son escabeau, Clémence alignait ses pots de grès sur une étagère. Ils avaient profité de la réfection de la vitrine pour faire garnir la boutique de rayonnages mieux adaptés et plus solides.

— Oui... peut-être.

— Ils viennent de se réorganiser, surtout de rassembler des capitaux frais. Elle s'appelle maintenant la SAPCR, la Société anonyme des produits céramiques de Rambervillers. C'est monsieur Giron qui la préside. Il aurait fait entrer du beau monde de Nancy au conseil d'administration. On parle de Louis Majorelle, Emile Gallé, Antonin Daum, Jacques Grüber, Emile Friant...

— Tu vas me les citer tous ?

Il se mit à rire.

— J'arrête là, d'autant que je n'en connais aucun, sauf de réputation ! Et puis, ce n'est encore qu'une rumeur. Sont-ils réellement de cette nouvelle équipe ? On le dit. Je n'en sais rien, au juste !

Clémence venait de poser le dernier pot, en vérifiait l'alignement.

— Pourquoi me parles-tu de la céramique et de ces gens-là ?

Palmyre cherchait une place d'exposition pour un grand coupe-choucroute automatique à quatre couteaux obliques en lame de sabre qui ne manquerait pas d'intéresser les clients. Le gros pot de grès de cinquante litres et le coupe-choucroute, ensemble, dans la vitrine !

— Parce qu'ils viennent d'embaucher le futur directeur. Il viendrait d'Auvergne, à ce qu'on raconte, de la Manufacture des kaolins de l'Allier, dont j'ai entendu parler autrefois, un homme jeune qui aurait... des idées.

Clémence se tourna vers Palmyre du haut de son escabeau.

— A la bonne heure, des idées ! On en a bien besoin ! Mais pour quoi faire ? Ils fabriquent des tuyaux, je crois ! Ça n'a rien à voir avec nous. On ne va pas vendre des tuyaux aux communes pour leur adduction d'eau, tout de même !

Palmyre avait pris cet air mystérieux et amusé qui annonçait toujours de grandes suggestions. Depuis le bris de la vitrine à coups de pierres, il s'était assombri, parlait moins, se réfugiait parfois dans des méditations que Clémence lui proposait de partager, en vain, redoublait de prévenances et d'attentions comme s'il éprouvait le besoin de se faire pardonner un acte grave. Mais, là, il semblait bien mijoter quelque chose.

Il avait réussi à suspendre le coupe-choucroute dans la vitrine, à main gauche, juste sur les coulasses de peinture du *YOUPIN* qu'on devinait encore malgré la nouvelle couche de couleur.

— Des tuyaux, oui, ils fabriquent des tuyaux ! Mais des tuyaux de grès, de grès au sel !

Il recula d'un pas, estima l'aplomb de l'outil sur le mur et l'effet de présentation dans la vitrine, avec le pot, un étrange sourire posé sur les lèvres. Clémence aimait lui voir ce côté joueur et taquin, si différent des périodes sombres où il ne décrochait pas un mot sans pour autant se départir de sa gentillesse naturelle. La curiosité la piqua :

— Alors, ces tuyaux d'adduction d'eau ? Et cet Auvergnat ?

Il posa son marteau sur le comptoir, fourragea des deux mains dans la poche kangourou de son tablier.

— Si nous l'invitions à souper, un de ces jours ? Je crois qu'il serait intéressant de le connaître !

Clémence suspendit l'époussetage des pots qu'elle allait replacer sur les étagères du dessous, repoussa une mèche de cheveux rebelle d'un revers de manche, se la cala sur l'oreille, descendit de son escabeau, marcha droit sur Palmyre.

— Inviter cet homme ? Un inconnu ! Pour quelle raison ? Nous n'avons jamais invité qui que ce soit ! Jamais ! Du temps de mes parents, déjà. Ma mère disait : « Chacun chez soi, les vaches seront bien gardées ! » Ils ne sortaient pas, ne recevaient pas, et ne s'en portaient pas plus mal.

Tête baissée, Palmyre fourrageait toujours dans la poche de son tablier.

— Il faut bien un début à tout, ma chérie ! Pourquoi pas maintenant ?

Le torchon de poussière en suspens, coiffée à la diable, elle le regardait, bouche bée, ne trouva rien à répondre. Elle prit un pot, le tourna, le retourna dans ses mains, le frotta sans grande conviction.

— Et Nicolas ?

— Quoi, Nicolas ?

— Tu sais ce qu'a dit le médecin, qu'on doit être prudents, à cause de la contagion !

— Et alors ? Nous devrions tous cesser de vivre normalement à cause de la maladie de Nico ?

Il avait pris un ton agacé, insisté sur le « vivre normalement ». Il haussa les épaules, se retourna vers la vitrine.

— Il n'aurait pas à le toucher, cet homme, encore moins à lui donner des baisers, que je sache !

Il fit volte-face, se mit à rire franchement, comme s'il s'amusait de la surprise de sa femme. Puis, d'un air sérieux, celui des affaires :

— La contagion... la contagion ! Avec toutes les filles déclarées ou clandestines qui ont chambre ouverte ou qui traînent dans le quartier de la gare, celui de l'usine de céramique justement, tous les chasseurs du 17ᵉ qui les fréquentent journellement, tous les ouvriers des chantiers du chemin de fer et d'ailleurs, tous les voyageurs de commerce, tous les paysans du marché, elle est partout, la contagion ! Tout le monde peut attraper la vérole partout. Nous vivons dans l'une des villes les plus vérolées de France, ma chérie, ne l'oublions pas.

— Tout de même...

— Ce n'est pas moi qui le dis, ma chérie, mais les rapports officiels ! Sais-tu ce que confirme le docteur Lardier[1], dans l'étude qu'il vient de remettre au préfet ?

La passion de la démonstration l'emportait, lui si calme d'habitude.

— Non, je...

— Que, en proportion de sa population, notre ville compte deux fois plus de filles publiques que Paris ! Deux fois plus ! Tu te rends compte ? Et ce n'est pas parce que les pandores arrêtent de temps en temps quelques-unes de ces malheureuses pour les déporter, pour l'exemple, que le problème est résolu ! Des malades comme Nico, il y en a des centaines, ici, des centaines ! Beaucoup l'ignorent encore ! Le plus grand nombre le cache, parce que ça ne se dit pas ! Ça se cache, ça, dans les prétendues bonnes familles qui veulent sauver au moins les apparences ! Quelle tristesse ! Ce n'est pas une raison pour arrêter de vivre, et de travailler !

Il la voyait de plus en plus surprise par ses propos, soupira profondément, continua :

---

1. Pierre-Antoine Lardier, jeune médecin arrivé à Rambervillers en 1875. Il sera membre, dès sa création (1891), du Conseil supérieur de l'Assistance publique. De nombreuses fois distingué au niveau national, il est l'auteur d'une brochure publiée à Paris, *Les Vénériens des champs et la prostitution à la campagne* (BN 8° Td 43.593).

— Oui, je propose de l'inviter un de ces prochains soirs. Nous avons peut-être des choses à nous dire... qui sait ?

Il marcha vers elle, lui prit les mains.

— Qu'en dis-tu ?

Rien, sur l'instant. Puis elle se mit à réfléchir. S'il tenait tellement à cette rencontre, c'était qu'il avait derrière la tête un projet intéressant, pas encore mûr, sinon il lui en aurait parlé franchement, mais intéressant ! Il sentit ses mains s'affermir dans les siennes.

— Pourquoi pas ?

Elle l'avait dit du bout des lèvres, mais dit tout de même ! Il fit claquer un baiser appuyé sur son front.

— *Des gfellt mer*[1] !

Il lui arrivait parfois de lâcher quelques mots en alsacien. Il avait alors l'œil allumé, le visage plus rayonnant, l'allure plus sautillante, comme un pensionnaire heureux de retrouver sa famille après une longue absence. Il reprit marteau, pitons et tenailles, se remit à la décoration de la vitrine.

— *Hoplà*[2] !

Sur la place, effilochées par la bise autour du monument aux morts d'Octobre, restes de la commémoration annuelle avec tambours et trompettes du 17e, dansaient des flammes tricolores.

La lettre de Théo arriva avec les premières gelées sérieuses. Il avait plu, durant plusieurs jours. Puis il avait gelé à pierre fendre. Là-dessus, la pluie était revenue. Un verglas épais comme un humour de juge couvrait les

---

1. « A la bonne heure ! » ou encore « Ça me plaît bien ! ».
2. « Voilà ! »

rues, les chemins de champ, formait une gangue autour des branches qui, sous son poids, s'affaissaient, puis cassaient dans un bruit sec de coup de fouet.

Ma chère maman, cher Palmyre…

Le commandant Vallin nous ayant donné une journée de repos exceptionnel après un grand défilé sous la queue du Cheval de bronze[1]*, je peux enfin vous écrire entre un cours d'anatomie et un autre de pathologie.*

Tout d'abord, donnez-moi des nouvelles de votre santé. Toi, ma chère maman, comment vas-tu ? J'espère que tu ne t'épuises pas trop à vouloir mener de front la tenue de la boutique, tes fabrications, et les soins à mon cher Nico. Quant à vous cher Palmyre, je compte sur vous. Prenez bien soin de vous pour, ensuite, pouvoir prendre bien soin de ma bonne petite maman et de mon cher oncle. Voyez comme, égoïstement, je suis intéressé par votre service auprès des miens. Mais je sais que vous savez combien je vous aime, aussi fort que ceux auxquels je tiens comme à ma propre vie.

Tout ce que j'ai appris ici, dans les livres et les cours de mes professeurs, ne me laisse rien prévoir de rassurant pour mon cher Nico. Mais je sais qu'au tout nouvel Institut Pasteur quelques-uns travaillent là-dessus parce qu'ils doutent des effets du mercure et du potassium. J'espère que nos chercheurs trouveront à temps un traitement qui permettra de le soigner, ou au moins de le soulager en le maintenant parmi nous le plus longtemps possible. Mais l'état actuel de notre science sur cette maladie me rend chaque jour plus triste quand je pense à lui.

Ici, pas le temps de traîner en ville, même si les santards[2] *que nous sommes y sont bien accueillis, surtout par les jeunes*

1. Place Bellecour, à Lyon.
2. Surnom des étudiants de l'Ecole de santé militaire de Lyon.

filles, qui espèrent sans doute trouver parmi nous un mari convenable. Pas de soucis, ma chère maman, je suis sérieux ! Mes études avant tout ! Bientôt vous verrez rentrer au pays un futur médecin de deuxième classe dans sa belle tenue Pinder, vareuse bleue, pantalon garance et bicorne à cocarde, l'épée pendue au côté. C'est vrai que nous avons fière allure dans cet uniforme et que les jours de défilé, comme hier, nous sommes capables d'impressionner les foules...

Assise en bout de table, Clémence lisait à haute voix la lettre qui tremblait dans ses mains. Palmyre s'était posé sur une chaise contre la cuisinière qui ronflait, à côté du panier du chat, vide, que ni l'un ni l'autre n'avaient pu se résigner à mettre au placard. Il aimait la regarder lire, l'entendre lire, lui distiller les mots de Théo qu'il recevait comme autant de cadeaux offerts par eux deux en même temps. C'était sa lettre à elle, le papier qu'avait touché son fils, qu'il avait baisé peut-être avant de le plier. Palmyre n'aurait pas osé lire lui-même. Il aurait eu l'impression de voler à sa femme ce qu'elle avait de plus précieux, de commettre un sacrilège. Et puis, dits par elle, les mots de Théo prenaient plus d'importance encore ; ils vibraient en même temps de sa sensibilité à lui, et de son émotion à elle.

Après le défilé, nous avons eu droit à un souper amélioré que nous avons conclu d'un seul chœur par « La sixième », notre chant traditionnel :

Quel que soit le cadre, l'Afrique ou l'escadre,
Dans un régiment ou bien à bord d'un bâtiment...
On fera la noce, on roul'ra sa bosse,
Mais on foutra le camp de cet ignoble,
De cet ignoble établissement !

Ah, si vous aviez entendu ça ! Même le commandant Vallin l'a reprise avec nous au refrain ! Ne manquait qu'Anatole, notre squelette facétieux, trop occupé par sa garde dans la salle des cires anatomiques.

Mais ne vous fiez pas à la chanson ! Il n'est pas si ignoble que ça, notre établissement de l'hôpital militaire Desgenettes ! On y est bien, pour étudier et vivre, même si, une fois de plus, on a dû faire nos paquets la semaine dernière pour aller bivouaquer à l'hôpital Villemanzy à cause d'une nouvelle crue de la Saône et du Rhône. Ah, ces deux-là ! Ils nous en jouent, des tours ! On a même dû aller prendre tous nos repas à la brasserie Georges : nos cuisines étaient inondées. Mais, je peux bien vous l'avouer, nous n'avons pas perdu au change !

J'espère que vous n'avez pas subi les mêmes désagréments avec notre Mortagne qui sait être un peu folle, elle aussi, parfois !

Comment va mon loup de Métendal ? L'avez-vous vu récemment ? Savez-vous qu'il me manque ? Dire qu'il me faisait peur quand j'étais petit ! Tu te rappelles, ma chère maman ? Quand je reviendrai, j'irai lui faire voir mon bel uniforme.

Clémence s'arrêta de lire. Sa gorge s'était subitement nouée. Elle avait failli lire le terrible « Quand je reviendrai, je serai quelqu'un ! » de Nicolas avant son départ pour la Crimée. Palmyre comprit. Il se leva, posa la main sur l'épaule de sa femme.

— Si tu veux, nous continuerons plus tard, ma chérie.

— Non, je termine. D'ailleurs, elle est presque finie... hélas !

Théo ajoutait un post-scriptum : « J'irai bientôt me faire tirer le portrait par un photographe. Ainsi, vous pourrez voir votre médecin préféré dans son fier habit ! »

La semaine suivante, monsieur Cytère vint souper en toute simplicité à la maison.

Palmyre lui avait fait remettre un carton : *Mon épouse, Madame Clémence Lazare, et moi-même aurions grand plaisir à vous recevoir à souper prochainement. Vos jour et heure seront les nôtres. Le magasin sera ouvert.*

Par retour de porteur, le destinataire avait fait savoir que lui aussi aurait plaisir à les connaître et à partager avec eux une soirée qu'il pressentait très agréable. Il arriverait seul, vers sept heures du soir, une fois réparti le travail de nuit à l'usine et confirmées les procédures.

A l'heure dite, la clochette de la boutique tintinnabula. Palmyre se précipita. Déjà près du comptoir, manteau sur le bras et chapeau à la main, le nez levé vers les pots de grès alignés sur le rayon au-dessus des faïences, l'invité salua d'un « Très intéressant ! Très, très intéressant ! ». Puis il fit un pas vers Palmyre qui avait pris le parti de le laisser faire, se présenta :

— Alphonse Cytère, directeur de la Céramique. J'ai bien le plaisir de vous saluer. Jusque-là, je me demandais ce qui me valait l'honneur de votre invitation, mais...

Il désigna l'ensemble des faïences et pots de grès d'un gracieux mouvement de la main libre.

— Mais je comprends, maintenant !

De corpulence moyenne, mince, doté d'un visage anguleux aux pommettes légèrement saillantes qui lui donnaient un faux air asiatique, il portait une vareuse de drap noir sur un gilet et un pantalon de velours à petites côtes qui tirebouchonnait sur des brodequins de ville. Son col droit, presque romain, souligné par un ruban de velours lâchement noué sous le menton, offrait à l'ensemble une touche d'élégance simple et de bon ton.

Palmyre éprouva spontanément de la sympathie pour cet homme. Impression de le connaître depuis longtemps déjà. Il lui prit la main, la sentit nerveuse, vivante, chaleureuse.

— Vraiment, je suis heureux d'avoir accepté votre invitation. Merci, cher monsieur.

Ses lèvres minces s'ombraient d'une fine moustache en accent circonflexe aussi drue que les sourcils d'un noir de jais qui, avec les cheveux plumes de corbeau coupés court, largement dégagés sur les oreilles, lui conféraient une expression de sévérité heureusement adoucie par un regard de noisette velouté. Il y avait de l'énergie dans cet homme, de la sincérité, et de l'envie de créer. Son allure le montrait, sa manière de se vêtir, de se présenter, d'évoluer, de parler directement et sans afféterie. Il plaisait décidément à Palmyre, qui le dirigea vers la cuisine.

— Excusez la rusticité de l'accueil. Nous vivons simplement dans cette maison de famille, conçue surtout pour le commerce. Pas de salle à manger. Nous allons donc souper à la cuisine.

Ils entrèrent.

Le couvert était dressé sur une nappe blanche damassée, les serviettes de table pliées en éventail dans les verres. Le pain tranché respirait dans sa corbeille. Le vin s'épanouissait dans sa carafe. Les chandelles diffusaient une lumière dorée qui nappait de miel meubles, objets et visages.

Un œil sur la tête de veau bien ligotée qui frémissait encore dans le court-bouillon, Clémence versait l'huile en filet dans un grand bol de faïence à décor de fleurs multicolores, tournait d'un geste coulé une sauce gribiche de plus en plus crémeuse.

— Je vous demande pardon, monsieur, mais je ne peux pas m'arrêter ! Je raterais ma sauce. Vous en seriez la première victime. Installez-vous. Prenez donc vos aises.

Alphonse la salua d'un mouvement de tête. Le parfum des aromates et la bonne odeur de cire d'abeille l'avaient réjoui d'entrée. Il se sentit bien, aussitôt « comme chez nous, autrefois, en Auvergne ». Il le pensa tellement fort qu'il ne put s'empêcher de le dire.

— *S'esch guet*[1] *!* murmura Palmyre en lui présentant une chaise, face à l'horloge dont le balancier jouait avec la lumière.

— Comme chez nous, à Tauves[2] !

Palmyre servit un vin de noix. Alphonse se raconta : son père tailleur de pierres, ses études chez les frères, qui avaient remarqué à la fois son sens de la discipline et, le plus important, sa « familiarité avec le travail manuel ». Il avait démarré sa carrière comme employé aux écritures à la Compagnie des eaux minérales de La Bourboule, qu'il avait quittée pour Grenoble, où il avait fait ses trois ans au 4e régiment du génie. Il en était sorti premier secrétaire du trésorier, avec le grade de sergent.

Clémence avait fini de tourner sa sauce. Elle écrasait maintenant les jaunes d'œuf à la fourchette, hachait les blancs puis les échalotes, puis le persil, ajouta les câpres, versa le tout dans le bol, mélangea avec application.

Palmyre resservit du vin de noix. D'un œil vif, le visiteur avait déjà fait le tour complet de la cuisine. Il observait maintenant le moindre geste de Clémence, sa manière de tourner le fouet dans le bol. Il s'attarda discrètement sur sa silhouette. Elle l'avait remarqué, n'en

1. « C'est très bien ainsi ! »
2. Village natal d'Alphonse Cytère, dans le Puy-de-Dôme.

laissa rien paraître. Puis il parla de son passage comme chef d'exploitation à la Manufacture des kaolins de l'Allier, sa rencontre là-bas avec Ernest Auscher, ingénieur à la Céramique de Jeanménil, qui faisait une étude sur les grands fours, puis sa recommandation auprès des associés de la SAPCR, son embauche, et son arrivée à Rambervillers. Il était célibataire, « Pas de temps perdu, à trente et un ans... n'est-ce pas ! », et occupait un logement de fonction au premier étage de l'usine.

Clémence tirait la viande du bain-marie, l'égoutta, la disposa sur un plat chauffé dans le four avec ses pommes de terre cuites à l'eau qu'elle présenta au beau milieu de la table. La tête de veau tremblait d'émotion ; les légumes fumaient ; la maison tout entière embaumait le bouquet garni.

— Mais... Palmyre... c'est un prénom que je n'ai jamais rencontré ! Rare ! Très rare, n'est-ce pas ? Puis-je me permettre de vous en demander l'origine ?

Clémence suspendit son geste. Palmyre préparait une deuxième bouteille de vin. Il répondit, sans lever la tête, tout à son effort ; le bouchon lui résistait.

— Il vient d'Orient, par la Grèce, dit-on. De cette ville de Tadmor qui rassemblait autrefois les cultures hellénique, romaine et perse, créée paraît-il par le roi Salomon.

Clémence avait avancé la saucière. Elle s'assura que rien ne manquait, s'assit à sa place, face à monsieur Cytère. Palmyre la regarda, trouva plus beau encore son visage rosi par l'activité au fourneau, remarqua qu'Alphonse, lui aussi, était sensible à sa beauté. Il fit chanter le vin dans les verres, en goûta une gorgée.

Dieu, qu'il était bon !

Puis il regarda Alphonse droit dans les yeux.

— Je suis juif !

16

Octobre 1894

— C'est un procédé vieux comme le monde ! Les Anglais prétendent l'avoir inventé dans les années 1650-1680, mais vous connaissez aussi bien que moi leur tendance à vouloir s'approprier tout ce qui compte dans le monde. Voyez la pierre de Rosette[1], découverte par Bouchard, officier de Bonaparte, en 1798, qu'ils nous ont piquée en 1801 ! C'est pourtant la France, grâce aux travaux acharnés de Jean-François Champollion, qui a su la déchiffrer, et qui a offert au monde la connaissance de l'histoire égyptienne, tout de même !

L'œil d'Alphonse Cytère brillait. On sentait chez cet homme jeune une vieille acrimonie venue du fond des âges, transmise par des générations que des épisodes comme Azincourt ou, plus récemment, Trafalgar avaient profondément marquées.

---

1. Découverte durant la campagne d'Egypte de Napoléon Bonaparte sur le site de Rachid (Rosette), en juillet 1799, cette pierre porte une inscription en hiéroglyphes, démotique et grec ancien. Au terme d'une sévère compétition avec l'Anglais Thomas Young, c'est le Français Champollion qui réussit à la déchiffrer, en 1822. Cette pierre est conservée aujourd'hui à Londres, au British Museum.

— Quand je dis « vieux comme le monde », je n'exagère sans doute pas. Comment imaginer que nos ancêtres les plus lointains, un jour de bivouac sur le bord d'une rivière, n'aient pas joué à malaxer une boule de terre, rien que pour le plaisir de s'occuper les mains ? Que, plantant le pouce dans cette boule de terre meuble, ils n'aient pas remarqué qu'elle en gardait l'empreinte ? Que, devant partir à la chasse, ou changer de lieu de campement, ils n'aient pas jeté cette boule dans leur brasier, avec d'autres détritus ? Que, rentrant de la chasse, ou revenant quelques semaines plus tard sur le même lieu, ils n'aient pas retrouvé cette boule de terre devenue très dure, cuite, marquée de leur empreinte en creux, une empreinte capable de garder l'eau, comme une flaque de la rive ?

Clémence écoutait Alphonse Cytère comme, autrefois, elle écoutait son père lui raconter l'histoire de nos ancêtres les Gaulois et de leurs conquérants latins, les Romains. L'œil rond, le buste en avant, assise sur le bord de la chaise comme prête à partir avant même de s'être installée, elle buvait les paroles du directeur de la Céramique.

— Forcément, il s'est trouvé un de ces ancêtres pour prendre une boule de cette terre, plus grosse, la malaxer, la creuser d'un trou plus grand, la présenter au feu, puis s'en servir pour conserver et transporter des liquides ! Forcément !

— Forcément !

Prise par le récit, Clémence avait répété le « forcément ! » sans même s'en rendre compte. Elle contint son envie de rire, se cala bien au fond de la chaise, prête à entendre la fin de l'histoire.

— Et pourquoi, alors que le sel affleurait en bien des endroits du sol, notamment ici, en Lorraine, pourquoi n'auraient-ils pas remarqué son effet de vernis sur la terre cuite ? Les Grecs de Thasos n'ont pas attendu les Anglais pour fabriquer, dès le IVe siècle avant Jésus-Christ, des céramiques à la fois belles et très solides !

Alphonse Cytère s'animait, libérant toute sa passion pour cette terre qu'il avait appris à travailler depuis son entrée en fonction aux Kaolins de l'Allier. Sans formation technique, il avait découvert cet univers jour après jour dans la fabrique de produits réfractaires, observant le travail des ouvriers, s'entretenant avec les maîtres, réfléchissant sans cesse avec les responsables d'atelier, lui pour ses missions de gestion, eux pour l'adaptation permanente des méthodes et des productions. Il s'était pris de passion pour le miracle quotidien du mariage réussi de l'eau, de la terre, de l'air et du feu. Il avait pétri auprès des malaxeurs, moulé avec les mouleurs, cuit avec les conducteurs de four, vécu avec eux les caprices des éléments, tenté de comprendre les causes d'échec et de découvrir après coup les clés de la réussite. Il y était parfois parvenu. Il avait vécu cette vie de comptable passionné par ce qui se passait derrière ses colonnes de volumes, de poids, de températures, et de montants de fournitures ou de salaires, jusqu'au jour où le Vosgien Ernest Auscher était venu visiter l'usine. Il l'avait reçu. Sa double compétence – rare ! – de gestionnaire et de chef d'exploitation avait frappé l'homme de l'Est, qui avait su s'en souvenir.

Après les briques de l'Allier, Alphonse Cytère fabriquait maintenant des tuyaux de grès dont le marché explosait, toutes les villes, tous les villages de France, voire de l'étranger, étant entrés dans l'ère de la distribution aux ménages d'une eau saine captée à sa source puis correctement acheminée. Les épidémies à répétition de choléra et de typhus avaient eu, au moins, cette conséquence heureuse sur le comportement des populations. Mais sa passion pour la terre le tenaillait chaque jour davantage, le poussant à aller au-delà de la simple activité de potier à des fins utilitaires à la tête de la Société anonyme des produits céramiques de Rambervillers, qu'il dirigeait. Il entrevoyait d'autres applications de ces techniques, autrement plus épanouissantes, si elles n'étaient pas d'un intérêt financier immédiat.

Les associés, ses patrons, sentant ses velléités de chercheur toujours prêtes à se libérer, comme l'énergie d'un jeune étalon mis de frais au parc, ne manquaient pas de lui rappeler que sa mission première était de produire des kilomètres chaque jour plus nombreux de tuyaux en grès vernissés : « Des tuyaux, des tuyaux, des tuyaux ! » répétaient-ils d'une seule voix sur l'air des lampions. Et des tuyaux, des tuyaux, des tuyaux sortaient des fours de l'usine, que des wagons complets transportaient ensuite à grand-peine vers Nancy et Epinal, tirés par l'Ecrevisse, sur la voie de Charmes, la plus lente de France !

Depuis des mois, le maire, monsieur Bédel, soutenu par ses conseillers, le député et le Conseil général, réclamait la prolongation de la ligne de chemin de fer de Gerbéviller qui, par Bruyères via Rambervillers, aurait ouvert l'horizon de l'Est et désenclavé la ville en lui permettant d'échapper à cette Ecrevisse de malheur qui se traînait sur sa voie unique ! Mais, craignant l'arrivée d'entreprises plus dynamiques et généreuses avec leurs ouvriers dans le contexte revendicatif dur du moment, les autres patrons du pays freinaient des quatre pattes. Ils préféraient végéter en paix, plutôt que d'être contraints, par des exemples « laxistes », de négocier avec leurs ouvriers des conditions de travail meilleures. Ils redoutaient cette contagion sociale plus que… la vérole !

— Voyez, chère Clémence, ce que font les Japonais avec un grès vernissé en tous points comparable au nôtre !

Il se leva, fouilla dans un carton, en tira quelques photographies, qu'il lui tendit. Elles montraient des plaques de grès, moulées apparemment, ornées de motifs décoratifs.

— Ils en font ces plaques destinées à l'ornementation de façades, de monuments, d'intérieurs même. Pas seulement pour eux – ils vivent dans des maisons de papier, à ce que l'on dit ! – mais pour les autres : ils les exportent.

Il s'était mis à marcher, de la porte à la fenêtre, de la fenêtre à la porte, arpentant son bureau comme un paysan le terrain convoité dont il discute le prix. Il s'arrêtait à la hauteur de Clémence, jetait un regard pointu sur les photos, repartait d'un pas plus vif encore, s'interrompait devant la fenêtre, scrutait un moment les allées et venues dans la cour et, plus loin dans le ciel, les crachotements noirâtres des locomotives, revenait de plus belle.

Depuis leur premier dîner rue du Cheval-Blanc, ils s'étaient revus, souvent, à l'initiative de Palmyre d'abord ; puis Alphonse avait pris le relais. Il les avait invités à plusieurs reprises aux Enfants des Vosges. Parfois, le dimanche, ils allaient ensemble aux courses à Métendal, partant le matin, cassant la croûte sur place en assistant aux préparatifs des épreuves de l'après-midi, salués par monsieur du Coëtlosquet, qui ne manquait jamais de faire son tour des tribunes. On sentait bien, là-bas, les tensions sociales nouvelles d'un monde convulsif partagé entre pouvoir patronal et montée de la puissance salariale, encadrée désormais par les syndicats naissants. On y voyait moins de casquettes d'ouvriers qu'autrefois, mais autant de chapeaux noirs qui, du coup, paraissaient plus nombreux. L'ambiance n'y était plus si détendue. Peut-être la maladie de Caroline, la fille du vicomte, y était-elle aussi pour quelque chose.

Clémence en profitait toujours pour aller faire quelques pas autour du loup de bronze, poser sa main sur le tertre de pierre, se sentir ainsi en communion avec Théo, qui finissait son parcours de santard à Lyon. Il était venu en permission, à Pâques. Elle l'avait vu, dans son impeccable tenue Pinder, l'épée au côté, tellement impressionnant qu'elle n'avait pas osé le prendre dans ses bras. Elle en avait pleuré de bonheur et d'admiration. Il était si beau que, malgré le coût, elle l'avait mené faire une photo chez Haton, au 60, rue Carnot, juste en face de l'hôpital. Palmyre avait tenu à être là. Ils avaient fait deux photos, l'une de Théo seul, l'autre avec ses parents. Palmyre avait voulu tout payer !

Là, près du loup de Métendal, elle revoyait Théo, hier encore, escalader le tertre, grimper à califourchon sur la bête malgré les gros yeux du vicomte. Elle entendait son rire. Elle sentait son corps d'enfant contre sa poitrine quand il revenait en courant, fleurant bon l'herbe et les fleurs des champs.

Ils étaient rares, maintenant, celles et ceux qui les saluaient, aux courses ou en ville, ou qui leur accordaient seulement un regard. On faisait mine de ne pas les voir. On faisait même parfois un écart pour éviter de les croiser. Mais monsieur du Coëtlosquet venait toujours échanger quelques mots avec eux. Il ne craignait pas, lui, de s'afficher avec... le Juif !

— Ils les exportent un peu partout dans le monde. Pourquoi n'en ferions-nous pas autant ? Et pourquoi ne pas fabriquer d'autres objets ? Pourquoi ne pas créer autre chose que de l'assiette, de la soupière, du pot, de la cruche, ou du tuyau ? Pourquoi ?

Alphonse se tenait debout devant la fenêtre, les mains dans les poches, dos tourné à Clémence.

— Qu'en dites-vous ?

Surprise par la brutalité de la question, Clémence secoua son attention, évacua de sa tête Métendal, la tenue Pinder de Théo, la photo Haton, la douleur du paria qui taraudait Palmyre, et le loup de bronze. Elle reprit les photos.

Jusque-là, ils avaient laissé couler le temps, prenant plaisir au seul partage de l'amitié, ne remettant pas sur le tapis les projets de nouvelle céramique. Il leur arrivait bien de les évoquer de temps en temps, mais dans la petite montée de la Goulotte seulement, pour meubler la marche, ou au restaurant, entre poire et fromage. Alphonse connaissait la tragique évolution du mal chez Nicolas et la situation délicate des Lazare. Quant à eux, ils savaient combien l'installation de l'Auvergnat dans ses nouvelles fonctions lui donnait de soucis. N'en pas parler ne signifiait pas que chacun eût perdu de vue ces perspectives. Pas du tout ! Tous trois savaient que la graine avait été semée, que la germination se faisait dans le secret des humus soumis au rythme des saisons intérieures, que la récolte viendrait. Ils y réfléchissaient en silence, chacun de son côté, tentaient même des expériences dont ils gardaient les résultats par-devers soi jusqu'au jour où...

— Qu'en dites-vous ?

— J'ai essayé de jeter du sel gemme en cours de cuisson sur des pots que j'avais tournés dans la terre de

Jeanménil. Mon four était monté péniblement à mille deux cents degrés. Je crois qu'il n'est pas conçu pour atteindre de telles températures, mais quelle surprise à la sortie ! De grise qu'elle était, la terre est devenue d'un bleu intense ; elle s'était couverte d'une couche de vernis, comme du verre ! Très beau !

Alphonse prit un air mystérieux. Il se rapprocha de Clémence, lui posa la main sur l'épaule, contempla un instant les photos étalées sur ses genoux, comme pour prendre le temps d'une réflexion. Silencieux.

Autour d'eux, assourdis, les bruits de l'usine. Des bandages de roues claquaient sur les pavés, des ordres, des coups mats, des caisses qu'on chargeait sur des charrettes, ou des pierres jetées dans des tombereaux. Un sifflet de locomotive déchira l'air ; puis la machine se mit à tousser au loin.

— J'ai des alliés dans la place… mieux que ça même, des… complices ! Quelques associés de la Céramique, dont la voix compte au conseil d'administration, sont de Nancy. Ils ont créé, là-bas, une association qui rassemble les personnalités les plus dynamiques dans des domaines très divers comme l'architecture, le verre et le cristal, la peinture, l'ébénisterie, la taille de pierre… des artisans presque tous, des artistes c'est certain ! Ils sont d'accord pour soutenir la mise au point de nouveaux produits, comme ces plaques décoratives de façade, par exemple, des briques en grès vernissées ou émaillées, des objets d'intérieur… J'aimerais que vous preniez part à cette aventure.

Il accentua la pression de sa main sur l'épaule de Clémence.

— Qu'en dites-vous ?

Clémence avait du mal à fixer son attention sur la question d'Alphonse. Elle se sentit gagnée par un trouble étrange, impression de flotter, d'être là en même temps qu'absente à cette scène qui se jouait autour d'elle, avec elle pourtant. L'homme debout à son côté sentait bon, le velours et le cuir. Elle se laissa pénétrer par ce parfum, transporter là où elle avait vécu, autrefois, avec l'image troublante de Vital en tête. Elle le voyait, là, devant elle, à sa machine à coudre, à l'établi, en train de découper une peau, assis sur son tabouret, une tige de botte sur les cuisses qu'il enduisait lentement de graisse et de cire d'abeille ; elle entendait ses coups clairs sur l'enclume : « Je suis là ! Tout va bien ! Je t'aime... »

— Si vous voulez, chère Clémence, nous reprendrons cette conversation un autre jour. Il n'y a pas le feu, bien sûr ! Mais je crois que nous allons pouvoir faire des choses ensemble... de belles choses !

Elle leva les yeux. Il avait regagné son bureau, ouvert un dossier.

— Ah... avez-vous déjà vu cet appareil ?

Il désignait une sorte de poignée dont une extrémité ressemblait à un cornet acoustique et l'autre à un disque noir et épais. Elle reposait sur une double fourche portée par un socle d'aspect compliqué dont les pattes encadraient deux sonnettes. Sur le côté, une manivelle. Derrière, des fils électriques torsadés.

— C'est un téléphone !

Elle ne l'avait pas remarqué, cet appareil, derrière les dossiers empilés. Elle venait de le découvrir. Alphonse buvait du petit-lait. Non seulement il venait de tirer Clémence de sa torpeur, mais, en plus, il excitait chez elle une belle curiosité. Il décrocha la poignée, tourna la manivelle plusieurs fois, lui tendit l'engin.

— Rond noir sur l'oreille, vite ! Cornet devant la bouche... Allez-y !

Elle y alla, entendit grésiller comme lorsqu'elle jetait des goujons de la Mortagne dans l'huile bouillante, entendit une voix qui semblait être de femme, très lointaine.

— Vous entendez quelque chose, ou quelqu'un ?

— Oui, une voix, loin, très loin...

— Dites « Ho ! Ho ! » plusieurs fois ! Dites !

Elle dit. Alors, dans le disque noir collé à son oreille, elle entendit plus distinctement :

— Ho... Ho... Que demandez-vous ?

Elle sursauta, tendit aussitôt l'engin à Alphonse, qui répondit :

— Rien, excusez-moi, mademoiselle, c'était pour un essai ! Merci ! Au revoir.

Il reposa la poignée sur ses fourches, se mit à rire.

— Intéressant, n'est-ce pas ! Voilà qui va nous permettre de communiquer avec bien du monde. C'est un Ericsson. Il vient de Suède. Il va changer notre façon de travailler, c'est sûr, le téléphone !

Dans la cour de l'usine, au moment de libérer Clémence, il la regarda intensément. Elle crut qu'il allait lui tirer une promesse, celle de marcher à son côté sur ce chemin de terre et de feu.

— Ah... je ne savais comment vous le dire...

Elle vit scintiller son œil noisette.

— Vous êtes la première à le savoir, après...

Il lui présenta un portrait.

— ... après elle, Joséphine, évidemment ! Je... je me marie le mois prochain !

Clémence fit le chemin de retour sans rien voir de la rue, ni des gens qu'elle y croisait. Encore moins des vitrines ! Pas même celle du photographe Haton, qui, pourtant, exposait Théo dans sa devanture, juste en face de l'hôpital. Elle allait telle une automate, les yeux encombrés des images de Vital, des plaques de décoration japonaises, de la fumée des locomotives qui salissait le rectangle de ciel derrière le bureau d'Alphonse, la poitrine tourneboulée par les parfums de velours et de cuir, et l'annonce du mariage !

A la maison, le choc fut brutal. Au chevet de Nicolas, Palmyre veillait. Il avait redressé le malade qui étouffait, l'avait calé dans les oreillers, tentait de lui faire prendre des potions qu'il recrachait aussitôt. Malgré les serviettes et la cuvette, des taches verdâtres constellaient drap et enveloppe du plumon. La chambre puait, Nicolas suffoquait, Palmyre s'acharnait en silence à tenter de soulager son beau-frère.

Depuis plusieurs semaines, le mal avait progressé. Il avait terrassé Nicolas en pleine rue, alors qu'il tentait une sortie vers les Promenades. On l'avait ramassé sur la chaussée, près du pont de la gendarmerie, à un jet de pierre de l'endroit où, trente ans plus tôt, on avait trouvé le châle de cachemire « quatre-double » bleu ciel de la mère, soigneusement plié, la chaîne en or à barillet oblong et ces mots, « Sois heureuse, ma fille ! », mais pas la grande croix d'or ! Quelqu'un avait prévenu les gendarmes, qui l'avaient ramené à la maison sur une charrette. Le médecin avait doublé les doses d'iodure de potassium que Clémence ne pouvait lui faire absorber qu'en pressant une éponge entre ses lèvres. Il avait prescrit aussi un nouveau médicament dont nul ne connaissait les effets réels, mais qui semblait avoir produit de bons résultats sur d'autres, le Salvarsan. Rien n'y avait fait ! Nicolas était paralysé de tout le côté droit. Sa vue s'était subitement effondrée ; il délirait de plus en plus souvent, passait par des crises qui le jetaient à bas du lit, écumant et hurlant, le visage tordu par la douleur, les yeux fous exorbités, comme s'ils apercevaient déjà les portes de l'enfer. Il poussait des cris terrifiants, appelait des fantômes. On reconnaissait parfois dans son délire des « Boulganak... Gallipoli... Malakoff... ».

Il semblait calme, maintenant. Mais la crise du matin, juste après le départ de Clémence, avait été terrible.

Palmyre était épuisé. Il expliqua en deux mots qu'il avait tenté de contenir le malade qui, malgré la paralysie, se lançait contre le mur, y donnait des coups de tête si violents que toute la maison en résonnait. Il l'avait pris à bras le corps. Nicolas s'était rebiffé, avait réussi à dégager son bras valide et à frapper. Il était squelettique, mais sa force était encore prodigieuse, une force alimentée par les images terribles qui le hantaient et le combat quotidien contre le crabe sournois qui le rongeait de l'intérieur.

— Repose-toi. Je prends la relève !

Palmyre entrouvrit la fenêtre. Les bruits de la ville surgirent par bouffées. Il inspira profondément, se laissa aller dans un fauteuil, ses mains fines et délicates posées comme les ailes d'un oiseau sur les accoudoirs. Clémence remarqua que sa pommette gauche portait une ecchymose.

— C'est...

— Rien, ma chérie ! Rien... Parle-moi plutôt de ton entretien avec notre ami Alphonse.

Nicolas était mort le soir de Sainte-Gertrude. Iodure de potassium et Salvarsan n'avaient rien pu faire pour extraire de son corps la vermine immonde. Il s'était éteint paisiblement, gavé de laudanum, au terme d'une ultime crise qui l'avait torturé tout le matin. Le médecin ayant renoncé, ils l'avaient accompagné seuls. Jusqu'au dernier moment, le médecin de deuxième classe Théophile Bonnavoine avait cru pouvoir venir en permission pour la Toussaint. Mais des ordres d'état-major venaient de l'affecter à l'Ecole d'application du Val-de-Grâce. Impossible de prendre le chemin de Rambervillers ! Il savait que tout était devenu très inquiétant chez Nicolas, qu'il approchait de sa fin, aurait tellement voulu être là, l'aider, le soulager peut-être, aider et soulager ses parents qu'il savait très affectés. Mais... l'ordre militaire !

Théo apprit le décès de Nicolas par un télégramme. Dans la seconde même où le vaguemestre lui tendit le papier bleu, il sut ! Alors, il fit une demande urgente de permission, l'obtint, traversa la Champagne par le train au cul d'une machine suante et crachante, arriva, des escarbilles dans les yeux et le charbon craquant sous la dent, souillé de traces de suie, juste avant la levée du corps. Clémence avait ordonné qu'on l'attendît pour fermer le cercueil.

Théo vit donc son oncle, ses mains nouées sur une poitrine creuse, son visage émacié d'un jaune bleuâtre, ses rares cheveux en touffes éparses, comme arrachés à poignées par la maladie, ses yeux fermés sur les visions terrifiantes qui l'habitaient depuis... là-bas ! Peut-être même l'habitaient-elles encore.

— Il semble apaisé, maman.

— J'espère qu'il l'est, mon grand, je l'espère, du fond du cœur, répondit Clémence.

C'était la première fois qu'elle l'appelait « mon grand ». Théo posa le bras sur l'épaule de sa mère, fourra le nez dans sa chevelure, y dissimula des baisers qu'elle reçut comme autrefois, chez les sœurs du Saint-Sacrement, elle croyait recevoir les langues lumineuses de l'Esprit saint le dimanche de Pentecôte. C'est vrai qu'il était devenu plus grand, ou elle plus petite. Elle dut lever les yeux pour le regarder, s'assurer que c'était bien lui, là, qui l'avait prise dans ses bras, qui la tenait serrée dans sa chaleur d'homme. Elle vit le filet d'argent sur ses joues, l'effaça d'une caresse, murmura :

— Viens. Il est en paix, désormais !

Puis, appuyant ses mots d'un regard implorant :

— Pourquoi a-t-il tellement souffert, not' Nico... pourquoi ?

Théo ne put que resserrer son étreinte. Il se posait la même question, au même moment.

— Pourquoi ? Jamais je ne pourrai pardonner ! Jamais !

Elle avait fini dans un souffle, un murmure, une plainte intérieure qui ne s'éteindrait jamais. Pardonner... à qui ? Théo ne chercha pas à comprendre. Il n'y avait rien à comprendre, que la douleur à surmonter, et des souvenirs à nourrir ou à chasser, pour pouvoir continuer à vivre.

— Viens, ils nous attendent.

Théo posa sa main sur les mains cireuses. Il voulait toucher encore celui qui avait veillé sur lui à l'époque où il ne savait que se traîner à quatre pattes, se pencha, posa ses lèvres sur le front glacé, murmura des mots que seul Nico put entendre. Qu'il entendit. Théo le savait !

Palmyre était resté silencieux sur le seuil, immobile. Il les précéda dans l'escalier, fit signe au menuisier qu'il pouvait y aller. L'homme et son aide disparurent à l'étage. On entendit des chocs de bois contre le bois, des coups de marteau, des chuchotis, puis des mots latins aspergés par le vicaire :

— *Si iniquitates observareris, Domine...*

Clémence serra les dents. Théo remonta. Il voulait retourner là-haut, à côté de Nico, voir se fermer la caisse, ne pas le laisser affronter seul les ténèbres éternelles. Au dernier moment, il glissa un papier entre les doigts du cadavre, un mot ultime, écrit dans le train, pour le chemin qui ne finit jamais.

Entouré d'une escouade d'élus, le maire attendait, au troisième rang du côté hommes, dans le chœur de Sainte-Libaire. Une belle assemblée occupait un bon tiers de la nef.

Le vicaire parla court mais bien. Il vocalisa sur le sacrifice du mort pour le pays, soulignant qu'il s'agissait là, sans doute, d'une qualité familiale, son beau-frère ayant été victime lui aussi de son dévouement et de son courage. Qu'il évoquât Vital troubla Clémence. Des drapeaux entouraient le catafalque, dont un, malgré l'interdiction, au milieu du groupe, protégé par les plis des autres, frappé de l'Aigle impériale.

Après l'absoute et la lancinante psalmodie du *Libera me*, un détachement du 17e chasseurs remonta la nef, entoura le corps, emboucha trompettes, empoigna baguettes, fit rouler les caisses et éclater l'hommage des nouveaux à l'ancien tandis que les drapeaux s'inclinaient jusqu'à effleurer le bois du cercueil. Clémence sentit sa poitrine se gonfler à exploser. A son côté, livide, Palmyre ne bronchait pas. Au garde-à-vous dans sa tenue Pinder, Théo laissait des lignes de cristal tiède s'écrire sur son visage.

Mené au pas de charge vers le cimetière par les cuivres et les roulements des chasseurs, le cortège franchit le pont des Laboureurs derrière le vicaire, la croix de procession et les servants bleus de froid dans leur surplis de dentelle blanche, dépassa la chapelle Saint-Antoine, escalada l'allée derrière le monument aux héros d'Octobre. Le vent s'était levé, un vent aigre d'automne, chargé d'humus et de fumées acides de charbon. Soudain, un parfum de fête tournoya comme un intrus au-dessus des têtes : quelque part, en ville, on torréfiait du café !

Ils déposèrent Nicolas dans la même tombe que père et mère, à côté de Vital, dans un cimetière-jardin couvert de l'or et de la pourpre des chrysanthèmes. On était veille de Toussaint.

Après l'ultime bénédiction devant la fosse, la foule s'égailla entre les tombes, serpenta dans les allées, descendit vers le portail, s'agglutina devant la maison du gardien. La musique avait retourné le cœur des femmes, qui pleuraient, remué la poitrine des hommes, qui, de voir pleurer les femmes, sentaient se lever en eux des vagues de curieuse tendresse. Beaucoup compatissaient. De nombreux autres, verbe bas mais front haut, observaient... le Juif !

— *Requiem aeternam dona ei, Domine...*

Venu tout droit de la ville, un vol de corneilles traversa le ciel, fondit sur La Boulaye.

— *Requiescat in pace...*

Alphonse raccompagna la famille jusqu'à la maison. Il n'y eut pas de café-brioche aux Enfants des Vosges. On y tint comptoir ouvert pour les chasseurs du 17e seulement. Rien que pour eux ! En fin d'après-midi, on les entendait qui gueulaient par toute la ville les aventures de...

... la marquise aux fins limiers
Dont l'orgueil égalait la grâce...

Nul ne s'en offusqua. On y vit au contraire la preuve bruyante que rien ne pourrait empêcher la vie de triompher de la vérole !

... dans le lit de la marquise
Il y avait le douzième chasseur[1] *!*

Théo reparti à l'école du Val-de-Grâce, la vie reprit sa marche ordinaire que l'absence de Nicolas torturait comme une plaie ouverte. Palmyre se replongea dans la gestion de la boutique qu'il avait adoptée, tant pour occuper ses journées que pour libérer Clémence. Il y donnait libre cours à son goût du commerce et à sa passion pour la céramique, accueillait les clients avec déférence en même temps que chaleur, savait reconnaître les vrais, écarter avec délicatesse les curieux et importuns.

Les affaires n'étaient pas brillantes. Seule clientèle demeurée fidèle : des républicains résistant à un désordre savamment orchestré par les fanatiques de tout poil, et la communauté juive locale, qui savait trouver là, en même

1. « Au rendez-vous de la marquise », chanson paillarde de la fin du XIXe siècle, reprise comme un hymne par les chasseurs.

temps que des produits de qualité, une vraie écoute d'homme de cœur. Les militaires aussi fréquentaient la boutique, qu'ils avaient découverte après les funérailles de Nico, pour le nécessaire à barbe, et le Pétrole Hahn, le nouveau remède genevois dans sa « bouteille carrée à secouer avant application », infaillible contre la chute des cheveux, que Palmyre commandait maintenant régulièrement au droguiste lyonnais François Vibert.

De son côté, Clémence travaillait la terre avec une fougue qui la surprenait elle-même. Elle ne quittait son tour ou sa table de travail que pour préparer une cuisson dans son four, ou pour filer à l'usine de céramique. Alphonse l'y avait mise en relation avec des ouvriers qui, en dehors de leurs heures de travail normales, modelaient des formes qu'ils cuisaient ensuite dans les fours géants, à côté des tuyaux de grès vernissé. Elle avait bien du mal à faire monter la température dans son four jusqu'aux mille trois cents degrés nécessaires à la fusion de la silice, et à son mariage parfait avec le quartz, le feldspath et le mica contenus dans la terre. Alphonse lui avait proposé de progresser ensemble dans l'univers mystérieux de l'alchimie des émaux. Elle avait accepté.

« Compliqué, lui avait-il dit. On ne maîtrise vraiment jamais ces matières ! Nous sommes davantage à leur service qu'elles au nôtre ! »

Elle l'avait écouté en humant son parfum de terre et de bon cuir.

« Je vous aurai prévenue ! »

Elle savait.

Du côté des Promenades, on se posait des questions.

Nul n'avait vu la Roseline depuis plusieurs jours. Les plus curieux avaient tenté un coup d'œil dans la fente des volets fermés, par-dessus le mur du jardin, n'avaient vu que des culottes fendues et des cottes mises à sécher sur le fil à linge. On avait attendu encore un jour ou deux. Puis on s'était résolu à prévenir les autorités. « Il se passe peut-être quelque chose d'anormal du côté des Promenades. Faudrait p't-être voir ! »

Les gendarmes avaient enfoncé la porte. Une odeur pestilentielle les avait aussitôt giflés, de vieille charogne et de merde. Ils avaient reculé, pris un grand bol d'air sur la rive de la Mortagne, puis leur élan, franchi le seuil. Deux enjambées plus loin, ils avaient découvert le corps de la vieille femme, entièrement nu, couché en chien de fusil au pied de l'horloge à décor de fleurs dont le balancier, en forme de lyre décoré de feuillages, pendait, immobile, dans sa caisse.

La Roseline était déjà aux trois quarts dévorée par les rats !

17

Novembre 1897

De famille en famille on se passait encore le supplément illustré du *Petit Journal*, six mois après l'horrible accident qui, à Paris, avait brûlé vives cent vingt-neuf personnes, presque toutes des femmes issues de la belle et bonne société parisienne. Parmi elles, Son Altesse royale la duchesse d'Alençon, née Sophie-Charlotte en Bavière, sœur de l'impératrice Elisabeth d'Autriche. Pour entraver le développement des idées socialistes de Jules Guesde, la comtesse de Maillé avait voulu créer une œuvre caritative catholique destinée à venir en aide aux ouvriers : un Bazar de la Charité fait de bric et de broc, dans un vieux hangar de la rue Jean-Goujon rhabillé de toile goudronnée destinée à figurer un quartier de Paris au Moyen Age. On devait y projeter le film *L'Arroseur arrosé* des frères Lumière.

Provoqué par les vapeurs d'éther de la machine de projection, le feu y avait décimé les restes de l'aristocratie française. L'émotion avait profondément bouleversé l'Europe entière.

On lirait et relirait encore longtemps ce numéro du *Petit Journal* dont la couverture représentait des femmes hurlant de détresse dans les flammes, l'une d'elles soutenue par un homme, tandis que partout autour la mort avait déjà frappé ! Comme cet autre, du dimanche 12 mai 1895, que toutes les familles du pays gardaient précieusement dans les armoires, entre draps et taies d'oreiller, pour être sûres qu'il ne serait ni perdu ni abîmé, dont la une représentait pleine page une maison dévastée, la campagne ravagée comme après un combat d'artillerie, des paysans éplorés découvrant des cadavres dans les ruines. Le barrage de Bouzey s'était rompu, le 27 avril 1895, à cinq heures quinze, libérant sept millions de mètres cubes d'eau qui avaient tout balayé sur des dizaines de kilomètres, familles surprises dans leur sommeil, fermes et hangars, étables et écuries, vaches et chevaux, vergers et terres labourées, que les eaux de l'Avière avaient charriés jusqu'à leur confluent avec la Moselle. Quatre-vingt-sept morts ! Sans compter les dizaines de morts par épidémies, les mois suivants, à cause de la pénurie d'eau potable. Le procès venait de s'achever, finissant de crucifier les Vosgiens : par ses effets de manches, l'avocat Raymond Poincaré avait réussi à disculper les services de l'Etat. Ni responsables, ni coupables, malgré des négligences avérées, une première rupture de digue s'étant déjà produite en 1884 ! Circulez... y a rien à voir ! Il n'y avait qu'à pleurer !

Mais on ne relirait pas dans les journaux la relation du procès d'un certain capitaine Dreyfus, condamné à la détention à perpétuité pour espionnage et haute trahison au profit de l'Allemagne, dégradé publiquement dans la cour de l'Ecole militaire, puis déporté sur l'île du Diable sans autre défense que sa voix pathétique : « Je suis innocent ! » Parce qu'il était juif, il avait paru naturel à ses juges, et au plus grand nombre, qu'il fût également un… traître !

Palmyre avait lu ces récits. Dans ces lectures, il avait entendu les cris lancés par la foule tandis qu'un adjudant de la garde républicaine brisait sur son genou le sabre du proscrit, « A mort les Juifs ! », les hurlements des enragés qui l'avaient reconnu sur le quai de La Rochelle, « A mort Dreyfus ! A mort les Juifs ! ».

Il en avait souffert, Clémence avec lui, et Théo qui, depuis le Val-de-Grâce, leur avait écrit, dans une lettre très touchante : « Je pense à vous chaque jour. Je sais la douleur que vous infligent les événements actuels. J'y prends ma part. Rien ni personne ne pourra me l'interdire. Surtout pas l'uniforme d'honneur que je porte ! » Et il leur annonçait son départ prochain pour le 2e régiment de zouaves d'El Aricha, en Algérie. Clémence avait dû s'arrêter de lire. Elle suffoquait. L'Algérie ! Puis elle avait repris sa lecture : « Peut-être aurai-je l'occasion d'aller mettre mes pas dans ceux de mon père, du côté de Mostaganem… » Il leur disait travailler sur les maladies tropicales, se passionner chaque jour davantage pour son métier qui était « bien plus qu'un métier ! ». Curieuse passion que celle-là, qui consistait à engranger des connaissances dont il espérait bien devoir se servir le moins souvent possible ! « Je le vis comme une obligation morale, une exigence de respect de l'autre, un sens du devoir que vous m'avez légué, mes chers parents. Je vous en remercie du fond du cœur. Ce sens du devoir hérité sans doute aussi de mon père que je n'ai pas connu, mais dont j'espère retrouver les traces, là-bas, en Algérie. Je crois que les lieux restent marqués à jamais par l'esprit de ceux qui les ont animés. Je vous raconterai. » L'émotion de Clémence était palpable. Elle planait sur les mots entre elle et Palmyre, qui l'écoutait sans broncher. Très pâle, les mains sur les genoux, il regardait fixement sa femme, la tête légèrement penchée côté cœur, une attitude qui lui était devenue familière. Théo terminait en les priant de prendre soin d'eux-mêmes. « N'oubliez jamais que je vous aime très fort, bien plus fort que tout ce que vous pouvez imaginer ! »

Clémence avait lentement replié la lettre. Elle était restée longtemps assise immobile en face de Palmyre, qui la regardait comme s'il venait de la découvrir. Il eut envie de lui dire : « Tu es belle, ma chérie ! » Il le lui dit.

Dix-huit mois déjà que Théo était parti ! Après une trop courte permission. Ils avaient tout de même pris le temps d'aller, ensemble, faire une nouvelle photo chez Haton, un tour au cimetière, et un salut au loup de Métendal, un dimanche de courses. Pour la première fois, Clémence avait connu le sentiment de fierté, quand elle avait vu les chasseurs du 17e saluer son fils à chaque fois qu'ils se croisaient. Il leur répondait réglementairement. Elle l'observait, lançait des clins d'œil à Palmyre, comme pour lui dire : « Tu as vu... mon fils ! » Il avait vu. Théo, qui avait remarqué son manège, s'était penché vers elle pour murmurer : « C'est le rituel militaire, maman, rien que le rituel ! » Mais ce rituel lui plaisait, à elle, comme lui avaient plu les mots de félicitations que le vicomte du Coëtlosquet était venu adresser au nouvel officier de santé, « sens de l'honneur... homme de qualité... générosité et respect » ! A son corps défendant, Clémence les avait pris un peu pour elle. Et Palmyre avait confirmé par d'imperceptibles signes de tête qu'elle avait aussitôt reconnus.

Le temps semblait devenu fou. On vivait au cœur d'un automne sans champignons, sans mûres, et sans flamboiement de la forêt. Même octobre, d'habitude d'air et de feu, avait coulé, bouillasseux comme un fleuve de plomb. Du bois du Marquis à celui des Montaux, on n'apercevait depuis la ville que de vagues ondulations de rouille collées sur des frondaisons de vieilles ferrailles qui ne se dégageaient des crasses matinales qu'à l'approche de la nuit. On avait traversé un été d'une tristesse infinie, d'une mollesse d'édredon, sans fleurs, sans fruits, sans abeilles. Le souvenir de la tornade du 18 juin était encore dans toutes les têtes, qui avait ravagé tout le nord du pays et tué une dizaine de malheureux dans la région parisienne, du côté d'Asnières et de La Garenne-Colombes. Les journaux en avaient fait leurs choux gras. De jour en jour, on se prenait à espérer voir arriver bien vite un hiver qui ne manquerait pas de nettoyer ciel et terre de toutes leurs scories, et de faire place nette à des saisons neuves et propres. On attendait un bon hiver. Nul ne savait ce qu'il réservait, de meilleur ou de pire.

Clémence n'avait plus le temps de regarder l'état du ciel, pas même celui de la ville. Car la fabrication des moules n'était pas une petite affaire ! Jusque-là, pour la faïence, elle avait travaillé en modelage, soit au tour, montant de ses mains une terre malaxée à la tête de bélier, soit à la presse mécanique, écrasant cette terre dans des formes destinées à reproduire la même assiette, le même plat, le même couvercle de soupière qu'elle décorerait ensuite, puis cuirait au petit ou au grand feu. Elle maîtrisait bien ces techniques, obtenait presque toujours de la matière ce qu'elle avait voulu en tirer, sauf accident de cuisson.

Mais avec le grès, tout était différent !

« Il va vous falloir apprendre à faire de la barbotine de qualité, sans corps étrangers, sans grumeaux, absolument parfaite, avait expliqué Alphonse Cytère.

« De la barbotine ? »

Il l'avait emmenée dans les ateliers, lui avait montré les bacs remplis d'une crème onctueuse d'un beau brun grisâtre peau de taupe.

« C'est ça, la barbotine. C'est le produit commun de base pour la fabrication de nos tuyaux. Mais c'est aussi la matière précieuse qui va nous permettre de créer vraiment, chère Clémence, d'aller vers... l'œuvre d'art ! »

Il avait hésité un peu. Puis :

« Oui, l'œuvre d'art ! N'ayons pas peur des mots ! Vous vous souvenez des photos de plaques de grès japonaises pour le décor de façades ? »

Elle s'en souvenait ! Comme elle se souvenait de la première visite dans le bureau d'Alphonse, de sa première communication téléphonique « Ho ho ! », du ciel encombré de fumées, et des coups de sifflet de locomotives impatientes de dévorer des voies de campagne sous le museau de vaches ahuries. Elle se souvenait surtout du parfum de bon cuir d'Alphonse, le même que...

« Nous pouvons faire bien autre chose. J'ai fait des essais de carrelages décoratifs pour intérieur et extérieur, de frises et corniches, même de plateaux de table. Et ça marche ! C'est beau et très résistant ! Quasiment éternel ! Sauf si, bien sûr, on cogne dessus à coups de marteau ! »

Il parlait avec passion, accompagnait ses paroles d'envolées gracieuses des mains, piétinait sur place, pressé d'en dire plus encore, d'en partager davantage. Ils étaient remontés dans son bureau.

« Mais, attention, tout ce que je vous confie là doit rester strictement entre nous, chère Clémence. Je ne voudrais pas donner aux ouvriers l'impression de vouloir les faire sortir... des tuyaux d'adduction d'eau ! Même si, parmi eux, chez nous ou ailleurs, certains auraient bien envie de faire autre chose. Comme chez nos patrons, d'ailleurs. Mais ce sont les tuyaux qui nous font vivre d'abord, et pour longtemps encore... j'en suis sûr ! Il y a même un de ces ouvriers de chez Dussourt et Poix, Charles Michel, qui a modelé et cuit au milieu des tuiles une vraie œuvre d'artiste, une sorte d'adoration de la Vierge par un couple de paysans[1]. Bien sûr, il l'a faite en dehors de ses heures de travail, de sorte à n'attirer d'ennuis à personne... parce que... les propriétaires de la tuilerie ne verraient là qu'un amusement de désœuvré et la perte d'un temps qui aurait dû être consacré aux fabrications ! »

Pour l'heure, il caressait, sur un coin de son bureau, un raccord de tuyau de grès en *T*, luisant comme une peau de phoque, assez grand pour qu'on pût y engager la main. D'un geste doux... impression qu'il caressait une hanche de femme. Clémence sentit d'intimes vibrations monter en elle. Elle tourna ses pensées vers Joséphine, la petite-fille du maître de postes d'Epinal qu'il avait rencontrée Dieu seul savait où, puis épousée, qu'elle connaissait peu – elle ne sortait pas de leur appartement de fonction – et qui venait de lui donner un fils, Jean, né aux prunes précédentes à sept heures du matin.

1. Offert à la Ville par sa petite-fille, madame Janine Nourdin. Visible au musée de la Terre à Rambervillers.

— Adoration de la Vierge, ou... peut-être que son œuvre représente l'Alsace et la Lorraine réunies par la République, après tout... Belle allégorie, n'est-ce pas ?

Il s'était rapproché d'elle. Son parfum de velours et de cuir...

— Je vous l'ai déjà dit, chère Clémence, je le répète : prudence et discrétion, mais... osons tout de même ! Soyons d'autant plus discrets que, si le support est intéressant, son décor le sera beaucoup plus encore. A condition toutefois de réussir ! Et ce n'est pas gagné d'avance, croyez-moi ! Je vais devoir activer tous les fruits de mon expérience, mettre dans le coup peut-être des chimistes de l'entreprise, et m'attaquer au...

Il réfléchit un moment.

— ... au mystère des émaux !

Il était debout, face à elle, si proche qu'elle sentait son souffle sur ses joues. Il la regarda intensément.

— Quelle aventure, chère Clémence ! Quelle aventure !

Il se dirigea vers la grande baie vitrée, s'assit dans un long soupir de cuir, comme si son siège se fût dégonflé.

— Mais, d'abord, la barbotine !

Il posa ses mains à plat sur le bureau, les contempla longuement. En étudiait-il la forme dans les moindres détails ? Puis il releva le nez, s'aperçut que sa visiteuse était toujours debout, la fit asseoir.

— Je dis des bêtises ! Pas « d'abord la barbotine », mais « d'abord le moule » ! Car le grès se coule dans un moule ! Il peut se modeler, certes, vous le savez et le pratiquez déjà, mais pour ce que j'ai dans la tête, il devra se mouler. Le moule !

En ces temps d'automne avorté, Clémence se laissa emporter par sa passion. Au point qu'elle négligeait Palmyre. Elle en souffrait en silence, le voyait en souffrir, se débattre avec les problèmes de la boutique, qui n'avait pas retrouvé sa clientèle d'autrefois. Qui ne la retrouverait jamais, elle le savait. Lui aussi. Même si l'invention des cartes postales dont il avait fait un rayon avait ramené quelques nouveaux clients du 17e chasseurs pour des mots doux à de lointaines fiancées ! Sans l'injection dans ses comptes d'une bonne partie de ses économies rapatriées d'Alsace, la boutique aurait déjà disparu depuis longtemps. Palmyre la tenait à bout de bras. Clémence aurait voulu faire davantage avec lui. Mais les grès étaient devenus si exigeants, et l'impatience si grande !

Alphonse venait souper au moins une fois par mois rue du Cheval-Blanc. Joséphine l'avait accompagné une fois, après leur mariage. Jeune – elle avait vingt-deux ans, lui trente-trois –, elle avait peu participé à la conversation, mangé du bout des dents. Visage rond, lèvres minces et menton rond comme une petite pêche de vigne n'avaient exprimé qu'une forte impression d'ennui. Son regard ne semblait s'animer que quand elle le posait sur son mari. Depuis, malgré une aimable insistance des Lazare en direction de Joséphine, Alphonse venait seul, les soins de la mère à l'enfant suffisant, selon lui, à expliquer l'absence de l'épouse. Palmyre l'accueillait comme un frère, aidait sa femme à la cuisine, choisissait les meilleurs vins pour accompagner quiche, poule au pot, lapin à la bière, carpe grillée. Quiche surtout, qu'Alphonse appréciait par-dessus tout ! Et carpe pour le plaisir de Palmyre, qui réinventait ainsi sa bonne table d'Alsace.

Clémence allait parfois à l'usine, le moins souvent possible pour ne pas trop attirer l'attention, même s'ils savaient que toute la ville commençait à gloser. La rumeur enflait : « La fille Goutfeux... après le Charles Durosel... l'Alphonse Cytère ! Donne pas dans la basse valetaille ! Ah, le pauvre Vital ! Quant à son mari, le Juif... n'a que ce qu'il mérite ! »

Elle refusait d'entendre ces vilenies, travaillait surtout dans son atelier, perfectionnant sa technique du grès vernissé tout en s'essayant à la fabrication de moules. Tandis que Palmyre suivait par les journaux l'évolution de ce qui commençait à devenir « l'affaire Dreyfus ». Il arrivait parfois dans l'atelier, s'asseyait à l'ancienne place de Vital, lui proposait un bout de lecture. Elle, les mains dans la terre qu'elle modelait pour obtenir sa pièce première, lui dans *Le Matin* ouvert au large, à propos des conditions de détention de Dreyfus là-bas, à l'autre bout du monde : « A six heures du matin, le gardien ouvre la grille de la porte-fenêtre sur la cour, Dreyfus peut aller prendre l'air et regarder le ciel. A dix heures, il doit rentrer dans sa cellule. Il est enfermé jusqu'à onze heures : le temps du déjeuner. De onze heures à cinq heures, la porte de la cour est ouverte de nouveau. A cinq heures, retour dans la prison, toutes portes cadenassées, jusqu'au lendemain matin, six heures[1]. » Palmyre rappelait souvent cette phrase de Bernard Lazare, dont il avait affirmé à Clémence qu'il n'était pas de sa famille, publiée trois ans plus tôt dans *La Justice* : « Il est possible qu'il n'existe pas un important parti antisémite, cela est même certain, mais il s'est créé depuis quelques années un état d'esprit antisémite, ce qui est beaucoup plus grave. »

1. Article de Jean Hess.

Son vase prenait forme. Clémence l'avait monté sur son tour, simple et ventru, mais avec un col étroit qui lui donnait une élégance de vieil aristocrate. Puis elle lui avait collé des décors de feuillage imités de ceux qu'elle peignait sur le plat d'assiettes, mais en relief cette fois, travaillés à l'ébauchoir, lissés à la mirette, retravaillés à la pointe à graver. Palmyre s'amusait de lui voir tirer la langue quand elle fignolait un feston ou creusait une arabesque.

Il la tenait au courant des derniers rebondissements de « l'Affaire » : les doutes du lieutenant-colonel Picquart à propos du « petit bleu », ce télégramme de Schwartzkoppen destiné au peu recommandable commandant d'infanterie comte Esterhazy, la mutation de Picquart en Tunisie pour avoir trop parlé d'« erreur judiciaire » et demandé la réouverture du dossier (n'avait-il pas déclaré à son supérieur, le général Gonse : « Je n'emporterai pas ce secret dans la tombe ! »), les aveux très récents, il y avait quelques jours seulement, de Schwartzkoppen, qui venait de déclarer au président Félix Faure : « Je n'ai jamais connu Dreyfus ! »

— Crois-tu que nous sortirons grandis de cette triste affaire ?

Elle avait parlé en lissant à la spatule un pétale de nénuphar pointu comme un fer de lance.

— J'en crains le pire, au contraire, ma chérie ! Le pire !

Palmyre avait replié le journal, l'air songeur.

— Même si nous nous en tirons cette fois encore, je crains le pire pour l'avenir, vois-tu, pas un avenir lointain, mais proche, très proche ! Toute cette haine ! Ça ne nous apportera rien de bon !

Laborieux, ses premiers essais de moule ! Elle y avait perdu, à la fois, l'œuvre originale, comme ce vase au nénuphar qu'elle était en train de modeler, et le moule en plâtre ! C'est que l'opération était complexe et délicate.

Son premier objet, elle l'avait conçu le plus simple possible, sans décor aucun : un vase boule à large col, grand comme la main. Elle l'avait formé au tour, puis laissé ressuyer quelques jours, le temps qu'il perde un peu d'humidité, sans pour autant durcir. Il devait pouvoir garder sa forme sous la manipulation, mais rester suffisamment souple pour être retravaillé. Surtout, elle ne l'avait pas cuit. Il devait rester cru. Puis, comme le lui avait montré un mouleur de la Céramique, elle l'avait enduit de plâtre, dont elle avait attendu la prise en travaillant d'autres pièces qui cuiraient bientôt avec celle-là dans la chambre du four.

Palmyre avait suivi toutes les étapes de l'expérimentation avec autant de ferveur que Clémence elle-même, trouvant les mots d'apaisement quand elle avait tendance à perdre patience, la rassurant quand elle sentait la terre libérer des forces rebelles sous ses doigts, préparant un nouveau bac de plâtre quand le précédent n'avait pas su attendre pour durcir que l'artiste fût prête ! Ah, ce plâtre qui n'en faisait qu'à sa guise, toujours trop pressé de redevenir roche ! Que de fois elle avait juré – oui, juré ! – devant un bac pris trop vite alors que, tel un prêtre porteur du saint sacrement, elle s'approchait pour y plonger sa pièce !

Depuis la boutique, Palmyre l'entendait. Il arrivait aussitôt, se passait au cou le tablier de jardinier, empoignait la cause du drame, l'emportait, puis revenait, préparait lui-même une autre coulée de ce plâtre facétieux. Elle attendait en rebichonnant son œuvre, un peu apaisée d'avoir vu son homme se dévouer ainsi pour elle. Puis elle plongeait la pièce dans le bac, la tournait, retournait, la sortait, finissait de l'enduire de pleines poignées d'un plâtre onctueux qu'elle appliquait comme une crème sur un gâteau. La voir concentrée, le cheveu en bataille, la poitrine impertinente, les mains enduites de pâte blanche, lui procurait d'étranges sensations qu'il dégustait en silence.

La phase suivante nécessitait d'adoucir la relation avec la matière durcie mais toujours friable, d'entrer en elle pour en extraire la terre encore molle si patiemment moulée quelques jours plus tôt, parcelle après pincée, à l'aveugle, du bout des doigts, de l'ongle comme d'une spatule d'une infinie douceur pour ne pas blesser le ventre du plâtre qui allait garder la forme initiale du vase boule à large col, grand comme la main. Détruire l'ébauche pour progresser vers l'œuvre achevée ! Dans le respect de cette loi absolue que lui avait révélée Palmyre, en appui des explications techniques d'Alphonse : chacun doit sans cesse faire disparaître en lui le vieil être s'il veut grandir ! Oublier ses pas d'hier, pour oser avancer sans peur ! Ne pas hésiter à perdre ses vieilles prétendues réussites pour gagner de nouveaux espaces ! Les doigts fouillant le plâtre à la recherche des particules de sa vieille œuvre capables d'altérer le résultat final, elle méditait ce sens profond du travail en train de s'accomplir. Il lui avait aussi parlé de pierre brute et de pierre cubique, et du passage de l'une à l'autre par le burin et le maillet, outils d'apparente destruction pourtant !

Cette opération d'extraction de la terre permettait d'obtenir, en creux dans le plâtre, la reproduction parfaite de la forme d'origine, sans défaut aucun, sans coutures surtout – ces bavures qu'aurait inévitablement provoquées un assemblage de matrices –, le moule-mère.

La phase suivante devenait alors possible : enduire de savon noir et d'huile ce moule en négatif, parfaitement, sans le moindre oubli, comme elle enduisait de saindoux son plateau à quiche, pour empêcher la pâte de coller à la paroi.

Ce faisant, Clémence pensait à Théo. Elle le voyait, dans son uniforme de campagne décrit dans une dernière lettre, arpenter les collines du djebel Senalba jusqu'au poste militaire de Djelfa, où des colons venaient de créer un grand marché du mouton. Il lui racontait ses déplacements, lui décrivait des paysages titanesques, comme le rocher de sel d'Hassi Babah, lui parlait de la lutte contre le choléra toujours à l'affût après ses attaques sévères de Biskra et d'Oran, du typhus, qui menaçait malgré un apparent silence, de son espoir de visiter bientôt Mostaganem et d'y retrouver sinon les traces de son père, du moins les paysages qu'il avait connus.

— Il est prêt ?

— Prêt !

Palmyre venait d'arriver pour cette première coulée de plâtre dans le moule-mère enduit de savon noir et d'huile. Il avait déjà versé l'eau, empoigné le sac, commençait à faire tomber la farine de chaux dans le bac en remuant pour une bonne répartition. Le moule calé entre les cuisses recouvertes d'un vieux drap, Clémence observait cet homme qui la servait sans sourciller, sans même qu'elle eût appelé à l'aide, ce mari qui, jour après jour, devançait ses besoins, prévenait ses désirs, accompagnait sa folle passion qu'alimentait désormais un autre. Pourquoi faisait-il tout ça ? Pourquoi ? Quand il avait soulevé le sac de plâtre, elle avait remarqué une légère grimace sur son visage, comme une contraction involontaire de la mâchoire provoquée par une douleur fulgurante.

— Ça va ?

— Ça va !

Il avait répondu sans lever le nez, tout entier à la préparation de sa gâchée. Sans commentaire. Il avait saisi une large spatule, remuait le liquide laiteux.

— Attention ! Tu es prête ? Ça va être le moment !

Elle resserra les cuisses sur le moule, le maintint fermement de ses deux mains. Oui, pourquoi faisait-il tout ça ?

— Voilà !

Il avait poussé le bac vers elle, commençait à remplir le moule à la louche d'une crème qui coulait sans bruit, comme du miel nouveau, mais d'une blancheur immaculée. Il versait lentement, d'un mince filet. Une irrésistible envie monta en elle…

— Palmyre, je t'aime.

Le liquide affleurait l'orifice du moule. Palmyre posa la louche dans le bac, releva la tête, vit son sourire lumineux, et des perles de cristal à ses paupières. Sur le vieux drap, il lui baisa les genoux.

Le surlendemain, Clémence brisa le moule-mère à petits coups de marteau. Le plâtre s'écailla, se fendit tout du long, puis s'ouvrit comme une coque de noix. Alors apparut là, sous ses yeux, la parfaite reproduction de son vase boule à large col, grand comme la main. Son moule-mère, positif cette fois. Elle le souleva. Il était lourd, plein, très réussi. Elle appela Palmyre, qui arriva de la boutique en courant. Il siffla d'admiration.

— Beau, très beau, ma femme ! Il te faut le signer, n'oublie pas !

Son œil brillait. Il prit le vase en mains, le présenta à la lumière, le caressa, le reposa sur la table de travail.

— Beau ! Quel galbe parfait ! Et doux, comme...

Il s'était approché, ouvrit ses bras, caressa la poitrine de Clémence.

— ... comme tes seins, ma chérie !

Le geste la surprit. Elle se sentit rosir comme une pucelle sous un regard de hussard. Bonheur ou fierté ? Elle n'aurait su le dire.

— *Gott sej Dànk*[1] *!*

Ils échangèrent un long baiser.

1. « Grâce à Dieu ! »

18

Juin 1900

— Comment comprendre un tel acte ?

La ville ne parlait que du suicide du général Crivisier. Comment ce courageux soldat sorti du rang, décoré de la Légion d'honneur en Crimée, devenu industriel par son mariage avec Fanny Drouet, fille du propriétaire de la tuilerie des Croix-Ferry, que la guerre de 1870 était allée rechercher pour en faire un général, dont la population avait fait son maire deux années durant... comment en était-il arrivé à ce geste définitif ? Ici, on disait qu'il avait trop fait travailler ses ouvriers comme, autrefois, il avait fait marcher ses hommes : au pas de charge ! Là, on se rappelait qu'on n'avait de travail dans cette fabrique de tuiles, briques réfractaires, épis de toiture, carreaux de sol, corbeaux et poteries diverses, que durant les mois où l'on pouvait mouler, faire sécher la terre et monter les fours à bonne température, de mai à novembre. Le reste de l'année : chômage et misère ! Et puis on se racontait dans les bistrots que la construction de sa maison, avec sa façade flanquée de deux tours de palais toscan, face à la ville, en avait irrité plus d'un. On n'y avait vu que provocation de riche ! Les ouvriers en avaient eu marre. Ils s'étaient mis en grève. Et la grève avait mal tourné. Un matin, la machine à vapeur avait explosé ! Ce sabotage avait mis toute l'usine sur le flanc, presses arrêtées, fabrication interrompue pour de très longs mois. Or, il avait tout investi dans cette entreprise, François Crivisier. Il lui avait même sacrifié sa carrière militaire exemplaire pour s'y consacrer exclusivement, la moderniser, créer de nouveaux produits, élargir son marché. Tous lui reconnaissaient des qualités de gestionnaire, mais peu avaient vu en lui un homme parmi les hommes, sensible aux souffrances et aux attentes légitimes de ses troupes. L'explosion de la machine à vapeur avait pulvérisé sa certitude d'être aimé dans la ville, brutalement. Elle lui avait fait prendre la mesure de son échec d'homme, trop longtemps occulté par la réussite économique. Alors, à soixante et onze ans, l'homme d'honneur était monté dans l'une de ses tours, avait embrassé d'un dernier regard cette ville qu'il aimait, dont il avait été le maire, puis s'était tiré une balle dans le crâne. Le bruit de la détonation avait été plus puissant que celui de l'explosion de la machine à vapeur. Il résonnait encore dans les têtes, fiché dans tous les cœurs comme un éclat tranchant de culpabilité.

— Comment comprendre un tel acte ?

La question de Palmyre s'était posée sur la table entre potée et fromage, une fois épuisé le sujet de l'arrivée au pouvoir d'Emile Loubet après l'heureux trépas du « président Soleil », Félix Faure, dans les bras de sa maîtresse. Ils avaient ri de bon cœur en se répétant la sortie de Clemenceau : « Félix Faure est retourné au néant, il a dû se sentir chez lui ! »

La mort appelant la mort, ils en étaient venus à évoquer le suicide de François Crivisier.

— Comment comprendre ?

Alphonse tournait une tranche de pain dans ses doigts. La flamme de la lampe à pétrole s'était mise à filer. Elle coupait en deux son visage : une face de pleine lumière, une contre-face d'ombre. Palmyre tendit le bras, tourna la molette. Les traits s'adoucirent. Clémence observait son vis-à-vis en silence, inspirait parfois profondément, cherchait les fragrances de cuir dans les bonnes odeurs de choux, de viande fumée et de munster qui emplissaient la cuisine.

Il avait sa place, maintenant, Alphonse, à la droite de Palmyre installé en bout de table, face à Clémence qui, dos à la cuisinière, était à bonne main pour l'entretien du feu et le service aux casseroles.

— Seul lui-même aurait pu répondre à cette question, murmura Palmyre, comme s'il réfléchissait à haute voix. Tout ce que nous pouvons faire, c'est tenter de nous éclairer, nous, de ce lumignon qu'il nous a tendu. La mort de l'autre renvoie à sa propre vie, n'est-ce pas ?

Alphonse jouait toujours avec son pain. Il en détacha un fragment de mie qu'il porta à sa bouche. L'horloge sonna neuf heures. Il regardait avec insistance le bouquet floral sur panier au fond de son assiette, profondément absorbé, fasciné par la marguerite centrale rayonnante comme un soleil. Il mâchonnait lentement. Un silence épais les avait subitement figés, chacun dans son monde. Palmyre se leva, emporta la bouteille d'edelzwicker, la remplaça par une de rouge du Montfort, posa le fromage au centre de la table. Le tic-tac de l'horloge découpait la soirée en fines tranches.

— Vingt, ou moins vingt ! lâcha Clémence sur un ton enjoué.

— Vingt ou moins vingt ? répondit Alphonse.

— Oui, chez nous, quand un tel silence interrompt un repas, on sait qu'il est vingt ou moins vingt d'une heure... toujours !

Palmyre jeta un coup d'œil au cadran, que Clémence ne pouvait voir. Il était effectivement neuf heures vingt du soir ! Il regarda sa femme...

— Serais-tu sorcière ?

— Quelle femme ne l'est pas, mon cher ami, dis-moi... quelle femme ?

Elle avait pris un ton et un air mystérieux qui surprirent les deux hommes.

Alphonse se redressa, avala d'un trait son fond de verre, prit sa pose familière de bureau, mains à plat sur la table.

— Et si nous parlions émaux !

La réflexion de Palmyre l'avait troublé. Et l'anecdote de l'heure. Il n'aimait pas beaucoup s'embarquer dans des discussions de ce genre. Sa pratique quotidienne de chef d'entreprise le menait toujours vers des actes, des décisions d'engagement, des réalisations concrètes. Modelé par la rigueur des comptes, aussi bien dans les eaux minérales qu'à l'armée, puis renforcé par les canons de l'expérimentation selon Claude Bernard [1] appliqués à l'innovation aux Kaolins de l'Allier, il ne tenait pour vrai que ce qui, dans des conditions conformes à celles d'origine, était reproductible à l'infini. Que, depuis la nuit des temps et pour toujours,

1. Physiologiste français (1813-1878), auteur de l'ouvrage *Introduction à l'étude de la médecine expérimentale* (1865). Considéré comme le fondateur de la méthode expérimentale.

l'association de deux atomes d'hydrogène avec un atome d'oxygène donnât une molécule d'eau lui allait fort bien ! Mais que la mort de l'autre permît d'aller fouiller dans sa propre vie, qu'un silence fût la manifestation d'un ordre qui lui échappait, ou que l'autorité patronale pût indisposer des ouvriers au point de faire sauter une machine à vapeur, tout cela le mettait mal à l'aise. Il lui fallait revenir vers des certitudes bâties à grands assemblages de règles cartésiennes, sa seule source de paix intérieure, condition indispensable à l'expression de sa créativité. Car, en plus, il avait une sensibilité d'artiste !

Clémence s'en était aperçue dès les premiers entretiens avec lui. Elle avait alors eu l'impression qu'un nouveau monde se présentait à elle. D'une part, l'interrogation permanente de Palmyre, si elle ouvrait des perspectives qu'elle n'aurait jamais soupçonnées seule, finissait parfois par devenir éreintante. D'autre part, la belle assurance d'Alphonse, qui progressait par contradictions logiquement et matériellement surmontées, permettait de surprenantes créations. Sa tête balançait de l'un à l'autre, en même temps que son cœur. Elle se l'avoua, tandis que les hommes goûtaient le vin rouge, eut l'impression de devenir écarlate, se dit que la lumière de la lampe à pétrole atténuerait les signes extérieurs de son trouble. Un an plus tôt, quand Alphonse leur avait annoncé la naissance de son deuxième garçon, André, elle avait ressenti plus qu'une contrariété, une vraie douleur doublée de colère, comme si elle venait de découvrir une trahison de l'homme au parfum de velours et de cuir. Il lui avait fallu du temps pour évacuer ce malaise.

Le logement de fonction étant devenu trop petit, les Cytère avaient emménagé rue Carnot, au premier étage d'une belle maison ancienne à perron et balcon sur la rue. Alphonse avait insisté. Alors, malgré son peu d'enthousiasme à revoir cette femme, pourtant beaucoup plus vieille qu'elle mais si séduisante encore, si proche de son mari, Joséphine les avait invités à souper. Dès le vestibule, Clémence avait été indisposée par les odeurs de lait et de bébé qui flottaient dans l'appartement, en même temps qu'elle s'était sentie projetée trente ans en arrière avec Théo. Théo...

— Si nous parlions d'émaux !

Alphonse la regardait droit dans les yeux. Il avait repris son assurance de maître s'adressant à sa disciple. Palmyre se leva, ôta le fromage, disposa sur la table des assiettes à dessert fabrication maison, décorées d'un bouquet de bleuets et pivoines en mélange serti dans des feuillages luxuriants.

Clémence était désormais capable de créer des œuvres originales aux formes surprenantes, directement inspirées de la nature, des feuilles observées en forêt, autrefois, durant ses promenades avec Vital : crosses de fougères, dentelles des scolopendres, feuilles d'érable ou délicates branches d'acacia entrelacées. Elle avait déjà produit des dizaines d'œuvres. Même si la matière se rebiffait encore souvent, elle maîtrisait correctement maintenant la technique de fabrication du moule et de coulage de la barbotine. Mais l'apprentissage avait été dur !

Une fois obtenu son moule-mère positif, le vase boule à large col grand comme la main, une fois signé d'un *CL* gravé à la pointe dans le plâtre surmontant une tête de loup stylisée – pour Théo ! –, elle en avait décomposé les parties qui donneraient leur forme aux différentes pièces du moule définitif. Repérer avec précision les endroits en bosse, les dépouilles, et celles en creux, les contre-dépouilles, afin de fabriquer cette fois le moule définitif destiné à recevoir la fameuse barbotine, était de première importance ! Saillants et rentrants sur un vase boule : aucun ! Un moule des plus simples en deux parties ferait l'affaire ! Mais sur un vase décoré de fleurs, feuillages, sur un pot de forme très originale, sur une tête de cheval ou une silhouette de loup, le problème devenait sévère. Elle s'y était entraînée. Il y avait eu du plâtre cassé, des jurons par toute la maison, des moments d'abattement vite effacés par un regard, un mot, une caresse de Palmyre. A force de rage et de réflexion, elle était arrivée, même pour des créations compliquées, à fabriquer le moule définitif le plus simple possible, avec le nombre le plus réduit de pièces parfaitement jointives afin de limiter la formation de coutures.

Puis Alphonse lui avait longuement expliqué la technique du moulage, directement inspirée de la fabrication des tuyaux d'adduction d'eau. D'abord, il lui avait appris à faire une bonne barbotine, cette crème de terre parfaitement homogène obtenue par concassage de la motte d'origine, puis extraction de tous les corps solides indésirables, puis malaxage après ajout d'une quantité égale d'eau, volume pour volume. Vingt-quatre heures de malaxage continu ! Puis il lui avait montré comment il fallait passer cette crème onctueuse au tamis très fin, de plus en plus fin, jusqu'à l'obtention de la matière parfaite, prête à être offerte au moule.

Pour elle, il avait mis la main à la pâte dans ses ateliers, le dimanche matin, pendant que, leurs femmes partagées entre messe et fourneau, ses ouvriers sirotaient l'absinthe ou descendaient des bocks de bière dans les bistrots. Ils se retrouvaient seuls dans l'immense cathédrale de l'usine, entre les bacs et bancs de coulage, perdus dans les montagnes de terre en attente de préparation, au milieu des tuyaux prêts pour le voyage vers le client, à deux pas des fours qui ronflaient sans cesse, tels des dragons endormis. Seuls dans ce monde de titans où se dissimulaient déjà des pièces d'une grande délicatesse.

Il lui avait montré comment le plâtre du moule définitif était avide d'eau, comment il aspirait celle contenue dans la barbotine, comment la terre allait ainsi se plaquer contre les parois, le savon noir et l'huile l'empêchant d'y adhérer. Elle avait compris comment se formait l'objet, et comment on lui donnait l'épaisseur voulue en ajoutant progressivement de la barbotine. Elle avait appris la patience, et à supporter la frustration naturelle du créateur qui se sent subitement écarté du mystère de la gestation de sa propre œuvre. Un peu comme, hier, pendant la phase de cuisson de la faïence. Mais, là, il y aurait dorénavant et la prise de la pièce dans le moule et la cuisson ! Une semaine d'attente par temps sec, deux par temps humide ! De longues, d'interminables journées de séchage.

Puis était venu le moment d'ouvrir le moule, d'en retirer les pièces l'une après l'autre, avec des gestes d'horloger, d'en dégager l'œuvre brute, d'en nettoyer les coutures tant qu'elle était encore malléable. Celui enfin du séchage ultime, trois semaines à un mois sur la planche au-dessus du four, puis la touche finale de l'émaillage juste avant la cuisson.

Elle qui venait de la faïence, si simple à fabriquer, si aisée à décorer, si docile au four malgré, parfois, des accidents, avait eu l'impression d'entrer dans un univers peuplé d'esprits malins acharnés à détruire, avant même la réalisation, ce que l'humain avait décidé de créer !

Quant à l'émaillage…

— Si nous parlions d'émaux ! insista Alphonse au moment de la tarte aux pommes épaisse comme un portefeuille de maquignon, de fruits et de *migaine*[1].

Alors, ils en avaient parlé ! Lui, avec ses mots d'initié. Elle, avec ses références de dessinatrice plus préoccupée des formes et couleurs que des réactions des produits entre eux ou à la température. Palmyre, avec la curiosité naturelle de l'ancien artisan du grès qui avait toujours laissé la matière dans sa robe naturelle, gris bleuté, rehaussée ici et là de quelques simples virgules de bleu de cobalt. Avec aussi le désir de se glisser entre eux, d'occuper à sa manière une partie de leur univers qui lui revenait de droit en participant à sa manière à l'évolution de sa femme !

A la mirabelle, ils en étaient au choix de la cuisson en atmosphère riche en oxygène ou pauvre, selon le résultat escompté, au contrôle délicat du processus d'oxydation-réduction. Ils avaient pénétré le monde mystérieux des… alchimistes !

— Que pensez-vous de notre *Homo triplex*[2] ?

La soirée était déjà bien avancée. Palmyre avait attendu pour poser sa question, hésitant jusqu'au dernier moment, comme s'il craignait pour leur amitié.

---

1. Appareil fort apprécié en Lorraine, composé d'œufs battus et de crème fraîche.

2. Surnom donné par son ami, le critique d'art Roger Marx, à Emile Gallé, dont il saluait ainsi la qualité de création dans trois domaines de l'artisanat et de l'art : ébénisterie, céramique et verrerie.

— Courageux ! Aussi courageux que bel artiste et bon chef d'entreprise !

— Vous le connaissez, n'est-ce pas ?

— Pour cause, il est un proche de Louis Majorelle, que je connais bien, et pas des moindres ! J'ai eu le plaisir de lui être présenté et de m'entretenir avec lui de cet Art nouveau qui révolutionne le monde de la création depuis quelques années. Ils ont ensemble l'idée de fonder une sorte d'alliance provinciale des industries d'art qui rassemblerait industriels, artisans, artistes de toutes les disciplines. Ce qui se passe à Nancy en ce moment est très important pour l'avenir. C'est le directeur de la Céramique qui vous parle, bien sûr, parce qu'il y a des marchés à conquérir, dans l'aménagement intérieur, l'urbanisme, l'architecture, le bâtiment, donc du travail à donner à nos ouvriers, mais aussi...

Il tourna son regard vers Clémence, qui ne perdait pas une miette de ses paroles.

— ... le passionné de grès... artistiques !

Il avait hésité sur le dernier mot qu'il avait prononcé en baissant les yeux, comme s'il se fût agi d'une grossièreté. Clémence l'avait remarqué. Sentant que la soirée n'en était qu'à son début, elle découpa de nouvelles portions de tarte aux pommes. Les deux hommes tendirent leur assiette.

— Artistiques ? Vous avez dit...

— Oui, j'ai dit ! Même si, dans nos milieux modestes, on se méfie des artistes comme de peste et choléra réunis ! On les tient pour des inaptes au travail, des inutiles, des fainéants pour tout dire ! Alors que l'expression du beau est nécessaire à la vie ! Pas vrai ?

Il entama sa tarte.

— Mmmm... qu'elle est bonne ! Vous ne l'auriez pas proposé, que j'aurais osé en redemander !

— Et vous auriez bien fait ! Vous pourrez même en emporter la dernière part, pour Joséphine, ou les enfants.

Palmyre chipotait, mangeait sa tarte du bout des dents. Il semblait préoccupé, observait Clémence, puis Alphonse, revenait à Clémence, un brin contrarié par leur complicité. Il reprit :

— Pardon de revenir à ces gens de Nancy que je ne connais que de nom, mais j'ai lu dans *L'Est républicain*, qui ne l'a guère ménagé voilà quelques mois en le traitant de « dreyfusartiste », que cet Emile Gallé a pris des positions très courageuses à propos de la condamnation du capitaine Dreyfus. Il fait partie, avec Zola, de ceux qui demandent la révision du procès, envers et contre tous, même envers et contre la volonté du président du Conseil Jules Méline…

Une expression de douleur marquait son visage, accentuée par la lumière crue de la lampe à pétrole.

— Méline… qui l'eût cru ?

Il repoussa son assiette, joignit les mains sur la table. Surpris par la gravité subite de son ami, Alphonse finissait lentement sa tarte aux pommes.

— J'aimerais le connaître, ce monsieur Emile Gallé, lui dire ce que j'éprouve pour lui, admiration et respect. C'est que, si j'ai pris des distances avec ma communauté pour…

Il tendit le bras, posa amoureusement la main sur celle de Clémence.

— … épouser une goy, je n'en reste pas moins juif de corps, d'âme et de culture. Comment s'affranchir de ce que des siècles ont déposé en vous de limon dense et fertile ? Comment ? Ce n'est pas une règle écrite par des hommes pour des hommes qui, d'une ligne hébraïque, peut ruiner les semailles de ma pauvre mère ! Vous devez pouvoir me comprendre, vous, gens de la terre ! Même de nulle part, éternel nomade, je suis de cette terre où se produit le miel de l'humanité, toutes fleurs confondues, aux confins d'Orient et d'Occident, de Midi et de Septentrion, à mi-chemin de tout et de tous pour permettre la rencontre, le partage, le respect mutuel...

Il tenait toujours la main d'une Clémence transformée en statue de sel. C'était la première fois qu'il parlait ainsi, aussi directement, aussi simplement, aussi intimement. Alphonse s'en trouva gêné, comme s'il violait à son insu un secret à eux seuls réservé. Il regardait la flamme de la lampe qui s'était remise à filer dans son tube de verre. Palmyre lâcha la main de sa femme, tourna la molette. Trop. La cuisine ne se distingua bientôt plus qu'à peine dans la pénombre. C'est Clémence qui chercha la main de Palmyre, la trouva, la serra très fort. Alphonse pliait consciencieusement sa serviette.

— On dit, chez nous, que si l'invité plie avec soin sa serviette au moment de quitter la table, c'est qu'il a envie de revenir !

Clémence avait parlé sur le ton de la plaisanterie, pour alléger une atmosphère devenue subitement lourde. Palmyre ne voulut pas l'entendre. Il lui abandonnait la main comme un enfant à sa mère. Lui d'ordinaire si solide, si sûr de lui, si entreprenant, faisait, là, dans cette cuisine où même les ombres collaient aux murs comme des affiches électorales, figure de petit garçon. Clémence sentait sa main frémir dans la sienne. Elle en éprouva, à la fois, bonheur et douleur. Bonheur de lui être enfin utile, elle, la femme qu'il servait chaque jour et soutenait et encourageait, douleur de le voir si profondément déchiré par son choix d'hier vécu comme une trahison envers ses coreligionnaires.

— Les vitrines de Saint-Dié détruites, comme la nôtre, comme celles de Lunéville, dont la synagogue a été criblée de pierres[1], les insultes de Drumont et des autres, les vociférations de la foule, « A mort Dreyfus ! A bas les Juifs ! », les appels à la justice populaire, les intimidations et chantages de l'Eglise, qui tente de manipuler la République, la couardise des politiques... tout ça est terrible, et ne nous amènera rien de bon. Il nous est très difficile de le vivre aujourd'hui ! N'est-ce pas, ma femme ?

Il plongea son regard dans celui de Clémence, qui sentait sa gorge se nouer.

— Mais ça n'est rien à côté de ce que cette haine va engendrer. La violence appelle toujours la violence, toujours plus terrible. Je crains le pire, oui, le pire, pour nous-mêmes, pour nos enfants ! Pour eux, surtout ! Ils connaîtront le pire ! Je le crains !

Puis, se tournant vers Alphonse :

— Oui, j'aimerais connaître ce monsieur Gallé. Il est des rares qui ont osé signer la protestation de soutien à Zola, alors que bien des grands de notre temps hurlaient et hurlent encore avec les loups ! Maurice Barrès... Ah, Barrès, notre voisin de Charmes, l'homme du *Culte du moi* devenu barbare... « sous l'œil des barbares » ! Il y a bien là de l'incompréhensible, n'est-ce pas ? Comment l'auteur d'*Un homme libre* a-t-il pu basculer ainsi du côté des emprisonneurs ? La raison d'Etat ? Peut-être ! Si c'est cela, alors il doit être bien malheureux, et je le plains sincèrement, du fond du cœur. Il doit être aussi malheureux que moi, déchiré, écartelé entre ses aspirations d'homme de cœur et ses illusions politiques. S'il savait qu'il n'est, lui aussi, qu'une victime ! Sans doute le sait-il. La croix de Lorraine brisée qu'il a fait poser à Sion en est

1. Pendant la manifestation antidreyfusarde du 22 janvier 1898.

la triste preuve [1]. Sans Bismarck, nous n'en serions pas là. Bismarck et son obsession maladive de Grande Allemagne, sa volonté terrible d'Anschluss... le martyre de Lorraine et d'Alsace !

Il proposa la bouteille à Clémence, qui le remercia, remplit le verre d'Alphonse, puis le sien, avala une gorgée de vin.

— Dans ce contexte, je peux comprendre les pulsions nationalistes actuelles. Je suis alsacien, que diable... moi aussi ! Comme Dreyfus ! Mais juif aussi... comme Dreyfus ! Juif, alsacien, Dreyfus est, selon certains aujourd'hui majoritaires, traître à sa patrie, alors que, comme moi, comme nous, il subit la botte prussienne ! Quelle affreuse double blessure ! Pourquoi aurait-il voulu ajouter une troisième plaie à sa douleur ?

Il avala une nouvelle gorgée de vin.

— S'il n'avait pas été juif, y aurait-il une « Affaire » ?

Les deux poings sur la table, il regardait fixement droit devant lui, vers la porte d'entrée, absent aux deux êtres qui venaient de partager son souper. Une rage froide l'isolait dans un espace où aucun n'avait sa place. Clémence ne l'avait jamais vu ainsi, ni entendu !

— Quand je pense qu'il est toujours condamné, même après le procès de Rennes ! Gracié, mais pas innocenté, pas réhabilité ! Inadmissible !

Il donna du poing sur la table.

1. Croix de Lorraine coupée en deux, symbolisant le partage du pays par la Prusse. Placée sur un autel latéral de la basilique de Sion, haut lieu spirituel et culturel de Lorraine, elle est accompagnée de cette affirmation, en langue locale : « *Ce name po tojo !* » (« Ce n'est pas pour toujours ! ») Après la victoire de 1918, un ruban tricolore en réunit les deux parties, une palme d'or offerte par les dames de Vézelise la couvrit, et la deuxième inscription fut gravée : « *Ce nato me po tojo !* » (« Ce n'était pas pour toujours ! ») Elle se voit ainsi aujourd'hui.

— *Was wohr isch, isch wohr, un wenn's nit wohr isch, isch gelîje*[1]. Il finit son verre d'un trait. Alphonse posa sa serviette à côté de son assiette, parfaitement pliée. La pendule bégayait lentement, de son côté, dans la ténèbre.

— Je vais vous faire connaître Emile Gallé, dit Alphonse d'une voix qu'il voulait enjouée. Bientôt, je dois aller à Paris, pour l'Exposition universelle. Nos produits industriels y sont remarqués. Nous allons y recevoir une médaille. Il sera là. Viendrez-vous avec moi ? Connaissez-vous la capitale ? Nous pourrions grimper au sommet de la fameuse tour Eiffel, visiter le Palais de l'Electricité, traverser la Seine sur le pont Alexandre-III, prendre le chemin de fer métropolitain, voir ses édicules dessinés par l'architecte Hector Guimard, un ami de Gallé. Qu'en dites-vous ?

Ils en dirent beaucoup.

Six semaines plus tard, ils montaient dans le train en gare de Nancy, traversaient d'une traite la Champagne inondée de soleil, assoupie sous d'infinis vignobles peignés de frais, puis, criblés d'escarbilles, la poussière de charbon craquant sous la dent, les pommettes fardées à la ramoneur, débarquaient sur un quai grouillant de la gare de l'Est, se laissaient emporter par une foule de chapeaux tyroliens à blaireau, notables en habit, bourgeoises à capeline maintenue sous le menton par un foulard de soie, gamins piaffants et paysannes en cottes de bure qui tenaient serré sur la hanche un lourd panier couvert d'un torchon à carreaux !

La nuit précédant le départ, Clémence n'avait pas fermé l'œil. Ce voyage à trois l'excitait : découvrir les

1. « Ce qui est vrai est vrai, et ce qui n'est pas vrai est un mensonge ! »

créations des plus grands céramistes du temps, observer d'elle-même l'évolution des techniques et des goûts, rencontrer les hommes qui, depuis des années, donnaient le ton aussi bien pour la conception d'objets usuels que pour la décoration en architecture, tout cela la faisait trembler d'impatience. La perspective aussi de visiter Paris, de vivre ces découvertes et rencontres au côté d'Alphonse, la troublait au point de ne pas oser évoquer la proximité du départ avec Palmyre. Elle n'en parlait pas. Mais à sa façon de rassembler ses cheveux en chignon, de lisser le pli de sa jupe et de se tamponner la nuque de parfum, il voyait bien l'effervescence de ses sentiments. En quelques semaines, elle avait rajeuni. A près de soixante ans, alors que, éteintes sous un millefeuille de deuil comme sous un éteignoir, bien des femmes de cet âge étaient déjà devenues des vieilles, elle en paraissait dix à quinze de moins. Il semblait que plus le temps passait, plus il la comblait d'ardeur nouvelle.

Un soir de grande activité à l'atelier, éreintée, les cheveux en bataille, elle s'était affalée sur une chaise de la cuisine, incapable de faire réchauffer la soupe prête pourtant de la veille. Inquiet pour sa santé, Palmyre lui avait alors recommandé de se reposer un peu. Elle l'avait regardé comme une poule qui vient de trouver une clé, lui avait répondu, du tac au tac :

« Jamais, mon ami, jamais ! C'est le mouvement qui crée la vie !

— Soit, mais…

— Il n'y a pas de mais ! Si je m'arrête, je tombe ! Ne me dis pas que je te l'apprends, tout de même ! Pas toi ! »

Il avait retiré une rondelle de la cuisinière, encastré la casserole dans la plaque de fonte, fait chauffer la soupe sans mot dire. Il savait qu'elle avait raison, lui avait donné ce conseil sans y croire lui-même, se dit qu'il n'aurait pas aimé vivre avec une de ces femmes que le temps porte comme des radeaux jusqu'au naufrage. Certes, elle avait souffert, par sa mère, par Vital, par Nicolas, et elle souffrait encore de l'absence de son fils, mais ces souffrances avaient forgé une de ces personnalités qu'il appréciait. Et puis, elle était sa femme. Et puis, il l'aimait, et elle l'aimait, même s'ils ne se le répétaient pas tous les jours !

La place prise par Alphonse dans leur vie le réjouissait souvent, l'inquiétait parfois. Il se rappelait bien le jour où il avait demandé à Clémence d'inviter cet homme, ses réticences d'alors, puis son accord, puis son empressement à le visiter dans son usine et à le recevoir à la maison. Il ne l'avait jamais regretté ! Mais leur complicité lui posait de plus en plus souvent des problèmes que, naturellement, il se gardait bien de manifester. Il en avait définitivement fait son affaire. Alphonse était un homme courageux, de culture et d'honneur. Clémence, une femme d'engagement et d'action. Il était, lui, Palmyre Lazare, l'un de ces Juifs errants qui parcourent le monde, chassés par les uns, persécutés par les autres, à la recherche de leur terre primale. En cet homme et cette femme, la malédiction originelle avait trouvé ses maîtres. Dans leur humus, il plongeait désormais profondément ses racines qui, il le savait aussi fort que la Terre tourne autour du Soleil, ne seraient plus jamais tranchées !

Quelques jours plus tard, il l'avait cueillie dès le matin avec une proposition inattendue : traverser la place du Marché, aller chez Lambert-Caën choisir des étoffes et prendre ses mesures pour se faire confectionner des robes fantaisie, acheter ombrelle, manchon, cape et chapeau pour le voyage et le séjour à Paris.

« Mais… j'ai ce qu'il me faut !

— Je sais ! Mais tu en auras d'autres.

— Et puis, un manchon, en été, mon chéri ! Tu n'y penses pas ! »

L'abandon de tous les manchons du monde valait bien ce « mon chéri » ! Il renonça au manchon, mais ne lâcha pas sur robe, ombrelle, cape et chapeau ! Elle hésitait encore. Alors, il avait coupé court :

« De toute façon, je n'ai plus de jaquette correcte, et mes cols de celluloïd sont jaunis ! Il m'en faut de nouveaux ! Allons-y ! »

Sur le quai, on s'interpellait d'un groupe à l'autre, on se faisait des signes, de loin, pour se reconnaître, on agitait ici un mouchoir à bout de bras, là un canotier perché sur une canne à pommeau d'ivoire, on se poussait du coude, on appelait les porteurs à casquette qui ne savaient plus où donner du diable, on riait à gorge déployée, on rappelait d'une voix pincharde l'enfant que le flot avait englouti, on cherchait déjà, dans fumée, vapeur, épices de sueur et patchouli, les premiers signes de bonne orientation vers l'Exposition universelle qui, pour quelques mois, faisait de Paris la capitale du monde. Les « Oh ! » et les « Ah ! » des voyageurs apercevant la tour Eiffel depuis leur compartiment les avaient électrisés. Le nez à la portière, ils l'avaient vue, cette fameuse tour, dressée comme un I dans le ciel de Paris !

Dès le pied posé sur ce quai, que l'on vînt de Vienne ou Budapest par l'Orient-Express, ou de Rambervillers par l'Ecrevisse, on se sentait spontanément devenu important, comme une goutte de sang aspirée dans le cœur palpitant d'un continent aux frontières planétaires !

Le premier jour, oubliant Louvre, Notre-Dame et rondeurs féminines d'un Sacré-Cœur en cours d'érection dans les vignes de Montmartre, robe de satin sur un corset qui lui faisait une taille de guêpe, capeline à plumes rouges, gants de chevreau et ombrelle de dentelle pour Clémence, costume trois pièces et chapeau claque pour Palmyre, ils allèrent reconnaître la monumentale entrée de l'Exposition sur la place de la Concorde. Son porche gigantesque surmonté d'un elfe marchant dans le vent d'ouest, ses obélisques jetant des lumières électriques sur la ville, même de jour, ses décors de temple asiatique, de palais arabe et de cathédrale florentine, le tout mêlé dans une débauche d'or, d'argent et d'oriflammes, semblaient écraser les milliers de fourmis qui allaient et venaient sur la place en colonnes que le monstre avalait et régurgitait en même temps.

Ils tournèrent autour de son dôme, franchirent le pont ouvert sur la gueule à fanons du Palais-Bourbon, longèrent la Seine. Du quai d'Orsay, ils voyaient jusqu'aux coupoles des Petit et Grand Palais, qui scintillaient sous le soleil. Ils tournaient autour du champ de foire universelle, comme s'ils en avaient craint l'atmosphère, comme pour tenter de l'apprivoiser avant de s'y jeter. Ils finirent la soirée dans un restaurant du quartier latin que connaissait Alphonse, sous la vénérable flèche de l'église de Saint-Germain-des-Prés. Il y faisait frais. Il y faisait bon. Clémence s'y sentit rassurée.

Le lendemain, ils entrèrent dans la fournaise par la porte du rond-point des Champs-Elysées, traversèrent le Paris médiéval reconstitué le long du fleuve, s'amusèrent de ses mendiants d'opérette, cracheurs de feu et bonimenteurs de circonstance, puis explorèrent les manufactures nationales qui occupaient l'esplanade des Invalides. Le temps était au beau fixe. Un ciel bleu outremer couvrait la ville comme un décor de théâtre, sali çà et là de fumées délayées par les vents comme pour montrer que, de l'autre côté de la frontière de ce monde de carton pâte, la vie continuait. Encadrée par ses deux hommes, Clémence allait d'un pas léger que ses bottines rendaient claquant et mécanique. « Question d'habitude, avait-elle murmuré à Palmyre en quittant l'hôtel. Je vais m'y faire ! »

A midi, entre le pavillon de la métallurgie et le Palais de l'Electricité, ils burent le vin de Tokay au restaurant de la Hongrie, mangèrent le goulasch qui finissait de mijoter sur leur table, pendu à une potence au-dessus d'une lampe à alcool, et dégustèrent la *torta* aux marrons en parlant de la politique de François-Joseph Ier [1] en Europe centrale. « Incompréhensible ! » avait affirmé Palmyre en avalant une rasade de tokay. « Incompréhensible ! » avait confirmé Alphonse en laissant se développer en bouche les arômes du chocolat, tandis que Clémence s'abandonnait lentement aux vapeurs du vin, effluves de paprika, parfums de femmes et fumées bleues de cigares qui planaient comme des cheveux d'ange d'une table à l'autre. Le bourdonnement de la foire obligeait à hausser le ton, et la rumeur de la ville, si proche et si lointaine à la fois, claquements de fouet, cavalcades de chevaux et pétarades d'automobiles.

Un peu lourds, ils firent le tour du Champ-de-Mars, histoire de faire circuler les humeurs de la digestion. Le ciel s'était couvert d'un voile. Des vols de pigeons tournoyaient, frôlaient les dômes et tourelles baroques des constructions exotiques, puis s'abattaient sur quelques déchets d'arrière-cuisine avant de reprendre leur ballet

1. François-Joseph Ier de Habsbourg-Lorraine (1830-1916), empereur d'Autriche, roi de Hongrie et duc de Lorraine. Son épouse, l'impératrice Elisabeth (Sissi), venait d'être assassinée à Genève par un anarchiste.

aérien. L'air avait fraîchi. Ils se sentirent vite revigorés. Sur le plan général, Alphonse avait situé le pavillon des verriers et céramistes. Ils en prirent le chemin. Clémence s'était faite à ses bottines. Elle trottinait derrière ses deux hommes en faisant tourner l'ombrelle sur son épaule. Elle se sentait bien. Pour la première fois depuis longtemps !

Les fours allumés irradiaient une chaleur d'enfer. Tablier de cuir sur pantalon de coutil, torse nu, les hommes allaient et venaient, de leur banc aux ouvreaux et des ouvreaux à leur banc, portant en bout de canne la paraison incandescente. Ils ruisselaient, s'asseyaient, travaillaient à la forme le verre en fusion, retournaient l'enfourner, revenaient le soumettre au bois trempé qui dégageait vapeur et fumée âcre, tandis que, debout à deux pas, canne en bouche, les souffleurs injectaient dans la matière brûlante l'air qui l'obligerait à adopter le moule. Plus loin, des cueilleurs brandissaient avec une adresse diabolique leur canne garnie de verre chauffé à blanc et mou comme de la guimauve, qu'ils offraient au ciseau du maître. L'instant d'après, le pied d'un vase était posé, l'anse d'une aiguière, le bouton d'un couvercle... Etrange ballet que celui de ces hommes bardés de cuir, capables de tutoyer le feu et d'imposer leur souffle à une nature poussée à son paroxysme. La force, la beauté des visages luisants de sueur, la puissance des torses, l'élégance des mouvements, l'intensité de l'effort et l'œil aigu de ces forçats du feu fascinaient les femmes qui se pressaient le long des cordages de protection, amusaient les hommes, agaçaient les enfants qui réclamaient à grands cris une limonade ou la pomme d'amour promise depuis le matin. L'air était lourd de bois brûlé, d'épices de transpiration, d'ylang-ylang, de parfums de cuir. On se serait cru dans l'antre flamboyant d'un magicien fou. Clémence s'était rapprochée d'Alphonse, épaule contre épaule. Ils échangèrent quelques mots. Palmyre tendit l'oreille. Ils se parlaient en douce de feu, de four, et de cuisson de la terre !

Le soir, ils n'avaient pas encore vu Emile Gallé ni ses productions de verre qui, disait-on, faisaient sensation. La visite du pavillon d'architecture et de décoration intérieure était au programme du lendemain. Ils y rencontreraient les artistes nancéiens de l'Art nouveau.

Malgré la fatigue de la journée, ils s'enfoncèrent dans les ruelles du Quartier latin à la recherche du Procope, qu'Alphonse voulait absolument leur faire connaître. « Le plus vieux de Paris, avait-il répété, le plus vieux... rendez-vous compte : 1686 ! Voltaire, Danton, Robespierre sont passés par là ! Le Procope était leur cantine ! Ah, si les murs pouvaient parler ! » Son enthousiasme avait gagné Clémence qui, à l'évocation de Voltaire et des autres, s'était souvenue de l'obsession de son père : « On finira bien par vivre normalement, un de ces jours ! » Elle commençait à souffrir des pieds dans ses bottines, se laissa prendre le bras par l'un, puis par l'autre, puis par les deux ensemble sur le trottoir de la rue de l'Ancienne-Comédie. Elle entendait son père : « On finira bien par vivre... » Alors, elle pensa à Théo. Pourquoi Théo, là, ce soir ? Où était-il, en ce moment ? Que faisait-il ? Le reverrait-elle bientôt ? Théo...

Cadre historique et chaleureux, service très attentionné, Alphonse buvait du petit-lait au Procope. La tête de veau était parfaite. « Comme celle de Ramber ! » lança Palmyre que coloraient d'ambre la fatigue et le « vin ivre » de Juliénas... « Oui, comme à Ramber ! »

Rentrés à l'hôtel en calèche dans les flux bruyants des noctambules, ils sombrèrent aussitôt, comme des bienheureux.

C'est par l'omnibus à trente centimes qu'ils gagnèrent le Trocadéro le lendemain matin puis, de là, le pied de la tour Eiffel. Une queue interminable serpentait déjà sur le Champ-de-Mars. L'ascenseur impressionna Clémence, puis la vue sur Paris, de la terrasse du deuxième étage. Elle ne put s'approcher de la balustrade que cramponnée aux bras de ses deux hommes. Elle suffoqua, crut sentir la ferraille se dérober sous ses pieds, poussa un petit cri. La vue sur la ville était à couper le souffle ! L'immensité de l'horizon la troubla profondément, ou... la main d'Alphonse qui tenait la sienne fort serrée. A travers son gant, elle sentait les palpitations de sa paume. A l'atterrissage, ils gagnèrent l'espace des manufactures nationales. Du pont Alexandre-III jusqu'aux Invalides, le monde y présentait ses meilleurs artisans, fabricants, concepteurs et artistes. Côté Seine jusqu'à main gauche, au fond, dans la perspective du dôme couvert d'or : les pavillons français. A main droite, France encore puis, en enfilade, pavillons au vent, le Japon, l'Autriche, les Etats-Unis, la Russie et tous les autres se livraient la bataille farouche et diplomatique du prestige ! Pour affirmer sa volonté de contrer le rayonnement artistique en Europe de la France du moment, même l'Allemagne faisait claquer ses couleurs dans le ciel de Paris !

Durant le trajet, Alphonse leur avait parlé d'Antonin Daum, de son choix de la Lorraine pour sa haute tradition verrière, et de son goût pour les sujets naturels qui venait de lui valoir un grand prix. De son inventivité, aussi – il était le premier à avoir habillé de verre et de cristal la lumière électrique –, et de son association avec Louis Majorelle et Emile Gallé. « Un fameux trio que celui-là, avait-il conclu en franchissant le portail déjà pris d'assaut du Trocadéro, un trio qui n'a pas fini de faire parler de lui ! » La bousculade était telle qu'ils avaient été séparés, le temps de se retrouver entre les pattes graciles de la tour Eiffel. Là, comme pris d'un remords subit, il dit :

— Bien sûr, il faut ajouter Jacques Grüber à ce trio, ce touche-à-tout merveilleux capable de décorer aussi bien des meubles que des vases ou des livres. Et ses vitraux... Ah, ses vitraux !

Ils longeaient la Seine. En face montaient les clameurs de rues d'un Moyen Age de stuc et carton-pâte, dont ils venaient de croiser les montreurs d'ours et les cracheurs de feu.

— Ils laisseront des traces, ces quatre-là, comme les trois mousquetaires !

Il se mit à rire. Poursuivit :

— J'espère que nous allons les voir aujourd'hui ! Gallé, surtout, que je vous ai promis !

Ils ne le rencontrèrent pas le matin, ni les autres mousquetaires de l'Art nouveau. Mais ils virent ses œuvres, dont les fameux vases « Roses de France » et ses « Chardons », cet autre en verre camée aux motifs de chrysanthèmes, effilé et luminescent comme un col de cygne qui aurait avalé des braises, cet autre encore, d'une grâce élancée, portant gravé ce vers de Marceline Desbordes-Valmore : *Béni soit le coin sombre où s'isolent nos cœurs*, cet autre enfin, le fameux vase « Les hommes noirs », créé avec Victor Prouvé pour accentuer la lutte en faveur de Dreyfus.

Clémence s'abandonna à la contemplation de ces œuvres. Tellement fascinée par leur beauté qu'elle ne pouvait s'en détacher. Elle se tourna vers Alphonse, murmura : « On dirait de la lumière... de la lumière ! » Il se contenta de hocher la tête en répétant à mi-voix : « Oui, de la lumière ! » Cette lumière, il rêvait d'en habiller la terre de Rambervillers, ces grès capables de reproduire des formes aussi élégantes que le verre ou le cristal, végétales, animales ou de pure imagination, avec pour seul modèle la conscience du Beau portée naturellement par tout être. Il réfléchit un long moment, puis :

— C'est bien là, à la fois, le secret de ce travail de la matière la plus humble qui soit, la terre (le verre lui-même, comme le cristal, c'est aussi de la terre !), en même temps que sa difficulté : apprivoiser la lumière ! Faire, chère Clémence, que la matière disparaisse en elle-même, s'effondre sur elle-même, se fonde dans sa propre structure pour ne plus laisser percevoir que le chant de la Lumière ! C'est un langage connu de nos anciens maîtres, mais que nous avons perdu.

Elle l'écoutait tout en regardant les crosses de fougères et les orchidées à reflets métalliques.

— Souvenons-nous de Lubin Baugin, qui, d'une touche, avait l'art de poser cette lumière sur la lèvre d'une coupe ou le ventre d'une carafe, ou de Hugo Van der Goes[1], qui savait faire rayonner le visage de ses personnages !

Fascinés, ils n'entendaient plus rien de la rumeur de la foule, ne voyaient plus rien de la cohue qui déferlait dans les allées comme un torrent de printemps, ne ressentaient

1. Lubin Baugin est un peintre français né à Pithiviers en 1610 et mort à Paris en 1663. Hugo Van der Goes est un peintre flamand né à Gand vers 1440 et mort en 1482.

plus la fatigue accumulée de plusieurs jours déjà. A trois vitrines de là, Palmyre lisait et relisait les mots de Victor Hugo gravés sur le vase « Africana » par un Gallé qu'ulcérait l'esclavage toujours pratiqué en Afrique : *Mais nous luttons, esprit ! Nous vaincrons.*

Ce n'est qu'en milieu d'après-midi qu'ils croisèrent le président d'honneur du comité nancéien de la Ligue des droits de l'homme, Emile Gallé, porté par un tourbillon de femmes en fanfreluches et d'hommes en chapeau tuyau de poêle que la notoriété du maître, de Chicago à Saint-Pétersbourg, en passant par Londres et Stockholm, attirait comme des mouches. L'ayant aperçu, il vint saluer Alphonse, qui lui présenta ses « amis ». La simplicité et la générosité du petit homme à moustache et barbiche, au regard aigu, au front immense de porcelaine, au point qu'on aurait pu le croire de terre de Lorraine, surmonté d'une chevelure folle, les touchèrent. Il prit le temps de les questionner : Rambervillers, la céramique, les grès... de les inviter à lui faire visite dans ses ateliers du 27, avenue de la Garenne à Nancy. Déjà on le tirait, le poussait, lui rappelait qu'il était attendu ailleurs et par plus important. Il s'attarda, se tourna vers Palmyre qui, en deux mots, le félicita pour son œuvre et put le remercier pour son action en faveur des droits de l'homme en général, de Dreyfus en particulier. Clémence le voyait de profil. Elle leur trouva une étrange ressemblance ! Ils promirent de se revoir à Nancy.

Quand ils mirent le nez dehors, le ciel avait été repeint à l'encre de Chine. Un vent tournoyant faisait claquer les oriflammes dans tous les sens, soulevait des nuages d'une poussière qui craquait sous la dent, bousculait les chapeaux, soulevait les cottes que les dames retenaient sans trop y croire en riant aux éclats. Des enfants poussaient le cerceau entre les groupes, d'autres jouaient au cerf-volant à tête de dragon. L'orage n'était pas loin.

Ils marchèrent un moment côte à côte sans mot dire, chacun dans la queue de comète de ses émotions, incapable d'en partager la moindre étoile. Ils franchirent ainsi la passerelle sur le boulevard de la Tour-Maubourg, celle du pont des Invalides, visitèrent la Maison du rire, qui ne les fit pas rire du tout, puis celle des tableaux vivants, qui finit par les rapprocher. Sans doute la douleur des personnages du *Fils puni* selon Greuze, rendue par des comédiens impressionnants de fixité, la détresse des naufragés du *Radeau de la Méduse*, la coquinerie du *Verrou* selon Fragonard, l'abandon de la femme conquise, la sensualité des draperies y étaient-ils pour quelque chose ! Ils mangèrent un morceau au restaurant Duval, puis s'engouffrèrent au pied de la tour Eiffel dans le Grand Globe céleste, au bout des pavillons Forêts-Chasse-Pêche-Cueillettes. Tout le reste de la soirée, assis dans la foule des fourmis humaines contemplant les galaxies, ils firent le voyage fantastique de l'univers.

C'est alors qu'elle traversait l'espace entre Cassiopée et la Grande Ourse que Clémence eut l'impression de sentir la main d'Alphonse sur la sienne. Elle tourna lentement la tête vers lui. La pénombre estompait les formes.

Les mains sur son chapeau, Alphonse regardait fixement en direction de la lune qui allumait l'horizon d'une fine poudre d'or.

19

Octobre 1905

Ma chère maman, cher Palmyre,

J'aurai appris, ici, bien des choses que nos écoles de métropole ne nous enseignent pas ! Rien ne vaut la pratique de la médecine sur le terrain dans des lieux très exposés aux fléaux pour affermir ses connaissances, faire acquérir les bons réflexes et, sans doute, s'immuniser soi-même.

Depuis mon arrivée en Algérie, j'ai traversé des vagues de choléra, de peste, de fièvre typhoïde, sans en avoir été affecté moi-même. Bon nombre de mes confrères n'ont pas eu cette chance. J'en connais au moins trois très proches qui ont laissé ici leur savoir, leur générosité, pour le dire sans détour : leur vie ! J'ai sans doute été protégé par les nouvelles habitudes de prophylaxie apprises à l'école, mais surtout par la forte bienveillance de votre Esprit que je sens chaque jour auprès de moi. Vous êtes toujours là, à mon côté. Dans les moments de fatigue, il suffit que je pense à vous pour, aussitôt, repartir au travail avec une énergie toute neuve qui, je le sens bien, me protège des contaminations.

Assise contre la cuisinière ronflant d'un feu de forge, Clémence lisait la lettre de Théo. Palmyre l'écoutait, les mains dans les poches du tablier bleu des jours de ménage à fond de la boutique.

Vous dire que ma vie, ici, a été difficile n'est qu'une formule incapable de rendre compte de la réalité. Les conditions de vie imposées aux indigènes, les Kabyles notamment que notre pays n'hésite pas à déporter en Nouvelle-Calédonie s'ils se rebiffent, me sont insupportables. Comment peut-on mépriser l'autre à ce point ? Je ne devrais pas vous écrire cela, car il arrive que nos lettres soient lues avant l'expédition. Mais vous le confier me libère un peu le cœur. Arrivera ce qui arrivera ! Devant ce spectacle souvent révoltant de la colonisation, me reviennent en mémoire les mots de mon grand-père que tu me rappelais souvent, ma chère maman : « On finira bien par vivre normalement, un de ces jours ! » Un de ces jours ! Oui, mais quand ? On dit que c'est dans les épreuves que l'homme se révèle à lui-même, n'est-ce pas ? Alors j'en nourris ma réflexion. Le résultat en est une plus ferme détermination à tenter de soulager les détresses de ceux qui croisent mon chemin, quelles qu'en soient la couleur, la culture ou la religion. Je fréquente ici bien des musulmans autrement plus généreux que de nombreux culs-bénits de chez nous ! Et le thé à la menthe que nous partageons souvent vaut tous les vins de messe. Oui, dans ce pays rude mais d'une vraie beauté, à l'image de ses populations, votre exemple m'a été précieux. Lorsque, dans les moments tragiques d'échec (la médecine n'est pas encore capable de guérir toutes les affections, surtout celles qui déferlent sur des centaines, des milliers d'hommes, de femmes, et d'enfants en même temps), j'ai eu tendance à me laisser terrasser par la mort de ceux que j'avais soignés, j'ai pensé à vous, à votre exemple, à mon père que je n'ai pas eu le bonheur de connaître, et aux valeurs que vous m'avez transmises. Alors, d'un seul élan, j'ai retroussé mes manches, repris ma trousse de campagne, et me suis lancé sur le chemin du bled pour soigner ces malheureux que la nature et nos exigences de colons n'épargnent pas.

Mais tout cela sera bientôt derrière moi. J'en garderai le souvenir émouvant de ceux qui ne rentreront jamais, morts sous mon regard, rongés par des bubons puants ou vidés de leurs humeurs par le choléra, et une force d'acier disponible pour mes nouveaux engagements.

Clémence s'interrompit, relut, à voix basse, rien que pour elle, « tout cela sera bientôt derrière moi... mes nouveaux engagements... ».

Palmyre s'était rapproché, posa la main sur son épaule. Il regardait, droit devant, la neige qui tombait à gros flocons dans la cour. Déjà le toit de l'atelier disparaissait sous la couche qui s'épaississait à vue d'œil. Le froid était tombé sur le pays après un été pourri et un printemps sans muguet, sans lilas, sans parfums de renaissance. Depuis trois semaines, il gelait à pierre fendre et, maintenant, il neigeait aussi dru qu'en plein hiver !

Clémence se redressa.

— « Tout cela sera bientôt derrière moi... » Tu as entendu ?

— Oui, ma chérie, j'ai bien entendu !

Il la sentait frémir sous sa paume.

— Continue, si tu veux bien.

— Attends ! Il faut me laisser le temps de...

Elle tira un mouchoir de sa manche, s'en tamponna les yeux, se moucha à petits coups, lentement, le temps de déguster toutes les vibrations de son corps jusqu'à l'apaisement, avant d'en éveiller de nouvelles. Palmyre avait tiré une chaise. Il s'assit en face d'elle. Le vent s'était levé. La neige tourbillonnait dans le carré de ciel de la cour comme des pétales de roses dans les derniers jours du printemps.

Dans moins d'une semaine, je quitte Mostaganem pour Alger où je vais rejoindre le Service sanitaire maritime pour une mission de courte durée. Je dois aussi y faire une visite d'information sur les vaccinations à l'Institut Pasteur, qui approche de ses vingt ans d'existence. Puis je rentre au pays. J'embarque le 12 novembre pour Marseille. De là je vais passer quelques jours au Val-de-Grâce, quelques jours seulement : rapports, nouvelle affectation, échanges avec des confrères sur l'évolution des thérapies et les nouveaux médicaments, puis… j'arrive ! Je serai là pour Noël. Il me tarde de vous revoir et de vous serrer sur mon cœur !

Clémence posa la lettre sur la table, se leva brusquement, marcha vers la fenêtre, resta un long moment immobile, bras ballants, à regarder s'affoler la neige autour de l'atelier, sur le four, puis rebondir et filer par vagues, emportée vers la ville par la bourrasque. Elle l'imaginait, son fils, faisant là-bas son paquetage, ses ultimes tournées de malades, cherchant une dernière fois les traces du passage de son père. Son père… Il n'en disait rien. Avait-il retrouvé ses pas, à Mostaganem, ou ailleurs ? Les images d'octobre 1870 lui revinrent, fraîches comme de la veille, et le bruit de la canonnade dans sa tête, et les goûts de poudre et de chairs brûlées dans la bouche. Elle s'appuya des deux mains à la fenêtre, le front contre la vitre. Des larmes coulaient sur ses joues, en silence, comme tombe une douce pluie de printemps.

Palmyre n'avait pas bougé. Il la voyait de dos, ses cheveux en désordre sur les épaules, sa taille un peu épaissie, ses mains marquées par les émaux qu'elle travaillait désormais chaque jour. Il n'osait pas faire le moindre geste, contrarier le tic-tac de la pendule qui rythmait le ronronnement régulier du feu dans la cuisinière, rompre le charme. De temps en temps, un crépitement de bûche épinglait le silence.

Finalement, elle se tourna vers lui, les yeux devenus transparents, comme des fenêtres ouvertes sur son bonheur nouveau...

— Il va revenir ! Tu te rends compte ? Il arrive !

Elle se précipita dans ses bras, s'y blottit, éclata en sanglots qu'il ne chercha pas à contenir.

— Pleure, ma belle. Pleure ! Ton bonheur est aussi le mien. Pleure !

Lorsqu'elle eut épuisé toutes les bonnes larmes de son corps, elle releva la tête.

— Nous allons lui faire une belle fête ! Qu'en dis-tu ?

— Oui, nous allons lui faire une belle fête. Il le mérite. Elle sera aussi la tienne, ma chérie. Votre fête !

Elle chercha ses lèvres. Les trouva. Ils échangèrent un long baiser au sel des larmes.

Sur l'atelier, le gros de la tempête était passé. Les nuages ne semaient plus que des paillettes d'argent qui allumaient le ciel de nuit d'étoiles dansantes.

Pour occuper ses membres devenus subitement maladroits, Palmyre ouvrit la caisse à bois, jeta une bûche dans le feu, referma la porte du foyer sans la claquer.

Il venait soudain de ressentir une grande lassitude.

Autour d'une bonne soupe de potiron, ce soir-là, ils parlèrent de tout sauf du retour annoncé de Théo. Sa lettre était dressée dans la crédence, appuyée sur deux assiettes marquées, dans une guirlande de roses rouges, l'une d'un *En vous aimant, je suis content*, l'autre d'un *Mon cœur est si petit qu'il n'y loge qu'un ami.*

En un flot ininterrompu, ils avaient abordé les sujets les plus divers, l'un reprenant l'autre, l'autre complétant l'un, comme dans une joute dont le flux cherchait peut-être à dissimuler l'impatience de retrouver Théo, à passer en revue les nouvelles qu'il serait bon de lui donner quand il serait là, à partager l'émotion qui les remuait encore plusieurs heures après la lecture de la fameuse lettre.

Ils avaient commencé avec l'empoignade entre l'Eglise et l'Etat, leur séparation annoncée, la radicalisation des évêques et de leurs curés qui refusaient de faire sonner les cloches le jour de la fête nationale, ouvrant des procès comme autant de tribunes offertes au puissant mouvement monarchiste, au point que le maire de Bussang avait dû faire enfoncer les portes de l'église pour accéder au clocher défendu par un abbé L'Huillier devenu fou furieux. Ils avaient poursuivi avec la mort du vicomte Maurice du Coëtlosquet, bien trop tôt pour un homme si bon ; celle, accidentelle, d'une femme renversée en pleine rue du Puits par une voiture dont le cocher n'avait pas réussi à maîtriser son cheval, le visage écrasé par le bandage des roues ; les déclarations antisémites à répétition du député nationaliste de Remiremont, Maurice Flayelle, bras élu de l'Eglise ; les premiers vols en biplan des frères Wright, qui venaient de tenir trente-neuf minutes en l'air à bord de leur *Flyer III* ; l'imbécillité du *Réveil catholique des Vosges*, qui, relatant ses funérailles, vieilles de trois ans, avait traité Zola d'« écrivain pornographe » !

Palmyre ne pouvait comprendre ces insultes.

« Ecrivain pornographe… écrivain pornographe ! Parce qu'il a sauvé un Juif ! »

Il avait contenu sa colère, s'était mis à en rire tout en remplissant leurs verres de vin. Ils avaient trinqué.

« Mieux vaut en rire, n'est-ce pas ? »

Et il avait ajouté dans un souffle, soudain grave :

« Avant d'avoir à en pleurer ! »

Puis ils avaient parlé vélo : la victoire de Louis Trousselier dans le troisième Tour de France cycliste – perturbé par des saboteurs qui avaient lancé des clous sur la route, il était passé pour la première fois dans les Vosges –, s'étaient amusés de la bagarre entre la société de gymnastique La Liberté – créée par l'abbé Noël pour montrer la supériorité de l'Esprit catholique sur la mécréance républicaine, elle venait d'être condamnée pour « exhibition tapageuse dans les rues » – et l'autre, La Sentinelle, celle de la Ville. Ils avaient ri, comme deux enfants que la perspective d'une récompense rend nerveux, parlé encore, sans prendre le temps de respirer, commenté des déclarations de politiques, des articles de journaux, partagé d'autres fous rires encore !

Puis la mort récente d'Emile Gallé s'était posée entre eux, dans les ronflements indécents de la cuisinière.

En se levant pour aller prendre deux pommes sur le buffet, Palmyre ressentit un coup de poignard dans la poitrine. Il porta la main à son cœur, ne put réprimer une grimace. Tournant le dos à Clémence, il espérait qu'elle n'en avait rien remarqué. Mais elle avait vu.

— Qu'est-ce ?

— Rien !

— Si, je vois bien que tu as quelque chose ! Que se passe-t-il ?

— Rien, je te dis ! Rien !

Elle quitta la table, s'approcha. Il était debout devant l'horloge, pâle, hésitant. Elle lui prit la main.

— Viens, allons nous coucher ! Tu es peut-être fatigué...

Il la fixa longuement, comme pour imposer sa volonté de paraître en forme. Son visage portait les marques d'une réelle inquiétude. Les veines de Clémence s'emplirent de plomb.

— Non, ça va aller ! Rien qu'un coup de fatigue... Ça va aller !

Il libéra sa main, prit les deux pommes, revint à sa place, invita Clémence à s'asseoir à son côté. Un étrange silence se posa entre eux.

— Tu as vu les cartons de Jacques Grüber pour ses vitraux de la maison du docteur Jacques, à Nancy ? Il nous en avait parlé. Te souviens-tu ? Le chantier doit être achevé maintenant. J'aimerais voir. Si tu veux, nous irons un jour prochain à Nancy. Il a une manière de...

Soucieux de faire oublier l'incident, il cherchait le bon mot, croquant dans sa pomme du bout des dents.

— ... de capturer... non, de... transmuter la lumière !... qui me plaît beaucoup. Qu'en penses-tu ?

Clémence n'avait pas encore mordu dans sa pomme. Elle la frottait sur sa serviette, pour la faire briller, cherchait dans ses reflets des couleurs, des nuances, des éclats qu'elle rêvait de reproduire grâce aux émaux. Mais elle regardait sans voir. Sa pensée était ailleurs, là où Palmyre avait porté la main en grimaçant.

— Qu'en penses-tu ?

Elle n'en pensait rien. Le plomb de ses veines emplissait maintenant son cerveau. Elle leva les yeux vers lui.

— Tu as encore mal ? Dis-moi, sincèrement ! Dis-moi !

Son insistance parut l'agacer. Il reposa brusquement sa pomme sur la table.

— Rien ! Je t'ai dit ! Ce n'est rien ! C'est déjà passé ! Ça m'arrive de temps en temps, ce genre de choses, à toi aussi d'ailleurs, n'est-ce pas ? A tout le monde ! Allons, pensons à autre chose ! *Jet's langt's*[1] !

Elle ne l'avait jamais connu ainsi. Le mouvement d'humeur la surprit.

— Que penses-tu de ma proposition d'aller à Nancy voir ce qu'ont fait nos amis ? Et puis nous irons faire une visite à la tombe de notre cher Gallé, au cimetière de Préville. Qu'en penses-tu ?

Il achevait sa pomme, regretta presque aussitôt d'avoir reparlé de mort, de tombe et de cimetière. « Mais n'est-ce pas cela, la vie, après tout ? » se dit-il en rognant le trognon jusqu'aux pépins, comme gagné par une rage soudaine.

— La semaine prochaine... qu'en dirais-tu ? La semaine prochaine ? Et nous irons dîner chez Walter[2].

Il lui prit l'avant-bras, la secoua avec affection, posa un baiser sur sa joue. La pomme échappa des mains de Clémence, tomba par terre, roula jusque sous la crédence.

— Nous irons. Ça nous fera du bien de sortir un peu d'ici.

Elle soupira.

— Oui, nous irons ! Mais... si nous attendions l'arrivée de Théo pour y aller ensemble, tous les trois ? Je

1. « Maintenant, ça suffit ! »

2. Célèbre restaurant de Nancy, au début du XXe siècle, lieu de rencontre des artisans, écrivains et artistes. En 1914 y fut créé le comité Erckmann-Chatrian, qui décerne toujours son fameux prix annuel de littérature, le prix Erckmann-Chatrian (baptisé par la presse « Goncourt lorrain »).

suis sûre que ça lui plairait ! Pas la semaine prochaine, si tu veux bien… quand il sera là !

— Adjugé ! ma chérie. Adjugé ! Nous irons ensemble, c'est promis. *So esch's*[1] *!*

Palmyre se jeta à quatre pattes devant la crédence, tendit le bras, retrouva la pomme, l'essuya dans sa chemise, la tendit à Clémence, qui y mordilla sans qu'il l'eût lâchée. Puis il y mordit à son tour, lui tendit du bout des lèvres un gros éclat de fruit qu'elle saisit à pleine bouche. Le bon jus sucré lui coula dans la gorge, sembla la réchauffer. Il lui rendit la pomme. Elle la croqua toute, jusqu'aux pépins !

En se relevant, il avait encore senti ce coup de poignard dans la poitrine. Mais il avait réussi à n'en rien laisser paraître. Il apprendrait désormais à maîtriser ces petits rappels de l'âge !

Ils avaient fini la soirée en parlant du travail avec Alphonse Cytère, qui prenait un tour exceptionnel. Le ton enjoué n'y était plus. L'un et l'autre mirent ce changement d'humeur sur le sérieux du sujet. L'aventure artisanale débordait maintenant largement le cadre de la ville, de la région même.

Si elle renforçait sa position sur le marché des tuyaux de grès et des céramiques décoratives pour le bâtiment, la Société anonyme des produits céramiques de Rambervillers avait conquis un beau public avec ses créations émaillées. Pour sa première participation à l'exposition de Nancy, en 1903, elle avait présenté seize pièces : vases, cendriers, encriers, balustres, carreaux en émail grand feu. Elle en avait vendu la moitié et constaté un

1. « C'est comme ça ! »

bel intérêt du public pour son travail. Du coup, Louis Majorelle, dont l'enthousiasme communicatif stimulait les équipes – il répétait, à qui voulait bien l'entendre : « Quand on aime son métier, on est porté à croire qu'il est le plus beau », ajoutant : « Le merle ne siffle pas mieux qu'un rabot... » –, était entré au conseil d'administration de la SAPCR. Avec lui, les grès flammés avaient rejoint les créations de la déjà fameuse école de Nancy [1], dont les artisans et artistes les plus prestigieux venaient de trouver dans la foulée le chemin de la manufacture : Horel, peintre et dessinateur disciple de Vallin, le sculpteur et modeleur Gatelet, le décorateur Jules Cayette, le vitrailliste Jacques Grüber [2], qu'Alphonse avait amené un jour à la maison. Immigré, comme Palmyre, après la conquête prussienne de 1870, il venait de Sundhausen, le berceau de sa famille. Ensemble, ils avaient pu parler du pays dans leur langue d'Alsace qui leur manquait tant. Tous venaient régulièrement maintenant à Rambervillers, travaillaient dans les ateliers, modelaient, moulaient, couvraient d'émaux, surveillaient la cuisson, s'étonnaient ensemble à la sortie des pièces du four, concevaient d'autres œuvres et

1. A l'origine « Alliance provinciale des industries d'art », créée par Emile Gallé et Louis Majorelle, l'école de Nancy réunira industriels, artisans et artistes lorrains qui, ensemble, produiront des œuvres originales inspirées notamment des formes des mondes végétal et animal. Elle réalisera la synthèse parfaite de la création d'œuvres d'art uniques et de leur reproduction en série à destination d'une clientèle très élargie. La qualité artistique de ses productions, leur destination grand public et leur succès commercial sur le marché international font de l'école de Nancy, aujourd'hui encore, un modèle de réussite d'artisanat d'art social.

2. Albert-Eugène Horel (Aubevoye 1876 – Paris 1964), dessinateur en ameublement, peintre. Eugène Gatelet (Nancy 1874 – *id.* 1932), sculpteur, modeleur. Jules Cayette (Paris 1882 – Nancy 1953), ferronnier d'art, ébéniste, ornementiste. Jacques Grüber (Sundhausen 1870 – Paris 1936), peintre, verrier, ébéniste.

échangeaient leurs expériences, aussi bien dans la réussite que dans l'échec. Car le travail des émaux et leur maîtrise relevaient davantage de l'activité mystérieuse de l'alchimiste que de l'application d'une technique sûre et immuable.

Quand ils montèrent se coucher, la neige fondait déjà sur le toit du l'atelier, se répandait en cataractes dans la cour.

— Le temps est devenu aussi fou que les hommes, dit Palmyre en tournant la clé de la porte arrière. Aussi fou !

Dès le lendemain, Clémence s'était remise au travail dans son atelier. Elle débordait d'énergie. La neige de la veille n'avait laissé dans la cour que des plaques d'une crème spongieuse qui soupirait sous les pas. Il faisait froid. L'humidité transperçait les vêtements et le corps. Elle frissonna, battit des mains pour se réchauffer, remua quelques cartons et sacs de terre, donna une impulsion à son tour qui couina, fendit quelques bûchettes, alluma un feu dans le Godin tout neuf que venait de lui faire installer Palmyre. Bientôt, une bonne chaleur ranima l'atelier ; l'air s'embauma de forêt d'automne ; les vitres se nettoyèrent de leur buée. Elle se pencha, aperçut la maison dont la cheminée fumait dru. Elle se sentait bien.

La conversation de la veille au soir l'avait ragaillardie. La conversation avec Palmyre, ou la lettre de Théo annonçant sa venue pour Noël ? Elle aurait été bien incapable de répondre à qui lui aurait posé la question. Longtemps qu'ils ne s'étaient pas parlé ainsi, de tout et de rien, de politique et de vie municipale, de famille et de travail de la terre ! Le plus souvent, ils besognaient chacun de son côté, elle à son banc de moulage, à son tour ou à la manufacture auprès d'Alphonse, lui dans la boutique avec ses clients. Elle au four, lui au moulin ! La bonne santé économique du pays compensait le peu de clientèle restée fidèle au Juif, ceux qui venaient encore aujourd'hui achetant davantage qu'hier. Le commerce avait gagné en simplicité de gestion et en qualité, mais il avait perdu en richesse de relation avec les gens du pays.

Leurs aventures parisiennes à l'Exposition universelle avaient longtemps alimenté leurs repas. Ils avaient pris plaisir à se remémorer les visites, les rencontres, les moments forts partagés avec Alphonse, comme, pour elle, la révélation de l'Art nouveau, pour lui, le bref échange avec Emile Gallé. Le voyage aussi, en train, le confort de l'hôtel, les restaurants et les omnibus parisiens. Ils se remémoraient avec bonheur toutes les anecdotes de leur voyage, la visite du Paris médiéval, le Grand Globe céleste, la tour Eiffel… Palmyre observait toujours le trouble de sa femme à l'évocation de quelques moments forts de ces visites. Puis les habitudes avaient repris le dessus, lentement, grignotant chaque jour davantage le temps du repas, comme une gangrène ronge les chairs. Elle, dos à l'horloge qui égrenait ses perles de silence, s'abîmait de plus en plus souvent et longtemps dans ses réflexions de stratégies d'émaillage, ou ses errances d'Algérie, imaginant Théo, ne le voyant jamais ; lui, en face, mèche blanche sur le front qu'il ramenait sur l'oreille d'un élégant mouvement de ses longs doigts ivoire, disparaissait dans des pensées qu'elle ne pouvait pas atteindre.

Ils avaient connu un sursaut après leur visite de l'exposition de Nancy, l'année précédente. Les grès artistiques de la manufacture y avaient obtenu un succès tel qu'Alphonse avait conçu le projet d'ouvrir une boutique à Paris. Il en avait parlé avec Palmyre, avait recueilli ses avis, partagé avec lui les hésitations et les perspectives de réussite dans la capitale, que le monde regardait alors comme le creuset nouveau de la création.

Clémence aussi y avait exposé quelques pièces, deux vases à grands entrelacs de lierre en grès vernissé avec traces d'émail marron, et une aiguière à long col au ventre flammé de pourpre et d'or. Comment avait-elle obtenu ces nuances, comme toutes celles obtenues d'ailleurs par les autres céramistes, Alphonse Cytère en tête ? Elle-même en avait été étonnée. Rien ni personne n'aurait été capable de l'expliquer ! Elles étaient le résultat du mystérieux mariage de la terre, de l'eau, de l'air et du feu dans le ventre du four, comme le petit d'homme est le résultat de la gestation secrète lovée dans le ventre de la femme. La nature et le mode de pose de l'engobe[1] produisaient déjà, sans doute, leurs effets imprévisibles. Puis le choix des oxydes et émaux : cobalt et cuivre pour les bleus, violacés et verts, titane pour les jaunes et orangés, chrome pour le vert intense de l'herbe grasse, manganèse si profond dans ses veloutés de lie de vin et de prune, et oxydes de fer si prompts à donner des ivoires lisses et tendres, des verts de jeunes pousses, des bruns à croquer comme un pur chocolat, des noirs si puissants que même les plumes de corbeau qui nichaient sur la Corne du Ciel[2] auraient été bien incapables d'en reproduire les reflets les plus subtils. Inexplicable ! Et ces rouges sang, ces carmins, ces vermillons plus mystérieux

1. Revêtement mince à base d'argile délayée, colorée ou pas, appliqué sur tesson encore vert (ni sec, ni cuit : texture cuir) juste après façonnage de la pièce.

2. Lieu-dit.

encore que toutes les autres couleurs, que seul un miracle des miracles pouvait produire ! Puis la température ! Puis les effets de l'oxygène, qui en trop grande quantité faisait le cuivre vert, alors qu'en réduction il le faisait virer au rouge ! Sans compter avec la roche-mère qui, originellement, pouvait déjà contenir des oxydes et produire ses effets à elle ! « Il faut écouter la terre ! » lançait Alphonse ! « Nous devons écouter la terre ! » répétait Majorelle. « Que deviendrions-nous si nous n'écoutions pas la terre, notre terre ? » reprenait Guillaume[1] en lorgnant du côté de la sainte colline de Sion-Vaudémont. On avançait là, à tâtons, dans un monde inconsistant et pourtant très physique, paradisiaque, « surtout pas à la sauvage ! » martelait Delagrange[2], qui travaillait la terre aussi bien qu'il pilotait les aéroplanes, avec la délicatesse d'une permanente caresse, un monde qui s'offrait sur la pointe des pieds à celles et ceux seulement qui n'hésitaient pas à se brûler les doigts, les yeux et le cœur à ses flammes infernales, lumière et ténèbres, intérieur et extérieur, bien et mal confondus !

Flammés ! Grès flammés !

Terre de feu capable de reproduire les effets de lune dans son halo d'hiver comme les embrasements du soleil dans l'argent du ciel d'été. Terre tirée des sillons ouverts depuis toujours par les laboureurs de notre pays, qui a donné le blé et l'épeautre pour l'homme, l'avoine pour le cheval, et ses eaux jaillies pour tous les vivants ! Terre offerte à la flamme de la passion pour retenir des

---

1. Victor Guillaume, sculpteur, graveur et peintre lorrain, né à Tantonville en 1880, mort à Vaudémont en 1942.

2. Léon-Noël Delagrange, sculpteur et aviateur, né à Orléans en 1872. S'est tué aux commandes de son avion en 1910. Ses œuvres en grès flammé ont été éditées par la SAPCR après sa mort.

parcelles, des flots de lumière à laisser couler pour l'éternité entre vie et mort, haut et bas, esprit et matière !

Flammés ! Grès flammés !

Bien malin celui qui aurait pu trouver d'autres mots pour une aussi large ouverture sur l'indicible. Il fallait en rester là. Vouloir enfermer un tel mystère dans la langue aurait été prendre le risque de l'éventer, de le réduire aux dimensions étriquées de l'humain dont il était issu mais qu'il explosait comme une vieille baudruche ! Ils en restèrent là ! Grès flammés. Ainsi s'appelleraient les vases « Ombelles » de Grüber, l'autre « A la cruche cassée » de René Jeandelle, cet autre encore, « A la vague », de Claudin[1], ces cruches, chouettes pensives sur leur tronc perché, fougères en crosse d'évêque, nénuphars géants posés à même la panse de cache-pots à reflets mordorés, ou ce pied de lampe « Cardères » de Victor Guillaume, le beau peintre ermite de Lorraine.

Tous les produits issus de cette effervescence et de ce mystère s'appelleraient ainsi désormais, des boutons de sonnette à reflet métallique bleu-vert aux carreaux de poêle de grand feu brun-ocre, en passant par le carreau « Monnaie du pape » de Majorelle, les décors de cheminée « Capucine » du sculpteur Albert Vautrin, les frises « Algues et poissons » de Grüber, dont s'ornaient toutes les façades nouvelles de Lorraine et d'ailleurs !

Fin novembre, ils étaient allés passer une journée à Nancy. Palmyre avait promis qu'ils iraient en compagnie de Théo, certes, mais il avait obtenu de Clémence d'y

1. Pierre-Roger Claudin, peintre-décorateur. Né à Perpignan en 1877, mort à Nancy en 1936.

aller d'abord une fois tous les deux, « en éclaireurs ! » avait-il précisé, « en éclaireurs ! ». Besoin de changer d'air, de voir plus large que le cadre de la vitrine, de sentir sous ses pas un autre sol que le plancher de la boutique et d'avoir sous les yeux un autre horizon que celui de Sainte-Libaire. Alors elle avait accepté d'« éclairer » à deux leur future visite à trois.

Des nuages sombres couraient sur la vieille ville, d'impétueuses frasques de vent s'engouffraient entre les façades de la Grand-Rue, tournaient sur les pavés marquant l'endroit où, cinq siècles plus tôt, le cadavre du Bourguignon Charles, dit le Téméraire, avait été dévoré par les loups ; la pluie menaçait de noyer la ville ! Mais il n'en tomba pas une goutte. Elle retenant son chapeau, lui balançant le parapluie comme une canne, ils se promenèrent longuement sur la place Stanislas en évitant le flot continu des voitures pétaradantes, fiacres et cavaliers qui s'entrecroisaient sous le doigt pointé du vrai-faux duc en manteau royal à la française désignant son trône de Pologne perdu, admirant les grilles et leurs feuillages d'or forgés sous l'ancien régime par le génial ferronnier Jean Lamour.

— Ne trouves-tu pas qu'ils ont déjà l'élégance que s'attribuent nos artistes actuels ? Regarde ces galbes, ces volutes, quelle pureté ! Comment ont-ils pu, avec les moyens de l'époque… comment ?

Palmyre se rendait compte, en effet. Mais ce qui le réjouissait le plus était l'enthousiasme de sa femme devant ces merveilles de métal. Il la prit par le bras, la conduisit vers les fontaines en eau sous leur portique de lumière, celle de Neptune, celle d'Amphitrite, où s'ébattaient des dizaines de pigeons. Clémence ne disait plus rien. Elle posait son regard partout où les formes de

Guibal[1] éveillaient de nouveaux désirs de création. Il n'entendait que des « Oh ! », des « Ah ! » contenus, des rumeurs de gorge, comme si elle avait voulu garder pour elle seule les bouffées d'émotion, ses ronronnements de chatte.

Chez Walter, ils avaient dîné d'un pâté lorrain mémorable qui, à lui seul, aurait pu faire le repas tout entier : porc mariné à souhait qui fondait sur la langue, pâte feuilletée d'une légèreté de brume, vin blanc sec d'Alsace choisi par Palmyre pour l'accompagnement. Puis, automne exigeant, ils avaient dégusté un pot-au-feu, « comme ma grand-mère ! » s'était exclamée Clémence dès la première bouchée, retrouvant dans ces saveurs les gestes, sourires et regards de celle qu'elle croyait oubliée pour l'avoir si peu connue. Enfin, après un munster semé de cumin, ils avaient avalé une portion d'évêque d'œufs à la neige que les Parisiens venaient de rebaptiser, pour l'exotisme, « îles flottantes » !

Et ils avaient parlé de... lui, qui venait de rentrer en métropole !

Puis la bienveillance du ciel leur avait permis de faire une promenade digestive dans les allées du parc de la Pépinière, bienvenue après le repas chez Walter.

Lui ! Dans sa dernière lettre, Théo leur racontait son voyage de retour : l'embarquement retardé à cause de problèmes sanitaires, une tempête au plein cœur du golfe du Lion, qui les avait tous agrippés au bastingage à rejeter des flots de bile dans la mer, l'arrivée à Marseille

1. Barthélemy Guibal (1699-1757). Nommé premier sculpteur du duc Léopold de Lorraine en 1724, il a travaillé sur les chantiers ducaux de Nancy, Lunéville, Commercy, y laissant de nombreuses œuvres de qualité.

inondée de soleil mais coupée en deux par un mistral à décorner tous les taureaux de Camargue, puis le train jusqu'à Paris. Là, il avait eu la surprise de voir baptiser une rue du nom de… Rambervillers ! Dans le douzième arrondissement, du côté du bois de Vincennes, une rue parallèle à celle du Sahel ! « Avec tambours et trompettes, discours de notables, et ruban tricolore coupé par un maire en jaquette, pantalon rayé et tuyau de poêle luisant vissé sur la tête. La sonnerie aux morts, à la mémoire des victimes d'octobre 70, m'a tiré des larmes, je peux vous le confesser. J'ai pensé à mon père… » A la lecture de ce passage, la voix de Clémence avait faibli. Palmyre était resté d'argent et d'ivoire près de la grande horloge.

A leur retour de Nancy, fourbus et heureux, ils s'étaient couchés sans même avoir fait chauffer la soupe. Ils avaient juste croqué une pomme, face à face, dans la lumière blafarde de la lampe à pétrole qui dessinait au plafond une auréole d'or.

Le lendemain matin, un vacarme épouvantable les tira d'un sommeil encore profond. Ils avaient dormi comme des souches. Depuis longtemps, ils n'avaient pas passé une aussi bonne nuit !

On cognait à la porte de la boutique, à coups de poing, et avec un objet dur qui faisait sonner le bois comme un tonneau vide. Palmyre se dressa, regarda Clémence qui émergeait de ses songes. Le jour pointait seulement. La croix de Lorraine des volets apparaissait à peine plus claire dans l'obscurité de la chambre, juste au-dessus des persiennes. Il se leva, craqua une allumette, donna sa flamme à la lampe, enfila chemise et pantalon. En bas, on s'impatientait. Les coups redoublaient. On entendait des voix, des appels, des commentaires, des ordres. Il ouvrit, se trouva nez à nez avec deux gendarmes en grande tenue dont l'un s'apprêtait à donner de nouveaux coups de la poignée de sa baïonnette contre la porte. L'autre présenta un papier marqué de timbres officiels.

— Pouvez-vous nous laisser entrer, monsieur ?

Il avait parlé d'une voix ferme, autoritaire presque.

— Comment ? Pour...

— Vous êtes bien monsieur Palmyre Lazare, époux de veuve Vital Bonnavoine, fille Clémence Goutfeux, commerçant à Rambervillers ?

— Je suis... en effet... Mais que me voul... Vous vous méprenez... Ce n'est pas un constat d'adultère, au moins ? Je suis avec ma femme !

— Laissez-nous entrer, voulez-vous !

Clémence s'était habillée à la hâte. Du haut, elle avait tout entendu. Ebouriffée, un châle jeté sur sa chemise de nuit, pieds nus, elle avait fait irruption dans la boutique.

— Que voulez-vous à mon mari, messieurs ? De quoi s'agit-il ?

— C'est vous qui allez répondre à nos questions, pas l'inverse, madame !

Le premier écarta Palmyre d'un revers de main, força le passage, posa le papier sur le comptoir, se tourna vers le couple, tandis que le second gendarme restait planté devant la porte. Il avait remis sa baïonnette au fourreau.

— Palmyre Lazare, vous êtes accusé de contrebande d'allumettes. Par une lettre reçue hier, nous avons été informés que vous vendez dans votre boutique ces produits illicites. Vous savez sans doute que cette infraction est passible d'une lourde condamnation. Vous n'ignorez pas ce qui est arrivé aux Thomas, le Joseph en prison, et le Charles-Victor envoyé pour cinq ans aux travaux forcés ! Si on trouve quelque chose chez vous, ça risque de vous coûter cher !

Il se tourna vers son second, plus petit, plus malingre, lui fit signe d'ouvrir les volets, de fermer la porte et de commencer à fouiller.

Une clarté laiteuse baignait la place. Le chef prit la lampe des mains de Palmyre, la promena sur les étagères de la boutique. Accroupi, l'autre jetait un coup d'œil aux rayons du bas. Clémence était bleue de froid.

— C'est qu'y en a un stock, ici ! Et ça se cache facilement, des boîtes d'allumettes, derrière des assiettes, dans des cartons, au fond des tiroirs !

En parlant, la lampe à pétrole brandie d'une main, il déplaçait les assiettes et plats, ouvrait des cartons, tirait les tiroirs du comptoir et de la caisse. L'autre, à quatre pattes, en était à retourner les boîtes de vis et de clous.

Palmyre restait planté au milieu de la boutique, incapable du moindre geste. Il se ressaisit juste assez pour oser :

— On peut aller chercher des vêtements plus chauds ? On va prendre le mal, ici… ma femme surtout !

— Accompagne madame, dit le gendarme à la lampe à l'autre, qu'elle ne t'échappe pas, surtout, tu ne dois pas la perdre de vue une seconde !

Elle avait pu remonter dans la chambre, enfiler des bas, et un chandail par-dessus sa chemise de nuit, en présence du gendarme, qui avait détourné le regard. Après qu'elle se fut habillée, il ouvrit la fenêtre, jeta les volets contre le mur dans un claquement sec. Sur la place, quelques passants matinaux eurent un regard surpris à la vue de l'uniforme dans la chambre.

La fouille avait duré longtemps, méticuleuse au début, puis plus relâchée, puis de convenance. Il fallait le faire : ils l'avaient fait !

Alors que le premier coup de onze heures tombait de la tour de Sainte-Libaire, repris en écho grêle par l'horloge de la cuisine, ils étaient attablés tous les quatre autour du litre de vin de noix.

— Vous savez, nous, c'est notre travail, rien de plus ! dit le premier gendarme.

— Ni de moins, non plus ! ajouta le deuxième.

— Que voulez-vous... on reçoit, hier, une lettre nous disant que vous fabriquez clandestinement des allumettes, que vous faites venir votre phosphore de Saales, que votre bois de peuplier vous est livré sous couvert du combustible pour le four de madame... Que voulez-vous ? On vient vérifier !

— Une lettre ?

Palmyre tremblait, de froid et de colère. Il était très pâle, les joues creusées, la queue de loir de sa mèche collée au front.

— Une lettre ? Mais de qui ?

Les gendarmes firent mine de ne pas avoir entendu la question. Ils jouaient avec les gros boutons métalliques et les quatre rangs de fourragère blanche de leur nouvel uniforme bleu foncé à passepoil écarlate. Le petit se passait l'index dans le collet orné de grenades brodées en fil blanc comme pour se donner de l'air. Ils n'avaient pas l'habitude, regrettaient leur ancienne tenue, et le bicorne qui leur donnait tellement d'allure hier encore.

— C'est que... il y en a tellement, de ces contrebandiers, dans notre pays !

Celui-là promenait sur les uns et les autres le regard chafouin de l'enquêteur qui veut faire croire malgré tout à une visite de courtoisie.

— C'est un vrai fléau ! Il faut dire que c'est tellement facile, avec cette sale frontière à nos portes !

L'autre acquiesçait en tripotant son képi sur la table, un œil fixé sur le verre encore vide et le litre de vin de noix.

Glacée de la plante des pieds jusqu'à la racine des cheveux, statue de marbre en bout de table, Clémence entendait, mais ne comprenait pas.

— Quelle lettre ? Dites-moi donc... quelle lettre ?

Palmyre revenait à la charge. Alors le gendarme parut se relâcher. Il jeta un coup d'œil au petit comme pour s'assurer de sa complicité, tourna trois fois son beau képi mou sur la table, prit une profonde inspiration. Les deux hommes sentaient le cuir et le cheval. Palmyre versa le vin de noix. Le goulot crépitait sur le bord des verres.

— Voilà ! C'est une lettre anonyme. Mais vous le gardez pour vous, hein ! Et vous ne donnerez pas de suites si nous n'en donnons pas ! Entendu ?

— Promis !

— Une lettre qui disait : « On peut trouver des allumettes de contrebande chez le Juif de la rue du Cheval-Blanc qui en fabrique et qui les vend. » Voilà !

« Chez le Juif de la rue du Cheval-Blanc ! » Après les cris « A mort les Juifs ! A mort les Juifs ! » entendus ces derniers mois à Saint-Dié, repris par une presse complaisante, et les proclamations récentes de Maurice Flayelle, fraîchement élu député nationaliste de Remiremont sur la base d'un programme qu'il avait annoncé « nettement antisémite », Palmyre venait de recevoir une nouvelle gifle ! Après les pierres, aussi, contre leur façade, et le dos tourné de ceux qui, avant leur mariage, fréquentaient famille et boutique. Sans qu'il pût rien pour retenir son geste, il porta la main à son cœur. Il avait encore blêmi. Clémence se leva d'un bond, lui posa la

20

Octobre 1907

Avec les huit cents morts du tremblement de terre en Jamaïque, la victoire des tenants de la Weltpolitik en Allemagne, l'élection à l'Académie française de Maurice Barrès, le 17 janvier, au premier tour de scrutin, le pays vivait l'entrée dans cette année 1907 comme une sévère gueule de bois. La Lorraine n'y avait pas échappé.

Barrès !

Palmyre ne savait plus que penser de cet homme, son voisin de Charmes – terminus de l'Ecrevisse –, qui avait refusé de rejoindre les rangs nationalistes monarchistes et déclarait volontiers que « la république est le bon régime, à condition toutefois qu'on le veuille et qu'on l'adapte ». Il avait lu *Sous l'œil des barbares* et *Un homme libre*, dont il avait apprécié le style, l'exaltation, les cadences, et l'esprit de révolte contre tout ce qui entravait l'éclosion de la personnalité et l'accès à la culture. Il avait lu aussi ses articles du *Figaro*, qu'il avait soigneusement découpés et conservés dans le carton de ses rares souvenirs familiaux. Comme celui du 22 février 1890, qu'il avait relu récemment : « Ecoutez cette foule qui, dans les réunions, crie : "A bas les Juifs !" C'est : "A bas les iniquités sociales !" qu'il faut comprendre. Que leur importent les quatre-vingt mille israélites de France ! Leur colère va contre cette formidable organisation du capital qui les domine. » Barrès poursuivait par une sévère description des injustices sociales tolérées par une République hypocrite, avant de conclure : « Au fond des cœurs, juif n'est qu'un adjectif désignant les usuriers, les accapareurs, les joueurs de Bourse, tous ceux qui abusent de l'omnipotence de l'argent. » Ce même Barrès avait écrit une mémorable lettre ouverte aux ouvriers de Saint-Nicolas-de-Port et Dombasle, découpée et conservée dans le même carton : « Vous êtes des ouvriers isolés, les pauvres travailleurs des salines, des soudières ; donnez la main à tous les autres travailleurs, vos frères, et avec votre misérable salaire, vos fatigues jamais interrompues, pourtant vous dominez le monde. » On croyait y entendre l'ultime phrase du *Manifeste du Parti communiste* publié par Marx et Engels en 1848 : « Prolétaires de tous les pays, unissez-vous ! » Et d'ajouter, à destination du *Figaro* encore : « J'ai souhaité de tous mes vœux le boulangisme [1] afin de voir une révolution avant ma trentième année, enviant nos pères qui en virent quatre en cinquante ans ! » Il avait apprécié, Palmyre, ce Barrès ardent défenseur des humbles et combattant de la reconquête contre le *Diktat* prussien. Et il l'appréciait encore.

Mais il y avait eu l'Affaire, et les écrits d'avant procès : « Le problème demeure de connaître si, oui ou non, le capitaine Dreyfus a trahi ? Jusqu'à cette heure nous l'ignorons. [...] Jusqu'à preuve du contraire l'accusé doit

1. Mouvement politique créé par Georges Boulanger (1837-1891), officier général très populaire qui regroupa autour de lui victimes des injustices sociales et patriotes. Ayant refusé de faire le coup d'Etat attendu par le peuple en 1889, il dut s'exiler en Belgique, où il se suicida sur la tombe de madame de Bonnemains, sa compagne.

être présumé innocent. [...] Il faut qu'on entende l'accusé avec sang-froid. Et il faut que tout le monde l'entende. S'il doit être fusillé, que ses coreligionnaires ne viennent pas nous parler de martyre ! S'il est innocent, que ce ne soit pas un non-lieu analogue à celui de Rouvier ! Nous demandons à l'opinion le respect de l'accusé et aux juges le respect de la justice. » Surtout, il y avait eu les écrits de *La Cocarde*, d'après procès, conservés eux aussi dans le fameux carton. Relatant la dégradation publique de Dreyfus dans la cour de l'Ecole militaire, s'alignant sur le verdict du conseil de guerre qu'il tenait pour la voix de la nation, Barrès y écrivait : « Les cinq à six mille personnes présentes et qu'émouvait cette tragique attente eurent une même pensée : Judas marche trop bien ! [...] Dans ce désert, il allait d'un pas ferme, la mâchoire haute, le corps tout d'une pièce, la main gauche sur la poignée du sabre, la droite balancée. Son chien eût-il léché ces mains-là [1] ? » Mots terribles que Palmyre ne cherchait pas à éviter, mais qui lui faisaient dresser les cheveux sur la tête à chaque relecture.

Une fois lâchés, les mots courent la lande pour blesser, pour meurtrir, pour tuer ! Il le savait, Palmyre. Ces mots continueraient ainsi, tant que le monde serait monde, à tourner dans les mauvais vents, à prendre les têtes, à pourrir les cœurs. Il savait, Palmyre, que rien ne pourrait plus les arrêter, pas même la réhabilitation du capitaine Dreyfus, le 12 juillet 1906, et sa réintégration dans les cadres de l'armée. Le mal était fait. Il serait éternel.

Barrès aussi le savait. Il avait partagé l'erreur de son pays. Pire : il avait mis son talent au service de sa

---

1. Toutes ces citations de Maurice Barrès sont tirées de l'ouvrage de François Broche, *Maurice Barrès. Biographie* (Jean-Claude Lattès, 1987).

promotion ! Dès 1903, il avait compris et il assumait, écrivant dans ses *Cahiers* : « Dans l'affaire Dreyfus, Dreyfus ne fut qu'un prétexte [1]. » Il savait qu'il aurait à porter cette croix-là toute sa vie ! Palmyre, lui, avait la sienne.

Et, malgré ces mots lâchés, prêts à mordre, Maurice Barrès venait d'être élu à l'Académie française au premier tour de scrutin ! Palmyre y perdait ses restes de yiddish. Pour un peu, il y aurait perdu aussi… son alsacien !

— *Hoplà !*

Année difficile que cette année 1907. La France digérait mal son vin du Midi en telle surproduction que la révolte avait produit deux morts, tués par balle à Narbonne, et failli mettre tout le Languedoc à feu et à sang. Les mille quatre-vingt-dix-neuf mineurs tués l'année précédente à Courrières par un coup de grisou étaient dans les mémoires, de même que l'envoi de la troupe par Clemenceau pour contenir les survivants qui dénonçaient le mépris de la sécurité aux charbonnages. Les postiers bougeaient ; les tisserands tramaient le fil et des complots ; les métallos forgeaient leur lutte dans le creuset de la CGT pour la journée de huit heures. Et les grèves succédaient aux grèves : à Paris, celle des électriciens et des employés du gaz, et l'autre, des garçons de café bien décidés à assoiffer la capitale tant que ne leur serait pas donnée l'autorisation de… porter la moustache.

Heureusement, juin avait un peu distrait avec le premier raid automobile, entre Paris et Pékin, et le

---

1. Maurice Barrès, *Mes cahiers* (La Palatine-Plon, 1931, tome III).

premier vol de Louis Blériot sur son *Canard*, suivi d'un atterrissage si brutal qu'il n'était resté du volatile qu'un tas de petit bois.

Théo suivait de près cette aventure de l'air qui allait fasciner le public. Il y avait été converti par le sculpteur Léon-Noël Delagrange, rencontré à la boutique de sa mère au moment où l'artiste commençait à concevoir des œuvres pour Alphonse Cytère qui, depuis l'exposition artistique de Nancy, à l'automne 1903, tenait sa bonne place dans la sévère et prestigieuse famille de l'école de Nancy. Toutes les pièces issues de ses fours, porteuses de la marque en creux *E. N.* sous forme de petit rameau, se vendaient bien désormais, aussi bien dans les Magasins Réunis d'Eugène Corbin [1], qui y croyait dur comme fer, que dans le magasin parisien qui venait d'ouvrir ses portes rue de Maubeuge, dans le neuvième arrondissement. Celles de Clémence comme les autres.

La passion de Léon-Noël pour les aéroplanes avait fini par gagner Théo en même temps que s'épanouissait leur amitié. L'homme était beau, grand, mince, l'œil sombre et le poil d'un noir luisant. Il avait cette élégance naturelle qui se remarque au premier regard, une aisance en société qui le rendait tout de suite attachant, et le verbe si imagé que, quand il parlait de ses essais d'envol, il donnait à son auditoire l'impression d'être assis avec lui sur la carcasse de bois et de toile, le nez dans le vent de l'hélice, les pieds traînant dans l'herbe dans l'espoir d'un décollage même scabreux.

1. Eugène Corbin (1867-1952), fils du fondateur des Magasins Réunis, fut le principal mécène de l'école de Nancy. Léguée à la Ville en 1935, sa collection est à l'origine de l'actuel musée de l'Ecole de Nancy.

« Je t'emmène quand tu veux, assister à ça ! Quand tu veux !

— Volontiers ! lui avait répondu Théo dont l'œil s'était mis à lancer des étincelles.

— Crois-tu que ce soit bien raisonnable ? avait osé Clémence à mi-voix.

— Tu sais, maman, la raison... Si nous n'écoutions qu'elle, la vie serait bien fade ! Ce n'est pas toi qui me diras le contraire, tout de même ! »

Elle avait acquiescé d'un signe de tête. Comment aurait-elle pu riposter, elle qui, depuis plus de trente ans, défiait sa famille, la volonté des hommes de faire de leurs femmes des plantes d'ornement, et les dogmes de tous horizons !

Dès son retour d'Algérie, Théo avait affiché une sûreté de décision qui avait frappé ses parents. Il avait forci, physiquement et mentalement, n'hésitant pas à se mettre en danger, à affirmer ses opinions quand l'occasion lui en était donnée, à négocier ferme, aussi bien avec sa hiérarchie que chez les marchands, celui d'automobiles, par exemple. Il venait de discuter le prix d'une Renault type R d'occasion finalement achetée à des conditions qu'il n'aurait pas osé espérer lui-même ! Il la sortait de la cour les dimanches de beau temps pour promener un Palmyre heureux de partager avec lui les progrès de la technique, et une Clémence gênée de s'afficher ainsi dans une sorte de landau qu'il pilotait à la manière d'un cocher, assis sur le siège avant, la tête couverte d'un casque de cuir et les yeux protégés par des lunettes à petits verres ronds qui lui faisaient une tête de grenouille. Il les conduisait sur les routes, dansant dans les nids-de-poule, cahotant dans les ornières, de préférence du côté du col de la Chipotte, dont il aimait escalader les pentes en faisant pétarader sa machine.

Son séjour dans les colonies lui avait tanné le cuir et éclairci l'œil. Son apparition, à la descente du train, pour son premier Noël en famille, avait provoqué chez Clémence un bouleversement proche du malaise. Elle avait cru revoir… Vital ! Et lorsqu'il l'avait prise dans ses bras, elle avait été submergée par sa bonne odeur d'homme et de cuir que, le nez dans son cou, elle avait aspirée à pleines goulées en pleurant. Puis elle s'était libérée de son étreinte, reculée de quelques pas, l'avait observé, cherchant chez lui ce qui avait à ce point changé, n'avait aperçu que le flot des années passées depuis sa naissance, ses jeux devant le four dans les ételles, le visage doré par les flammes du foyer, ses pleurs de terreur quand il avait rencontré pour la première fois le loup de Métendal.

Le loup de Métendal !

Alors, subitement, sur ce quai, au milieu des caisses et cartons de la fabrique en partance pour l'autre bout de l'Europe, dans la foule des traîneurs de sabre et des paysans endimanchés retour de ville, elle s'était sentie vieille.

Il leur parlait peu d'Algérie, seulement s'ils le questionnaient. Clémence voulait savoir si elle avait vu juste durant ses nuits d'insomnie, alors qu'elle l'imaginait à dos de dromadaire dans les dunes du désert, ou à cheval sur les pentes du djebel. Et s'il y avait encore des lions dans l'Atlas. Et s'il n'y faisait pas trop chaud. Palmyre aurait voulu qu'il lui parlât des populations, des Kabyles notamment, des Chaouias, ces peuples si dignes des Aurès, dont il avait lu les récits de résistance contre toutes les dominations.

« J'y ai vu le meilleur, disait parfois Théo, regard vague et mots lents à franchir la barrière de ses lèvres, une culture très riche, des œuvres d'art d'une grande beauté, entendu des langues qui, à elles seules, faisaient aimer ces peuples. J'y ai connu des confrères prêts à braver les pires dangers pour soigner les malades, peste, choléra, typhus. Certains sont morts. »

Sa voix s'altérait, son regard se voilait. Le silence se posait entre eux.

« J'y ai vu des monuments qui imposent silence et respect, la sépulture des rois numides, par exemple, à Medghassen, ce mausolée d'avant l'ère chrétienne toujours visité par les Berbères comme un lieu sacré. »

Ils l'écoutaient en cassant des noix qu'ils croquaient avec des petites pommes rouges et luisantes, « comme des bonnes joues de paysanne alsacienne », murmurait Palmyre en souriant.

« Mais j'y ai vu le pire, aussi ! »

C'était sa conclusion. Théo n'en avait jamais dit davantage. Il n'en dirait jamais davantage ! Ils l'avaient compris. N'insistaient pas.

Alors Clémence débarrassait la table, puis attaquait la vaisselle tandis que ses hommes continuaient à parler de politique, de la prochaine sortie vers le col de la Chipotte, et des futures affectations du médecin aide-major de première classe Théophile Bonnavoine.

Après sa permission de retour d'Algérie, Théo avait dû repasser par le Val-de-Grâce, où l'état-major avait d'abord voulu le maintenir. Il s'était soumis un moment à ses ordres, tout en multipliant les demandes de mutation dans l'est du pays, en Lorraine si possible, à Nancy plus précisément.

Il savait condamné là-bas le vieil hospice Saint-Jean, et aussi que le nouvel hôpital militaire, en construction sur les terres du Bon-Coin, ne tarderait pas à être mis en service. On parlait d'une ouverture dans dix-huit mois à deux ans, de quinze pavillons pour plus de cinq cents lits ! La première pierre avait été posée en 1901, après approbation du projet par le médecin général Guillemin, chef du service de santé du 20e corps. En attendant, il fallait continuer à faire tourner la maison d'ancien régime, dont les structures avaient explosé pendant les semaines terribles de 1870. Tous les mourants percés de balles, blessés de Reichshoffen fendus en deux à coups de sabre prussien, tous les malades de dysenterie et autres cochonneries contagieuses avaient déferlé là par vagues telles que l'hôpital avait dû mobiliser vingt-huit sites très hétéroclites répartis sur des kilomètres, de la manufacture des tabacs en pleine ville à la chartreuse de Bosserville, à deux heures de cheval, en passant par les temples de loges maçonniques réquisitionnés, comme celui de la loge Saint-Jean-de-Jérusalem ! Tous, en attendant l'ouverture du nouvel établissement, fonctionnaient encore au service d'une garnison de quinze mille hommes dans des conditions très difficiles.

Il avait fini par obtenir gain de cause, Théo !

Un jour, le papier officiel était arrivé, annonçant son affectation à Saint-Jean de Nancy. Il avait sauté de joie. Il allait enfin pouvoir rentrer souvent à Rambervillers pour surveiller la santé de sa mère, celle de Palmyre, surtout, dont il avait remarqué les contractions de plus en plus fréquentes de la mâchoire, la main portée au côté, et les coups de pâleur subite qui interrompaient leurs conversations.

— Que ressentez-vous, lui demanda-t-il, un soir, entre fromage et pomme aux noix, alors que Palmyre s'était arrêté de parler pour contenir la brûlure du fer qui taraudait sa poitrine, et reprendre souffle.

— Rien ! Seulement un petit coup de fatigue. Mais ça passe très vite ! Pas de soucis... j'ai l'habitude !

Théo voulut l'examiner. Il refusa, violemment presque :

— Je ne suis pas malade ! C'est un coup de fatigue, te dis-je, rien de plus ! *Jet's langt's !*

— Tout de même... que ressentez-vous dans ces moments-là ?

Il ne voulait pas répondre. Mais Théo le regardait si fixement ! Et Clémence, qui avait laissé tomber son torchon sur la table, d'un œil si suppliant.

— Tu sais, à mon âge, il ne faut pas s'attendre à une deuxième jeunesse ! C'est comme ça ! Voilà !

— Je ne vous demande pas un cours de philosophie sur la vie, répliqua sèchement Théo.

Palmyre sentit alors qu'il n'y échapperait pas, cette fois-là, sauf à se fâcher avec lui. Ce qu'il ne voulait pour rien au monde.

— Comme un poids, là, qui se pose, qui m'écrase la poitrine, qui me la serre comme dans un étau... des fois, comme des coups de poignard...

Clémence s'était assise en bout de table. Elle redoutait le verdict de Théo, scrutait son visage à la recherche d'indices.

— Et le bras ? Est-ce que vous sentez une douleur dans le bras ?

— De temps en temps. Mais rien de bien méchant ! Tu sais, mon Théo, ce sont toutes les émotions de la vie qui remuent dans la carcasse, les bonnes comme les mauvaises. Heureusement, maintenant, je n'en connais plus que des bonnes !

— Est-ce que, parfois, elle remonte vers le cou, semble vous prendre les mâchoires, cette douleur ?

La pertinence de la question stupéfia Palmyre. Bien sûr qu'il la ressentait, cette douleur, jusque dans ses mâchoires, qui se contractaient malgré lui, et qui le trahissaient aux yeux de Clémence ! Il hésita un instant, puis :

— Ça arrive... ça arrive...

— Je vais vous donner des comprimés. Vous en mettrez un sous la langue quand...

— Non, mon Théo, non ! Rien ! C'est comme ça !

— Mais... s'il te dit... tu devrais... tenta Clémence.

Il étendit le bras, prit la main de sa femme, qui la lui abandonna.

— Inutile, ma chérie ! Le corps humain est comme les machines ! Il s'use ! On a beau y mettre des pièces neuves, davantage d'huile, faire comme si... n'empêche...

Il prit une grande inspiration.

— Il y a un temps pour tout ! *So esch's !*

Silencieux, Théo jouait avec les coques de noix sur la table. Il releva la tête, les vit tous les deux, main dans la main, se tenant par les yeux et par le cœur. Un frisson le parcourut. Il ne put s'empêcher de penser : « Pour combien de temps encore ? Combien ? »

Alors, il entendit Palmyre murmurer à sa femme :

— Ma bonne Clémence, qui saura jamais combien je suis heureux avec toi ?

Ce matin d'octobre, un soleil vif d'arrière-saison brodait des jours en losange dans les planchers de l'hôpital. Le coup de froid de la veille avait endormi la nature du parc. On avait même vu des flocons-phalènes danser autour des réverbères. Les hirondelles étaient parties depuis longtemps déjà. Elles avaient senti l'hiver venir ! Au petit jour, les premières gelées avaient cuit les dernières pensées des parterres et, avec la complicité des araignées de nuit, accroché aux tilleuls des guirlandes de cristal.

Après le rapport dans le bureau du médecin-chef Lèques, un homme raide comme un passe-lacet, mais d'une disponibilité permanente et généreuse, le médecin aide-major de première classe Théophile Bonnavoine passait en revue ses malades du deuxième étage de l'hôpital Saint-Jean. Les fiévreux de la salle Saint-Firmin l'avaient retenu plus longtemps que de coutume. Il avait du retard sur son programme, dévala l'escalier pour une urgence chez les blessés de Saint-Louis, remonta quatre à quatre vers la salle Saint-Sigisbert où il devait s'assurer des bons effets du baume du Pérou sur les galeux. Il venait de se pencher au chevet du premier malade lorsqu'une religieuse s'approcha, lui tendit un télégramme. La couleur et la forme du papier le pétrifièrent sur place. Il décolla le pli, l'ouvrit, devint instantanément livide. La religieuse s'avança.

— Ça ne va pas, docteur ? Voulez-vous...

Le malade s'était assis dans son lit.

— Non, merci. Ça va aller ! Pardonnez-moi, il faut...

Il jeta un coup d'œil circulaire dans la salle, vit les malades, certains lisant, d'autres fumant la pipe, d'autres assis attendant sa visite, comme pour s'assurer qu'il n'était pas la proie d'un cauchemar, tendit son paquet de fiches à la sœur.

— Pardonnez-moi, ma sœur, je dois partir. Continuez sans moi, nous ferons le point à mon retour.

Il n'avait pas encore fini sa phrase qu'il était déjà au pied de l'escalier, puis dans le bureau du médecin-chef, puis à la pharmacie pour prendre une boîte de trinitrine[1], puis dans sa chambre, à jeter quelques effets dans son sac. Une demi-heure plus tard, il était sur le quai de la gare.

A son entrée dans la chambre, Théo comprit. Il avait eu beau s'y attendre, le coup fut tout de même brutal. Crise d'angor. Une nouvelle ! « Un jour ne ressemblera pas aux autres ! » s'était-il répété dans le train. Il s'était même surpris à prier pour que ce jour ne fût pas...

Un jour !

Palmyre était couché. Clémence à son chevet. Blême, immobile, la tête calée dans l'oreiller, couvert jusqu'au menton, il respirait par à-coups. Quand Théo lui prit le poignet, il eut la force de tourner la tête vers lui, lui lança un regard difficile à soutenir. Il en avait vu d'autres, Théo, des regards de malades, de blessés, de mourants ! Mais celui-là : transparent, lumineux, traversé par les brumes argentées d'automne, comme si Palmyre était déjà ailleurs, de l'autre côté, là où l'on ne va que seul ! Son pouls filait à une allure vertigineuse. Le cœur ne battait plus. Il n'était plus qu'une contraction. Théo fit entrouvrir les lèvres du malade, le força à écarter les mâchoires, glissa sous la langue un comprimé de trinitrine, reprit le poignet. Le pouls était si rapide qu'il en était devenu imperceptible.

Théo se tourna vers sa mère, lui souffla dans l'oreille :

— Depuis quand, cette crise ? Comment ça s'est passé ?

---

1. Médicament découvert par l'Anglais William Murrel en 1879, utilisé pour lutter contre l'angine de poitrine. Jusque-là, on utilisait le nitrite d'amyle, mis au point par l'Anglais Thomas Brunton en 1869.

— On nous a livré du bois, hier après-midi, pour le four. Le tas débordait sur la rue. On risquait de provoquer un accident. Alors il a décidé de le rentrer tout de suite dans la cour…

Théo écoutait sa mère, un œil sur Palmyre dont seule la lèvre inférieure frémissait de temps en temps. Sa respiration, comme le pouls, très courte, rapide, imperceptible. La trinitrine aurait-elle le temps d'agir ?

— Je voulais seulement qu'on le remonte un peu, pour dégager la chaussée. Je l'aurais rentré tranquillement ce matin. Il était fatigué par la journée à la boutique. Et puis, une bise glaciale s'était mise à souffler ; je ne voulais pas qu'il prenne le mal. Mais, à cause des risques d'accident, il a insisté pour le faire tout de suite. Je n'ai pas pu l'en empêcher !

— Et c'est pendant que vous rentriez ce bois que…

— On travaillait depuis une heure peut-être. Il portait une baugeotte quand, tout à coup, je l'ai vu la poser, porter la main à sa poitrine, devenir très pâle. Je l'ai pris par le bras. Je l'ai aidé à monter l'escalier. Je l'ai couché. Il s'est mis à suer à flots.

— Tu n'as pas appelé le médecin ?

Elle se tourna vers Palmyre, toujours immobile, les yeux grands ouverts sur un mystère qu'elle aurait bien voulu pénétrer, lui prit la main.

— Il n'a pas voulu. Il m'a dit que si je le faisais venir il le mettrait dehors, que ça allait passer, que le repos suffirait.

Elle parlait vite, comme si une course venait de se lancer, contre le temps trop long de la maladie qui progressait, et trop court de la vie qu'elle sentait lui filer entre les doigts.

— Alors, je lui ai donné un verre d'eau fraîche qui lui a fait du bien. Il s'est assis. Puis la douleur est revenue.

Je l'ai recouché. Depuis, il est tel que tu le vois. Je l'ai veillé toute la nuit. Au petit matin, c'est lui qui m'a demandé de t'appeler. Je n'attendais que ça, tu sais. Je l'aurais fait, même s'il me l'avait interdit.

Elle se tut, ne savait plus quoi dire, n'avait plus envie que de le regarder, lui caresser le front, lui baiser la main.

Théo passa de l'autre côté du lit, reprit le poignet de Palmyre, ne trouva plus son pouls. Il se pencha, vit ses yeux rouler comme s'il voulait regarder l'intérieur de son crâne, sa gorge se contracter plusieurs fois, comme pour déglutir, entendit un murmure, très faible, qu'elle entendit aussi, si faible qu'ils crurent à une hallucination...

— *Ich hab' dich leeb*[1]...

Un dernier spasme, une dernière contraction de la gorge. Puis le corps s'affaissa. Un brouillard laiteux se posa sur les yeux...

Silence.

Alors Clémence répondit, d'une voix sourde :

— Je t'aime.

Puis elle s'effondra sur le corps vide de son amour.

Deux jours plus tard, accompagnés d'une poignée de fidèles, Alphonse Cytère et Léon-Noël Delagrange en tête, Clémence et Théo conduisirent Palmyre directement au cimetière communal, sans passer par la synagogue, ni l'église.

Il reposerait à côté de Vital, au cœur du monde des morts chrétiens, à deux pas de ceux de la communauté juive qu'il n'avait jamais reniée. Le maire, monsieur

1. « Je t'aime. »

Rejoignez le Club des Amis de
Terres de France

Remplir en lettres capitales

E-mail...

Mme ❑ Mlle ❑ M. ❑

Nom...

Prénom...

Date de naissance...................................

Adresse

N°........... Rue...

....

Code postal...................... Ville...

Pays... Téléphone....................................

Votre (vos) région(s) de prédilection :

- ❑ Alsace
- ❑ Aquitaine
- ❑ Auvergne
- ❑ Bretagne
- ❑ Centre
- ❑ Champagne-Ardenne
- ❑ Corse
- ❑ Franche-Comté
- ❑ Ile-de-France
- ❑ Languedoc-Roussillon
- ❑ Limousin
- ❑ Lorraine
- ❑ Midi-Pyrénées
- ❑ Nord-Pas-de-Calais
- ❑ Normandie
- ❑ Pays de la Loire
- ❑ Poitou-Charentes
- ❑ Provence-Alpes-Côte d'Azur
- ❑ Rhône-Alpes

Vous souhaitez découvrir de nouveaux romans, de nouveaux auteurs ?
Recevez la newsletter des éditions Presses de la Cité.

Oui ❑ Non ❑

Coupon à renvoyer à l'adresse suivante :
Club des Amis de Terres de France - Presses de la Cité
12, avenue d'Italie - 75627 Paris cedex 13

Lahalle, le docteur Lèques, médecin-chef de Saint-Jean, et la religieuse de l'hôpital témoin de l'arrivée du télégramme avaient tenu à être de ce maigre cortège. Le régisseur des Coëtlosquet aussi, discret derrière quelques chasseurs du 17e qui avaient pris l'habitude de venir discuter avec lui à la boutique en choisissant un blaireau, du savon à barbe, ou en marchandant le prix d'une fiole de Pétrole Hahn.

Devant la fosse, Clémence dit quelques vers du Kaddish des morts que Palmyre lui avait fait apprendre, lui demandant de les lui offrir le moment venu.

Be'alma dèhou'atid lè'it'haddata
Oul'a'haya metaya... [1]

A la fin, la religieuse lui prit la main, la tint ferme durant toute la prière, poursuivit :

Notre Père, qui êtes aux Cieux,
Que Votre nom soit sanctifié,
Que Votre règne vienne...

Ensemble elles firent tomber une poignée de terre sur le cercueil puis, prenant Théo par les bras, tandis que les autres, les yeux dans le vague, regardaient s'activer le fossoyeur, s'en furent vers la ville.

Sed libera nos a malo !

---

1. « Dans le monde qui sera renouvelé/Et où Il ressuscitera les morts... »

21

Juin 1910

— Tu vas me faire le plaisir de rallumer ton four et de cuire tout ce qui attend là, sur tes étagères !

Théo prit sa mère par les poignets, la secoua un peu, pas trop fort, juste assez pour la tirer de la lente léthargie qui l'avait engourdie depuis la mort de Palmyre.

Clémence baissa la tête. Elle n'avait plus envie. Elle se sentait lasse, à bout de souffle, vide.

— Tu sais... à mon âge !

Mettre en avant son âge de la sorte déclencha chez Théo une colère qu'il ne chercha pas à contrôler.

— Comment, à ton âge ? Est-ce que tu veux dire qu'à soixante-neuf ans tu considères ta vie comme finie ? Que tu n'as plus rien d'autre à faire qu'attendre la mort ? Que tu es devenue incapable de modeler, sculpter, dessiner, décorer... de créer ?

Il la fixa d'un regard dur.

— Tu me déçois, ma mère ! Tu me déçois !

Le « ma mère » provoqua un sursaut, comme si elle avait reçu une gifle. Jamais Théo ne lui avait parlé ainsi. Jamais !

— Mais tu te crois...

— Tu peux me dire tout ce que tu voudras ! Je n'aurais pas imaginé entendre de toi, un jour, ce genre de sornette !

Il marchait de long en large dans la cuisine, passait de la fenêtre, d'où il jetait des coups d'œil pointus à l'atelier au fond de la cour, à l'horloge, de l'horloge à la fenêtre, puis de la fenêtre à...

— Et... tiens... je vais la remettre en route, celle-là ! Que tu le veuilles ou non, le temps ne s'est pas arrêté un jour d'octobre 1907 ! Il continue, le temps ! Il continue, le soleil, à briller ! Elle continue, la vie... TA vie !

Avant qu'elle ait pu réagir, il grimpa sur une chaise, ouvrit le coffre de l'horloge, empoigna la clé, commença à remonter le mécanisme. Le bruit des cliquets sur les roues dentées claquait dans sa tête comme de cinglants coups de fouet. Théo relança le balancier. Le tic-tac familier emplit bientôt le silence de la pièce.

Il redescendit de son perchoir. La colère était tombée. Il revint vers elle, lui reprit les poignets, posa les lèvres sur son front.

— C'est là que ça se passe, la vieillesse ou la jeunesse. Là... pas ailleurs !

Il avait pris sa tête à pleines mains, comme dans une coupe de bon miel. Elle s'y sentit bien.

— Dans la tête, pas ailleurs ! Si tu veux être vieille, et inactive, et impotente, alors tu le seras ! Mais si tu veux travailler encore la terre qui n'attend que ça, la malaxer à la tête de bélier comme tu me l'as appris, la présenter au feu puis l'habiller de lumière avec le cobalt, le cuivre et le manganèse et tous tes autres trésors d'alchimiste qui nous émerveillent tellement, moi et les autres... alors tu le pourras !

Il s'échauffait.

— C'est le moment de foncer, nom d'un chien ! Ne venez-vous pas, tous ensemble de la SAPCR, Alphonse, Majorelle, Grüber, Jeandelle et toi, de décrocher une belle médaille d'or à l'expo franco-britannique de Londres ?

Il baissa d'un ton, se mit à parler de sa voix chaude qu'elle aimait, vit le visage de sa mère se colorer, comme les pêches de vigne au plus chaud de l'été, crut qu'il avait enfin réussi à la convaincre. Pendant des semaines, des mois, il avait tout fait pour qu'elle reprenne le chemin de son atelier. En vain !

— Si tu veux, tu peux !

Elle tenta de se rebiffer :

— Facile à dire !

— Je sais, maman, facile à dire ! Mais possible à faire ! Si tu veux, tu peux !

Il lui lâcha les poignets, regrimpa sur la chaise, poussa lentement la grande aiguille de l'horloge pour la remettre à l'heure, très lentement, en respectant les arrêts de sonnerie au quart, à la demie, à l'heure et à sa répétition, comme il l'avait vu faire par Palmyre. Il tira sa montre de son gousset, ralentit encore le mouvement.

— Voilà… cinq heures vingt-cinq du soir, heure de Rambervillers !

Après la mort de son mari, Clémence avait fermé la boutique, telle quelle, sans y toucher le moindre objet, sans y déplacer le moindre outil, sans en changer la vitrine. Tout était resté comme Palmyre l'avait laissé à sa fermeture du dernier soir, juste avant d'attaquer le tas de bois. Seuls les livres de comptes avaient changé de place, par obligation de clôturer les opérations pour l'administration. Un léger voile de poussière s'était posé sur les cadres et hausses de ruches, les enfumoirs, boîtes de boulons, rondelles, pitons, vis à bois et clous de tapissier, sur les pelles, bêches et râteaux de fenaison, pots à salaisons, cartons de blaireaux, savon à barbe, Pétrole Hahn, et sur les plats et assiettes décorés d'un Chinois à la pêche ou d'un coq perché. Sur le coupe-choucroute aussi, toujours accroché sur les lettres coulasse blanches du mot *YOUPIN*. La porte était restée fermée à double tour, la clé dans la serrure comme l'avait laissée Palmyre, le tablier bleu à poche kangourou pendu à la patère.

A plusieurs reprises, Théo avait voulu emmener sa mère à Métendal, à pied ou dans sa Renault. Il le lui avait proposé en prenant le café, après le dîner en tête à tête dans la cuisine. Elle n'avait dit ni oui ni non, s'était laissé porter par la volonté de son fils.

Assise dans la tribune, elle suivait les courses. Théo avait l'impression que les parfums de foin, de crottin, de cheval et de cuir réactivaient le sang dans ses veines. Son œil s'éclairait, un sourire s'esquissait sur ses lèvres, elle retrouvait quelques gestes de coquetterie, comme de replacer sur l'oreille une mèche vadrouilleuse échappée de son chignon. Elle avait repris l'ombrelle, la tournait sans conviction sur son épaule, semait dans son sillage des fragrances de muguet dont elle avait tamponné son cou sous le lobe de l'oreille juste avant le départ.

Ce dernier dimanche d'août, entre le Premier Pas réservé aux chevaux de deux ans et le Prix du Centaure, le steeple-chase pour chevaux montés à poil, demi-sang, par des cultivateurs qui allaient devoir se mesurer sur mille cinq cents mètres, elle prit le bras de Théo.

— Viens, allons saluer notre loup, viens !

Autour d'eux, l'ambiance n'y était plus, depuis la mort du vicomte Maurice du Coëtlosquet. Il n'était plus là pour tirer la corde de la cloche annonçant le départ des courses. On savait que sa fille Caroline – « une sainte fille ! » murmurait-on en ville – ne tarderait pas à le rejoindre dans le caveau familial. On maintenait l'activité à l'hippodrome plus pour honorer sa mémoire que par réelle conviction. Le public était clairsemé ; quelques groupes allaient et venaient, des femmes en bustier léger et jupe longue fendue jusqu'au genou, des bourgeoises en dentelles accompagnées par des messieurs à favoris, des chasseurs en uniforme dont les boutons lançaient des éclairs. La joute entre la musique du régiment et la fanfare municipale n'offrait plus que des échos disparates. A la buvette, la bière coulait moins mousseuse, le vin moins épais. Théo s'était laissé guider par sa mère.

— Il est toujours aussi beau, n'est-ce pas ?

Le bronze luisait dans le soleil.

— C'est vrai qu'il est toujours aussi beau, ce loup de Métendal !

— Peut-être encore plus beau maintenant !

— Tu trouves ?

— Oui... le temps lui a donné une patine si douce ! On le dirait habillé de velours ! Sens...

Il lui prit la main, la lui posa sur le flanc de l'animal, si tiède qu'il paraissait palpiter.

— On dirait qu'il est vivant. C'est drôle ! On dirait vraiment...

Elle avait l'impression de sentir battre la vie dans les veines du loup sous sa paume. Elle ferma les yeux.

— Oui, il est plus beau maintenant !

Emue aux larmes, elle le regardait intensément.

— Parce qu'il t'a transmis sa belle énergie ! C'est ce qui fait sa beauté nouvelle : il te fait revivre ! Je ne lui en serai jamais assez reconnaissant !

D'un bond, Théo grimpa sur le socle, prit le loup par le cou, déposa un baiser claquant sur son front, entre les oreilles pointées, un autre sur le museau tendu vers la ville.

— Allons, mon garçon, on se permet des privautés !

Clémence sursauta. Derrière elle, le régisseur du domaine Coëtlosquet. Ils ne l'avaient pas vu arriver. Théo sauta aux pieds de l'homme, salua...

— J'espère que vous me pardonnerez, monsieur, mais il est si beau, et il me rappelle tellement de bons moments !

Puis, se reprenant :

— Il NOUS rappelle tellement de bons moments !

L'administrateur lui tendit la main.

— Vous êtes tout pardonné, cher docteur. Je vous comprends, vous savez, je vous comprends !

Puis, s'inclinant devant Clémence :

— Je suis heureux, madame, de vous revoir ici, très heureux !

Clémence balbutia un remerciement. Cet homme, qui avait toujours accompagné le vicomte, tenait de lui sans doute charme, distinction, cœur ouvert aux peines des autres. On ne vit pas aux côtés d'un être exceptionnel sans en partager la richesse ! Comme son maître, hier encore, le régisseur en imposait par la seule force de sa bonté. Sa présence au cimetière, pour accompagner Palmyre...

— Permettez-moi de vous...

— C'est fait, chère madame. Les mots ne sont pas nécessaires pour que nous nous comprenions. Je sais, simplement, je sais.

Amaigri, les épaules en creux, le cou flottant dans un celluloïd trop large, le régisseur était très marqué par le drame que vivait la famille : la lente agonie de Caroline, femme touchée par la grâce, aussi habile à la musique qu'en littérature, et d'une rare élévation d'esprit.

— Je sais que vous pensez aussi à elle. Madame veille, avec... la Providence !

Il souleva son chapeau, esquissa une courte révérence devant Clémence.

— A vous revoir ! J'y aurai plaisir ! Si, si... plaisir !

Les vainqueurs du Prix du Centaure venaient de recevoir leurs cinq cents francs. La tribune se vidait. Bras dessus bras dessous, mère et fils avaient repris le chemin de la Goulotte.

Le soleil rouge déjà s'apprêtait à fondre sur les champs Bataule puis, de là, dans les flots de la Mortagne.

— Les jours ont bien raccourci. La fraîcheur est là ! dit-elle en se rapprochant de son médecin préféré.

— Viens !

Il passa le bras autour de sa taille et l'attira très fort contre lui.

Ils marchèrent ainsi jusqu'à la maison.

Elle avait semblé renaître après cette visite à Métendal puis, Théo reparti à Nancy, elle avait sombré de nouveau, mangeant juste pour survivre, travaillant la terre juste pour ne pas perdre la main, laissant sécher ses créations qu'Alphonse venait chercher pour les cuire dans le four de l'entreprise. Mais, au moins, elle s'était remise au travail de la terre ! Elle allait dans les ateliers de la SAPCR pour l'émaillage, les pièces supportant mal le déplacement après l'application des oxydes. Ses seules sorties ! Encore filait-elle dans la rue plus vite que son ombre pour éviter les rencontres, partait très tôt le matin, au chant du coq, rentrait tard le soir après le repli de chacun, grignotant à mi-journée un casse-croûte d'ermite malgré les invitations renouvelées d'Alphonse à venir partager son repas. Alphonse, qui en profitait pour l'examiner du coin de l'œil, observer sa manière d'être et de faire, évaluer son état de santé, et qui, s'il remarquait une anomalie, téléphonait aussitôt à Théo, lequel revenait dès que son service le lui permettait.

— J'ai décidé de t'emmener au théâtre, petite mère ! lui annonça-t-il lors de l'une de ses visites.

Clémence eut un sursaut de surprise, effarouchée presque.

— Oui, au théâtre ! Tu te demandes bien où, n'est-ce pas ?

Elle n'avait jamais mis les pieds dans un théâtre, n'en connaissait pas en ville, ni dans la région, sauf à Nancy !

— Nancy ?

En un éclair, elle revit les images de son escapade là-bas, avec Palmyre, en éclaireurs : la place Stanislas, ses dizaines de pigeons, les allées de la Pépinière, et lui revint en bouche le goût fameux du pot-au-feu de chez Walter. En éclaireurs ! Ils n'avaient pas eu le temps d'y retourner avec Théo ! L'autre, avec ses dents castagnettes et sa faux, avait été plus rapide. Son regard s'obscurcit.

— Non, petite mère, pas à Nancy ! Ailleurs ! Dans un endroit que tu ne connais pas – moi non plus, d'ailleurs ! – mais dont j'ai entendu et lu le plus grand bien. Dans un endroit… enchanteur, dont les airs et les eaux sont excellents à la santé ! Tu vois, je n'oublie pas ma mission de médecin, en même temps que je pense à notre divertissement !

— De quoi me parles-tu ?

Elle s'était ressaisie. Le mystère l'excitait, en même temps que la perspective d'un voyage l'inquiétait. Elle redoutait maintenant tout ce qui la tenait éloignée de son milieu, de ses objets familiers, tout ce qui perturbait ses habitudes, tout ce qui lui donnait l'impression d'abandonner ses deux hommes couchés au cimetière, sinon de les trahir.

— Cherche ! Tu devrais trouver, petite mère !

Pourquoi l'appelait-il ainsi, « petite mère », ces derniers temps ? C'était nouveau, ça. Quelle mouche l'avait donc piqué ? L'horloge sonna la demie de cinq heures, « heure de Rambervillers ». Clémence se laissa prendre au jeu de la devinette :

— C'est loin d'ici ?

— Pas très ! Allez, disons... une vingtaine de lieues, petite mère, pas plus ! Au sud-est.

Finalement, il lui plaisait bien, ce « petite mère » ! Nouveau, et tout plein d'affection ! « Petite mère ! » Elle fit rentrer sa mèche rebelle dans le rang de l'oreille. Théo était heureux de son effet.

— Sud-est... Epinal ? Je sais, il y a un théâtre à Epinal, un beau petit théâtre même ! J'en ai lu quelque chose il n'y a pas bien longtemps ! Je crois même que le roi y est venu...

— Le roi y est peut-être venu, mais ce n'était pas hier. Depuis, les temps ont changé ! Et nous n'irons pas là, nous ! Réfléchis encore, petite mère... ce n'est pas Epinal !

— Sud-est... je ne vois pas !

— Bon ! Je t'aide ! Cherche du côté des villes d'eau !

— Vittel, Contrexéville... mais ce n'est pas au sud-est, ça ! Il faut que tu revoies ta géographie, mon pauvre enfant !

« Mon pauvre enfant ! » Il sentit monter en lui une vague de tendresse, une lame de fond !

Ils jouèrent ainsi une bonne partie de la soirée.

Le lendemain matin, tandis que Clémence remuait la poussière dans son atelier, Théo filait jusqu'à la manufacture. Alphonse, réjoui du tour qu'avait pris leur conversation de la veille, décrocha son téléphone Ericsson, appela l'opératrice, le lui tendit. En trois mots, Théo avait réservé deux chambres à l'hôtel des Sources.

La semaine suivante, Alphonse les transportait dans sa voiture jusqu'à la gare de Rambervillers où, Théo n'ayant pas voulu prendre le risque pour sa mère d'une panne de sa Renault, ils montèrent dans un wagon de l'Ecrevisse, au cul d'une machine suante d'huile et crachante de suie. Direction Bussang !

Au changement de Charmes, ils n'avaient pas encore prononcé un mot, sauf pour commenter, à Moriville, les opérations de dégagement de la voie occupée par trois vaches en goguette.

Jusqu'à Epinal, ils s'étaient confié leurs impressions de découverte de la basse vallée de la Moselle, large et ample, autrement plus imposante que la Mortagne ! Leur train avait fait une longue halte en gare d'Igney, le temps de décharger des dizaines de balles de coton pour l'usine dont la cheminée crachait son nuage anthracite à un jet de pierre du quai. Ils en avaient profité pour aller boire un verre de sirop d'orgeat au café des Amis. Sur le côté du bistrot, des enfants piaillaient, lançant dans la goulotte du jeu de quilles d'énormes boules de bois qui roulaient dans un bruit de tonnerre. Il faisait chaud, d'une chaleur poisseuse qui annonçait l'orage.

D'Epinal à Bussang, ils avaient parlé d'aéroplanes. Théo partageait maintenant la passion de son ami Léon-Noël pour ces techniques de l'air. Il raconta à sa mère que, après la visite du général Gallieni à la toute nouvelle société Avia, de Saint-Dié, c'était un Américain, un certain William Boeing, qui, misant sur le développement de l'aéronautique, y était venu, disait-on, acheter un appareil qu'il avait fait transporter chez lui et fait voler, en mars dernier, à Seattle !

— Ah, que j'aimerais apprendre à piloter ces machines-là ! s'exclama-t-il alors que le train s'époumonait dans la lente remontée de la vallée de la Moselle.

Clémence tremblait à l'idée de voir son fils s'élever dans les airs sur ces engins de bois, de toile et de papier ! Elle n'en dit rien. Mais il le remarqua, changea de sujet.

A l'entrée en gare de Remiremont, il lui racontait que, à l'hôpital, il était tombé, dans *L'Epatant*, sur une aventure des Pieds Nickelés qui dégustaient une tête de veau de Rambervillers ! Frisson de fierté garanti !

— Elle ne valait pas la mienne ! dit Clémence en riant.

— Evidemment, ma petite mère ! C'est bien la tienne, la meilleure ! Et je ne dis pas ça pour te faire plaisir ! C'est la réalité vraie, absolument vraie !

Dans les premiers contreforts des Vosges, ils évoquèrent les propos du nouveau député de Neufchâteau. C'est elle qui, l'air soudain grave, avait abordé le sujet. Peut-être pensait-elle, à ce moment proche de leur entrée en gare de Bussang, que Palmyre aurait pu être avec eux, aurait dû...

— Tu te rends compte !

Ses yeux lançaient des éclairs. Théo se réjouit de la voir de nouveau capable de se mettre en colère.

Le train débordait maintenant de beau monde monté aux différentes haltes, des messieurs en costume de tweed et chapeau à l'anglaise, le cigare aux lèvres, des dames en tulle et falbalas, décorées comme des arbres de Noël, des curistes, à en croire leurs effets oratoires, venus de Vittel la jeune, Contrexéville l'ancienne, de Bains-les-Bains[1] la romaine, qui montaient à Bussang comme en pèlerinage, pour les dieux de la tragédie rurale ! Et, panier au bras, mégot au bec, quelques paysans retour de marché perdus dans cette écume de ville.

— Tu te rends compte que ce Camille Picard a osé écrire dans *Le Patriote* : « C'en est fait. Le malheur est complet. Notre arrondissement, ce beau pays de Jeanne d'Arc, a un député juif ! »

L'ignoble sortie de ce député lui était tellement insupportable que Clémence la connaissait par cœur. Pas eu besoin de l'apprendre ! L'avoir lue une fois seulement avait suffi pour la graver en elle comme l'un des objets de sa révolte permanente.

— Tu te rends compte ?

Dans l'indignation de sa mère, Théo reconnut les accents du combat de Palmyre. Il lui prit la main, y déposa un, puis deux, puis une ribambelle de baisers.

---

1. La station thermale de Vittel fut créée en 1854 par Louis Bouloumié, avocat à Rodez, homme politique, dont la source Gérémoy avait amélioré la santé. Contrexéville est une source d'eau minérale fréquentée dès le dix-huitième siècle (c'est le *Mémoire sur les eaux minérales de Contrexéville* présenté devant la Société royale des sciences et des arts par Charles Bagard, médecin du duc de Lorraine, qui l'avait fait connaître). Bains-les-Bains est une station thermale réputée depuis l'époque gallo-romaine. Son prestigieux patrimoine antique témoigne aujourd'hui encore de sa notoriété d'alors.

On le regarda faire avec des haussements d'épaules. Il s'en moquait. Seule comptait la bonne violence de sa « petite mère » !

Dans l'heure qui suivit leur installation à l'hôtel, ils avaient déjà fait le tour du village, repéré la voiture qui, le lendemain, pourrait les conduire jusqu'à la source de la Moselle, sur la route du col qui, de l'autre côté, plongeait vers l'Alsace martyre, réservé leurs places pour la représentation de *La Clairière aux abeilles* au Théâtre du Peuple [1].

L'immense vaisseau de bois échoué sur le flanc de la montagne, frappé au fronton de la croix de Lorraine, les impressionna au point de les rendre muets un long moment. Simple et grandiose à la fois, bien dans l'esprit de son fondateur Maurice Pottecher ! Et sa devise, « Par l'Art, pour l'Humanité », collait parfaitement à l'esprit de Clémence, qui ne put s'empêcher de penser à son père. Elle le vit même, là, son visage posé sur les frondaisons de la forêt vosgienne qui grimpaient derrière le théâtre. Elle entendit sa voix : « On finira bien par vivre normalement, un de ces jours ! » Elle se tourna vers Théo.

— Merci, mon gamin ! Merci !

Elle avait les larmes aux yeux. Cela faisait bien longtemps qu'elle ne l'avait pas appelé ainsi. « Mon gamin ! » Echo du cœur à son « petite mère » ? Théo en fut bouleversé.

---

1. Fondé en 1895, par Maurice Pottecher, écrivain et poète issu d'une famille de tisserands vosgiens, auteur de pièces à caractère social. Longtemps animé par le comédien et metteur en scène Pierre Richard-Willm (1895-1983), le Théâtre du Peuple est toujours très actif. Lire *Un siècle de passions au Théâtre du Peuple de Bussang*, de Frédéric Pottecher-Vincent Decombis (Gérard Louis, 1995).

Se tenant par le bras comme deux amoureux, ils s'en furent au pavillon de la source Marie boire un gobelet de cette eau riche en fer, en manganèse, sulfate de magnésie, naturellement gazeuse, dont le bicarbonate de soude était miraculeux pour la digestion. En entendant son « gamin » lui énumérer les richesses minérales de ces eaux, elle avait l'impression d'entendre Alphonse lui parler des émaux qui habilleraient bientôt de lumière ses créations. Car elle allait s'y remettre pour de vrai ! Elle venait de le décider ! Elle rit aux éclats en lisant la phrase publicitaire inscrite en énormes lettres sur l'affiche de promotion des eaux de la source ducale : *BUSSANG... SANG BU* ! Oui, là était leur premier effet... immédiat : du sang neuf coulait dans ses veines ! Elle allait se remettre, avec Alphonse et les autres, à la création de grès flammés. Dès son retour !

— C'est décidé, lança-t-elle en reposant son gobelet.

Théo fit un effort pour contenir les effets de son bonheur. Il exultait.

Longtemps incertain, le temps avait viré au beau absolu. Rien ne manquait à la fête : ni les martinets qui striaient le ciel pur de leur vol filant en poussant des cris aigus, ni les ombrelles des dames voletant d'homme en homme comme des papillons multicolores, semant ici un sourire, là des cheveux d'ange parfumés au patchouli, ni la rose barbe à papa, cette nouveauté réclamée à force de grands cris par des enfants en costume marin, ni les flonflons de la musique municipale qui draguait des rues pétillantes de gaieté au rythme de la vieille comptine devenue marche nationale :

En passant par la Lorraine, avec mes sabots,
En passant par la Lorraine, avec mes sabots,
Rencontrai trois capitaines,
Avec mes sabots dondaine...

Partout on riait, on plaisantait, on se poussait du coude et du col, on rotait dans des mains calleuses les émanations de cochonnaille du midi, on organisait déjà la partie de trictrac du soir, à l'heure de la mirabelle, après le souper en terrasse sous les entrelacs de vigne vierge, on se réjouissait des regains qui seraient « bels et bons cette année pourvu que la flotte ne vienne pas y pisser dessus ». Partout on marchait, en désordre ou en cadence, vers la cathédrale de bois frappée au fronton de la croix de Lorraine où, transpirant de chaud et de trouille, les paysans-acteurs d'une saison ajustaient leur costume en filant une dernière fois leur rôle sous l'œil paternel et malicieux de « monsieur Maurice ».

S'il m'épouse, je serai reine,
Avec mes sabots dondaine,
Oh, oh, oh... avec mes sabots !

L'espace grouillait comme une fourmilière quand ils s'installèrent sur leur banc, face à l'imposante scène du théâtre.

— On se croirait dans un bateau ! dit Clémence, éblouie.

— Nous partons en voyage ! lui répondit Théo en lui tendant le programme.

Soutenue par des colonnes de sapin, charpentée comme une grange à fourrage, vaste comme la place du Marché de Rambervillers, la nef s'ouvrait sur le ciel par un velum translucide qui laissait pénétrer des flots de lumière tout en protégeant le public des pluies orageuses d'été. Elle se prolongeait par des bas-côtés, semblables à ceux des cathédrales, qui se terminaient par des loges plongeant directement sur la scène.

Clémence ne pouvait pas lire le programme. Elle ne pouvait détacher son regard de l'œuvre hardie et magistrale des charpentiers, des ombres mouvantes des grands chênes voisins sur le velum, des groupes urbains qui cherchaient leur place en gesticulant, verbe et menton hauts, et des familles paysannes en habits du dimanche qui tentaient de se faufiler sous les ombrelles des autres pour gagner leur place. Et ce rideau, là-bas, son mystère, sa promesse de surprise et… d'émotion !

— Il y a un monde fou ! Jamais je n'aurais cru ! Tu crois que c'est sol… Comment ont-ils pu réus… Combien de personnes à ton… et la scène, tu as vu la sc… Regarde cette femme, là ! Et lui, là-bas ! Sont-ils drôles ! Oui, combien…

Curieuse, excitée, la tête bousculée par une foule de questions, Clémence se passionnait pour tout. Théo s'amusait de la voir ainsi. Sans trop le montrer, il avait conscience de vivre un moment inoubliable. Le théâtre, certes… il était déjà allé voir des pièces, à Paris – il en connaissait l'ambiance fébrile d'avant lever de rideau –, mais… sa mère ! Le bonheur de sa mère ! La renaissance de sa mère !

A la première réplique, Clémence devint muette. A la deuxième, elle éclata d'un rire sonore qui embarqua ses voisins. A la troisième, elle battait des mains comme une gamine débordante de bonheur. Et quand le fond de scène s'ouvrit sur la clairière aux abeilles, que la forêt de Bussang devint décor naturel et splendide, avec ses moutons bêlants et son berger fumant sa pipe, que les acteurs surgirent du sous-bois où s'égosillaient les oiseaux, elle poussa des « Ah ! », des « Oh ! » d'admiration, des soupirs de bonheur.

— Mon Dieu, que c'est beau ! Mon Dieu !

Surpris qu'elle remerciât ainsi Dieu, Théo la regarda. Elle avait les larmes aux yeux !

Le lendemain, ils montèrent à pied jusqu'à la source de la Moselle. Le temps toujours splendide, l'air idéal pour la randonnée, ni trop chaud, ni trop froid, à la mesure de la sagesse vosgienne, la simple beauté du paysage les avaient dissuadés de louer une voiture. Clémence trempa le pied dans le filet limpide qui deviendrait fleuve.

— Qui nous a dit que c'est elle qui se jette dans le Rhin, et pas lui qui se jette dans la Moselle ? Qui ? Bismarck ? Depuis sa mort, on a eu le temps de remettre l'histoire et la géographie à l'endroit, tout de même !

Puis ils burent à la fontaine ducale, achetèrent une carte postale au kiosque, une vue du village et de la montagne sur fond de chardon lorrain, marquée *Souvenir de Bussang*, s'attablèrent à une terrasse devant un sirop d'orgeat, mouillèrent la mine de crayon, écrivirent chacun quelques mots pour Alphonse, passèrent par le bureau des postes, regagnèrent l'hôtel en plaisantant, véritables chenapans de retour d'escapade.

Trois jours plus tard, ils posaient leurs sacs dans le couloir de la maison. Glacial. Sombre. Comme un tombeau. Clémence frissonna. Sous la porte, un billet, signé *Alphonse*. Elle lut. La Ville de Nancy venait de lui attribuer une médaille pour un pot à tabac à décor de gui et reflets mordorés brillants. Elle tendit le papier à

Théo, qui lut à son tour, lui donna un baiser sur le front, acheva sa lecture. Alphonse lui demandait de passer le voir dès son retour.

Le soir même, dans son bureau, Alphonse apprenait à Théo que son ami, le sculpteur prometteur Léon-Noël Delagrange, dont les premières pièces allaient sortir de ses fours, venait de se tuer à l'atterrissage aux commandes de son monoplan.

Il avait tout juste trente-huit ans !

22

1914

Sarajevo… petite ville !

La France n'avait pas entendu le coup de feu tiré le 28 juin 1914 par le pauvre étudiant serbe Gavrilo Princip sur l'archiduc François-Ferdinand, héritier du vieil empereur d'Autriche François-Joseph, roi de Hongrie. Elle se passionnait trop pour l'assassinat au revolver du patron du *Figaro* Gaston Calmette – pour de simples raisons d'honneur matrimonial ! – par Henriette Caillaux, femme du ministre des Finances que les opportunités politiques du moment allaient porter une nouvelle fois à la présidence du Conseil. Un espoir : il était pacifiste convaincu, opposé à toutes les pulsions belliqueuses du locataire de l'Elysée, Poincaré-la-Guerre. Espoir avorté. Place au carnage !

Deux coups de feu en trois mois. Jamais deux sans trois !

Le troisième, tiré par le militant d'extrême droite Raoul Villain, avait tué net, au café du Croissant, l'élu du moment le plus hostile à toute idée d'affrontement militaire avec l'Allemagne : le socialiste Jean Jaurès.

Plus que des hommes de bien, pour un temps qui allait paraître l'éternité, les deux balles parisiennes avaient tué en France l'esprit de paix. La voie était alors prête pour la mise au pas définitive de la Serbie par François-Joseph avec l'aide de son redoutable allié allemand héritier de la folie nationale bismarckienne, comme elle s'offrait au rêve de revanche de Raymond Poincaré, que l'entente avec la furie Clemenceau renforçait jour après jour.

Le château de cartes des alliances perpétuelles s'était effondré dans les tranchées du Chemin des Dames, sur les tourelles de Douaumont, au fond des sapinières du Collet du Linge et de l'Hartsmannvillerkopf.

Sarajevo… petite ville !

A Rambervillers, on imaginait les premiers affrontements des soldats en capote à pans relevés, pantalon garance d'opérette, et des casques à pointe, vert-de-gris des pieds à la tête, avec une angoisse ancrée dans les souvenirs d'octobre 1870. Même si de nombreux acteurs et spectateurs de cette tragédie étaient morts depuis longtemps déjà, même si on s'était persuadé que cette guerre nouvelle serait courte, que nos braves appelés, préparés à la cueillette de la gloire par une école militante, partis la fleur au fusil, la « Marseillaise » aux lèvres et la fameuse Rosalie au canon, auraient tôt fait de mater les odieux agresseurs prussiens, on n'avait pas pu s'empêcher de revoir les images décrites par les anciens de la barricade du pont des Laboureurs, d'entendre la fusillade et le tonnerre de l'artillerie que racontaient les vieux, de sentir les odeurs de crottin, de cuir et de bière abandonnées sur la place du Marché par ceux qui se prétendaient descendants des chevaliers teutoniques !

Occupation, viols, pillages, exécutions sommaires et fleuves de sang à venir avaient fait frémir une population qui, si elle voulait fermement laver l'affront de Sedan et récupérer le Nord lorrain et l'Alsace, n'entendait pas le faire n'importe comment, ni à n'importe quel prix ! On était sûr de gagner. Mais ne le payerait-on pas trop cher !

Théo était venu en permission entre l'assassinat de l'archiduc et celui de Jean Jaurès. Son pessimisme avait frappé Clémence qui, au même moment, travaillait à une série de coupes à décors d'ombelles et de fougères qu'Alphonse voulait envoyer au magasin de Paris. Elle maîtrisait de mieux en mieux les émaux, au point qu'Eugène Corbin lui avait proposé d'exposer régulièrement ses grès flammés dans sa galerie de Nancy.

« Je ne sens pas bien la situation actuelle, avait confié Théo à sa mère. Je ne sais que penser ! Nous sommes engagés dans une voie sans autre issue que la bataille, encore la bataille, toujours la bataille ! Et pour combien de temps ? Bien malin celui qui pourrait le dire ! »

Il lui avait raconté l'arrivée du général Foch à Nancy en août, l'impressionnante cérémonie de prise de commandement dans l'hémicycle de la place de la Carrière, les grandes manœuvres de Neufchâteau suivies de sa revue des troupes à Vittel. Le général caracolait sur son cheval comme un écuyer à la parade !

Il lui avait relu aussi quelques lignes d'Alphonse Aulard, qu'il croyait prémonitoires, à propos du patriotisme des instituteurs, « patriotisme d'hommes éclairés qui ont horreur de la guerre, mais qui, si l'Europe monarchique voulait réduire en esclavage la France républicaine, suivraient l'exemple des patriotes de 1793 [1] ».

« Je crains qu'il ne finisse par avoir raison... »

Clémence l'avait écouté sans mot dire, tendue comme un arc. La perspective de le voir partir à la guerre l'avait tétanisée. Il l'avait rassurée.

« Ne crains rien, p'tite mère, je suis affecté au nouvel hôpital pour un bon moment. »

« P'tite mère » ! Depuis Bussang, il avait gardé l'habitude de l'appeler ainsi.

« Au fait, il porte un nom, notre hôpital. On vient de le baptiser Sédillot, du nom du grand chirurgien militaire qui était venu inspecter notre vieux Saint-Jean en 68 ! »

Il avait sauté sur l'occasion de cet aparté pour tenter de détendre Clémence avec une page d'histoire :

« Oui, un grand chir...

— Tu ne partiras pas, au moins ! Tu resteras là, mon gamin ! Ils vont te laisser dans cet hôpital si la guerre éclate ! »

Peu lui importait que Sédillot eût été grand chirurgien, marin pêcheur ou montreur d'ours ! Seul comptait pour elle l'avenir immédiat de son fils.

« Dis-moi, sais-tu si tu resteras là, ou si...

— Je n'en sais rien, p'tite mère ! L'état-major adaptera ses effectifs aux circonstances. Nul ne peut dire ce qu'il sera demain, qu'il soit homme de troupe, officier général ou médecin ! »

Elle se décomposait à mesure qu'il parlait.

---

1. *Polémique et Histoire. L'indépendance des instituteurs* (Edouard Cornély et Cie, 1904). Son auteur, Alphonse Aulard (1849-1928), militant radical-socialiste, fut l'un des cofondateurs de la Ligue des droits de l'homme.

« Mais ne te fais donc pas de souci, p'tite mère ! Ils disent que tout sera fini pour Noël, que les pointus [1] auront pris leur raclée et qu'ils seront de retour à la maison, la queue entre les pattes ! C'est vrai que si on observe bien la situation, avec nos alliés Russes on a de quoi les renvoyer très vite chez eux ! La preuve : notre état-major a déjà commandé à la scierie Lorrain, tu sais, sur le chemin de Brû, le bois d'ouvrage destiné aux ponts sur le Rhin qui permettront à nos troupes d'aller remettre de l'ordre chez eux ! »

Il parlait vite, comme pressé d'évacuer le sujet.

« Il n'y en aura pas pour longtemps, tu verras ! »

Puis, baissant le ton :

« Oui... enfin... peut-être ! »

Elle était livide, passait d'un pied sur l'autre, triturait nerveusement le coin de son tablier, se tournait vers la pierre à eau, commençait la vaisselle. Il s'était levé, avait saisi un torchon, s'était approché.

« Non ! Va plutôt préparer la voiture pour m'emmener en promenade ! »

Elle avait parlé dos tourné, d'une voix blanche et sèche qui l'avait glacé des pieds à la tête.

Une heure plus tard, la Renault pétaradait sur le haut flanc de la papeterie de Bas-de-Lieu, engloutissait la route droite comme une voie romaine de Roville-aux-Chênes, grimpait vers la calotte du Haroué où grisollaient des alouettes. Ils avaient fait une halte, pour mieux les entendre et observer leur lente montée dans le ciel, jusqu'à n'être plus que des petits points noirs dans le bleu.

1. Surnom donné aux soldats allemands à cause de leur casque à pointe.

— Regarde, p'tite mère ! Elle va maintenant se laisser tomber comme une pierre jusqu'au sol !

Il lui expliqua ce qu'elle savait depuis longtemps. Il n'était pas né qu'elle observait déjà sur les Montaux l'hommage des alouettes au soleil. Mais elle avait besoin, là, de jouer la petite fille protégée par... le père. Alors, elle regardait le petit point noir qui filait dans les airs, tombait comme une pierre jusqu'au ras des blés mûrs, puis se posait en douceur. Et il la regardait regarder le ciel !

Ils rentrèrent par la Croix-Parmentelot, au plein orient de Nossoncourt, puis Anglemont, où faisait ses premiers pas le jeune Henri [1], unique garçon de l'institutrice Mathilde Thomas, puis à travers le Bois-Béni, par Métendal.

Une curieuse impression d'abandon les saisit sur le champ de courses. La mort en odeur de sainteté de Caroline, fille du vicomte, avait définitivement jeté sur le domaine ses draps de deuil. L'herbe avait poussé sans retenue, les haies se hérissaient de gourmands, les pistes disparaissaient sous un tapis de renoncules. On avait baissé les stores des tribunes, délavés par les intempéries, et condamné les escaliers avec des planches clouées en croix. Seul, en bordure du circuit du Soldat-Laboureur, sur son dolmen, le loup veillait. Théo marcha vers lui sans se retourner. Immobile près du poteau de la ligne d'arrivée, Clémence le regarda s'éloigner. Il resta un long moment à contempler l'animal de bronze puis, d'un seul élan, grimpa sur le socle de pierres. Elle le vit étreindre le loup. Peut-être lui

1. Henri Thomas (1912-1993), écrivain-poète. Prix Femina 1961, Grand Prix de poésie de l'Académie française 1986, Grand Prix de la Société des gens de lettres de France 1992.

parlait-il. Peut-être lui confiait-il ses espoirs d'une paix proche, d'une vie meilleure, d'un retour rapide dans sa bonne ville de Rambervillers où – il lui en avait fait la confidence – il avait décidé d'ouvrir un cabinet dès que possible. Il lui avait dit que c'était parce que le pays lui manquait. Sans doute ! En réalité, il en avait décidé ainsi pour être au plus près de sa mère, que le temps agressait chaque jour davantage. Quand il la rejoignit, il planta son regard dans les yeux de Clémence, murmura :

— Mon loup de Métendal...

Puis il la prit par le bras, la conduisit lentement à l'automobile, pas à pas, comme s'il réfléchissait, comme s'il voulait faire durer ce moment au-delà des limites de l'éternité.

Dans la cour, il couvrit la Renault d'une bâche solidement arrimée, en fit trois fois le tour, éprouva la tension des cordelettes, pour l'ultime vérification. Elle devait être bien protégée jusqu'à la prochaine sortie.

Le lendemain matin, après un détour par le bureau d'Alphonse, il prenait le train pour Nancy, regagnait son poste au nouvel hôpital militaire baptisé Sédillot, du nom d'un grand chirurg...

L'après-midi même de son départ, Clémence entrait en travail de la terre comme on entre en religion.

Quelques jours plus tard, le 1er août, jour de la Saint-Pierre-aux-Liens, le tocsin ébranla la ville. Hommes, femmes et enfants se précipitèrent aussitôt aux portes de la mairie où, frappée de deux drapeaux tricolores, la grande affiche de mobilisation générale bavait encore sa colle.

Le bronze des cloches avait tout juste fini de vibrer que l'armée claironnait déjà ses premières victoires. Le quartier général annonçait que les troupes françaises avaient pénétré dans la vallée de la Bruche, qu'elles fonçaient vers le Rhin. On avait même apporté dans le bureau du général Dubail, à Rambervillers, le drapeau du 4e bataillon du 132e régiment d'infanterie allemand pris à l'ennemi avec plus de cinq cents hommes ! Oui, les bois de la scierie Lorrain serviraient bientôt pour le pont sur le grand fleuve ! On ne tarderait pas à aller remettre de l'ordre chez ces gens-là !

Telles étaient les nouvelles apportées au jour le jour à Clémence par Alphonse, que l'absence de bras à la manufacture pour cause de mobilisation avait contraint à l'arrêt des fours. On ne malaxait plus la terre dans ses ateliers, ni pour les tuyaux, ni pour les frises des façades, ni pour les boutons de sonnette, encore moins pour les grès flammés ! Alphonse vivait mal cette situation. D'autant que son âge lui interdisait de rejoindre ses ouvriers sur le front ! Jean, son fils aîné, venait de partir. Les deux autres, trop jeunes, resteraient là. Mais lui, à cinquante-trois ans, les mains dans les poches, condamné à compter les points marqués par d'autres, dans une usine vide, la main sur un téléphone qui ne sonnait plus ! Il avait salué avec enthousiasme la décision de Clémence, l'avait réapprovisionnée en terre, lui avait fourni de nouveaux émaux, qu'il avait déjà testés. Il lui avait fait promettre qu'elle l'appellerait pour le rallumage de son four, « progressivement, très progressivement ! » avait-il conseillé en levant l'index, ajoutant : « Depuis si longtemps qu'il n'a pas fonctionné ! Il doit être comme une éponge. Alors, d'abord le chauffer un peu pour le sécher puis, lentement, le monter en température ! » Elle avait acquiescé. Il était rentré chez lui un peu plus léger.

Mais, une quinzaine de jours plus tard, on avait vu arriver des fantassins par la route de Brû, harassés, sales comme des gorets, qui traînaient le fusil par le canon, certains même sans fusil ni baïonnette. Ils demandaient le gîte et le couvert. On les leur avait donnés, sans chercher à comprendre. Le lendemain, ils étaient repartis vers Epinal, direction opposée à celle du front, en abandonnant dans les granges vestes, capotes et cartouches.

Puis des blessés étaient arrivés, qui parlaient de terribles corps-à-corps dans le col de la Chipotte, de combats acharnés à Ménil-sur-Belvitte, à moins d'une lieue de la place du Marché. On les avait évacués, sur des voitures à bandages réquisitionnées, vers la vallée de la Moselle, où on avait campé les infirmeries.

Puis les premiers obus étaient tombés sur la ville, suivis d'une nuée de projectiles qui eurent tôt fait de ruiner quelques maisons et de tuer des dizaines de civils dans les rues et des militaires à la caserne Gibon.

« Est-ce donc là leur guerre si brève qu'on devait ne s'apercevoir de rien, cette victoire promise, cette traversée du Rhin au son des fifres et tambourins… ? » se répétait Clémence, tapie dans le laboratoire de son four comme autrefois, son petit Théo sur les genoux, pendant qu'on s'empoignait sur le pont des Laboureurs.

L'ordre d'évacuation était tombé. Elle avait refusé de s'en aller, s'était cachée, plus pour échapper aux équipes de vérification françaises que pour fuir l'ennemi.

Alors, les pillards avaient déferlé dans tous les quartiers : soldats en cantonnement ou traînards, qui se servaient dans les magasins et bistrots, pénétraient dans les maisons, éventraient les armoires, ouvraient les tiroirs, faisaient main basse sur les objets de valeur. Les officiers avaient été contraints de sévir lourdement. Ils en avaient même fusillé un sur le champ, pour l'exemple.

Clémence n'en avait vu aucun, n'avait eu d'échos de la guerre que le tonnerre du canon et le grondement terrible des explosions d'obus. Pendant toutes ces semaines, elle avait survécu.

Elle n'avait aucune nouvelle de Théo.

En octobre, les troupes commençant à camper sur leurs positions dans les premiers contreforts du massif, la ville avait retrouvé un peu de calme. La population était rentrée. Alphonse avait raconté par le menu à Clémence les opérations passées. Puis, l'œil pétillant, il lui avait annoncé le rallumage d'un four de l'usine avec un effectif de vingt-trois ouvriers seulement, qui travailleraient neuf heures par jour.

« Vu le prix élevé du charbon, on ne pourra fabriquer que des tuyaux. Mais, c'est toujours ça ! Et, au moins, l'usine vit. On y travaille la terre. On cuit la terre au feu de notre four, on la vernit au sel. »

Il faisait plaisir à voir. Plus rayonnant qu'un enfant découvrant deux oranges dans ses chaussons le matin de la Saint-Nicolas ! Alors, elle avait ouvert une vieille bouteille de vin de noix. Et ils avaient bu, tous les deux, jusqu'à rire pour rien, ou presque, pour le seul plaisir de partager.

« Des tuyaux, seulement ! Vous êtes la seule, désormais, à créer ici des grès flammés, chère Clémence. » Oui, la seule !

Le message était clair. Elle l'avait compris.

Le lendemain matin, elle avait recommencé à malaxer la terre, à la tête de bélier, lentement, pour se refaire la main, en accompagnant le mouvement de l'avant-bras d'ondulations de tout le corps. Ses muscles avaient tellement souffert qu'elle n'avait pas fermé l'œil, la nuit suivante. Elle avait repassé dans sa tête les images et dans son cœur les émotions d'autrefois : les coups de Vital sur l'enclume, « Je suis là ! Tout va bien ! Je t'aime... » ; la complicité de Palmyre, ses justes indignations ; l'espoir fou de son père, « On finira bien par vivre normalement, un de ces jours ! » ; la nef de Bussang ouverte sur la forêt, et le bonheur de Théo de la voir heureuse à son côté.

Théo !

Elle s'était mise à travailler une telle quantité de terre que, deux jours plus tard, Alphonse s'en était étonné.

« Tout ça ? Mais que comptez-vous en faire ? »

Pour toute réponse, sans quitter sa table de travail, elle lui avait adressé un clin d'œil par-dessus l'épaule.

« Vous êtes partie pour une collection complète de vases, deux ou trois services à dessert... »

L'énumération était restée en suspens. Clémence n'avait visiblement pas envie de confier son secret. Il n'avait pas insisté, lui avait demandé si elle n'avait besoin de rien, était parti en promettant de repasser avant la fin de la semaine.

Ses muscles fonctionnaient bien, maintenant, souples et fermes, comme autrefois ! Elle sentait la matière se réchauffer sous sa paume, s'attendrir, devenir d'une douceur de peau de bébé, lisse et veloutée, comme l'était celle du petit Théo.

Théo ! Elle en avait reçu une lettre, courte, trop courte, qui ne parlait évidemment pas de permission. Il y décrivait en quelques mots la vie difficile à Sédillot, les soins aux malades et blessés, leur accompagnement, parfois, jusqu'à... la routine ! Et sa santé, excellente. Il en espérait de même pour sa « p'tite mère » qu'il embrassait « tout fort, aussi fort que mes bras peuvent te serrer contre moi sans te faire mal ». Mais il n'y parlait plus d'une guerre courte et victorieuse. Elle maudissait la censure qui lui avait interdit d'en écrire davantage, les empereurs, le président et toute leur clique, les Serbes, les Bosniaques, les généraux de tous les bords, les ministres, députés et sénateurs qui avaient été incapables de se mettre d'accord autrement qu'en obligeant des gamins à s'étriper.

« Salauds ! » avait-elle murmuré en remontant ses manches. En grognant, elle avait entassé des ételles, fendu des bûchettes, pour le feu du four qu'elle rallumerait bientôt, un petit feu, juste pour sécher les briques et leurs joints, un... feu de veuve ! Elle avait repris sa boule de terre avec la rage.

L'été suivant, Alphonse lui apprit que les pointus utilisaient dorénavant, du côté d'Ypres, des gaz aussi toxiques que le chlore, pour faire sortir les soldats des tranchées, comme on enfume le renard dans son terrier. Il lui en avait parlé, sans s'appesantir, rien que pour se libérer d'un trop écrasant poids d'horreur. Il tremblait pour son fils. Elle, pour le sien.

On en était maintenant au corps-à-corps en Champagne, en Artois, en Argonne. Pour le commandement suprême de l'armée française, on parlait de Joffre, héros de la guerre à outrance, obsédé par l'attaque de front, responsable, l'année précédente, du carnage de Morhange [1]. De quoi frémir !

---

1. En deux jours, du 19 au 20 août 1914, l'armée française y perdit huit mille hommes !

Théo, toujours à l'hôpital Sédillot, combattait la dysenterie et la gale rapportées des zones de bataille, recousait les plaies, rafistolait les membres, réparait les gueules cassées. Il écrivait peu à chaque fois, mais le plus souvent possible, pour rassurer sa « p'tite mère ».

Clémence travaillait d'arrache-pied, se répétant chaque jour ce que lui avait enseigné Charles Durosel : « On ne travaille pas à la sauvage ! Il faut du temps. Ce n'est pas parce que mon cerveau a compris, que ma main, elle, a forcément intégré le bon geste. Mes mains aussi doivent comprendre. » Alors, elle avait pris son temps. Même si elle s'était surprise à prier chaque jour pour qu'il passe vite, ce temps, qu'elle s'arrête vite, cette guerre.

Elle avait fini de modeler son sujet. De la truffe à la croupe, la silhouette était parfaite ! Elle prenait du recul pour vérifier une fois encore : ici, la ligne d'échine… là, la position d'une patte, la souplesse de l'encolure, le galbe du torse, l'élégance des membres et le panache dressé de la queue. Tout y était conforme à l'original, avec l'impression de puissance aussi, sans la moindre trace d'agressivité. Tête tournée vers la porte de l'atelier, oreilles pointées, il semblait scruter son arrivée, épier la moindre présence de sa voix. Le loup de Métendal ! Il attendrait là le retour de son ami. Le loup de Métendal, tel que Théo l'aimait, tel qu'il lui en avait encore parlé juste avant son départ !

Clémence avait décidé de tenter un défi fou : reproduire en grès flammé la statue du veilleur que le vicomte du Coëtlosquet avait voulu pour son domaine, un peu plus petit, certes, mais pour lui, ce loup, pour lui seul, ce loup qu'elle lui offrirait le jour où il reviendrait de cette satanée guerre pour s'installer en ville. Elle le voyait déjà, sur une cheminée, dans son cabinet, devant une glace qui le donnerait à voir de côté aussi, ce loup dont elle voulait réussir l'émaillage qui rendrait la densité fauve et le velours de son pelage. Une correction à l'ébauchoir par-ci, une légère entame à la mirette par-là, une caresse d'éponge pour achever puis, vite, elle le recouvrait d'une toile de jute dès qu'elle entendait les coups, trois longs et deux courts, frappés à sa porte par Alphonse. Leur code. Elle n'ouvrait qu'à lui !

Alphonse ne devait rien savoir de son travail en cours. Elle ne lui en avait rien dit. Il n'en avait jamais rien su !

Enfin, après ressuyage, à cru, alors qu'il était encore tendre, elle avait enduit son loup de plâtre. Ce plâtre pris, à gestes courts et précis, à l'aveugle, sortant chaque partie du loup à l'ongle, les yeux au bout des doigts, elle l'avait vidé de la terre toujours meuble qu'il emprisonnait. Puis elle avait enduit l'intérieur de ce moule en négatif de savon noir et d'huile pour empêcher le nouveau plâtre de coller, celui qu'elle allait y couler. Elle l'avait coulé, laissé prendre. Plusieurs jours d'attente. Pour plus de sécurité, elle avait attendu plusieurs semaines un séchage parfait. Une éternité ! Une gestation ! Enfin, au marteau, avec une infinie délicatesse, elle avait brisé en mille morceaux la forme en creux, dégagé le moule positif, le fameux moule-mère, celui qui donnerait sa forme à l'œuvre.

Une étrange douceur avait baigné le pays, plusieurs jours durant. Le ciel semblait posé sur les toits de la ville que Clémence apercevait de son atelier de la rue du Cheval-Blanc. Elle était allée faire quelques provisions, en coup de vent, comme toujours.

Elle en était, ce matin-là, à l'étude du moule définitif comme le lui avait appris René Jeandelle[1], à calculer ses dépouilles et contre-dépouilles, leur nombre, leur découpe... quand elle entendit le signal d'Alphonse. En un éclair, elle couvrit loup, croquis et études, rajusta sa mèche sur l'oreille, courut ouvrir. Alphonse la salua, lui tendit une lettre au timbre de Sédillot que venait de lui remettre le facteur sur le seuil. Elle l'ouvrit en tremblant, commença à lire. Il la vit pâlir. Elle l'entraîna à la cuisine, le fit asseoir, lut à haute voix, comme jadis, avec Palmyre.

— « ... ne peux plus supporter de rester là, sur les arrières, pendant que d'autres sont exposés tous les jours à la mitraille prussienne. Je dois y aller, d'autant que de nouveaux médecins sortent de l'école et ont besoin de se faire la main et le diagnostic ici, à l'hôpital, avant de rejoindre les ambulances du front. Ma place est là-bas. »

Sa voix était devenue inaudible. Elle articulait à peine. Alphonse devait s'arrêter de respirer pour l'entendre.

— « Mon expérience sera plus utile pour les urgences du front. Je pars demain, p'tite mère, pour le centre de Bevaux que dirige le médecin principal Roy, un homme de grande qualité que j'ai déjà rencontré au Val-de-Grâce. »

— Bevaux ? Où est-ce ?

Alphonse hésita. Devait-il lui répondre ou se taire ? Mais le regard de Clémence, si suppliant... Il répondit, dans un souffle :

— Verdun.

Elle glissa lentement la lettre dans la poche de son tablier.

---

1. Ingénieur céramiste, modeleur, né à Epinal (1883-1935). La femme était son sujet favori. Il a signé plus de trente créations pour la SAPCR.

— A la bonne heure ! Le voilà devenu héros, lui aussi, comme son père ! Il en fallait au moins deux, dans la famille ! Mon Dieu...

— Clémence, que dites-vous là ?

Elle avait posé sur lui un regard vide. Jamais il ne s'était senti aussi mal dans sa peau. Clémence avait-elle parlé sous le coup de la colère, ou de l'admiration pour son fils, mêlée de peur ? Il aurait été bien incapable de le dire. Son cœur s'était mis à battre à se rompre. Une mauvaise sueur lui monta au front. Il se leva. Elle se tourna vivement vers lui.

— Pourquoi étiez-vous ve...

— Rien, ma chère Clémence, rien ! Simplement prendre de vos nouvelles, et vous dire que...

Elle ne l'écoutait plus, le précédait déjà dans le vestibule, allait lui ouvrir, se renfermer dans sa solitude. Alors, il la prit aux épaules, l'attira contre lui, la serra contre sa poitrine, à l'étouffer, puis dégringola l'escalier vers la rue, comme un voleur.

Le fort de Vaux venait de capituler. On avait perdu des centaines de milliers d'hommes. Les généraux Joffre et Pétain se battaient ensemble contre l'envahisseur, et entre eux pour la gloire. Ils en étaient à s'envoyer des noms d'oiseaux. Chacun revendiquait son lot de tués ou d'estropiés. Ils seraient servis !

Le printemps avait ramené des parfums de lilas autour de la maison, des envies de bouger qui ranimaient la place du Marché, devant une vitrine figée dans sa poussière, et des hirondelles qui griffaient de leurs flèches le carré bleu du ciel au-dessus du four.

Clémence avait réussi son moule-mère. Il lui restait maintenant à y couler la barbotine, à attendre qu'elle sèche assez pour pouvoir retirer les arceaux de métal qui tenaient assemblées les pièces. Attendre ! Encore attendre ! Toujours attendre !

Les nouvelles de Théo n'étaient plus que des cartes postales griffonnées au crayon, quelques mots jetés dans la sacoche du vaguemestre entre deux amputations ou reprises d'abdomen après que les tripes avaient été replacées à pleine brassée. Il ne lui disait rien des conditions effroyables de travail et d'hygiène, de l'épuisement, de la pestilence, de l'horreur quotidienne. Mais elle savait.

La dernière pièce du moule retirée, elle avait pu contempler enfin ce loup de Métendal destiné à Théo ! Grand, majestueux, souverain, comme son grand frère du champ de courses ! Elle l'avait laissé sécher un mois durant, l'avait débarrassé de ses coutures, en avait accentué les traits à l'ébauchoir pour qu'ils subsistent sous les émaux. Elle avait calé son loup dans le laboratoire. Puis elle avait allumé son four, dont elle avait maintenu la haute température pendant dix heures pour gréser le tesson [1]. Elle avait vécu des journées de tension extrême, entre le four, où se réalisait sans elle la transmutation originelle, et l'attente d'un facteur qui ne venait plus, ou si rarement ! Elle avait questionné les postes. On lui avait répondu que le service avec « l'avant » était très perturbé. Que les lettres étaient rares en ce moment. Le

---

1. Première cuisson à 1 200 degrés, destinée à donner à la pièce sa résistance définitive. On obtient alors le biscuit. Elle sera suivie d'une deuxième cuisson, à température moins élevée (800 à 900 degrés), pour les émaux

receveur s'était fendu d'un jovial « Pas de nouvelles, bonnes nouvelles ! » qu'elle avait pris de travers, lui demandant ce qu'il faisait là, lui, « à l'arrière » !

Puis le miracle, s'était produit : le loup avait victorieusement subi l'épreuve du feu ! Il en était sorti superbe, prêt à recevoir sa couverture de lumière. Et, le même jour, une carte du médecin-major de deuxième classe Théophile Bonnavoine était arrivée : *Ma chère maman. Vais bien. Pas de soucis pour moi. Avec promotion, vais quitter le centre de Bevaux pour l'Aisne, du côté de Craonne, sud de Laon. Prends bien soin de toi. Je t'aime. Théo.*

Subitement, le ciel venait de s'ouvrir ! Gonflée d'une énergie neuve, elle avait retaillé des bûchettes, reconstitué la provision de bois qu'elle avait transportée à la brouette, de la réserve jusqu'à la gueule du four, en contournant la Renault sous sa bâche, fabriqué ses échantillons, testé ses oxydes, une couche, puis deux, observé leur réaction à la température et au dosage d'oxygène, préparé la phase ultime du travail, la plus subtile en même temps que la plus imprévisible : l'émaillage !

Alphonse avait espacé ses visites à Clémence. Elle ne lui en voulait pas, comprenait son angoisse et son besoin d'isolement. Peut-être même l'avait-elle un peu choqué le jour de l'annonce par Théo de son départ pour Verdun. Elle ne regrettait pas, mais… il lui manquait !

Elle meublait ses longues attentes en relisant les auteurs que lui avait fait connaître son père. Elle méditait Rousseau : « C'est un grand et beau spectacle de voir l'homme sortir en quelque manière du néant par ses propres efforts ; dissiper, par les lumières de sa raison, les ténèbres dans lesquelles la nature l'avait enveloppé ; s'élever au-dessus de lui-même[1]... », tentait d'apercevoir chez Diderot des lumières pour son obscurité du moment : « L'aveugle de Puiseaux estime la proximité du feu aux degrés de chaleur ; la plénitude des vaisseaux au bruit que font en tombant les liqueurs qu'il transvase ; et le voisinage des corps à l'action de l'air sur son visage[2]... » Elle revivait comme siennes les aventures de la petite Marie que George Sand avait fait mener bergère aux Ormeaux par le beau Germain : « Marie monta sur la jument en pleurant, après avoir vingt fois embrassé sa mère et ses jeunes amies. Germain, qui était triste pour son compte, compatissait d'autant plus à son chagrin, et s'en alla d'un air sérieux, tandis que les gens du voisinage disaient adieu de la main à la pauvre Marie sans songer à mal[3] », se laissait emporter par les vers fougueux du poète :

Ceux qui vivent, ce sont ceux qui luttent ; ce sont
Ceux dont un dessein ferme emplit l'âme et le front,
Ceux qui d'un haut destin gravissent l'âpre cime,
Ceux qui marchent pensifs, épris d'un but sublime,
Ayant devant les yeux, sans cesse, nuit et jour,
Ou quelque saint labeur ou quelque grand amour[4].

Les élancements du cœur, l'invitation à l'action, le cheminement des âmes dans les profondeurs sylvestres du Berry lui donnaient la patience d'attendre la fin de l'hiver, le bon vouloir de la terre et les décisions d'un état-major de circonstance en faveur de la paix. Elle

1. Jean-Jacques Rousseau, *Discours sur les sciences et les arts.*
2. Denis Diderot, *Lettre sur les aveugles à l'usage de ceux qui voient.*
3. George Sand, *La Mare au diable.*
4. Victor Hugo, *Les Châtiments.*

rêvait. Elle le savait. Elle refusait que le rêve devînt cauchemar !

« On finira bien par vivre normalement, un de ces jours ! »

La voix, les mots, le regard de son père...

C'est au moment où, le front ayant épuisé toutes les erreurs tactiques des généraux des deux bords, Foch prenait le commandement en chef de l'armée qu'elle ouvrit enfin le four.

On était à la mi-avril de cette quatrième année de guerre qui devait durer quelques semaines seulement ! Rien ne laissait entrevoir l'arrivée du printemps : les lilas corsetaient fermement leurs bourgeons, les nids d'hirondelles attendaient toujours le retour de leurs hôtes, un froid de Sibérie paralysait le pays. Depuis plusieurs jours, il gelait à pierre fendre. A croire que l'hiver, qui pourtant avait été sévère au point de tuer, lui aussi, dans les tranchées, ne voulait pas se retirer d'un théâtre d'opérations aussi chaud. On avait même vu danser des flocons de neige sur les toits de la ville !

Le chant de l'émail s'éleva dès l'ouverture du four. Clémence avait beau s'y attendre, elle en fut émue aux larmes. Elle resta un long moment à l'écouter, sans un geste, pour la beauté de l'instant et le plaisir des préliminaires. Puis elle descella les briques une à une, attendit que ses yeux se fussent habitués à la pénombre du laboratoire, jeta un coup d'œil. Le loup était là, debout dans sa petite cathédrale dont il occupait presque toute la nef, silhouette sombre frangée de lumière, irisée de reflets dont elle ne percevait pas encore les nuances. Des bouffées de chaleur parfumée s'échappaient des entrailles de la terre.

Clémence descendit sur la sole, s'approcha comme elle se serait approchée du saint sacrement, tendit la main, osa une première caresse. Il était tiède encore, comme un animal vivant, velouté comme elle l'avait voulu. Elle le toucha encore, museau, encolure, poitrail, engagea sa main dans la gueule de l'animal, éprouva ses crocs, parcourut l'échine, souple et ferme à la fois. Bientôt, elle fut avec lui dans son sanctuaire. Il sentait bon la terre, le feu, et l'épice des émaux. Elle déposa un premier baiser sur sa truffe.

— Pour lui ! Pour notre Théo, qui sera bien surpris de te découvrir dans notre maison. Bientôt ! Tu veilleras sur lui, n'est-ce pas ?

Un deuxième...

— Pour moi, cette fois ! Je te souhaite la bienvenue dans notre vie ! Maintenant, je vais te sortir de là, sans te faire mal, surtout, sans te faire mal !

A midi, elle avait réussi à le transporter dans la lumière de son atelier. Avec mille et une précautions. Il était tellement lourd et fragile. Elle s'en était écorché les doigts contre les briques, meurtri le dos, raccourci le souffle et affolé le cœur jusqu'à devoir s'asseoir devant lui pour le contempler.

Son loup de Métendal !

Pour lui... pour Théo !

A quatre heures, elle l'avait abandonné pour tremper un quignon de pain tartiné de beurre dans un bol de café, à la cuisine, remonter le mécanisme de l'horloge arrêtée en bout de course depuis le dernier départ de Théo, la remettre à l'heure. Comme lui, perchée sur une chaise, elle avait lentement poussé de l'index la grande aiguille, respecté les sonneries du quart, de la demie, de l'heure et de son rappel. Le tic-tac familier découpait de nouveau son silence.

Elle était retournée dans l'atelier.

Le loup était là, sur son plan de travail, juste en dessous de l'étagère où dormaient les brodequins de Vital, ceux qu'il portait le jour de son exécution par les Prussiens, et les bottes de cavalerie d'un rouge amarante profond et d'une ligne parfaite qu'elle avait remarquées le jour de leur première rencontre. Il était beau, son loup, plus beau encore que tout ce qu'elle aurait pu espérer, imaginer même !

Le soleil déclinant dans un ciel bleu acier, froid comme une lame de sabre, traversait les vitres, léchait les émaux, en révélait toutes les nuances. Oui, la terre, l'eau, le feu et l'air avaient bien réussi leur mariage ! D'un fauve intense, le pelage jouait de l'ombre et de la lumière, passait du noir le plus chaud au brun doré le plus éclatant selon l'angle du regardant. Clémence se dressait sur la pointe des pieds, s'accroupissait l'instant d'après, s'écartait d'un pas à droite pour, aussitôt après, passer sur le pied gauche, pour le bonheur de voir jouer les rayons du soleil dans l'épaisseur de la fourrure. Elle s'approchait, caressait l'échine de son loup en lui murmurant des mots que lui seul pouvait comprendre, se reculait en trébuchant.

— Tu es beau ! Tu es beau ! Tu es...

Elle ne sentait plus la fatigue, ni la douleur de ses doigts écorchés, ni les meurtrissures de son dos. Son regard n'était plus que lumière, la lumière rayonnante du loup.

— Tu es beau ! Pour lui... notre Théo ! Tu es...

Trois coups longs, sourds, comme retenus, suivis de deux courts, frappés à la grande porte.

Elle sursauta, bondit.

— Tu vas connaître ton premier visiteur ! C'est grâce à lui que tu es là ! Tu vas voir : un grand monsieur ! Je reviens !

Elle rajusta sa mèche sur l'oreille, contourna la Renault, traversa la maison en courant, tira le verrou, tourna la clé, ouvrit, se précipita vers Alphonse, qui recula d'un pas.

A côté de lui, le maire, très pâle, un papier roulé dans la main. Juste derrière, deux gendarmes.

— Madame... votre fils... Théophile Bonnavoine...

Elle se mit à trembler. Tendit les bras vers Alphonse...

— ... médecin-major de deuxième classe... explosion...

Elle ouvrit la bouche, exhala une plainte de louve blessée...

— ... enseveli... disparu... Craonne...

Ses mains décharnées fouillèrent le ciel. Elle rejeta la tête en arrière. Alphonse bondit.

— ... au champ d'honneur.

Elle s'affaissa.

23

Novembre 1918

Durant les dix jours qui suivirent la terrible nouvelle, Clémence refusa toute visite. Même les trois coups longs et les deux courts n'avaient pu obtenir l'ouverture de sa porte. Alphonse était passé chaque jour. Du perron, il n'avait entendu qu'une voix caverneuse lui répondre que tout allait bien, qu'il ne fallait pas s'en faire pour elle, qu'elle était solide, et qu'elle saurait surmonter l'épreuve, qu'à son âge on en avait « vu d'autres ». Avait-elle besoin de quoi que ce soit ? « Rien ! J'ai tout, pour vivre et pour travailler ! Ne vous inquiétez pas ! J'en ai vu bien d'autres ! » Malgré le ton, malgré les ruptures curieuses de la voix, et son lugubre écho dans le corridor, il avait feint de la croire, lui avait confirmé qu'il attendait d'elle des projets, qu'ils envisageaient de reprendre toute l'activité dès que les événements le permettraient. Il était reparti, à chaque fois, plus lourd qu'à son arrivée. Vraiment, il n'aimait pas cette voix caverneuse qui lui mentait. Il le savait.

Enfin, le onzième jour, la porte s'ouvrit.

Le choc ! La femme qui se tenait devant lui n'avait plus rien de celle qu'Alphonse avait connue. Un frisson terrible le parcourut, comme si de la glace avait subitement pris ses veines, ses artères, et sa poitrine. Une vieille ! Une vieille cassée lui était apparue, hâve, au regard éteint perdu derrière des coulasses de cheveux, ligotée par le tablier bleu de Palmyre dans une blouse noire à petites fleurs qu'il ne lui connaissait pas, trop ample pour un corps trop maigre. Elle l'invita à entrer.

La maison sentait le moisi et les mauvaises humeurs. « Ça pue le cadavre ! » ne put s'empêcher de penser Alphonse. Il eut un haut-le-cœur. Elle s'en aperçut, le poussa vers la cuisine, sortit deux verres et la bouteille de vin de noix, emplit les verres. Un silence étouffant encombrait la pièce. La cuisinière était froide, muette l'horloge, tirés les volets. Il faisait un froid glacial. Alphonse eut l'impression de vivre un cauchemar. Envie de sortir, d'aller respirer dehors, d'aller voir ailleurs si la vie y était.

— Pardonnez-moi, cher Alphonse, de ne pas vous avoir reçu plus tôt, mais...

Elle leva son verre, le choqua contre l'autre, posé devant lui. Le bruit sec parut déplacé.

— Il m'a fallu un peu de temps, comprenez-moi, pour...

Elle but d'un trait. Sa main tremblait.

— Pour... me remettre au travail. Vous ne buvez pas ? C'est toujours le même, vous savez... Allez donc !

Elle poussa le verre du bout de doigts crevassés aux ongles noirs de crasse, eux aussi en deuil.

— Mon père l'aimait bien, ce vin de... breuvage... comme Nicolas... Théo... Il m'en reste encore... quelques bouteilles à... la cave. Je vous... passerai... une, si vous l'aimez... Vous aimez, n'est-ce pas ?

Vital, qu'il n'avait pas connu, et Palmyre auraient-ils déjà disparu de son panthéon ? Elle bredouillait. Ses phrases dérapaient, comme si les mots la fuyaient, qu'elle remplaçait par d'autres. Alphonse se sentait de plus en plus mal à l'aise. Elle s'essuya les lèvres d'un revers de manche. Il but une gorgée.

— Je sais... vous vous dites... fichue, la vieille ! Bonne femme fichue... laide et sale...

Elle donna plusieurs coups du plat de la main sur la bavette de son tablier comme pour en chasser la poussière, repoussa sa mèche sur l'oreille.

— Ah, ça dégringole vite, mon cher... ami. Je n'aurais jamais cru !

Elle laissait ses doigts jouer sur la table, comme les sauterelles dans les herbes des Montaux.

— Mais buvez... donc ! Vous aimez... n'est-ce pas ? Je vous en donnerai... n'est-ce pas...

Elle marmonna, se resservit un fond de verre.

— Je retrinque avec vous... mais, cette fois... vous buvez ! Après... j'irai vous montrer...

Alphonse but à petits coups, du bout des lèvres. Le vin de noix avait l'amertume de la teinture d'aloès. Pourtant, il le réchauffa un peu.

— Venez...

Clémence se leva en s'appuyant des poings sur la table, comme si la force de ses jambes ne suffisait plus à la porter. Elle réprima une grimace, contint une plainte plus qu'un soupir. Alphonse se leva à son tour, prit son sillage qui traînait des remugles de sueur et d'urine, traversa la cour encombrée de cartons, de paille et de bois. La Renault somnolait sous sa bâche soigneusement tendue. On n'en voyait que les roues et le marchepied de caoutchouc strié.

— Voyez...

D'un ample mouvement tremblotant, elle désignait le fatras.

— C'est pour la suite, tout ça... je... travaille !

Elle ouvrit la porte de l'atelier.

Alors, Alphonse vit une forme couverte d'un cachemire bleu nuit à dessins fleuris, juste sous l'étagère où, sous un linceul de poussière, trônaient des brodequins et des bottes de cavalerie. Partout autour, sur le plan de travail, des feuillets, des cartons pliés, des boîtes à chaussures empilées, des pinceaux, pots de couleurs, brosses et faisceaux de crayons, plumes et flacons d'encre.

— Je travaille, cher Alphonse, je... travaille !

Elle recala sa mèche sur l'oreille, s'approcha de la forme dissimulée, saisit un coin du cachemire, le tint un moment, silencieuse, comme on tient le cordon d'un poêle, recueillie, regard bas. Puis elle releva lentement l'étoffe.

— C'est le cachemire de mon mariage avec Vital, celui que je portais sur ma robe de soie noire à rayures, à col de mousseline brodée de fleurs multicolores. J'étais belle ! Vous auriez dû me voir, alors, au bras de Charles !

Alphonse n'osait plus bouger devant la forme couverte du cachemire bleu nuit. Clémence était partie dans son voyage solitaire. Elle se décrivait des images anciennes, tenant toujours le coin du châle, marmonnait des bribes de phrases, se racontait sa propre histoire, qu'il ne pourrait jamais connaître. Il eut une pensée pour Palmyre. Qu'était-il donc devenu dans son cœur, dans sa tête, dans son univers quotidien ?

Elle se tut. Puis :

— Regardez !

Clémence souleva le coin du cachemire, découvrit très lentement la forme dissimulée. Alphonse vit alors apparaître les pattes d'un animal, un corps de chien, une échine de fauve, une tête de loup dressée, oreilles pointées, cou ployé, gueule ouverte, comme surpris par un bruit, juste derrière lui, prêt à la riposte, mais pourtant d'une immobile assurance.

Sagesse, force et beauté !

Le soleil déclinait déjà, derrière la verrière de l'atelier. Ses rayons léchaient la silhouette du loup, l'entouraient d'une aura radieuse, l'habillaient de poussière d'or.

— Sagesse, force et beauté !

Alphonse ne put s'empêcher de répéter, à haute voix cette fois, les mots de cette trinité sacrée découverte au hasard de lectures sur la création, les règles mystérieuses de l'esthétique, et le nombre d'or. Il cherchait depuis toujours à comprendre la cause profonde de l'émotion produite par l'art, n'y était jamais arrivé, vivait intensément des moments de trouble sans en percer les mystères, comme là, en cette fin d'après-midi, dans cet atelier de la rue du Cheval-Blanc, au côté de cette femme épuisée, marquée par les épreuves, mais d'une dignité exemplaire.

— Mon Dieu, qu'il est beau ! Comment avez...

Incapable de trouver d'autres mots pour traduire le mouvement de houle qui le traversait de part en part, il s'approcha, toucha, examina du plus près qu'il put, jetant des regards éperdus d'admiration à la femme, revenant à la bête, en étudiant le brillant, tournant la tête à droite, puis à gauche pour en faire jouer les nuances, prenant du recul, la contemplant toute, puis revenant la flairer, la scruter, la caresser. Les noms d'oxydes, la température de cuisson, l'oxydation ou la réduction, les proportions... tout avait subitement disparu de son monde ! Ne subsistait que la beauté d'une pièce que, taille, élégance et fragilité d'un corps perché sur des pattes fines et nerveuses, il aurait crue tout simplement irréalisable. La fascination l'avait rendu muet.

Les mains dans la poche ventrale de son tablier, Clémence rayonnait de bonheur.

— Vous l'avez reconnu, n'est-ce pas ?

— Métendal, bien sûr ! Mais… qu'il est beau !

— C'est pour lui… pour mon Théo… pour son retour !

Un fleuve de glace coula dans les veines d'Alphonse. Il sentit ses poils se hérisser par tout le corps.

— Il lui plaira, n'est-ce pas ? Il l'aime tellement !

Elle saisit une liasse de documents, les lui tendit : des dessins de plats, d'assiettes, tasses et soucoupes, aiguières, cruches et vases richement décorés à l'aquarelle de fleurs, rinceaux de feuillages, fougères en guirlandes, lauriers couronnant un coq perché.

— Et ça, c'est pour son mariage… bientôt… j'ai pris du retard…

Elle se mit à rire, d'un rire de tête, brisé, par éclats vifs et nerveux, emballa les feuillets dans le cachemire, les reposa entre les pattes du loup.

— Mais je serai prête, rassurez-vous ! Je serai prête…

Il lui avait promis de revenir. Il revint. Une fois par semaine au moins.

Jusqu'à ce matin de novembre où, à l'humidité du coin d'atelier et aux traces de terre, il vit que le tour avait fonctionné. Elle lui fit voir les tessons prêts pour la cuisson de dégourdi.

— J'ai prévu un décor de petit feu, pour la finesse des motifs !

Elle s'approcha d'Alphonse, lui souffla à l'oreille :

— Je vais tenter la pourpre de Cassius. J'aime tellement cette couleur… Quel rose !

— Mais… vous avez du chlorure d'or ?

Clémence prit un air très mystérieux, acquiesça d'un sourire qu'elle voulait complice.

— Où l'avez-vous trouvé ?

Elle se contenta de sourire encore, d'un sourire qui éclairait son pauvre visage décharné. Alphonse en fut retourné. Jamais il ne lui avait vu ce regard de pervenche, clair, comme d'un ciel d'été au plus fort des chaleurs, transparent.

— Mais... il est très difficile à maîtriser !

Il avait parlé pour chasser l'émotion. Pas pour revenir à la technique. Rien que pour domestiquer l'émotion. Elle s'approcha de lui à le toucher, féline, enjôleuse presque. Il se sentit gauche, inutile, dans la mauvaise peau du voyeur. Elle sentait bon le savon et la lavande, portait une robe lilas, s'était couvert les épaules du châle de cachemire bleu nuit. Il regarda le loup, toujours sur le plan de travail, sous l'étagère aux bottes.

— J'y arriverai, Alphonse... j'y arriverai !

Quelque chose se passait, là, dans cette maison, qu'il ne comprenait plus, qui lui prenait le cœur, lui donnait l'impression de flotter dans un monde irréel. Alphonse fit un pas en arrière. Clémence accompagna son mouvement. Ce regard, devenu perçant et transparent à la fois.

— J'y arriverai, parce que, maintenant... je sais !

— Que savez-vous, chère Clémence ?

Elle s'approcha, lui prit les mains dans le marbre de ses mains, offrit son infini pervenche au regard de l'homme, lui souffla, comme une confidence amoureuse :

— Je sais, cher Alphonse !

Baignée par une étrange lumière, elle répéta :

— Je sais !

Puis elle lui tourna le dos.

Sur le trottoir, Alphonse se dit qu'il aurait bien bu encore un verre de son vin de noix.

7 novembre 1918, huit heures vingt, le soir

La Capelle (Aisne). Le capitaine Lhuillier, du 171e régiment d'infanterie, fait stopper un cortège officiel de Mercedes qui arborent un drapeau blanc. Il intime au caporal Pierre Sellier l'ordre d'emboucher son clairon, de grimper sur le marchepied de la première voiture pour être entendu du plus loin possible, lui ordonne de sonner le cessez-le-feu. Sept fois la même note perchée retentit, une longue, puis deux fois deux, suivie d'un même rappel. Les armes se taisent. Un silence de mort tombe sur la Picardie. Alors, le commandant de Bourbon-Busset accueille les plénipotentiaires allemands qu'il devra guider jusqu'à Rethondes.

Au même moment, dans sa cour de la rue du Cheval-Blanc, Clémence finit d'empiler soigneusement dans son laboratoire des dizaines d'assiettes et de plats au décor de myosotis marqués, comme autrefois le service de Jacques-Régule Barbier, *Mon cœur est si petit/Qu'il n'y loge qu'un fils chéri,/Et sa mie !*, et un grand vase au cartouche de myosotis contenant trois lettres joliment entrelacées, *TCB*. Elle veille à bien les caler, qu'ils ne se touchent pas dans les cazettes, que l'ensemble soit stable et suffisamment aéré pour que la chaleur circule bien entre les pièces. Puis elle rapproche son tas de bois, et la paille, et le carton.

9 novembre 1918, une heure de l'après-midi

Le Lorrain Georges Labroche, clairon à la 1re compagnie du 19e bataillon de chasseurs alpins, est embarqué dans une voiture automobile Mercedes transportant les officiers allemand et français chargés de l'annonce de l'armistice. Ils franchissent les lignes, Labroche sonnant à tout bout de champ le cessez-le-feu par la portière. La veille, il a encore vu s'effondrer l'adjudant Mouton, transpercé d'une balle.

Rue du Cheval-Blanc, le ciel traîne des nuées sombres au ras du toit. On croirait la nuit en plein jour. Clémence fend le bois à la hache, un bon outil qu'elle a pris dans la boutique. L'autre avait perdu son fil à l'usage. C'est qu'il va en falloir, du bois, pour monter en température, et cuire une telle quantité de pièces !

Le même jour, huit heures du soir

Vrigne-Meuse. L'ordre du maréchal Foch – qui veut montrer aux pointus de quoi sont encore capables les Français – vient de tomber dans la sabretache de Charles de Menditte, commandant le 415e régiment d'infanterie : *Franchir la Meuse – Occuper le village – Opération à engager immédiatement.* Il fait nuit. Les hommes sont harassés. La Meuse est en furie ; gonflée par les pluies, elle roule des eaux boueuses et folles.

Dans sa cour, Clémence ne sent pas le froid, ni ce vent furieux qui soulève des vagues de paille et fait claquer la toile tendue sur la Renault. Elle finit d'entasser bûchettes et bûches dans le foyer de son four. Elle a chaud. Elle ajoute de la paille bien sèche, et du carton, contemple le résultat de son ouvrage, craque une allumette de contrebande, s'assied sur la pierre où elle aimait s'asseoir avec Théo pour alimenter et surveiller le feu. La nuit sera longue. Une brume épaisse alourdit la fumée qui s'enroule autour de la cheminée puis glisse sur le toit.

11 novembre 1918, onze heures moins le quart du matin

Vrigne-Meuse. Le soldat de première classe Augustin Trébuchon, estafette de la 9e compagnie, porte un pli à son capitaine. Une balle allemande le couche aux pieds de ses camarades au moment même où, à un jet de grenade, l'officier donne l'ordre au clairon Octave Delalucque de sonner enfin officiellement ce fameux cessez-le-feu. Le soldat ne l'a pas joué depuis si longtemps qu'il n'en connaît plus l'air. Le capitaine le lui siffle…

Onze heures : sept fois la même note, suivie du rappel. La guerre est finie ! C'était la « der des der ». Le monde ne connaîtra plus désormais que la paix ! Alors, de toutes les tranchées, de tous les trous à rats, de toutes les granges puantes de merde et de chairs pourries, les soldats bondissent, brandissant le fusil, un mouchoir noué à la baïonnette, hurlant à pleine poitrine « Vive la France ! ».

Alors, sur tout le champ de bataille, de Calais à Belfort, d'une bande de terre trouée de cratères, percée de boyaux, retournée avec les cadavres dont elle se nourrira jusqu'à la fin des temps, de ce sol maudit et sacré, rouge de sang, monte une formidable « Marseillaise ».

Partout on tire des salves, on pleure de joie, on hurle, on fait sonner les cloches, en ville, dans les villages, jusqu'au fond du plus perdu des hameaux le plus éloigné du front, on célèbre enfin… la paix !

A Rambervillers, on s'est réunis sur la place du Marché. Le ciel menace, mais nul ne s'en inquiète. Il peut bien leur tomber sur la tête, les noyer sous un déluge de pluie, de grêle, les ensevelir sous des montagnes de neige. On s'en moque. Ils sont tous là, car… LA GUERRE EST FINIE ! Les cloches sonnent à fendre en deux la tour de Sainte-Libaire, à percer les tympans du bedeau, à déchirer les nuages qui filent au ras des toits vers l'est, vers cette Allemagne honnie pour avoir causé tant de malheur au monde. Le maire a sorti l'écharpe. Le curé brandit le goupillon. La foule est là, sur la place, aux terrasses des cafés qui ont mis en perce les fûts de vin et les tonneaux de bière. On chante, ici « Le Chant du départ », là-bas « La Marseillaise », dont l'écho tourne longuement autour de la place. On rit. On danse au son d'orchestres improvisés. On vient enfin de sortir de l'enfer !

Soudain, un cri : « Au feu ! »

Puis un autre : « Au feu ! »

Puis une rumeur, qui monte de la foule : « Au feu ! Au feu ! Au feu ! »

Puis une terrible explosion qui ébranle les groupes, fait trembler les vitres, se taire la musique. On se regarde. On lève les yeux au ciel. « Au feu ! » Un couvercle de fumée vient de se poser sur la ville. « Là-bas ! » Un doigt s'est pointé vers la rue du Cheval-Blanc, d'où monte une colonne noire sur des flammes gigantesques qui se jettent par-dessus les toitures, tourbillonnent dans le vent, lancent des langues incandescentes contre la façade de l'hôtel de ville.

« Au feu ! »

La lutte dura tout le soir de ce 11 novembre, toute la nuit. Effroyable. Incendie si violent que rien ne put l'arrêter, pas même le contenir... ni le courage, l'acharnement des pompiers, ni la chaîne spontanée d'hommes, femmes et enfants qui jetèrent des milliers de seaux d'eau dans le brasier, ni la pompe à bras, ni la pluie qui, s'étant mise à tomber comme vache qui pisse, attisait au contraire le foyer. A trois heures du matin, la vitrine de la boutique explosa, projetant dans toutes les directions de terribles pointes de flèches. A neuf heures, le toit s'effondrait dans un jaillissement d'étoiles incandescentes et de débris qu'emportèrent chaleur et vent coalisés contre les hommes. Le grondement du foyer reprit de plus belle. On s'écarta. On laissa faire la nature ! Le feu ne mourut que le lendemain, vers midi. Faute d'aliments.

Le soir du troisième jour, seulement, on put s'approcher des décombres. De l'autre côté de la rue, sous les chicots du porche, on apercevait les pans de mur de l'atelier d'où s'élevaient encore des flammèches et des tourbillons âcres de suie et de fumée. L'air empestait le vieux feu, la corne brûlée et la chair calcinée. On dut attendre le lendemain encore pour explorer les débris, une fois tombée la température, éteintes les dernières braises.

Le maire pénétra le premier dans la cour. Les gendarmes l'accompagnaient, un médecin légiste, et les pompiers. Alphonse, aussi.

Au cœur des ruines, ils découvrirent la carcasse de la Renault dont le réservoir avait explosé, le four nu, ouvreau béant qui laissait voir les pièces intactes et, dans l'atelier, un squelette blanchi par le feu que le médecin reconnut aussitôt comme celui d'une femme. Contre sa poitrine, debout, intact, tête dressée, oreilles pointées, cou ployé, gueule ouverte, comme surpris par un bruit, juste derrière lui, prêt à la riposte mais pourtant d'une immobile assurance, un grand loup en grès flammé dont les reflets d'or jouaient dans la nouvelle lumière de midi.

— Le loup de Métendal… murmura Alphonse.

— Pardon ? dit le maire.

— Rien… répondit Alphonse. Rien !

Ils allaient quitter les lieux quand un pompier attira leur attention.

Sur le mur de la maison, côté atelier, sous la fenêtre d'où Clémence apercevait autrefois Vital à son établi, là d'où elle entendait ses coups sur l'enclume, « Je suis là ! Tout va bien ! Je t'aime… », une inscription à la craie blanche :

On finira bien par vivre…

En Lorraine,
lundi 23 novembre 2009

Remerciements

Ils m'ont offert leurs connaissances, les fruits de leurs travaux, leur témoignage, leur soutien :

Les personnels des Archives départementales des Vosges (Isabelle Chavé, directrice) et des Archives municipales de Nancy (Daniel Peter, directeur).

Marie-Claude Ferry (présidente de l'atelier Arts et Histoire de Rambervillers, musée de la Terre, revue *Au bord de la Mortagne*), Fernand Grosjean (ancien président de l'atelier Arts et Histoire, créateur de la revue *Au bord de la Mortagne*, écrivain, dessinateur), Julie Bernaudin (céramiste), Francine Bertrand (auteur de *Grès flammés de Rambervillers. Art nouveau dans les Vosges*, Epinal, 1997), Anne-Marie Colin (directrice de la médiathèque-bibliothèque de Rambervillers), Robert Marchal (curé de Rambervillers), Elise Fischer (écrivain), Françoise Jeudy, Malou Richard (artiste peintre, amie d'Alphonse Cytère), Maurice Blumberg, Bruno Cohen (président de l'Association culturelle juive, Nancy), Thierry Courtalon (cardiologue), Marcel Ferry (céramiste, grand-père de Julie Bernaudin), Colette Marin (propriétaire du loup de bronze), Jean-Michel Jeudy (écrivain), Gérard Louis (éditeur), Bernard Morel (trésorier de l'atelier Arts et Histoire, guide bénévole du musée de la Terre)... et les rédacteurs de la revue *Au bord de la Mortagne*.

Qu'ils soient ici remerciés, du fond du cœur !

Romans « Terres de France »

Jean Anglade
Un parrain de cendre
Le Jardin de Mercure
Y a pas d'bon Dieu
La Soupe à la fourchette
Un lit d'aubépine
La Maîtresse au piquet
Le Saintier
Le Grillon vert
La Fille aux orages
Un souper de neige
Les Puysatiers
Dans le secret des roseaux
La Rose et le Lilas
Avec le temps...
L'Ecureuil des vignes
Une étrange entreprise
Le Temps et la Paille
Les Ventres jaunes
Le Semeur d'alphabets
La Bonne Rosée
Un cœur étranger
Les Permissions de mai
Les Délices d'Alexandrine
Le Voleur de coloquintes
Sylvie Anne
Mélie de Sept-Vents
Le Secret des chênes
La Couze
Ciel d'orage sur Donzenac
La Maîtresse du corroyeur
Un horloger bien tranquille
Un été à Vignols
La Lavandière de Saint-Léger
L'Orpheline de Meyssac
Le Pain des Cantelou
Jean-Jacques Antier
Tempête sur Armen
La Fille du carillonneur
Marie-Paul Armand
Le Vent de la haine
Louise
Benoît
La Maîtresse d'école
La Cense aux alouettes
L'Enfance perdue
Un bouquet de dentelle
Au bonheur du matin
Le Cri du héron
Le Pain rouge
La Poussière des corons
Nouvelles du Nord
La Courée
Victor Bastien
Retour au Letsing
Henriette Bernier
L'Enfant de l'autre
L'Or blanc des pâturages
L'Enfant de la dernière chance
Le Choix de Pauline
La Petite Louison
Petite Mère
Françoise Bourdon
La Forge au Loup
La Cour aux paons
Le Bois de lune
Le Maître ardoisier
Les Tisserands de la Licorne
Le Vent de l'aube
Les Chemins de garance
La Figuière en héritage
La Nuit de l'amandier
Patrick Breuzé
Le Silence des glaces
La Grande Avalanche
La Malpeur
La Lumière des cimes
Nathalie de Broc
Le Patriarche du Bélon
La Dame des Forges
La Tresse de Jeanne
Loin de la rivière
La Rivière retrouvée
La Sorcière de Locronan
Annie Bruel
Le Mas des oliviers
Les Géants de pierre
Marie-Marseille
Michel Caffier
Le Hameau des mirabelliers

La Péniche Saint-Nicolas
Les Enfants du Flot
La Berline du roi Stanislas
La Plume d'or du drapier
L'Héritage du mirabellier
Marghareta la huguenote
Le Jardinier aux fleurs de verre
Daniel Cario
La Miaulemort
Jean-Pierre Chabrol
La Banquise
Claire Chazal
L'Institutrice
Didier Cornaille
Les Labours d'hiver
Les Terres abandonnées
Etrangers à la terre
L'Héritage de Ludovic Grollier
L'Alambic
Georges Coulonges
Les Terres gelées
La Fête des écoles
La Madelon de l'an 40
L'Enfant sous les étoiles
Les Flammes de la Liberté
Ma communale avait raison
Les blés deviennent paille
L'Eté du grand bonheur
Des amants de porcelaine
Le Pays des tomates plates
La Terre et le Moulin
Les Sabots de Paris
Les Sabots d'Angèle
La Liberté sur la montagne
Les Boulets rouges de la Commune
Pause-Café
Anne Courtillé
Les Dames de Clermont
Florine
Dieu le veult
Les Messieurs de Clermont
L'Arbre des dames
Le Secret du chat-huant
L'Orfèvre de Saint-Séverin
La Chambre aux pipistrelles
Paul Couturiau
En passant par la Lorraine
Annie Degroote
La Kermesse du diable
Le Cœur en Flandre
L'Oubliée de Salperwick
Les Filles du Houtland
Le Moulin de la Dérobade
Les Silences du maître drapier
Le Colporteur d'étoiles
La Splendeur des Vaneyck
Les Amants de la petite reine
Un palais dans les dunes
Renelde, fille des Flandres
Alain Dubos
Les Seigneurs de la haute lande
La Palombe noire
La Sève et la Cendre
Le Secret du docteur Lescat
Constance et la Ville d'Hiver
Marie-Bernadette Dupuy
L'Orpheline du bois des Loups
Les Enfants du Pas du Loup
La Demoiselle des Bories
Le Chant de l'Océan
Le Moulin du Loup
Le Chemin des Falaises
Les Tristes Noces
Elise Fischer
Trois Reines pour une couronne
Les Alliances de cristal
Mystérieuse Manon
Le Soleil des mineurs
Les cigognes savaient
Confession d'Adrien le colporteur
Le Secret du pressoir
Sous les mirabelliers
Laurence Fritsch
La Faïencière de Saint-Jean
Alain Gandy
Adieu capitaine
Un sombre été à Chaluzac
L'Enigme de Ravejouls
Les Frères Delgayroux
Les Corneilles de Toulonjac
L'Affaire Combes
Les Polonaises de Cransac
Le Nœud d'anguilles
L'Agence Combes et Cie
Suicide sans préméditation
Fatale Randonnée
Une famille assassinée
Le piège se referme
Gérard Georges
La Promesse d'un jour d'été
Les Bœufs de la Saint-Jean
L'Ecole en héritage
Le Piocheur des terres gelées
Les Amants du chanvre

La Demoiselle aux fleurs sauvages
Jeanne la brodeuse au fil d'or
Les Chemins d'améthyste
Denis Humbert
La Malvialle
Un si joli village
La Rouvraie
L'Arbre à poules
Les Demi-Frères
La Dernière Vague
Yves Jacob
Marie sans terre
Les Anges maudits de Tourlaville
Les blés seront coupés
Une mère en partage
Un homme bien tranquille
Le Fils du terre-neuvas
Hervé Jaouen
Que ma terre demeure
Au-dessous du calvaire
Les Ciels de la baie d'Audierne
Les Filles de Roz-Kelenn
Ceux de Ker-Askol
Michel Jeury
Au cabaret des oiseaux
Marie Kuhlmann
Le Puits Amélie
Passeurs d'ombre
Guillemette de La Borie
Les Dames de Tarnhac
Le Marchand de Bergerac
La Cousette de Commagnac
Jean-Pierre Leclerc
Les Années de pierre
La Rouge Batelière
L'Eau et les Jours
Les Sentinelles du printemps
Un amour naguère
Julien ou l'Impossible Rêve
A l'heure de la première étoile
Les Héritiers de Font-Alagé
Hélène Legrais
Le Destin des jumeaux Fabrègues
La Transbordeuse d'oranges
Les Herbes de la Saint-Jean
Les Enfants d'Elisabeth
Les Deux Vies d'Anna
Les Ombres du pays de la Mée
Eric Le Nabour
Les Ombres de Kervadec
Louis-Jacques Liandier
Les Gens de Bois-sur-Lyre
Les Racines de l'espérance
Jean-Paul Malaval
Le Domaine de Rocheveyre
Les Vignerons de Chantegrêle
Jours de colère à Malpertuis
Quai des Chartrons
Les Compagnons de Maletaverne
Le Carnaval des loups
Les Césarines
Grand-mère Antonia
Une maison dans les arbres
Une reine de trop
Une famille française
Le Crépuscule des patriarches
La Rosée blanche
L'Homme qui rêvait d'un village
L'Auberge des Diligences
Le Notaire de Pradeloup
Dominique Marny
A l'ombre des amandiers
La Rose des Vents
Et tout me parle de vous
Jouez cœur et gagnez
Il nous reste si peu de temps
Pascal Martin
Le Trésor du Magounia
Le Bonsaï de Brocéliande
Les Fantômes du mur païen
La Malédiction de Tévennec
L'Archange du Médoc
Louis Muron
Le Chant des canuts
Henry Noullet
La Falourde
La Destalounade
Bonencontre
Le Destin de Bérengère Fayol
Le Mensonge d'Adeline
L'Evadé de Salvetat
Les Sortilèges d'Agnès d'Ayrac
Le Dernier Train de Salignac
Michel Peyramaure
Un château rose en Corrèze
Les Grandes Falaises
Frédéric Pons
Les Troupeaux du diable
Les Soleils de l'Adour
Passeurs de nuit
Jean Siccardi
Le Bois des Malines
Les Roses rouges de décembre
Le Bâtisseur de chapelles

Le Moulin de Siagne
Un parfum de rose
La Symphonie des loups
La Cour de récré
Les Hauts de Cabrières
Les Brumes du Mercantour
La Chênaie de Seignerolle
Bernard Simonay
La Fille de la pierre
La Louve de Cornouaille
Jean-Michel Thibaux
La Bastide blanche
La Fille de la garrigue
La Colère du mistral
L'Homme qui habillait les mariées
La Gasparine
L'Or des collines
Le Chanteur de sérénades
La Pénitente
L'Enfant du mistral
L'Or du forgeron
Jean-Max Tixier
Le Crime des Hautes Terres
La Fiancée du santonnier
Le Maître des roseaux
Marion des salins
Le Mas des terres rouges
L'Aîné des Gallian
L'Ombre de la Sainte-Victoire
Brigitte Varel
Un village pourtant si tranquille
Les Yeux de Manon
Emma
L'Enfant traqué
Le Chemin de Jean
L'Enfant du Trièves
Le Déshonneur d'un père
Blessure d'enfance
Mémoire enfouie
Une vérité de trop
Louis-Olivier Vitté
La Rivière engloutie
L'Enfant des terres sauvages
L'Inconnue de la Maison-Haute
Colette Vlérick
La Fille du goémonier
Le Brodeur de Pont-l'Abbé
La Marée du soir
Le Blé noir

Composition et mise en pages : FACOMPO, LISIEUX

Cet ouvrage a été imprimé en France par

CPI
BUSSIÈRE

à Saint-Amand-Montrond (Cher)
en mars 2010

N° d'édition : 08082/01. — N° d'impression : 100709/1.
Dépôt légal : mars 2010.